별이 내린 들녘

별이 내린 들녘 1

초판 1쇄 펴낸 날 | 2017년 6월 15일

지은이 | 김서은
펴낸이 | 서경석

편집책임 | 조윤희 **편집** | 이은주, 이예진
마케팅 | 서기원 **경영지원** | 서지혜, 이문영

임프린트 | (MUSE)
주소 | 경기도 부천시 부일로 483번길 40 서경B/D 3F (우) 14640
전화 | 032-656-4452 **팩스** | 032-656-4453
이메일 | roramce@naver.com **블로그** | bolg.naver.com/roramce
홈페이지 | http://www.chungeoram.com

발 행 처 | 도서출판 청어람
출판등록 | 1999년 5월 31일 제387-1999-000006호
어람번호 | 제11-0056호

ⓒ 김서은, 2017

ISBN 979-11-04-91325-9 04810
ISBN 979-11-04-91324-2 (SET)

도서출판 청어람은 언제나 여러분의 소중한 작품 투고와 도서 출간 기획 등 다양한 제안을 기다리고 있습니다. chungeorambook@daum.net

별이 내린 들녘

Starry meadow

김서은 장편소설

I

C MUSE

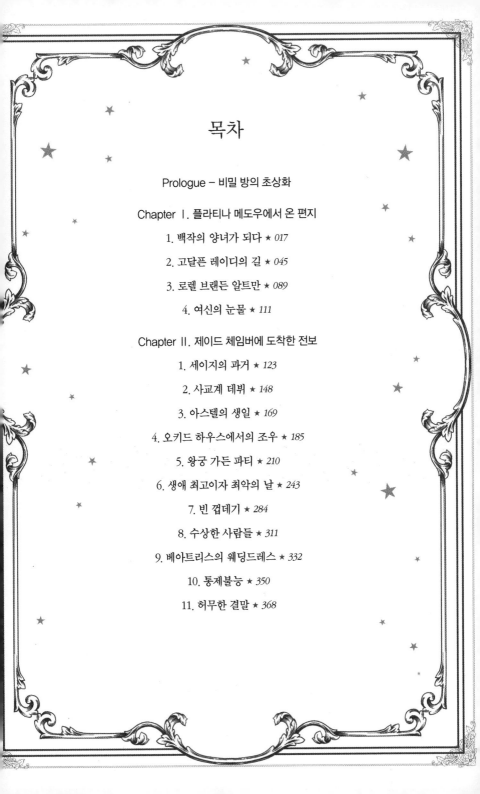

목차

프롤로그 . 비밀의 방의 초상화

이제 갓 여덟 살이 된 세이지는 귀엽게 생긴 외모와 달리 또래보다 조숙하고 영민한 아이였다. 세이지에게는 단 두 사람, 세상에서 제일 바쁜 아버지와 장난꾸러기지만 은근히 속이 깊은 형이 가족의 전부였다.

집 안에는 유모를 비롯한 고용인들이 많았지만, 그들은 엄밀히 말해 세이지의 가족은 아니었고, 어머니는 세이지가 세 살일 때 동생을 낳다가 돌아가셨다고 했다.

아버지는 사업으로 저택을 비우는 일이 잦았기에 어린 세이지는 외로움을 많이 탔다. 그것은 유모의 살뜰한 보살핌과 형의 사랑만으로는 메울 수 없는 것이었다.

때때로 외로움이 사무쳐 견딜 수 없을 때마다 꼬마 세이지는 어머니의 초상화를 보기 위해 삼 층의 휴게실로 가곤 했다. 초상화 속의 어머니는 가냘프면서도 우아한 분위기를 지닌 미인이었지만 세이지와는 별로 닮은 구석이 없었다.

유모는 입버릇처럼 둘째 도련님은 아버지인 델플린드 백작을 그대로 빼닮았다고 말하곤 했기에 세이지는 그 점에 대해서 별다른 의문을 품지는 않았다. 그저, 아주 조금 아쉬웠을 뿐이다.

오늘로 여덟 번째 생일을 맞은 세이지는 버릇처럼 휴게실에서 어머니의 초상화를 한참 바라보다가, 유모가 부르는 소리에 뒤늦게 케이크가 준비된 식당으로 내려갔다.

"아버지는?"

"도련님, 그것이……."

세이지의 아버지인 데이빗 해롤드 알트만은 명문가의 후예인 델플린드 백작이기도 했지만 잘나가는 사업가이기도 했다. 얼마나 잘나가는 사업가였냐면 신년 축제는 물론이고 친아들의 생일에 코빼기도 내밀지 않을 정도로 잘나갔다.

백작이 아들들의 생일 파티에 불참하는 핑계는 해마다 바뀌었는데, 올해 세이지의 생일에는 다이아몬드 광산의 채굴권 협상을 위해 카로덴피나로 떠났기 때문에 도저히 시간을 낼 수 없다고 했다.

유모는 아버지가 보낸 선물이라며 세이지에게 편지 한 통과 동화책을 안겨주었다. 동화책은 아름다운 삽화들로 채워진 고급 양장본이었지만 전부 읽은 내용이었고, 편지는 아버지가 직접 쓴 것이 아니었다. 세이지는 서재를 자주 들락거렸기 때문에 아버지의 필체가 어떤지 잘 알고 있었다.

편지를 다 읽은 세이지가 편지지를 곱게 접어 다시 봉투에 넣자, 안절부절못하던 유모가 황급히 그를 끌어안았다.

"그래도 도련님은 알고 계시죠? 나리께서 도련님을 얼마나 사랑하시는지."

"응, 알아."

유모는 세이지의 대답에 마음을 놓은 듯 웃는 얼굴로 뺨에 몇 번이고 입을 맞춰주었다.

"도련님, 나리께서는 도련님들을 사랑하셔서 열심히 일하시는 거예요. 도련님들께 좋은 옷과 맛있는 음식, 멋진 장난감을 가득 선물해 주시기 위해서 오늘도 바쁘신 거랍니다. 그러니까 너무 서운하게 생각하지 마세요. 언젠가 도련님의 생일날, 세상에서 가장 멋진 선물을 들고 나타나실 테니까요."

화려하지만 쓸쓸한 파티가 끝나고 세이지는 서재에 들어가 아버지가 보낸 동화책을 잠시 뒤적거렸다. 하지만 결말을 전부 알고 있는 책이 재미있을 리가 없었다. 금방 책을 덮은 세이지는 다시 삼 층으로 올라갔다. 행선지는 두말할 것도 없이 어머니의 초상화가 있는 휴게실이었다.

이 층에서 삼 층으로 올라가는 계단 사이의 층계참에서 세이지는 자신을 기다리고 있던 낯익은 얼굴을 발견했다.

"여어, 드디어 왔구나. 꼬마 이즈."

세이지를 이즈라는 애칭으로 부르는 사람은 세상에서 단 한 사람, 형인 로렐뿐이었다. 로렐은 세이지처럼 전체적인 이목구비는 아버지를 닮았지만, 어머니와 같은 보랏빛 눈동자와 입매를 가지고 있었기 때문에 세이지는 형을 내심 부러워했다.

세이지가 로렐을 빤히 마주 보며 입을 열었다.

"형도 꼬마인 주제에."

"너보다 네 살이나 많으니까 건방지게 토 달지 마. 죽은 엄마 치마폭에서 오 년째 못 벗어나는 꼬맹이 같으니."

로렐은 이죽거리면서도 좀처럼 자리를 뜰 생각이 없는지 세이지의 주변을 계속 맴돌았다. 로렐이 이러는 건 세이지에게 무언가 용건이 있을 때뿐이다. 형의 의도를 짐작한 세이지는 작게 한숨을 내쉬었다.

"무슨 일인데?"

"굉장한 걸 발견했어."

세이지의 반응에 기다렸다는 듯이 로렐이 곧바로 눈을 빛내며 대답했다.

형이 굉장하다며 호들갑 떠는 것치고 정말로 굉장한 것이 있었던가. 세이지는 형의 말을 별로 신뢰하지 않았기 때문에 반응도 덩달아 시큰둥할 수밖에 없었다.

"어차피 시시한 거일 거면서."

"서재 옆 비밀 방에 관한 건데?"

"거길 들어갔어?"

이건 제법 놀라운 소식이었다. 서재 옆 비밀 방은 두 형제에게 있어 존재는 알고 있지만 들어갈 수 없는 금단의 구역이다.

그 방에 들어갈 수 있는 사람은 오직 한 사람, 가주인 델플린드 백작뿐이었다. 적어도 지금까지는.

"일단 와서 직접 보라구."

로렐은 세이지의 손을 잡아끌고 아까까지 세이지가 있었던 서재로 들어갔다. 세이지는 오랜만에 어린아이다운 흥분과 설렘으로 가슴이 터질 것처럼 벅차오르는 기분을 느꼈다.

"여기야, 여기."

왼쪽 벽에 세워진 책장을 더듬거리던 로렐이 책등에 아무 제목도 적혀 있지 않은 책 한 권을 반쯤 꺼내자 딸깍, 하는 소리와 함께 옆에 있던 책장이 소리 없이 저절로 움직이기 시작했다.

"진짜지?"

눈을 휘둥그렇게 뜬 채 비밀 방의 입구를 들여다보는 세이지를 지켜보며 로렐이 의기양양한 표정을 지었다.

"들어가."

"내가 먼저 들어가도 돼?"

"난 이미 실컷 구경했어."

늘 애어른처럼 엄격하고 딱딱하게만 굴던 동생이 오늘만큼은 제 나이에 어울리는 천진난만한 얼굴을 하고 있었다. 로렐은 씩 웃으며 세이지의 까만 머리카락을 마구 흐트러뜨렸다.

"여덟 번째 생일 축하해, 이즈."

"형······."

"형아라고 불러도 돼."

마치 크게 선심이라도 쓰는 것처럼 으스대는 형을 보며 세이지가 활짝 웃었다. 하지만 로렐의 말대로 '형아'라고 부를 생각은 별로 없는 듯했다.

"그럼 보고 올게!"

세이지는 활기차게 외치면서 비밀 방 안으로 뛰어들어 갔다. 로렐은 먼 곳으로 떠나는 동생을 배웅이라도 하는 것처럼 크게 손을 흔들어주었다.

백작의 비밀 방은 사람의 손이 거의 닿지 않아 방 전체에 먼지가 뽀얗게 내려앉아 있었고, 의자도 없이 휑뎅그렇하니 놓여 있는 책상 위의 금고를 제외하면 값나가 보이는 물건도 눈에 띄지 않았다.

아무것도 들어 있지 않은 양주장 근처를 기웃거리며 구경하던 세이지는 양주장의 유리문에 언뜻 비친 다른 사람의 얼굴을 발견하고는 흠칫 놀라며 뒤돌아섰다. 그리고 뒤늦게 반대편에 놓인 이젤에 걸려 있는 한 폭의 초상화를 발견했다.

그곳에는 금발의 천사가 있었다.

물결치는 금발은 진짜 황금으로 실을 짜낸 것처럼 반짝거렸고, 마시멜로처럼 오동통하고 말랑하게 보이는 흰 뺨에는 불그스레한 장밋빛이 돌고 있었다. 조금 졸린 것처럼 게슴츠레하게 뜬 눈은 짙은 녹색이었는데, 어머니가 초상화에서 달고 있는 브로치에 박힌 비취가 꼭 저런 빛깔을 하고 있었다. 체리를 한 입 베어 문 것처럼 붉은 입술이 금방이라도 오물거리며 세이지에게 말을 걸 것 같았다. 가슴이 저절로 떨릴 정도로 아름답고 사랑스러운 얼굴이었다. 그 초상화 속의 천사를 본 순간, 세이지는 본능적으로 깨달았다.

이 아이구나, 아버지가 진짜 사랑하는 아이가.

그 깨달음은 어린 세이지에게 깊은 절망감으로 다가왔다. 아버지는 이 아이를 너무나도 깊이 사랑했기 때문에 세이지와 로렐에게 나누어줄 몫의 사랑이 더 없었던 것이다.

아버지 없이 보냈던 지난 생일에도 한 번도 나오지 않았던 울음이 갑자기 터져 나왔다. 동생의 급작스러운 흐느낌을 들은 형이 뛰어 들어와 그를 안아주며 달래려 했지만 서러운 울음소리는 잦아들기는커녕 더욱 커지기만 했다.

인생 최악의 생일이었다.

Chapter I.
플라티나 메도우에서 온 편지

1. 백작의 양녀가 되다

수도원의 아침은 도심보다 이른 시간에 시작된다. 어두컴컴한 새벽부터 사람들의 기상을 재촉하는 요란한 종소리에 아스텔은 간신히 수마(睡魔)를 떨쳐 내고 무거운 눈꺼풀을 들어 올렸다.

가을에서 겨울로 접어들며 하루가 다르게 차가워지고 있는 새벽 공기는 빠른 기상의 적이었다. 어두운 방 안을 더듬어 겉옷을 챙긴 아스텔은 떨면서 낡은 가운에 팔을 꿴 뒤, 어머니의 유품인 펜던트를 품에 넣었다.

아스텔은 일곱 살에 기차 사고로 부모님을 잃었다. 메이슨 아주머니가 그렇게 말해주었던 기억이 있으니 아마도 확실할 것이다.

어머니의 육촌지간이라는 메이슨 아주머니는 아스텔이 열 살이 될 때까지 그녀를 길러준 사람이었다. 나쁜 사람은 아니었지만 경제적으로 여유가 있는 편은 아니었기에 아스텔은 어린 나이에 삯바느질을 배워야 했다.

메이슨 아주머니가 세상을 떠난 뒤, 갈 곳이 없어진 아스텔은 이 집 저 집에서 하녀로 일하며 떠돌다 간신히 지금의 수도원에 정착할 수 있었다. 아스텔에게 대단한 신앙심이 있는 건 아니었지만, 다음 날 무얼 먹고 어디서 자야 할지 걱정할 필요가 없다는 점에서 성직자는 나쁘지 않은 선택지였다.

수도원장은 아스텔이 머리가 좋고 손이 빠르다는 점에 착안해 약초도감을 암기하게 했다. 아스텔은 도감을 통째로 암기한 지난 여름부터 젊은 수녀들과 함께 약초를 캐기 시작했다. 겨울의 몇 안 되는 장점 중 하나는 약초를 캐기 위해 숲을 돌아다닐 필요가 없다는 것이었다.

얼음장처럼 차가운 물에 얼굴을 씻은 아스텔은 서둘러 기도실로 내려갔다. 아직 해가 뜨지도 않은 꼭두새벽부터 성직자들이 새벽 기도를 시작하고 있었다. 아스텔은 늘 자신이 앉는 맨 뒷자리에 앉아 손을 모으고 빨리 아침 식사 시간이 시작되길 기도했다.

매일 똑같이 나오는 묽은 수프와 딱딱한 빵을 감사하는 마음으로 위장에 밀어 넣고 나면 점심시간이 될 때까지 양초를 만들어야 했다. 녹인 밀랍에 심지를 담갔다가 빼길 반복하는 일에 여념이 없던 아스텔은 수도원장의 호출에 의아해하면서 손을 씻었다.

수도원장이 주목받는 재원인 아스텔을 부르는 건 드문 일이 아니었지만 일하는 도중에 그녀를 부르는 것은 확실히 드문 일이었다. 무언가 심상치 않은 일이 벌어지고 있다는 걸 직감하며 아스텔은 신중하게 원장실의 문을 노크했다.

"들어오너라."

수도원장인 프랜신은 중후한 인상의 육십 대 여성으로, 아스텔에게 있어서는 어머니와 마찬가지인 존재였다. 은행의 도산으로 고용주 내외가 자살한 뒤, 갈 곳이 없어진 그녀를 수도원에 들어갈 수 있도록 지원해 준 사람이 바로 원장의 동생이었다. 수도원에 들어오기 직전에는 간신히 글자만 익힌 정도였던 아스텔이 신학과 철학, 수학, 역사, 지리 등 다방면의 지식을 습득하게 된 것도 원장이 그녀의 총명함을 일찍이 알아챘기 때문에 가능했던 것이었다.

수녀들은 아스텔을 훈계할 때마다 수도원장님께 받은 은혜를 잊지 말라고 했다. 가난한 여성들은 길거리에서 너무나 수치스러운 일로 하루하루 끼니를 이어가고 있다고, 아스텔이 그렇게 되지 않은 것은 신께서 프랜신 원장을 통해 그녀를 보살폈기 때문이므로 항상 감사하는 마음을 가져야 한다고.

수도원에서 주어진 안정된 삶과 교육의 기회는 아스텔에게 있어 더없이 귀중한 행운이었으나, 그녀는 때때로 터무니없는 미래를 몽상하곤 했다. 이를테면 아무런 조건 없이 사랑해 줄 누군가를 만나게 된다든가, 수도원을 나가 결혼을 하고 가정을 꾸리는 등의 평범한 삶을 사는 몽상.

물론 그렇다고 해서 아스텔이 수도원 생활에 불만을 품고 있는 것은 결코 아니었다. 아스텔은 성직자의 길을 택한 덕분에 길가에서 비명횡사하거나, 마음씨 고약한 고용주에게 맞아 죽거나, 길거리의 창녀들처럼 몸을 파는 등 비참함으로 얼룩진 인생에서 벗어난 삶을 살 수 있었다. 그것은 부모 없이 자라난 아스텔에게 있어 더할 나위 없는 특혜이자 행운이었다. 더군다나 수도원에서 한솥밥을 먹는 이들은 모두 아스텔을 호의적으로 대했다.

그저 어쩌다 한 번씩, 길었던 하루의 노동을 마치고 텅 빈 방으로 돌아갈 때 자신을 반겨줄 누군가가 있길 바랄 따름이었다.

원장실은 수도원장이 다른 사람의 손을 타는 것을 싫어하는 탓에 항상 먼지가 많았다. 어디에 뭐가 적혀 있는지 기억하기도 힘들 정도로 대량의 문서철이 책상과 책장마다 수북이 쌓여 있었고,

구석에 놓인 지구본은 글씨를 알아보기 힘들 정도로 손때를 탄 상태였다. 창가의 커튼은 본래의 색을 잃어버린 지 오래였으며, 가장 깨끗한 건 원장실 중앙에 놓아둔 탁자와 소파였는데 손님이 없을 시기에는 그나마도 문서철과 책들로 점령당하기 일쑤였다.

늘 보던 것과 비슷한 원장실의 풍경에서 아스텔의 눈에 가장 먼저 띈 것은, 두말할 것도 없이 소파에 앉아 있는 낯선 손님이었다. 그것도 척 봐도 귀족이라는 걸 알아볼 수 있을 정도로 고급스러운 실크햇과 검은 프록코트 차림을 한 성인 남성이었다.

이름 모를 손님에게는 무척 다행스럽게도 오늘의 소파는 깨끗하게 치워진 상태였다. 어쩌면 귀족인 손님이 모처럼 찾아온 덕분에 원장이 특별히 신경을 써서 소파를 정리한 것일지도 몰랐다.

아스텔은 자신에게 시선을 던지는 젊은 남자를 너무 노골적으로 관찰하지 않기 위해 무던히 애를 써야 했다. 조금 전까지 초를 만들다 온 터라 온몸에서 진동하는 꿀 단내가 무척이나 신경 쓰였다.

"이분은 델플린드 백작의 영식이시란다. 백작께서는 우리 수도원의 가장 든든한 후원자 중 한 분이시지. 인사하렴, 아스텔."

"처음 뵙겠습니다."

백작 영식이라는 남자는 아스텔의 인사를 받는 둥 마는 둥 하며 고개를 살짝 까닥여 보였다. 수도원장은 곧이어 아스텔을 남자에게 소개했다.

"이 아이가 아스텔 메이어입니다. 이곳에 온 지는 칠 년쯤 되었지요. 또래인 견습 수녀 중에서 가장 총명하고 부지런한 아이랍니다."

"그런가."

남자는 흔한 인사치레조차 하지 않았지만 아스텔은 그다지 신경 쓰지 않았다. 그녀가 지금까지 봐온 몇 안 되는 귀족 중에는 이보다 더 재수 없게 거들먹대는 사람이 그렇지 않은 사람보다 더 많았기 때문이었다. 남자의 태도보다 더욱 신경 쓰이는 건 프랜신 원장이 굳이 일하는 도중에 자신을 불러 이 사람에게 소개하고 있는 이유였다.

"이분에게 수도원을 안내해 드리렴."

"예, 원장님."

예의 바르게 고개를 숙인 아스텔은 자신을 뒤따르는 남자와 함께 원장실을 뒤로했다. 여전히 머릿속은 물음표로 가득한 것과 별개로, 외부와 단절되다시피 한 삶을 살고 있는 아스텔에게 낯선 손님과의 만남은 신선한 자극이었다. 속세를 동경하는 것은 성직자의 길을 걷는 이가 품기에 적절한 마음가짐은 아니었지만, 아스텔은 본래 자신이 수녀에 어울리는 인재가 아니라는 사실을 잘 알고 있었다.

"이곳이 와인 숙성실이랍니다. 특히 이맘때 생산하는 아이스 와인은 저희 수도원의 자랑이라고 원장님께서 말씀하셨어요."

"그렇군."

남자의 목소리에는 티끌만큼의 관심이나 열기도 느껴지지 않았다. 아스텔은 원장실에서 가까운 순서대로 와인과 치즈의 숙성실, 양초, 성화 태피스트리 등의 작업실을 그에게 보여주었지만, 남자는 한시라도 빨리 이곳을 뜨고 싶은 듯 무심하게 굴기만 했다. 이런 시시한 견학 따위는 그가 이 수도원을 방문한 진짜 목적이 아니라는 것처럼.

아스텔은 남자의 저런 무신경한 태도가 자신으로 인해 비롯된 것은 아닌지 내내 마음을 졸았다. 원장에게도 어떤 뜻이 있었기 때문에 자신에게 이 남자의 안내역을 맡도록 지시했겠지만, 자신의 미숙함으로 인해 수도원의 원조가 끊긴다면 이후에 일어날 일은 상상하고 싶지도 않았다. 뒤를 따라오는 남자의 발소리가 마치 자신을 다그치는 것 같아 아스텔은 더욱 빠르게 발걸음을 옮겼다.

두 사람은 뒤이어 포도원과 양조장, 서고와 기도실, 식당, 숙소 등을 차례로 거쳐 갔지만, 대화의 진전은 여전히 이루어지지 않고 있었다. 마지막 행선지인 대 예배당에 들어서고 나서야, 아스텔은 간신히 남자의 목소리를 다시 들을 수 있었다.

"이름이 아스텔 메이어라고 했나."

아스텔은 속으로 뛸 듯이 기뻐하며 남자 쪽으로 몸을 돌렸다. 물론 높으신 귀족 나리의 눈에는 경박하게 비칠 수 있었으므로 기뻐하는 기색은 되도록 드러내지 않기 위해 노력했다.

아스텔보다 머리 하나쯤 키가 더 큰 남자는 그녀의 자그마한 얼굴을 관찰하듯 내려다보고 있었다. 아스텔은 그제야 남자가 자신과 단둘이 될 때까지 일부러 말을 붙이지 않은 것이라는 사실을 깨달을 수 있었다.

"그렇습니다."

"얼굴은 어느 쪽을 닮았지?"

전혀 예상하지 못한 질문에 아스텔은 잠시 말문이 막히는 것을 느꼈다. 초상화조차 남기지 않은 채 오래전에 타계한 부모의 얼굴이 제대로 기억날 리도 없었지만, 오늘 처음 만난 귀족 남성이 느닷없이 이런 질문을 던지는 이유도 짐작이 갈 리 없었다.

"두 분 다 오래전에 돌아가셔서 기억은 잘……."

"……."

아스텔의 대답을 들은 남자는 무언가를 곰곰이 생각하듯이 턱을 매만졌다. 아스텔은 그 틈을 타 머뭇거리며 남자의 얼굴을 관찰했다.

이목구비는 석고 조각처럼 아름답고 섬세했지만, 가늘고 여린 인상과는 거리가 먼 미남자였다. 나이는 이제 이십대 초반쯤 되었을까. 선명한 시안 블루의 눈동자가 제법 인상적이었다.

남자는 제단과 스테인드글라스를 등지고 서 있었는데, 덕분에 종교적인 엄숙함과 위험한 성적 매력이 공존하는 기묘한 분위기를 풍기고 있었다. 남자가 생각에 잠긴 사이 그를 몰래 훔쳐보던 아스텔은 갑자기 눈이 마주치자 엉겁결에 나쁜 짓이라도 한 것처럼 시선을 회피해 버렸다. 부끄러움 때문인지, 아니면 그 밖에 다른 이유 때문인지 심장이 쿵쿵거리며 뛰었다.

"나이는."

"열일곱······. 석 달 뒤에 열여덟이 됩니다."

"딱 맞는군."

무엇이 딱 맞느냐고 묻고 싶었지만 물어볼 수 없었다. 혼란스러워하는 아스텔의 얼굴을 지켜보던 남자는 이내 담담한 목소리로 입을 열었다.

"내 이름은 세이지 램버트 알트만이다. 너와는 머지않은 시일 내에 다시 만나게 될 것 같군."

자신의 이름을 세이지라고 밝힌 남자가 떠난 후, 프랜신 원장은 아스텔을 다시 원장실로 불러들였으나 그녀를 세이지에게 소개한 이유는 일절 설명해 주지 않았다. 만약 그가 정말로 다시 찾아온다면 머지않아 그 이유를 알게 될 거라고 하면서.

저녁 식사가 끝난 후에야 간신히 방으로 돌아온 아스텔은 낡은 일기장을 펼쳐 오늘 만난 기묘한 손님에 대한 감상을 써내려 가기 시작했다. 펜촉이 사각거리는 소리를 내며 종이를 스칠 때마다 희미한 촛불도 함께 따라 흔들리고 있었다.

"어머니는 알고 계시겠죠? 그 사람이 어째서 여기에 온 건지."

아스텔은 로사리오 대신 품에서 꺼낸 장미 무늬의 펜던트에 가녑게 입을 맞추었다. 내일의 일과를 위해서는 슬슬 잠자리에 들어야 할 시간이었다. 일기장을 덮고 촛불을 끈 아스텔은 이윽고 싸늘한 침대에 들어가 이불을 뒤집어썼다.

✤

"얼마나 왔지?"

"이제 로즈몬드입니다요, 도련님."

지루한 표정으로 마차의 창밖을 내다보던 세이지는 손안의 회중시계를 흘끗 내려다보았다. 수도원의 정문을 통과한 뒤로부터 정확히 한 시간 삼십사 분 동안, 그는 벌써 열네 차례나 시간을 확인하고 있었다.

추수가 끝난 초겨울의 황량한 벌판은 끝이 보이지 않을 정도로 넓었고, 간혹 눈에 띄는 나무들은 나뭇잎이 전부 떨어진 채 앙상한 나뭇가지만 드러내고 있었다. 지겹긴 하지만 저택에 도착하기까지 남은 동안은 이 따분한 풍경을 참고 감상해야만 한다. 눈이라도 잠시 붙일라치면 그때마다 포장이 덜 된 시골길의 돌부리에 걸린 마차가 덜컹거렸기 때문에 도저히 잠을 잘 수도 없었다.

수도의 명문대학을 졸업하고 본가로 돌아온 지 이제 겨우 사 개월. 도시 청년이나 다름없는 세이지에게 영지의 시골 생활은 그야말로 죽음과 같은 권태의 연속이었다. 그의 유일한 소일거리였던 사람 찾기는 두 시간 전에 막을 내려 버리고 말았다.

몇 번인가의 허탕 끝에 드디어 '진짜'를 찾아냈지만 줄곧 상상했던 것 같은 희열이나 절망은 없었다. 그 소녀가 진짜라는 확신이 들었던 순간, 세이지의 머리를 스친 감상은 고작 한 가지뿐이었다.

이걸로 전부 끝났군.

품을 뒤져 펜던트를 꺼낸 세이지는 로켓의 표면을 유심히 살펴보았다. 하지만 이런 조잡한 단서의 힘을 빌리지 않더라도 그는 이미 아스텔이 찾고 있던 소녀라고 확신하고 있었다. 그도 그럴 것이, 아스텔 메이어라는 소녀는 그가 아버지의 비밀 방에서 봤던 초상화와 정말 똑같이 생겼으니까.

세이지의 부친인 델플린드 백작은 얼마 전부터 한 인물을 찾고 있었다. 그러나 간신히 찾던 인물의 행방을 알았을 때, 그 사람은 이미 세상을 떠난 뒤였다. 그러자 백작은 타깃을 돌려 이번에는 그 사람의 딸을 찾기 시작했다.

세이지는 슬하의 친자식에게도 무관심으로 일관하는 백작이 생사도 불분명한 남의 자식을 찾는 일에 열을 올리는 것이 우스웠다. 막말로 소녀도 그새 부모를 따라 세상을 떠났을지 알 게 뭐란 말인가.

평생 저렇게 살다 가라지. 찾을 수 있을지 없을지도 모르는 사람을 찾기 위해 의미 없이 시간과 돈을 퍼붓고 있는 아버지를 지켜보는 것은 제법 재미있는 일이었다. 적어도 아버지에게 사랑받으려 헛된 발버둥을 쳤던 지난날보다는 훨씬 재밌었다. 그렇게 제삼자로서 흘러가는 상황을 관망하고만 있던 세이지에게 갑작스레 한 가지 발상이 떠올랐다.

만약 내가 그 소녀를 찾아온다면?

백작은 슬하에 아들 둘을 두고 있었지만, 세이지뿐만 아니라 장남인 로렐에게도 냉담한 사람이었다. 대를 이을 후계자와 만약의 상황을 대비한 보험. 그 사람에게 있어 아들들이란 그 정도의 의미밖에 지니고 있지 않았다. 특히 백작은 자신의 예전 모습을 그대로 빼닮은 세이지를 로렐보다 더욱 싫어했다. 세이지는 아버지가 자신을 싫어한다는 걸 아주 오래전부터 알고 있었다.

세이지는 어릴 적부터 얌전하고 똑똑한 아이였기 때문에 유모가 손이 많이 가지 않는다며 좋아했고, 백작도 세이지를 야단친 적이 별로 없었다. 세이지가 기숙학교를 졸업할 때까진 얼굴을 마주할 기회도 별로 없었지만 말이다.

그럼에도 불구하고 백작은 세이지를 싫어했다. 그것이 얼마나 오래된 일인지, 세이지는 철이 들 때까지 부모가 자식을 싫어하는 게 이상하지 않은 일인 줄로만 알았다.

아무튼 세이지는 아버지에게 사랑받고 싶었다. 아니, 사랑받는 건 오래전에 포기했으니 인정이라도 받아보고 싶었다. 어차피 실패하더라도 자신에 대한 아버지의 인식이 지금보다 더 나빠질 것도 없었으니까.

백작이 소녀를 찾는 사람에게 상당한 유산분배권을 할애하긴 했지만, 그것은 세이지의 관심 밖의 영역이었다. 아버지가 그토록 간절하게 찾고 싶어 하는 소녀를 만나게 해준다면, 조금은 자신을 보는 시선이 달라지지 않을까. 적어도 고맙다는 생각 정도는 할 것이다.

그래서 세이지는 자신이 직접 소녀를 찾는 일에 착수했다. 반신반의하던 백작이 결국 애지중지하던 펜던트를 넘겨주던 순간은 평생 잊을 수 없을 만큼 짜릿했었다.

세이지는 오래 끌 것 없이 아버지와 소녀를 최대한 빨리 만나게 하는 편이 현명하리라 판단했다. 그편이 아버지의 환심을 얻기에 더 유리할 것이다.

그전에 아스텔이라는 소녀를 한 번 더 떠보는 것도 나쁘지 않겠다고 생각하며 세이지는 다시 펜던트로 시선을 옮겼다. 장미 무늬가 새겨진 은제 펜던트가 겨울의 햇빛을 반사해 둔탁한 빛을 냈다.

❖

"지난번의 그 손님과 말씀이신가요?"

"그분이 꼭 널 다시 만나고 싶다고 하셨단다. 차 마실 시간에 손님을 그냥 돌려보내는 것도 예의가 아니잖니."

백작가의 자제라는 손님은 돌아간 지 일주일 만에 수도원을 다시 방문하여 아스텔을 찾았다. 고의인지 아닌지 오늘은 티타임이 가까운 시간에 방문한 덕분에 프랜신 원장은 아스텔에게 그에게 차를 대접해 달라고 부탁했다.

아스텔은 조금 떨리는 마음으로 세이지와 나누었던 의미 불명의 대화들을 다시금 떠올렸다. 비록 선택의 여지란 존재하지 않았지만, 그가 아스텔에게 나쁜 인상을 받지 않은 것은 확실했으므로 긍정적으로 생각할 수도 있었다. 뒤바꿔서 생각해 보면 오히려 좋은 인상을 주었다는 의미도 될 수 있는 것 아닌가. 애써 마음을 가라앉힌 아스텔은 세이지가 기다리고 있는 응접실을 향해 천천히 발걸음을 옮겼다.

"왔군."

"……다시 뵙게 되어 영광입니다."

일주일 만에 다시 만난 세이지는 여전히 도도한 얼굴을 한 채 고개를 까닥거렸다. 세이지를 향해 정중하게 허리를 숙인 아스텔은 긴장한 티를 내지 않기 위해 애쓰며 쟁반을 테이블 위에 올려놓았다. 급히 준비된 다과였지만 차와 우유, 잼과 클로티드 크림과 스콘, 쿠키 등 나름대로 구색은 갖춘 모양새였다.

테이블 위에는 평소에 아스텔이 즐기던 것들보다 월등히 좋은 고급품들만이 올라와 있었지만, 전과 별다를 것 없는 침묵의 시간이었기 때문에 아첨으로도 즐겁다고 하기는 힘들었다. 도리어 상대가 귀족이니만큼 물의 온도나 우려낸 시간 등으로 까다롭게 트집을 잡는 건 아닌지 걱정이 태산일 따름이었다.

아스텔은 티포트의 주둥이 끝에만 시선을 집중한 채, 신중하게 들고 있는 티포트를 기울였다. 하지만 너무 긴장했던 탓인지 티포트를 쥐고 있는 그녀의 손은 시종일관 부들거리며 위태롭게 떨리고 있었다. 세이지는 덤덤한 시선으로 그런 아스텔의 모습을 계속 지켜보기만 할 뿐이었다.

덜덜 떨리는 손으로 티포트를 기울이던 아스텔은 결국 찻잔이 넘치도록 차를 따르고 말았다. 하얀 테이블 위로 붉은 찻물이 물감처럼 어지럽게 퍼져 나갔다.

새파랗게 질려 어쩔 줄 몰라 하는 아스텔과 반대로, 세이지는 침착하게 손수건을 꺼냈다. 곁에서 그녀가 떠는 모습을 계속 지켜보고 있었기 때문에 예상하지 못하던 바도 아니었다. 아스텔은 뒤늦게 허둥거리며 주머니에서 자신의 손수건을 꺼내 테이블을 닦았다. 수선스럽게 테이블을 닦던 아스텔의 손이 괜찮다며 손사래를 치던 세이지의 손을 스쳤다.

그 순간, 찻물이 들어 붉게 물든 손수건처럼 아스텔의 흰 뺨이 이내 발그레하게 물들었다. 그런 아스텔의 표정을 세이지는 조금 낯선 듯이 바라보았다.

"죄송합니다……."

테이블을 마저 정리한 아스텔은 화끈거리는 뺨을 손등으로 누르며 고개를 숙였다. 세이지는 마치 아무 일도 없었던 것처럼 담담한 표정으로 조금 식은 차를 마셨다. 차 받침에 빈 찻잔을 올려놓고서야 마침내 그가 다시 입을 열었다.

"한 잔 더."

이번에는 실수 없이 차를 따른 아스텔은 말없이 차를 마시고 있는 세이지의 손을 유심히 바라보았다. 맑은 진녹색의 눈동자 속에서 일순간 무언가가 반짝거리며 빛을 냈다.

"조만간 다시 오겠어."

처음보다 조금 부드러워진 분위기 속에서 티타임이 끝나자, 세이지는 지체하지 않고 돌아갈 채비를 했다. 오늘의 방문도 바쁜 시간을 쪼개 일부러 들렀던 것이라고 했다.

다음번의 만남을 기약하는 세이지의 말에 아스텔은 알 수 없는 두근거림을 느끼며 눈을 살짝 내리깔았다. 처음에는 조금 대하기 어려운 느낌이 있었지만 아까 보여주었던 알 듯 모를 듯한 배려에 첫인상처럼 딱딱한 사람은 아닐 것 같다는 생각이 들기 시작하던 참이었다. 그가 세 번이나 일부러 자신을 지목하며 찾아오는 이유도 신경이 쓰였다.

아스텔은 때때로 자신을 사로잡았던 몽상을 떠올렸다. 언젠가 자신을 사랑해 주는 누군가를 만나 수도원을 떠나게 된다는, 현실성이라고는 먹다 흘린 빵부스러기만큼도 없던 한심한 몽상. 그 몽상에 바로 지금, 무언가 구체적인 형태가 만들어지기 시작했다.

아스텔이 다시금 익숙한 몽상의 세계로 빠져들 뻔한 순간, 세이지는 돌연히 손수건에 싸인 무언가를 꺼내어 그녀에게 내밀었다. 아스텔의 손으로도 한 손에 쥘 수 있을 만큼 작은 물건이었다.

"이건……?"

"선물."

간신히 현실로 돌아온 아스텔은 눈을 크게 뜬 채 세이지의 얼굴과 그의 손에 쥐어진 물건을 번갈아가며 바라보았다.

"확인해 보지 않을 건가?"

"지금 봐야 하는 건가요?"

"꼭 지금 봐야 하는 건 아니지만."

세이지는 모호한 태도로 말을 얼버무렸다. 그런 그의 모습이 어딘가 귀엽다고 생각하면서 아스텔은 건네받은 물건을 수도복의 주머니에 넣었다. 그의 시선이 손수건에 싸인 물건을 따라 아스텔의 수도복 주머니 쪽으로 움직였다.

"나중의 즐거움으로 미뤄둘게요."

아스텔이 처음으로 그의 앞에서 미소를 보이자 세이지는 어딘가 이상해 보이는 표정을 지었다. 마치 다른 사람이 웃는 것을 처음 본 사람처럼.

잠시 천천히 눈을 깜빡이며 아스텔의 웃는 얼굴을 들여다보던 그는 이윽고 평소의 무표정한 얼굴로 돌아와 고개를 돌렸다. 아주 잠시간의 침묵 끝에 세이지가 다시 입을 열었다.

"그럼 다음번에."

세이지는 수도원 입구에 서 있는 마차를 향해 걸음을 옮기며, 아스텔과 있었던 일들을 다시금 곱씹기 시작했다. 그의 마음속에 줄곧 '초상화의 인물을 닮은 소녀'로서 두루뭉술하게 존재했던 그녀가, 조금 전의 사건을 기하여 비로소 '아스텔 메이어'라는 개별적인 존재로 탈바꿈한 것 같은 느낌이었다.

웃기도 하고 얼굴을 붉히기도 하는, 현실 속에서 생생하게 살아 존재하는 소녀. 그것은 아스텔을 아버지의 인정을 받도록 해줄 수단으로만 여기던 그에게 신선한 충격으로 다가왔다.

마차에 오른 세이지는 창문 너머로 멀어지는 수도원의 정경을 계속 뒤돌아보았다. 어쩐지 아주 조금, 다음번에 그녀를 다시 만날 일이 기다려지는 기분이었다.

그리고 그날 밤, 잠들기 전의 일과대로 일기를 쓰던 아스텔은 문득 세이지가 낮에 건네준 선물을 몰래 꺼내보았다. 손수건을 벗긴 뒤, 세이지가 건네준 물건의 정체를 곧바로 알아본 아스텔은 작게 숨을 들이켰다.

손수건에 싸여 있던 물건은, 놀랍게도 아스텔이 가지고 있는 어머니의 유품과 똑같은 모양의 펜던트였던 것이다.

❖

사흘 뒤, 서고에서 성서를 필사하다가 프랜신 원장의 호출을 받은 아스텔은 직감적으로 세이지가 다시 찾아왔음을 깨달았다. 점심을 먹은 뒤에 나른하게 몰려오던 졸음기가 곱게 접힌 쪽지 하나에 순식간에 달아나 버리는 기적이 일어났다.

손에 묻은 잉크를 닦고 있는 아스텔을 바라보며 옆에서 유명 신학자의 해설서를 뒤적이던 선배 안젤리나가 무심하게 말을 던졌다.

"백작가 도련님이라고 했던가? 누가 보면 연애하는 줄 알겠네."

"그런 거 아녜요!"

아픈 곳을 찔린 사람처럼 아스텔이 무심코 큰 목소리로 대꾸하자 안젤리나는 짓궂은 미소를 띠며 고개를 기울였다.

"어차피 넌 수녀가 되고 싶어서 수도원에 들어온 게 아니지 않니? 기회가 된다면 환속하는 것도 나쁘진 않을 거야."

"환속……"

아스텔은 안젤리나의 말을 곱씹으며 세이지를 떠올렸다. 지난번의 티타임이 생각 외로 편한 자리였고 세이지에 대한 인상이 많이 바뀐 것도 사실이지만, 냉정하게 봤을 때 그가 자신을 특별하게 생각하고 있을 가능성은 무척 낮았다.

어머니의 유품과 똑같이 생긴 펜던트를 본 순간, 아스텔은 세이지가 처음부터 뚜렷한 목적을 가지고 일부러 자신을 찾아왔다는 걸 알 수 있었다. 그리고 그 목적엔 자신의 부모님이 연관되어 있을 확률이 꽤 높을 것이다. 처음 만났던 날, 그가 어느 쪽을 닮았냐고 대뜸 물어보기도 했으니까.

하지만 존재하는지도 몰랐던 부모님의 또 다른 유품을 되찾은 셈인데도 불구하고 지금의 아스텔은 펜던트를 받은 것이 그다지 기쁘거나 감격스럽지 않았다. 군이 설명하자면, 기쁨보단 실망에 더 가까운 기분이라고나 할까. 마치 달콤했던 꿈에서 현실로 강제로 되돌아온 것처럼.

"객관적으로 그럴 가능성은 희박하다고 생각해요."

"음? 무슨 일 있었니?"

"무슨 일이 있었냐고 하시면……."

아스텔은 무심코 세이지와 손이 스쳤을 때의 일을 떠올렸다. 그가 찻잔을 내밀면서 자신에게 했던 말도.

갑자기 가슴이 답답해졌다.

"아무 일도 없었어요."

안젤리나의 의문스러운 시선이 자신의 등을 찌르는 것을 느끼며 아스텔은 도망치듯 서고를 빠져나갔다.

다시금 원장실을 방문한 아스텔은 문이 열린 순간, 자신이 실수로 원장실이 아닌 다른 방에 들어온 것으로 착각하고 뒤로 한 걸음 물러났다. 늘 보던 지저분한 원장실이 처음으로 깨끗하게 치워진 상태였기 때문이다.

너저분하게 늘어져 있던 문서철들은 깨끗하게 자취를 감췄고 모든 가구는 먼지 한 톨 없이 반짝반짝 빛을 내고 있었다. 심지어 항상 원장실 안을 맴돌던 퀴퀴한 냄새 대신, 상쾌한 로즈마리의 향기가 그 자리를 채우고 있었다. 아스텔은 수도원에 들어온 이래

처음으로 원장실의 커튼이 짙은 자주색이라는 사실을 알게 되었다. 몰라보게 달라진 원장실의 풍경에 아스텔이 충격을 받은 사이, 한 손님이 눈을 부릅뜨며 자리에서 일어났다.

"이 아이가……."

"아스텔 메이어입니다."

그의 말에 대답한 사람은 아스텔도, 수도원장도 아니었다. 아스텔의 시선이 자연스럽게 세이지와 그 옆의 낯선 중년 남성을 향했다.

아스텔은 한눈에 그가 세이지의 아버지인 델플린드 백작이라는 걸 알 수 있었다. 그러지 않고서는 '닮았다'는 표현이 진부하게 느껴질 정도로 세이지와 빼닮은 외양을 설명할 방법이 없으니까. 정확하게 말하자면 세이지 쪽이 자식이니 그가 백작을 닮은 것이겠지만 말이다.

"내가 말하는데 먼저 끼어들지 말아라, 세이지."

"죄송합니다."

백작이 못마땅한 시선으로 세이지를 나무라듯이 바라보자 그는 조용히 입을 다물고 찻잔을 입에 가져갔다. 원장실 안에 감도는 냉랭한 분위기를 타파하려는 듯, 급하게 프랜신 원장이 말을 꺼냈다.

"인사하렴, 아스텔. 이분이 널 찾고 계시던 델플린드 백작, 데이빗 해롤드 알트만 경이시란다."

원장의 말에 놀란 아스텔은 다시 백작을 마주 보았다. 조금 전의 신경질적인 반응은 마치 거짓말이었던 것처럼, 백작은 선량해보이는 미소를 지은 채 아스텔을 바라보고 있었다.

"아가, 역시 네 부모님을 빼닮았구나."

아스텔은 비로소 모든 것을 깨달았다. 세이지가 자신을 찾아왔던 이유. 그리고 그가 펜던트를 가지고 있었던 이유와 어째서 원장실이 깨끗하게 청소되었는지도 전부.

"처음 뵙겠습니다, 각하."

"그리고 각하, 이 아이가……."

"됐네."

뒤이어 아스텔을 소개하려는 원장에게 백작이 됐다는 듯이 손사래를 쳤다. 외모뿐 아니라 그런 사소한 행동마저 세이지와 닮은 구석이 있어 아스텔은 묘한 기시감을 느꼈다. 딱딱하게 굴던 세이지와는 달리, 눈에서 꿀이 떨어지는 듯한 시선과 부드러운 음성으로 저를 대하고 있음에도 그랬다.

"아가, 네가 이곳에서 어떻게 지내고 있는지 알고 싶구나."

아스텔이 난감한 시선을 던지자 원장은 곧장 고개를 끄덕였다. 세이지는 내내 표정의 변화 없이 차를 마시는 척했지만, 유심히 보면 찻잔의 차가 줄어들지 않은 상태였다.

"각하와 산책이라도 하고 오려무나."

프랜신 원장의 권유대로 아스텔은 백작과 함께 한적한 수도원의 외곽을 걸으며 이야기를 나눴다. 귀한 손님의 방문을 예상하기라도 했던 것처럼, 요 며칠 쌀쌀하던 날씨가 오늘따라 많이 풀린 상태였다. 사냥이 취미라는 백작은 답답한 실내에 갇혀 있는 것보다는 야외에서 움직이는 편이 좀 더 즐겁다고 했다.

"그래, 직접 약초를 캐러 다닌다고?"

"네. 이맘때는 잡초밖에 나지 않아서 산에 올라갈 일은 거의 없지만요."

백작은 딱딱한 존댓말을 사용하던 아스텔에게 편한 말투로 말해도 좋다는 허락을 내렸다. 수도원의 후원자보다는 부모님의 친구로 여겨줬으면 한다는 이유에서였다.

"그걸 다 구분할 수 있느냐?"

"저보다 더 잘 아시는 수녀님도 계신걸요."

"너는 약초에 관해 공부한 지도 오래되지 않았을 것 아니냐."

첫 만남에서 내내 무성의한 태도였던 세이지와 달리 백작은 궁금해하는 것이 참 많았다. 그는 아스텔과의 화젯거리가 떨어지는 것이 싫은 것처럼 끊임없이 그녀에 대해 질문공세를 퍼부었다. 설마 아스텔이 자신이 후원하고 있는 수도원에 있을 줄은 몰랐다며 혀를 차기도 했다.

아스텔은 처음 보는 백작의 과도한 관심이 부담스럽기도 했지만, 누군가에게 이만큼의 관심을 받는 것이 처음이었던 터라 기쁘기도 했다. 백작은 별것 아닌 말에도 장하다, 대단하다는 감탄사를 연신 내뱉으며 아스텔에게 내내 다정한 미소를 지어 보였다.

아스텔도 제법 긴장이 풀린 모양새가 되자, 백작은 조심스러운 기색으로 화제를 전환했다.

"부모님에 대한 기억은 남아 있느냐?"

"아주 어릴 때라 자세히는 기억나지 않지만……."

아스텔은 가물거리는 기억을 더듬거리며 주머니 속의 펜던트를 만지작거렸다.

"어머니는 피아노를 잘 치셨어요. 어렸을 때 어머니 무릎 위에서 같이 건반을 두드리면서 놀았던 기억이 나거든요. 아마 음악 선생님이 아니셨을까 싶어요."

"……."

"그리고 아버지에 대해서는……. 부끄럽지만 제대로 기억나는 게 없어요. 하지만 아버지를 굉장히 좋아했던 기억은 나요. 그리고 아버지께서 종종 제 머리를 쓰다듬어 주셨는데……."

기억을 천천히 더듬어나가던 아스텔은 돌연히 입을 다물었다. 세피아 빛으로 변색된 옛 기억의 바닷속에서 어떤 한 조각이 색채를 띤 채 선명하게 떠오르려 하고 있었다. 조금만, 조금만 더 생각하면 기억날 것 같은데—.

"너희 부모님은 두 분 다 내 가장 절친한 친우였단다."

이어지는 말에 곧바로 망각의 어둠으로 가라앉아 버렸다.

"네 어머니 디안은 지역 축제에서 여왕 자리를 놓쳐 본 적이 없을 정도로 아름답고 인기가 높았단다. 더군다나 남자들과 설전을 벌여도 지지 않을 정도로 당차고 씩씩했지."

"어머."

"그리고 네 아버지 조지는 조금 낯가림이 심했지만 굉장히 재능이 많은 친구였단다. 미술이면 미술, 음악이면 음악, 문학이면 문학, 못하는 게 없었지. 살갑지 못한 성격이라 오해를 많이 사기도 했지만 사실 누구보다 속내가 깊었어. 그러면서도 은근히 허당스러운 기질도 있었고 말이다."

아스텔은 백작이 풀어놓는 부모님의 옛이야기가 신기하면서 즐겁기만 했다. 메이슨 아주머니는 어머니의 친척이라고 했지만 생전에 그다지 가까운 사이가 아니었기 때문에 아스텔의 부모님에 대해서도 아는 것이 별로 없다고 했다.

한 시간 전까지만 해도 남모를 우울감에 젖어 있던 소녀는 백작의 입담에 간데없이 사라졌다. 문득 세이지와 처음 만났던 날, 그가 던졌던 질문이 떠오른 아스텔은 내심 궁금했던 것을 백작에게 묻기로 마음먹었다.

"저어, 백작님. 한 가지만 여쭈어도 될까요?"

"무엇이든 말해보렴."

"저는, 저는……. 두 분 중 어느 분을 닮았나요?"

백작은 그 질문에 잠시 아무 말 없이 아스텔을 응시했다. 그리고 이내 기억 속의 두 친우와 아스텔의 얼굴에서 닮은 부분을 찾아낸 것처럼, 무척이나 인자해 보이는 미소를 지었다.

허리를 숙여 아스텔과 눈을 맞춘 백작은 다정한 음성으로 그녀에게 대답했다.

"아스텔, 너는 네 부모님 둘을 모두 닮았단다. 조지와 디안의 가장 아름다운 부분만 닮은 아이가 바로 너란다."

아스텔은 백작의 대답에 환하게 미소 지었다. 비록 또렷하게 기억나지는 않지만 사랑하는 부모님의 흔적이 자신의 얼굴에 남아 있다고 생각하니 마음이 따뜻해지는 기분이었다.

그 후에도 백작과 아스텔의 환담은 계속해서 이어졌다. 기억력도 좋은 백작은 아스텔의 부모님과 겪었던 재밌는 에피소드를 생각나는 대로 전부 늘어놓았고, 아스텔은 눈을 빛내며 백작이 하는 이야기 전부를 진지하게 경청했다. 얼마나 즐겁게 이야기했는지, 세이지가 난입하기 전까지 두 시간이나 지나가는 줄도 모르고 떠들어댈 정도였다.

"즐거운 시간을 방해해서 죄송합니다만, 이만 가보지 않으면 도착하기 전에 해가 질 겁니다."

세이지의 말에 백작은 갑자기 다른 사람이 된 것처럼 정색하는 표정을 지었다. 하지만 그것도 잠시, 백작은 금세 아쉬운 눈빛으로 아스텔을 바라보았다.

"내가 너를 너무 귀찮게 한 것 같구나."

"그럴 리가요."

"그렇다면 내가 다시 널 만나러 와도 괜찮을까."

아스텔은 백작의 뒤에 선 세이지가 눈을 부릅뜨는 광경을 똑똑히 보았다. 그 표정은 원장실에서 자신을 처음 본 순간 백작이 지었던 표정과 똑같았다.

"……물론입니다."

세이지에게 까닭 모를 죄책감을 느끼며 아스텔은 고개를 끄덕였다. 머리 위로 누구의 것인지 모를 작은 한숨 소리가 들리는 것 같기도 했다.

"저어, 아드님도 함께 오시는 건가요?"

"세이지가 신경 쓰이느냐?"

"아닙니다!"

아스텔은 엉겁결에 큰 목소리로 대꾸하고는 반사적으로 자신의 입을 틀어막았다. 그런 모습이 썩 귀엽게 보였는지, 백작은 큰소리로 너털웃음을 지었다. 정작 아스텔 본인은 세이지의 얼굴을 볼 엄두가 나지 않아 혀를 깨물고 죽고 싶은 심정이었지만.

"네가 싫다면 데려오지 않으마."

고개를 숙인 아스텔의 머리를 쓰다듬으려는 듯, 잠시 팔을 뻗었던 백작은 금세 다시 손을 거두었다. 그리고는 머리를 쓰다듬는 대신, 다시 다정한 목소리로 그녀에게 말했다.

"다음번엔 널 우리 저택으로 초대하고 싶구나, 아스텔."

백작은 저택으로 돌아오자마자 집무실로 직행했다. 짧지 않은 여로에 노곤할 법도 하건만, 그는 지친 기색 없이 바로 변호사를 호출하여 여러 법률 서적과 서류들을 훑어보았다.

반신반의에 불과했던 것이 확신으로 바뀐 지금, 백작은 어제보다 십 년은 젊어 보이는 얼굴을 하고 있었다. 백작이 검토하고 있는 서류들이 어떤 것들인지 금방 알아본 세이지는 무표정한 얼굴로 시선을 바깥으로 향했다.

"아버지께서 그런 표정도 지으실 줄은 몰랐습니다."

"너희들같이 귀염성 없는 사내놈이 아니니까."

과연 그게 진심일까. 세이지는 남몰래 비틀린 웃음을 지었다. 남에게만 다른 사람이 된 것처럼 상냥하게 굴던 아버지는 친자식들이 어디까지 알고 있는지는 미처 알지 못하는 것 같았다.

아니면 알더라도 전혀 신경 쓰지 않거나.

"정말로 데려오실 겁니까?"

"네 몫의 유산에는 손도 대지 않을 테니 염려 말아라."

세이지는 이를 갈았다. 무신경한 아버지는 그가 자신 몫의 유산을 침범당할까 봐 아스텔을 경계하는 것으로만 여기고 있었다. 그가 진정 불쾌해하는 것이 어떤 것인지는 알려고도 하지 않은 채.

그를 배웅하며 미소 짓던 아스텔의 얼굴이 김이 서린 유리창 너머로 아른거리며 떠올랐다. 세이지는 아스텔을 보고 싶기도 했고, 그러면서도 동시에 보고 싶지 않기도 했다. 분명 머지않아 다시 만나게 되겠지만, 그 사실이 오히려 그의 마음을 새까맣게 태워가기만 할 뿐이었다.

어째서 이런 기분이 드는 걸까.

세이지는 지금의 감정을 건사하기도 벅찬 자신이 낯설게만 느껴졌다. 이제 고작 세 번을 만나본 상대일 뿐인데, 대체 무엇 때문에.

"본인이 싫다고 하면 어쩌실 겁니까."

"싫다고 할 이유가 어디 있단 말이냐. 이제 그 아이는 아무것도 염려하지 않아도 될 터인데. 누구보다 네가 더 잘 알지 않느냐. 알트만 가문의 일원이 된다는 것이 어떤 의미인지."

백작은 세이지를 향해 미소 지었다. 아마도 그의 기억 속에서는 처음으로.

"플라티나 메도우에서 산다는 게 어떤 의미인지."

❖

백작이 돌아간 뒤 일주일이 지났다. 저녁 식사가 끝난 뒤에 수도원장의 호출을 받은 아스텔은 백작이 자신을 입양하고 싶다고 정식으로 제안해 왔다는 소식을 들을 수 있었다.

그 말을 듣는 순간, 지금까지 겪어왔던 모든 일이 주마등처럼 머리를 스쳐 지나가며 갑자기 다리에 힘이 풀렸다. 어둡고 좁은 방에서 촛불 하나만 켜놓고 바늘에 손을 찔려가며 옷을 수선하던 일, 파리한 안색으로 피를 토하며 마른기침을 하던 메이슨 아주머니, 언 손을 호호 불어가며 물을 긷던 한겨울의 어느 날, 권총과 함께 발견된 주인 내외의 싸늘한 시신, 추위를 피해 숨어들었던 작은 성당에서 이루어진 프랜신 원장의 동생과의 만남, 수녀가 되기 위해 신학 공부에 매진하던 나날, 그리고 세이지를 처음 만났던 날까지……. 짧은 순간에 너무 많은 감정이 휘몰아쳐 서러워진 아스텔은 그 자리에 주저앉아 한참을 울었다.

"물론 갑작스러운 얘기란 건 안단다. 하지만 나는 이 제안이 네게 다시없을 좋은 기회라고 생각되는구나. 이것 역시 널 아끼시는 신의 뜻일지도 모르지. 성직자로서의 길을 걷는 것만이 신을 섬기는 일은 아니니 말이다."

"……하루만 생각할 시간을 주세요."

아스텔은 비척거리는 걸음으로 원장실을 나섰다. 그리고 뜬눈으로 밤을 새운 다음 날 아침, 백작의 제안을 받아들이겠다고 대답했다.

백작의 양녀가 된다는 건 곧 가족이 생긴다는 의미였다. 그리고 동시에 세이지와 남매가 된다는 의미이기도 했다. 아주 잠시, 이유를 알 수 없는 답답함이 그녀의 마음을 침식해 갔지만 아스텔은 좋은 것만 떠올리기 위해 애를 썼다.

어린 나이에 홀로 자라야 했던 아스텔은 가족을 갖고 싶었다. 어떤 이해관계도 필요하지 않고, 누군가에게 잘 보이려고 자신을 꾸밀 필요도 없으며, 그저 존재만으로 내 편이라고 생각할 수 있는 사람. 사회적인 신분 상승이나 물질적인 풍요는 큰 의미가 없는 것이었다.

백작은 처음부터 아스텔이 자신의 제안을 받아들인다는 가정 하에 모든 것을 준비해 놓았다. 아스텔이 백작의 제안을 받아들인 바로 다음 날에는 저택의 집사와 메이드장, 변호사가 수도원을 방문한 것이다.

아스텔 조지아 알트만(Astel Georgia Altman).

가운데 이름은 아스텔의 친부인 조지의 이름을 따서 조지아로 짓기로 했다. 아스텔은 자신의 이름 뒤에 붙은 낯선 고유명사에 치밀어 오르는 눈물을 억누르며 변호사가 내민 서류에 서명했다.

하우스 키퍼인 테일러 부인은 아스텔에게 맞을 옷을 짓기 위해 치수를 재고 그녀가 좋아하는 색상과 음식 등을 꼼꼼히 확인했다. 향수와 몇몇 유명 재단사들의 이름도 언급되었지만 아스텔이 문외한인 분야였기 때문에 별다른 성과는 없었다.

백작은 자신의 의붓딸을 위해 모든 것을 가장 좋은 것들로 준비하고 있다고 했다. 그리고 얼마 남지 않은 사교계 시즌에 아스텔을 데뷔시키고 싶어 한다고. 아스텔에게는 전부 실감이 나지 않는 이야기뿐이었다.

집사인 알버트 스탠튼은 아스텔의 교양과 지식 수준에 흡족해 하면서도 테이블 매너를 비롯한 상류계층 사람들의 행동 지침이 적힌 책들을 몇 권 건네주었다. 가정교사를 붙여주기 전까지는 아쉬운 대로 책으로라도 공부해 두라는 의미였다.

그날부로 아스텔에게는 기도 시간을 제외한 수도원에서의 모든 활동이 중지되었다. 그 시간에 집사가 남기고 간 책을 한 권이라도 더 읽으라고 했다. 방도 옮길 뻔했지만 아스텔이 한사코 거절하여 방만큼은 예전에 쓰던 방을 그대로 쓰기로 했다. 고용인들이 수도원을 방문하던 날, 아스텔은 태어나서 처음으로 거위 털 이불을 덮고 잘 수 있었다.

다시 일주일이 지나고 마침내 저택으로 떠나는 날이 되었다. 아스텔을 데리러 오기 위해 몇 명의 고용인들이 수도원을 방문했다. 놀랍게도 세이지도 함께였다.

당황하는 아스텔과 대조적으로 세이지는 처음 만난 날과 다름없이 딱딱한 얼굴을 하고 있었다. 아스텔은 그에게 까닭 모를 죄책감을 느꼈다. 이렇게 마음의 준비도 없이, 다시 마주칠 줄은 예상하지 못했었는데.

"오실 줄 몰랐어요."

"딱히 오지 않을 이유도 없지. 오늘은 아버지 대신 온 거지만."

세이지는 덤덤하게 백작이 직접 오고 싶어 했지만 도저히 짬이 나지 않아 오지 못했다는 설명을 덧붙였다.

"소개하지. 이쪽이 오늘부터 네 전용 시녀가 된 에밀리 노턴."

아마빛 머리카락에 맑은 갈색 눈동자를 지닌 에밀리는 내년에 열아홉 살이 된다고 했다. 참고서에 나온 삽화처럼 양쪽 치맛자락을 든 에밀리가 상체를 숙이며 우아한 동작으로 인사했다.

"처음 뵙겠습니다, 아가씨."

"저, 저도 처음 뵙겠습니다. 에밀리."

아스텔도 에밀리를 따라 인사하려고 했지만 애석하게도 걸치고 있는 것이 밋밋한 수도복이었기 때문에 그녀와 같은 우아한 태는 나지 않았다. 에밀리는 허둥거리는 아스텔을 바라보며 따뜻한 미소를 지어 보였다.

"편히 말씀하셔도 되어요. 드디어 아가씨께서 귀족 영애로 변신하실 시간이 되었군요."

저택으로 떠나기 전에 에밀리는 아스텔의 방을 찾아 드레스를 입혀주고 머리를 새로 매만져 주었다. 처음으로 코르셋을 착용한 아스텔이 숨을 못 쉬어 버둥거리자 당황한 에밀리가 코르셋의 끈을 늦춰주는 웃지 못할 해프닝도 발생했다.

장미처럼 짙은 붉은색의 벨벳 드레스는 아스텔의 하얀 피부와 절묘하게 잘 어울렸는데, 백작이 직접 고른 것이라고 에밀리가 귀뜸해 주어 아스텔을 깜짝 놀라게 했다. 익숙하지 않은 드레스 차림을 한 아스텔은 에밀리가 건네준 우산을 지팡이 대신 짚으며 마차가 세워진 수도원 입구로 나왔다.

수도복과 두건 대신 드레스와 보닛을 착용한 아스텔의 모습에 세이지는 잠시 눈을 크게 떴지만 곧 무표정한 얼굴을 한 채 마차로 시선을 돌렸다. 마치 자신을 일부러 외면하는 듯한 그의 모습에 아스텔은 갑작스레 마음속이 술렁거리는 것을 느꼈다.

"앞으로의 네 인생에 축복만 가득하길 바란다, 아스텔."

"원장님."

눈가가 촉촉해진 프랜신 원장은 아스텔의 뺨에 몇 번이고 키스하며 그녀의 앞날에 행운을 빌어주었다. 아스텔은 저절로 솟구치는 눈물을 애써 억눌러 참고는 원장을 안심시키려는 것처럼 활짝 웃어 보였다.

"종종 찾아올게요. 그동안 정말 감사했습니다."

몇 안 되는 짐이 짐마차에 전부 실린 것을 확인한 뒤, 세이지는 아스텔에게 직접 마차의 문을 열어주었다. 함께 마차에 오르던 에밀리가 아스텔의 방에 깜빡 두고 온 것이 생각났다며 급하게 자리를 비우자, 마차 안에는 자연스레 세이지와 아스텔 단둘만이 남게 되었다.

아스텔은 긴장한 티를 내지 않으려 노력하며 맞은편의 세이지를 바라보았다.

"저어, 감사해요. ……오라버니."

오라버니, 라는 호칭을 들은 세이지는 마치 끔찍한 욕설을 들은 것처럼 노골적으로 질색하는 표정을 지었다. 기껏 용기를 내어 오라버니라고 불렀던 아스텔 쪽이 더 상처를 입을 정도로.

"앞으로 나를 그딴 호칭으로 부르지 마라."

"하지만 각……, 양부님께서……."

"날 어떻게 부르든 네 마음대로 해. 하지만 오라버니라고만 부르지 마라. 끔찍하니까."

아스텔은 세이지가 드러낸 날 것 그대로의 적의에 깜짝 놀랐다. 그가 자신을 좋아하지는 않아도 최소한 싫어하지는 않을 것이라는 낙관이 보기 좋게 빗나간 것이다.

머리를 커다란 망치로 한 대 맞은 것 같은 기분이었다. 온몸이 사시나무 떨리듯 떨렸다.

"제…… 가, 당신에게 무얼, 잘못했나요……?"

"잘못이라."

세이지가 가소롭다는 듯이 픽 웃으며 아스텔을 주시했다. 아스텔은 시선만으로 발가벗겨진 듯한 수치심을 느꼈다. 마치 맹수의 앞에 놓인 초식동물과 같은 두려움이 그녀를 엄습했다.

"너란 존재가 내 앞에 나타난 것 자체가 잘못이야."

2. 고달픈 레이디의 길

"너 같은 건 처음부터 태어나지 말았어야 했는데."

"헉!"

아스텔은 소스라치게 놀라 벌떡 일어났다. 악몽 속의 세이지가 제게 했던 악담이 아직도 귀에서 메아리치는 것 같았다. 눈을 뜬 아스텔은 늘 보던 것과 다른 방 안의 풍경에 잠시 당황했다가 이내 자신이 플라티나 메도우의 자기 방에 있다는 걸 떠올렸다.

플라티나 메도우(Platina Meadow)는 델플린드 백작의 영지에 있는 컨트리 하우스의 이름이다. 5월에 저택 안에서 바깥을 바라보면 비에 젖은 잎사귀가 백금빛으로 빛나 보이기 때문에 지은 이름이라고 저녁 만찬 시간에 백작이 설명해 주었다.

저녁 식사 시간이 되기 전에 저택에 도착한 아스텔은 자신을 마중 나온 백작과 고용인들로부터 이루 말할 수 없는 환대를 받았다. 백작에게는 세이지의 형이기도 한 아들이 한 명 더 있는데,

현재 후계자 수업을 위해 외국에 나가 있지만 곧 돌아올 사교계 시즌에 맞춰 귀국할 예정이라고 했다.

수도원에서 쓰던 방이 세 개는 통째로 들어갈 것 같은 넓은 방은 아름답고 고상한 디자인의 하얀 가구들이 자태를 뽐내고 있었고, 방에 딸린 드레스룸에는 몇 달을 입어도 다 못 입을 것 같은 드레스와 구두, 모자와 외투 등이 가득했다. 응접실에는 새로 구입했다는 그랜드 피아노가, 티테이블 아래에는 파란 눈에 새하얀 털을 지닌 장모종 고양이가 아스텔을 기다리고 있었다.

아스텔이 눈물을 보이자 그녀의 양아버지는 당황하면서도 내심 흡족해하는 표정을 숨기지 않았다. 그 눈물이 어떤 의미에서 나온 눈물인지는 꿈에도 모른 채.

세이지는 저택에 도착하자마자 마차 안에서 있었던 대화가 꿈속에서 일어난 일이었던 것처럼 아스텔에게 잘해주었다. 심지어 백작뿐 아니라 그도 선물을 준비해 두었다.

어딘가 아스텔을 닮은 구석이 있는 금발의 비스크 돌은 진짜 사람의 것을 작게 축소해서 만든 것 같은 고급스러운 드레스와 소품들로 장식되어 있었다. 언뜻 보면 신경 써서 준비한 것 같았지만 명백한 어린아이 취급이었다.

인형이 담긴 상자에는 세이지의 이름이 적혀 있지만 척 봐도 대필한 티가 나는 정중한 편지가 동봉되어 있었다. 은근한 경멸과 무시가 묻어나오는 세이지의 선물을 아스텔은 기뻐하는 얼굴로 받았다.

저녁 만찬에는 이름조차 들어본 적 없는 고급 요리들과 아스텔을 환영하는 의미의 케이크가 나왔는데 놀라울 정도로 아무 맛도 느껴지지 않았다. 백작은 어떤 질책도 하지 않았지만, 아스텔은 자신의 부족한 테이블 매너가 세이지에게 우스꽝스럽게 보일 것 같아 먹는 데 집중할 수가 없었다. 결국 금방 체하고 만 아스텔은 약을 먹고 일찌감치 침실로 들어갔다.

백작은 아무 잘못 없는 아스텔이 죄책감을 느낄 정도로 그녀를 걱정했다. 세이지의 얼굴은 미처 보지 못했지만 어떤 얼굴을 하고 있었든 그가 아스텔을 걱정하진 않았을 것 같았다. 불현듯 다시 서러워진 아스텔은 잠옷 소매로 시큰거리는 눈가를 문질러 닦았다.

백작은 의붓딸이 여독을 풀고 저택의 생활에 먼저 익숙해지라는 의미에서 당분간 가정교사를 부르지 않겠다고 했다. 하지만 사교계 시즌이 얼마 남지 않았기 때문에 수업이 늦춰진다는 것은 그만큼 공부할 시간이 빠듯해진다는 의미이기도 했다.

백작은 부인이었던 그레이스가 세상을 떠난 뒤로 후처를 들이지 않았기 때문에, 실질적인 안주인 역할을 하는 사람은 그의 손윗누이이자 세이지의 고모인 블루엣 백작부인 엘레노어였다. 아스텔을 만나기 위해 플라티나 메도우를 방문한 엘레노어는 새 조카가 몸이 좋지 않아 아직 누워 있다는 얘기를 듣고 몹시 아쉬워했다. 덕분에 그녀를 접대하는 건 백작가의 일원 중, 유일하게 한가한 사람인 세이지의 몫이 되어버렸다.

"그 아이 이름이 아스텔이라고 했던가. 설마 이 나이에 귀여운 조카딸이 생길 줄은 꿈에도 몰랐는데 말야."

"귀염성 없는 남자 조카라서 죄송합니다."

"굳이 그런 심술궂은 말을 하니까 네가 귀염성 없다는 말을 듣는 거란다, 세이지."

엘레노어는 나직한 한숨을 내쉬며 무릎 위의 고양이를 쓰다듬었다.

"그래도 넌 어렸을 때부터 참 얌전하고 말을 잘 들어서 돌보기

편했지. 네 형은 정말 못 말리는 사고뭉치였는데 말야. 어린애가 너무 어른스러워서 징그럽다는 말도 들었지만."

"보나마나 아버지께서 하신 말씀이겠군요."

"애 좀 봐. 눈치 하나는 귀신같다니까. 그런데 넌 그 부분만큼은 네 아비를 안 닮았거든."

세이지는 각설탕을 찻잔에 넣는 대신에 입에 넣고 까드득 소리를 내며 깨물었다.

"그런 말씀을 하셔도 별로 칭찬처럼 들리지는 않는데 말이죠."

"칭찬으로 한 말이 아닌데 당연한 거 아니니?"

코웃음을 치던 엘레노어는 갑자기 입을 다물더니 재빠르게 주변을 살핀 후, 세이지를 향해 이리 와보란 듯이 손짓을 해보였다. 세이지는 노골적으로 귀찮다는 표정을 지으면서도 제 고모에게 순순히 귀를 빌려줬다.

"그런데……, 네가 보기엔 어떠니?"

"무슨 말씀이신지."

"네 아비 말야. 그 애를 데려온 이유. 왜, 제법 오래 홀아비 생활을 했잖아? 여태 변변한 친구도 없이 살았으면서 명목만 그럴싸한 게 영 수상해. 언제부터 그렇게 남 좋은 일 하면서 살았다고."

세이지는 엘레노어가 하고 싶어 하는 말을 금방 눈치챘다.

"고모님께서 생각하시는 그런 이유는 아닐 겁니다."

"하지만 아무리 생각해도 수상해. 여자는 멍청하고 부산스러워서 싫다던 애가 느닷없이 양녀라니. 넌 뭔가 짐작 가는 일은 없니?"

"짐작은 아니고 확신이라면 가지고 있습니다."

"확신?"

"하지만 고모님께 말씀드릴 수는 없습니다."

"얘는!"

엘레노어는 김샜다는 표정을 지으며 고양이의 등을 마구 쓰다듬었다. 고양이는 귀찮다는 듯이 주인의 손을 피해 무릎 위에서 폴짝 뛰어내리더니 이내 테이블 아래로 숨어버렸다.

웃음기 없는 얼굴을 한 채 자신의 옷깃에 붙은 고양이털을 떼던 세이지가 문득 혼잣말로 중얼거렸다.

"말했다가는 아버지가 절 찢어 죽일지도 모르거든요."

아스텔이 다시 눈을 떴을 때는 이미 한밤중이었다. 자신이 거의 만 하루를 잠만 자면서 보냈다는 사실에 아스텔은 작지 않은 충격을 받았다.

약이 잘 들었기 때문인지 아니면 속이 비었기 때문인지 체중은 조금 내려가 있었다. 몸을 일으키자마자 갑작스러운 허기가 몰려들면서 위장에서 꼬르륵하는 소리가 났다. 침대의 머리맡에 달린 줄을 보면서 잠시 고민하던 아스텔은 재촉하듯이 다시 울어대는 위장 소리에 못 이겨 결국 줄을 잡아당기고 말았다. 얼마 지나지 않아 노크 소리가 들렸고 아스텔이 들어오라고 대답하자 곧바로 문이 열렸다.

"몸은 좀 괜찮아졌느냐?"

"양부님······."

에밀리와 함께 모습을 드러낸 백작은 차마 슈미즈 차림의 양딸이 있는 방 안으로 들어올 수는 없었는지 문가에 서서 아스텔의 안색을 살폈다.

"어제보다는 많이 좋아지신 것 같습니다, 나리."

에밀리는 아스텔의 얼굴을 정성껏 닦아주면서도 백작이 지켜보고 있는 것이 영 불편한 눈치였다. 고용인들은 친아들에게도 냉랭한 백작이 요 한 달간, 양딸을 맞이할 준비를 하며 얼마나 극성맞게 굴었는지 전부 기억하고 있었기 때문에 아스텔을 더욱 조심스럽게 대할 수밖에 없었다.

"음식이 입에 안 맞았느냐? 많이 아픈 것 같더구나."

"평소에 먹던 것보다 기름진 음식이라서 위가 놀랐던 것 같아요. 걱정해 주셔서 감사합니다, 양부님."

아스텔은 대답하면서도 자신이 이렇게 태연하게 거짓말을 할 수 있다는 사실에 내심 놀라고 있었다. 하지만 백작은 아스텔의 말에 금방 수긍한 것처럼 고개를 끄덕였다.

"뭐든 불편한 게 있으면 바로 이야기하거라."

"네."

백작은 그제야 조금 마음을 놓은 듯 문을 닫고 아스텔의 방을 떠났다. 문이 닫히자 에밀리는 작게 한숨을 내쉬며 어깨에 힘을 뺐다.

"아가씨, 그밖에 필요하신 건 없나요?"

"음, 저 하루종일 아무것도 먹질 못해서……."

"드시고 싶은 게 있다면 주방에 가서 이야기하고 오겠습니다."

에밀리는 부담스럽지 않을 정도로 아스텔을 적당히 잘 챙겨주었다. 자신을 돌보는 일이 그녀의 일이라는 건 알지만, 아직 시중받는 것에 익숙하지 못한 아스텔은 에밀리를 향해 조금 수줍게 미소 지어 보였다.

"먹기 편한 수프 정도라면 괜찮을 것 같아요. 고마워요, 에밀리."

"아가씨, 저 같은 것에게 그런 말투를 사용하시면 안 됩니다."

"하지만……."

"아가씨께서는 수도원에서 자라셨다고 하셨죠."

에밀리가 작게 한숨을 내쉬었다.

"제가 이런 말씀을 드리는 것도 주제넘은 짓 같지만, 아가씨가 아랫것들에게 존대를 사용하시면 저희가 나리께 불벼락을 맞거든 요."

"미, 미안해요."

"아가씨."

"미안……."

에밀리가 해주는 얘기는 아스텔로서는 상상조차 해본 적이 없는 일들이었다. 불과 삼 주 전까지만 해도 자신이 귀족의 양녀가 될 것이라는 상상도 할 수 없었으니 당연한 일이었지만.

주방에 다녀온 에밀리가 내민 수프 그릇을 본 아스텔은 두 번째로 작은 충격을 받았다. 수도원에서 먹던 것과 같은 묽은 콩소메가 아니라 조갯살과 감자가 듬뿍 든 걸쭉한 클램 차우더였기 때문이다. 스푼을 쥔 아스텔이 수프 그릇을 계속 응시하기만 하자 에밀리는 도리어 당황한 눈치를 보였다.

"혹시 해산물은 싫어하시나요?"

"아녜요! 아니, 아냐! 그냥 내가 생각했던 것과 조금 달라서……."

얼굴을 붉힌 아스텔이 수프 그릇을 비우는 사이, 에밀리는 저택에 대해 자신이 아는 것들을 이야기해 주었다. 본래 다른 저택에서 일하고 있었으나 모시던 아가씨가 결혼을 하게 되어 플라티나 메도우에 왔고, 다른 저택보다 수입이 좋아 만족하고 있다는 얘기. 집사인 알버트는 삼 대째 이 저택에서 봉사하고 있는 집안의 사람이며 하우스 키퍼인 테일러 부인은 평소엔 엄하지만 사실 정이 많은 성격이라는 것. 백작은 백작부인이 십여 년 전에 세상을 떠난 후로 지금까지 후처를 들이지 않아 고용인들 사이에서는 로맨티스트로 불리고 있다는 얘기.

화제가 어느덧 세이지에 대한 것으로 넘어오자 아스텔은 무심코 아랫입술을 꽉 깨물었다. 세이지는 몇 달 전까지 수도인 엘버린에 있는 대학에 다니고 있었기 때문에 에밀리도 아는 건 별로 없지만, 처음 봤을 때 후계자인 장남보다 더 백작을 닮아 놀랐었다고 했다.

에밀리는 아스텔을 찾아오는 데 백작이 상당한 유산분배권을 걸었기 때문에 세이지의 의욕이 남달랐을 거라고 했다. 하지만 아스텔은 그것이 전부가 아닐 것이라고 생각했다. 단순히 유산 때문에 아스텔을 경계한다고 볼 수도 있었지만, 그것만으로는 그가 보인 원한과 같은 적개심을 설명하기가 어려웠다.

"모레부터는 나리께서 고용하신 가정교사가 방문할 예정이니 푹 쉬어두셔요."

에밀리가 방을 나간 뒤, 아스텔은 무언가에 홀린 듯이 세이지에게 받았던 펜던트를 꺼냈다. 세이지가 자신에게 주었던 몇 안 되는 물건 중, 그것이 가장 그의 진심이 담긴 물건이라는 걸 알았기 때문이었다.

불현듯 그에게 펜던트를 받았던 날이 떠올랐다. 어질러진 찻물, 발갛게 물든 손수건, 테이블 위로 닿았던 두 사람의 손. 아주 잠시나마 그가 어렵지 않게 느껴졌던 순간.

지금의 당신은 무슨 생각을 하면서 나를 바라보고 있는 걸까. 어째서 날 대하는 태도가 갑자기 바뀌어 버린 거지?

"당신은 정말 알 수 없는 사람."

침대에 누운 아스텔은 노래를 흥얼거리듯이 중얼거리다가 눈을 감았다.

"하지만 난 아직 당신이 싫어지지 않았어요."

다음 날, 아스텔은 해가 떠 있을 때 눈을 떴다. 버릇처럼 세면대를 찾던 아스텔은 뒤늦게 이곳에는 세면대가 없다는 걸 깨닫고 혼자 민망해하며 욕실로 들어갔다. 저택의 주인도 아닌 개인 방에 욕실이 딸려 있다니 터무니없는 사치였다.

세면대를 찾지 못해 궁여지책으로 욕조에 물을 받아 씻고 나오던 와중에 때마침 노크 소리가 들렸다.

"아가씨, 일어나셨어요?"

"으응."

이윽고 문이 열리더니 아침 식사를 실은 트롤리를 끌며 에밀리와 다른 메이드가 모습을 드러냈다. 막 씻고 나와 젖은 얼굴의 아스텔을 발견한 에밀리는 소스라치게 놀라더니 황급히 그녀에게 다가왔다.

"아가씨! 설마 혼자서 씻고 나오신 건가요?"

"당연히 혼자 씻어야 하지 않아?"

"그럴 리가요. 내일부터는 제가 직접 깨워 드리겠습니다."

에밀리는 깜짝 놀랐다고 투덜거리면서 아스텔의 얼굴을 닦아주고 머리카락을 빗기기 시작했다. 함께 들어온 메이드는 애써 웃음을 참으려고 하는 모양새였지만 자세히 보면 입가가 씰룩거리는 것이 보였다.

"정말이지, 아가씨께서는 사람을 깜짝 놀라게 하는 재주를 갖고 계신 것 같네요. 아까 테일러 부인께서 이 자리에 계셨더라면 전 그 자리에서 바로 해고당했을걸요."

"설마."

"농담으로 드리는 말씀 같죠? 믿기시지 않으면 한 번 시험해 보셔도 좋아요. 대신, 저 말고 다른 사람으로 시험해 주세요."

머리 빗기기를 마친 에밀리는 곧바로 트롤리에 실어온 아침 식사를 나르기 시작했다. 진한 홍차에 버터와 잼을 곁들인 갓 구운 빵, 스크램블드에그와 베이컨이 아스텔의 앞에 차례차례로 차려졌다. 플라티나 메도우에서 처음으로 먹는 아침 식사였다.

아침 식사가 끝난 뒤에는 에밀리와 동행한 메이드가 머리카락을 땋아주기 시작했다. 메이드의 이름은 샐리라고 했는데, 머리를 매만지거나 리본 매듭을 짓는 등의 손재주는 에밀리보다 낫다고 했다.

"가정교사는 내일 오기로 했지만, 나리의 누님이신 블루엣 백작부인께서 어제 아가씨를 만나러 오셨거든요."

"내가 그분께 폐를 끼친 건 아닐까?"

"아프셨으니 어쩔 수 없죠. 그래도 앞으로 자주 뵙게 될 테니 이왕이면 마님께 잘 보이시는 편이 나을 거랍니다. 아참, 여기서 말씀드리는 마님은 나리의 누님이셔요. 나리께서 오랫동안 새 마님을 안 들이셔서 다들 그렇게 부르거든요."

샐리가 짙은 녹색 드레스와 함께 드로어즈, 코르셋과 크리놀린 등의 속옷을 챙겨오자 아스텔은 거북한 표정을 지었다. 에밀리는 아스텔이 코르셋을 싫어하는 이유를 잘 알고 있었지만 이 부분에 대해서만큼은 양보해 주지 않았다.

"익숙해지셔야 해요. 사교계에 데뷔하시면 이것보다 더 가늘게 조여야 하니까요."

"이것보다 더 조여야 한다고?"

아스텔이 익숙해질 때까지는 느슨하게 조이겠다고 한 에밀리는 말과는 달리 이틀 전보다 더욱 세게 코르셋을 조였다. 앞으로 매일 조금씩 더 가늘게 조여 나갈 거란 청천벽력 같은 말과 함께.

"그래도 아가씨는 가슴이 풍만한 편이셔서 조금만 조여도 허리가 더 가늘어 보이시거든요. 이건 굉장한 장점이랍니다."

치장을 마친 아스텔은 에밀리의 부축을 받으며 응접실로 나왔다. 숨을 쉬는 것도 지금의 그녀에게는 벅찬 일이었기 때문에 부축이라도 받지 않으면 걷기는커녕 혼자 서 있는 것마저 힘들었다.

햇빛이 잘 드는 창가의 테이블에는 이미 고급스러운 다기에 담긴 다과가 준비되어 있었다. 조금만 더 기다리면 블루엣 백작부인이 올 것이라고 하며 에밀리가 이마를 닦아주었다.

"오래 걸리지 않을 테니 조금만 참으셔요."

에밀리는 아스텔을 소파에 앉힌 후에 곧장 자리를 떴다. 홀로 남겨진 아스텔은 소개해 줄 사람이 없어 어떻게 백작부인과 인사를 해야 할지 막막하기만 했다. 하지만 그 걱정은 금방 다른 방식으로 해결되었다.

"네가 아스텔이니?"

검은 머리의 우아한 중년 부인이 세이지의 에스코트를 받으며 응접실 입구로부터 걸어오고 있었다.

아스텔은 동요한 티를 감추기 위해 애써 억지웃음을 지었다. 세이지가 싫어진 건 아니었지만 아직은 그를 제대로 마주 볼 용기가 나지 않았다.

"처음 뵙겠습니다."

"귀여운 여자아이가 있으니 저택에 활기가 도는 것 같아서 보기 좋은걸. 그런데……, 어머나."

잠시 아스텔의 얼굴을 빤히 응시하던 여인은 고개를 갸웃했다.

"기분 탓인가?"

여인의 미묘한 반응에 아스텔은 혹시 자신의 얼굴에 뭔가 묻었는지 손으로 뺨을 쓸어보았다. 인사가 늦어지자 세이지는 재촉하듯이 여인에게 말을 걸었다.

"고모님."

기묘한 시선으로 아스텔을 바라보던 여인은 세이지의 부름에 뒤늦게 정신을 차린 것처럼 눈을 깜빡거렸다. 조금 민망한 듯한 미소가 그녀의 입가에 걸렸다.

"어머, 나도 참. 내가 이러고 있을 때가 아니지. 어서 소개해 주지 않겠니? 세이지."

"이분은 아버님의 누님이시자 블루엣 백작부인이신 엘레노어 미리암 애비 부인. 그리고 고모님, 이 아이가 제 누이동생이 된 아스텔 조지아 알트만입니다."

세이지는 엘레노어에게 아스텔을 자신의 누이동생이라고 설명했다. 아스텔은 엘레노어는 세이지가 자신을 싫어한다는 사실을 모를 테니 체면상 누이라고 설명한 것은 이해할 수 있었지만, 그것과 별개로 기분은 묘했다.

엘레노어는 만면에 웃음을 띠며 아스텔의 손을 꼭 잡았다.

"난 항상 우리 집안에 여자아이가 있었으면 했단다. 데이빗은 너도 알다시피 아들 둘뿐이고 나도 자식이라고는 아들 하나밖에 없거든. 플라티나 메도우는 어떠니? 멋진 저택이지?"

"네……."

"후후, 솔직히 아직 잘 모르겠다고 해도 괜찮아. 엘버린에 있는 타운 하우스도 멋지지만 난 이곳을 가장 좋아한단다. 내가 태어나고 자란 곳이라 마음이 쏠리는 것도 당연하지만. 모르는 것이 있으면 뭐든 물어보렴. 수도원에서 자랐다고 했던가?"

"네."

"레이디로서의 소양은 차차 익혀 나가면 될 것이고 수도원에서 자랐다는 건 신붓감으로 나쁘지 않은 조건이야. 아니, 오히려 상당히 괜찮은 조건이지. 요새 젊은것들은 너무 문란하다니까."

그렇게 말하며 엘레노어는 세이지를 흘끗 바라보았다. 딱히 긍정도 부정도 하지 않는 그의 태도에 무언의 긍정을 읽어낸 아스텔은 가슴 안쪽이 죄어오는 듯한 통증을 느끼며 황급히 고개를 돌렸다. 아스텔의 모습을 알게 모르게 지켜보고 있던 세이지의 눈썹이 미미하게 찌푸려졌다.

"어머, 내가 너무 놀라게 한 거니? 역시 순진하구나. 괜찮아, 이 고모가 아스텔에게 최고의 신랑감을 찾아줄 테니. 세이지 같은 나쁜 놈한테 마음이 쏠려서는 절대 안 된단다. 설마 세이지가 벌써 너한테 작업을 건 건 아니겠지?"

뼈가 있는 엘레노어의 질문에 아스텔 대신 세이지가 차를 홀짝거리며 담담한 말투로 대답했다.

"동생에게 작업을 걸 정도로 발정이 나진 않았습니다."

"그건 듣던 중 다행이구나. 하지만 남자의 마음은 갈대 같으니까 절대 마음을 놓아선 안 돼. 이렇게 사랑스러운 여자애가 한 지붕 아래에서 같이 사는데 남자로서 혹하는 것도 이상하진 않거든."

"고모님."

"안단다, 얘야. 난 지금 이 아이에게 너를 포함해서 어떤 남자라도 믿어선 안 된다고 가르치고 있는 거란다. 물론 내가 소개해 주는 남자는 제외하고 말이지."

엘레노어는 그 후로도 계속 말을 이어나갔다. 말이 좋아서 대화지 사실상 엘레노어 한 사람의 일방적인 수다나 다름없었다. 그러고 보니 어느 가문의 삼남이 참 잘생겼다느니, 조건만 보면 다른 가문의 장남이 더 좋다느니, 엘레노어의 인맥에 속해 있는 거의 모든 독신 귀족 남성들의 이름이 언급되었다. 유감스럽게도 아스텔의 귀에는 아무것도 들리지 않는 상태였지만.

원하는 만큼 실컷 수다를 떤 엘레노어는 상기된 표정으로 사교계 시즌이 시작되면 수도의 주얼리 숍에 함께 쇼핑을 하러 가자고 권했다. 거부권 같은 것이 존재할 리 없는 아스텔은 그녀의 말에 무조건적으로 고개를 끄덕일 뿐이었다.

조만간 다시 오겠다고 하며 엘레노어가 자리에서 일어나자, 아스텔은 그녀를 배웅하기 위해 따라 일어나다가 곧 비틀거리며 다시 주저앉았다.

"어머, 몸이 아직 완전히 낫지 않았나 보구나. 배웅은 세이지 혼자서도 할 수 있으니 괜찮아."

"죄송……, 죄송합니다……."

"너무 무리하지 않아도 된단다, 아가. 그럼 다음에 또 보자."

엘레노어는 왔을 때와 마찬가지로 세이지와 함께 응접실을 떠났다. 응접실에 홀로 남겨진 아스텔은 덜덜 떨리는 손으로 찻잔을 들다가 다시 내려놓고 말았다. 창밖으로 마차가 떠나는 소리가 들리고 얼마 지나지 않아 세이지가 다시 응접실로 돌아왔다.

"얼빠진 얼굴을 하고 있군."

"오라……."

"그렇게 부르지 말라고 했을 텐데."

무표정의 가면을 벗어던진 세이지는 심기가 불편해 보였다. 아스텔은 세이지가 늘 짓고 다니는 무표정이 타고난 성향이 아니라 감정을 감추기 위한 연기였다는 것을 그제야 깨달을 수 있었다.

"고모님께서 오해하실까 봐 동생이라고 했지만 난 널 동생으로 생각한 적이 한 번도 없다."

"……."

"가만 놔두면 착각할까 봐 말해주러 온 거야. 친절하게 말이지."

그의 말처럼 구태여 설명하지 않아도 아스텔은 이미 세이지의 본심을 알고 있었다. 그는 그저, 아스텔의 상처를 후비고 싶어 다시 찾아온 것이다.

아스텔이 덜덜 떨며 입을 열었다.

"아까 고모님께서 하신 말씀은……."

세이지는 경멸하는 시선으로 아스텔을 내려다보았다.

"너 같은 걸 보고 욕정이 일어날 리 없잖아."

세이지가 떠난 뒤, 얼마 지나지 않아 에밀리가 응접실로 돌아왔다. 아스텔의 하얗게 질린 얼굴을 보고 놀란 에밀리는 코르셋을 너무 세게 조인 것 같다며 얼른 끈을 느슨하게 해주었다.

코르셋의 끈이 풀리자마자 헐떡거리는 숨과 함께 눈물이 쏟아졌다. 아스텔은 울먹이며 당황하는 에밀리에게 안겨들어 그대로 울음을 터뜨렸다.

"에밀리, 나 아파. 너무 아파……."

그날 밤 아스텔은 다시 세이지가 나오는 악몽을 꿨다. 자면서 얼마나 울고 몸부림쳤는지, 다음 날 아침에 엉망이 된 아스텔의 얼굴을 본 에밀리가 다시는 억지로 코르셋을 조이지 않겠다며 울음을 터뜨릴 정도였다.

에밀리는 자신이 억지로 코르셋을 조였기 때문에 아스텔이 울었던 거라고 굳게 믿고 있었다. 세이지 때문에 울었다는 말만큼은 차마 할 수 없었기 때문에 아스텔은 향수병을 앓고 있어 스트레스가 심해진 것 같다는 말로 에밀리를 위로했다. 사족으로 코르셋 착용에 익숙해지려면 시간이 좀 더 걸릴 것 같다는 말을 살짝 덧붙이면서.

간신히 울음을 그친 에밀리는 코를 훌쩍이며 부스스해진 아스텔의 머리카락을 빗겨주었다. 항상 야무져 보이던 에밀리가 울었다는 건 그만큼 해고에 대한 두려움이 크다는 의미일 것이다.

"아가씨, 이 일은 부디 아무에게도……."

"괜찮아, 에밀리. 대신 너도 내가 울었다는 말은 아무에게도 하지 말아줘."

자신의 말에 안심한 것처럼 웃는 에밀리를 보며 아스텔은 조금 양심의 가책을 느꼈다. 아침 식사가 끝나고 몸단장을 하던 중, 에밀리가 자신의 눈치를 보면서 코르셋을 헐겁게 매고 있는 걸 발견했을 때 특히 그랬다.

"이렇게 헐겁게 매면 드레스가 안 맞지 않을까?"

"샐리에게 부탁하면 된답니다. 아주 감쪽같이 수선해 줄 수 있거든요."

그런 방법이 있었다니. 아스텔은 조금 충격을 받았다.

"있지, 에밀리. 남성들은 허리가 날씬한 여성을 선호하는 걸까?"

"아무렴요. 그러니까 이런 끔찍한 물건을 만들어낸 거죠."

"전부?"

"그것까진……."

무심코 세이지를 떠올리던 아스텔은 이내 힘차게 고개를 가로 저었다. 엘레노어의 말대로 문란하고 제게 잔인한 말만 골라서 하는 못된 남자 따위 마음에 담아둘 필요 없었다.

눈물이 다시 핑 도는 것을 애써 참으며 아스텔은 아랫입술을 자근자근 깨물었다.

"에밀리."

"네, 아가씨."

"나, 아름다워지고 싶어."

에밀리는 뜬금없는 아스텔의 선언이 귀엽게 느껴졌는지 웃음을 터뜨렸다.

"아가씨는 지금도 아름다우세요!"

"어떤 남자가 봐도 매력적이라고 느낄 만큼 아름다워지고 싶어. 그리고 나한테 반해서 애걸복걸하게 만들고 싶어."

"어머나."

"그리고 그땐……."

아스텔은 조금 뜸을 들이더니 비장한 어조로 말을 이었다.

"내가 그 남자를 차버릴 거야."

"아가씨, 마음에 둔 남성분이 계시군요?"

에밀리의 돌직구에 아스텔은 주먹을 꽉 쥐었다. 너 같은 걸 보고……. 세이지가 자신에게 내뱉은 악담이 자꾸만 머릿속을 메아리치듯이 맴돌았다. 다시 생각해도 분해서 견딜 수가 없었다.

"아냐. 정말 싫어. 끔찍하게 싫어."

"정말 싫어하는 사람이라면 나한테 반하게 만들고 싶다는 생각도 들지 않을걸요. 저라면 그러겠어요."

"……."

"아무튼 아가씨의 그분을 반하게 만들고 싶으시다면."

에밀리가 슬그머니 등 뒤의 코르셋 끈을 잡아당겼다. 아스텔은 비장한 각오로 눈을 감았다.

"살살 부탁해."

공부방에 도착한 아스텔은 할딱거리며 책상 의자에 주저앉았다. 오늘은 에밀리의 부축 없이 혼자서 목적지까지 걷는 데 성공한 것이다.

남들이 보기에는 퍽 우스운 꼴을 하고 있었겠지만, 어제와 비교하면 실로 비약적인 발전을 이뤘다고 볼 수 있는 일이었다. 사교계 시즌이 시작되는 한 달 뒤에는 지금보다 코르셋을 바짝 조인 상태로 우아하게 걸을 수 있어야 하니까.

아스텔은 교재로 준비해 둔 서적을 몇 페이지 뒤적이며 가정교사가 오길 기다렸다. 지리와 역사, 철학 등 수도원에서 배운 지식 대부분은 남자들이 배우는 학문이라고 해서 상류 계급의 여성으로서는 쓸모가 없었다. 자수는 어릴 적부터 삯바느질을 하던 짬이 있어 크게 어려워 보이지 않았지만, 라그랑시아어에 대해서는 문외한이라는 것이 문제였다.

어떻게 읽어야 할지 짐작조차 가지 않는 외국어 문장을 난감하게 훑어보던 아스텔은 노크 소리가 들리자 얼른 책에서 고개를 들었다.

"들어오세요."

아스텔의 가정교사는 반백에 비쩍 마른, 깐깐한 인상의 중년 여성이었다. 안경만 썼더라면 일반적으로 사람들이 생각하는 전형적인 가정교사 이미지에 부합할 것 같은 외모였다.

매끄럽고 정확한 발음으로 가정교사가 자기소개를 했다.

"오늘부터 조지아 아가씨를 맡게 된 해리엇 모리슨이라고 합니다."

해리엇은 아스텔을 미들 네임인 조지아라고 불렀다. 대부분의 사람들이 퍼스트 네임으로 자신을 불렀기 때문에 아스텔은 싫다기보다 신기한 기분이 들었다.

"아스텔 조지아 알트만이라고 합니다. 잘 부탁드려요."

아스텔의 자기소개를 들은 해리엇은 즉시 수첩에 무언가를 빠르게 메모하기 시작했다. 자신이 무언가 실수한 건 아닌지 얼떨떨해하는 아스텔에게 해리엇은 가로로 고갯짓을 했다.

"t의 발음이 부정확한 경향이 있군요."

"……"

"그리고 '잘 부탁드려요'라는 표현은 아가씨가 사용하시기에 적절한 표현이 아닙니다. 한 달 동안 교정하려면 조금 힘들겠군요. 아가씨는 맨스우드 지방의 수도원에서 성장하셨다고 했던가요?"

"네……."

"맨스우드는 남부 사투리가 상당히 강한 지역입니다. 과연 아가 씨의 말투에도 그 지방 특유의 억양이 배어 있군요. 엘버린에서는 촌스럽게 들릴 수 있으니 이 부분도 교정하는 편이 좋습니다. 덧붙여 말하자면……."

장장 두 시간 동안이나 해리엇의 설교를 들은 아스텔은 완전히 녹초가 되어 소파에 늘어졌다. 해리엇은 아스텔이 라그랑시아어를 전혀 할 줄 모른다는 것을 무척 애석해했고, 걷는 모습을 봤을 때는 아예 한숨을 내쉬었다. 어떤 남자라도 매료시킬 완벽한 레이디가 되겠다는 아스텔의 이상은 높았지만 현실은 초라하기만 했다.

해리엇은 시간이 촉박하므로 일주일에 네 번씩 저택에 오겠다고 했다. 시간이 촉박한데 어째서 나흘밖에 오지 않는 걸까 하는 의문은 금방 풀렸다. 첫날이니 짧게 하고 가겠다며 해리엇이 떠나자마자 집사인 알버트가 찾아온 것이다.

"수업은 어떠셨습니까, 아가씨."

"아주……, 색다른 경험이었어……."

억양과 악센트가 촌스럽다는 이유로 두 시간 내내 해리엇에게 들볶인 아스텔은 자신의 발음을 한껏 의식하며 대답했다. 알버트는 그런 아스텔을 바라보며 흐뭇한 표정으로 고개를 끄덕였다.

"각하께서도 몹시 기대하고 계십니다. 수도원 내에서도 손꼽히던 우수한 재원이라고 프랜신 원장이 칭찬을 마지않았다고요."

"그렇게 추켜세워 줄 정도는 아닌데……."

프랜신 원장의 이야기가 나오자 아스텔의 표정이 한결 누그러졌다. 이제 그녀의 법적인 부친은 델플린드 백작인 데이빗 해롤드 알트만이 되었지만 정신적인 부모는 여전히 프랜신 원장이라고 봐도 무방했기 때문이다.

"프랜신 원장이 말하길 수도원에 있을 때 아가씨께서 오르간 연주를 하셨다더군요."

"오르간 연주라면 분명 몇 번 해봤지만……."

아스텔은 응접실의 한가운데를 차지하고 있던 새하얀 그랜드 피아노를 떠올렸다. 갑작스레좋지 않은 예감이 들기 시작했다.

"각하께서 아가씨의 피아노 교사로 허들스턴을 선임하셨습니다."

허들스턴은 젊은 음악가 중에서 단연코 두각을 드러내고 있는 유명 작곡가였다. 예배에 쓰이는 아리아도 몇 곡 작곡했기 때문에 속세와 먼 생활을 했던 아스텔도 그의 이름은 알고 있었다. 그것은 반대로 말하자면 세간에서 보통 유명세를 떨치고 있는 것이 아니라는 의미이기도 했다.

"……말도 안 돼."

"분명히 아가씨께서 보시기에 세속적인 음악을 작곡하는 사람이긴 합니다만……."

"아니! 그런 의미가 아니라, 그 사람 굉장히 유명한 작곡가일 텐데……."

"세간에선 평가가 좋은 모양입니다."

알버트는 의외로 그의 음악이 취향이 아닌지 허들스턴에 대해 박한 평가를 내렸다. 그리고 아스텔의 놀라움이 채 가시기도 전에 말을 이었다.

"내일부터 그가 저택에 올 겁니다. 매주 화요일과 금요일, 하루에 두 시간씩이니 일주일에 네 시간이군요."

"바로 내일부터?"

"각하께서 하루빨리 아가씨를 위한 연주회를 열고 싶다고 하셔서 서두르게 되었습니다."

모든 것이 아스텔의 상식을 아득히 뛰어넘은 일들이었다. 아스텔은 자신이 백작의 양녀가 된 것이 과연 옳은 선택이었는지 갑자기 심각하게 걱정되기 시작했다.

"그리고 춤 교습을 담당할 선생에 대한 얘기입니다만……."

알버트의 입에서 이어져 나오는 이름에 아스텔은 눈을 크게 뜬 채 그대로 얼어붙었다.

이것은 서글픈 희극일까, 우스꽝스러운 비극일까. 등 뒤에서부터 익숙한 목소리가 귀를 날카롭게 파고들었다.

"하필 널 가르치는 게 나라서 유감이겠군."

"도련님."

빈정대는 세이지의 말에도 알버트는 눈썹 하나 깜짝이지 않은 채 그를 타일렀다. 아마도 아스텔과 세이지 사이에 있었던 일련의 일들을 모르기 때문에 보일 수 있는 태도일 것이다.

"아가씨는 지금 의지하실 수 있는 분이 도련님밖에 없습니다."

알버트의 말은 단순한 춤 선생 역할만을 의미하는 것이 아니었다. 사뭇 진지하게 들리는 목소리에 아스텔은 무심코 흘러나오려는 실소를 참기 위해 이를 악물었다.

양녀로 입적되는 것이 결정됐을 때부터 수도원을 떠나기 전까지, 아스텔은 분명히 마음속으로 세이지를 의지하고 있었다. 겉으로는 무뚝뚝해 보이지만, 남을 배려할 줄 아는 그가 있기 때문에 낯선 환경에서의 새로운 생활에도 적응할 수 있을 거라고 믿었던 것이다.

하지만 자신과의 만남 자체가 잘못이었다고 하는 그에게 더 이상 무엇을 의지한단 말인가.

세이지는 미간을 모은 채 아스텔의 동그란 정수리를 노려보듯이 응시했다. 그리고 세이지의 침묵이 길어지면 길어질수록, 아스텔은 점점 마음이 울적해지는 것을 느꼈다.

아스텔이 세이지에게 바랐던 건 이런 생판 남만도 못한 살벌한 관계가 아니었다. 가족으로서 서로 믿고 의지할 수 있는 사이가 될 수 있다면 그것만으로 충분했고, 불가능한 일도 아니라고 여기기도 했었다. 이제 와서 돌아보면 얼마나 멍청하고 순진한 착각이었는지.

두 사람의 만남은 첫 단추부터 잘못 끼워진 상태였다. 처음부터 만나지 않는 편이 서로에게 더 행복한 일이었을 것이다. 에밀리의 앞에서는 반하게 만든 뒤에 보란 듯이 차버릴 거라고 말했지만, 막상 당사자를 앞에 두고 있자니 자신은 그저 초라하고 나약한 어린애에 불과한 것 같았다.

"괜찮아, 스탠튼. 오라버니께서 싫다고 하신다면."

아스텔은 세이지를 오라버니라고 부르면서 슬쩍 그의 눈치를 보았다. 알버트가 바로 앞에 있기 때문인지 그도 대놓고 불쾌한 기색은 드러내지 않았다.

"춤은 모리슨에게 가르쳐 달라고 하면 돼. 아니면 다른 교사를 부를 수도 있는 거고, 실례가 안 된다면 양부님께라도……."

"아버지께서는 너와 춤이나 추고 있을 정도로 한가하신 분이 아냐."

세이지의 즉각적인 반박에 아스텔은 그대로 입을 다물어 버렸다. 알버트는 냉랭한 분위기를 풍기는 세이지와 아스텔을 번갈아 살피더니 작게 헛기침했다.

"나리께서 바쁘신 것은 분명한 사실입니다만, 도련님께서 바쁘신 것은 아니지 않습니까. 아가씨의 말씀대로 도련님께서 정 내키지 않으신다면 다른 선생을 구하는 방법도 있습니다만."

"⋯⋯난 한 번도 아스텔을 맡기 싫다고 한 적 없다."

"⋯⋯?"

"썩 내키지 않는 것도 사실이지만 딱히 거절할 이유도 없어. 네 말대로 난 한가하니까. 아스텔이 지레짐작으로 싫으면 딴 사람을 찾아도 된다느니 하는 쓸데없는 소릴 한 게 아닌가."

세이지의 퉁명스러운 대꾸에 알버트의 눈빛이 한결 부드러워졌다. 아스텔은 자신의 귀를 의심하면서도 세이지에게 못 박힌 시선을 좀처럼 떼지 못했다.

"하지만 당장 그 춤 선생 노릇을 맡겠다는 건 아냐."

세이지는 그렇게 말하며 아스텔을 흘긋 바라보았다. 눈이 마주친 아스텔은 잠시 움찔했지만 적어도 그의 눈빛에 혐오나 경멸 같은 것이 서려 있지는 않다는 걸 깨닫고 마음을 놓았다. 지금의 세이지는 굳이 구분하자면, 두 번째로 만났던 날의 그와 같았다.

"제대로 걷지도 못하는 사람에게 춤을 가르칠 수는 없으니까."

머리 위로 들리는 알버트의 나직한 웃음소리에 아스텔의 얼굴이 붉어졌다. 세이지와 알버트는 그녀가 공부방에 가기 위해 우스꽝스러운 꼴로 걷고 있는 모습을 목격했던 것이다.

"그러니 수업 얘기는 그때 가서 하자고."

세이지가 공부방을 나간 뒤, 알버트는 멍하니 허공을 바라보고 있는 아스텔에게 시선을 보냈다. 아스텔은 마치 꿈속을 헤매고 있는 것처럼 달콤한 눈빛을 한 채, 입가를 느슨하게 하고 있었다. 아직은 좀 더 행복감에 젖어 있도록 두는 편이 낫겠다고 생각하며 알버트는 세이지를 따라 조용히 공부방을 빠져나갔다.

저녁 식사를 마치고 온실 안을 산책하던 아스텔은 벤치에 앉아 발을 주무르고 있었다. 말이 좋아 산책이지, 이건 고행과 같은 수련에 더 가까운 행위였다.

아스텔은 에밀리에게 부탁하여 코르셋을 최대한 바짝 조인 후에 걷는 훈련에 매진하기 시작했다. 유리로 만들어진 온실은 야외보다 따뜻하면서 그녀를 이상하게 바라보는 타인의 시선을 피하기에도 적격인 장소였다.

석유등의 불빛 아래에서 발 이곳저곳에 잡힌 빨간 물집을 비춰보던 아스텔은 누군가의 인기척이 느껴지자 급하게 구두를 다시 신었다.

"누구……?"

"나란다, 아가야."

귀에 익은 다정한 음성이 들리자 아스텔은 금방 긴장을 풀었다.

"양부님."

잎이 무성한 화초 뒤에서 모습을 드러낸 백작은 아스텔이 앉아 있는 벤치로 다가왔다. 아스텔의 앞에 있을 때의 백작은 항상 부드러운 표정을 짓고 있었다.

"정말 열심이구나."

"아직 많이 부족한걸요."

"천만에. 금방 훌륭한 숙녀가 되겠는걸."

아스텔은 백작의 얼굴을 마주 보며 환하게 웃었다. 그는 세이지와 반대로 항상 아스텔에게 듣기 좋은 말만 해주었다. 머리로는 적당히 걸러들어야 한다는 걸 알았지만, 지금의 그녀에게는 백작의 존재가 가장 큰 버팀목인 것도 사실이었다.

"빨리 진짜 숙녀가 되고 싶어요."

우선은 정장을 한 상태로도 당당하게 걸을 수 있어야 세이지에게 춤 교습을 받을 수 있다. 아스텔은 하루라도 빨리 그에게 인정받고 싶었다. 세이지가 자신에게 웃어주면서 대단하다고 칭찬해주는 장면을 상상만 해도 머리 한구석이 달콤하게 녹아드는 기분이었다.

이렇게 방심할 때마다 마음이 다시 그에게로 질주한다. 마치 나침반의 바늘이 어디에서나 북쪽을 가리키는 것처럼.

"너무 빨리 숙녀가 되어도 안 된다. 좀 더 아비 품의 자식으로 있어줘야지."

백작은 이제 막 얻은 딸을 벌써 보내는 건 서운하다고 웃으며 아스텔의 머리를 쓰다듬었다. 그러자 아스텔의 머릿속에서 갑자기 한 가지 잊고 있었던 것이 떠올랐다.

"양부님, 이거 말인데요."

아스텔은 두 개의 펜던트를 꺼내 손바닥에 올려놓았다. 두 펜던트는 똑같은 모양새를 하고 있었지만 의외로 쉽게 구분할 수 있었는데, 어머니의 유품으로 보관하고 있던 것은 뒷면에 'To Dian'이라는 글씨가 새겨져 있었고, 세이지에게 받은 것은 아무 글씨도 새겨져 있지 않았다.

펜던트를 바라보는 백작의 눈동자가 약간 떨렸다.

"세이지에게 받은 것이로구나."

"글씨가 새겨져 있지 않은 게 저희 아버지의 유품이죠?"

"……그래."

백작의 대답은 어쩐지 석연치가 않았다. 어딘가 떨떠름해 보이는 모습에 아스텔은 갑자기 이걸 왜 백작이 가지고 있었는지 의문이 들기 시작했다. 그전까지의 아스텔에게는 부모님의 유품보다 세이지가 준 물건이라는 생각이 더 강했기 때문에 미처 생각하지 못한 점이었다.

"양부님, 저……."

"아스텔."

백작은 처음으로 웃음기가 없는 얼굴로 아스텔을 바라보며 입을 열었다. 갑자기 좋지 않은 예감이 엄습해 왔다.

"네가 세이지를 의지하고 있다는 건 잘 알고 있다만, 너무 그 녀석을 믿진 말아라."

설마 양부에게 자신의 마음을 들킨 것일까. 아스텔은 얼굴에 핏기가 가시는 것을 느끼며 마른침을 삼켰다.

"오라버니께서 무슨 잘못을 하셨나요?"

"녀석은 내 자식이지만 정말이지……."

백작은 말을 다 잇지 않은 채 길게 한숨을 쉬었다. 그리고는 다시 아스텔에게 시선을 돌렸다.

"세이지는 어릴 적부터 정나미가 없었지. 키우던 강아지가 죽어도 눈물 한 방울 흘리지 않을 정도로 마음이 차가운 아이였다."

"……."

"더군다나 공부하라고 보낸 수도에서는 대체 무슨 짓을 하고 돌아다닌 건지, 녀석과 절친하던 선배가 약혼녀를 빼앗겼다며 결투를 신청했다고 하더구나."

"맙소사……."

백작의 이야기에 아스텔은 무심코 엘레노어가 했던 말을 떠올렸다. 문란한, 마음을 주어서는 안 되는……. 더군다나 세이지는 그때 결코 그녀의 말을 부정하지 않았다.

"정말 끔찍한 추문이었다. 가문의 명예에 먹칠을 한 것이지."

고개를 가로저으며 백작이 벤치에서 일어섰다. 아스텔은 다리에 힘이 풀려 일어날 수가 없었다. 그저 시선으로 멀어져 가는 양부의 등을 힘없이 좇을 뿐이었다.

"주의해야 한다."

백작이 가리키는 '주의해야 할 것'이 무엇인지는 너무나 명확했다. 망연자실한 아스텔은 한참 동안 벤치에 주저앉은 채 머리 위의 석유등을 멍하니 올려다보았다. 오렌지빛의 불빛을 향해 몇 마리의 나방들이 몰려들어 날개를 퍼덕이고 있었다.

실내로 들어선 백작은 무언가로부터 도망치듯이 빠르게 걸음을 옮겼다. 느릿하게 저택 안을 흐르는 바이올린 선율을 따라 그가 가장 먼저 발을 옮긴 곳은 세이지가 있는 휴게실이었다. 창가 앞에 선 세이지가 바이올린으로 에튀드를 연주하고 있었다.

백작은 둘째 아들이 바이올린 연주를 하고 있을 때 건드리면 골치 아파진다는 사실 정도는 잘 알고 있었다. 그렇기 때문에 성급하게 말을 거는 대신, 그가 연주를 끝내는 것을 묵묵히 기다리는 편을 택했다.

마침내 연주를 마친 세이지가 먼저 입을 열었다.

"무슨 이야기를 그렇게 오래 하고 오신 겁니까."

"일단은 부녀 사이에만 나눌 수 있는 비밀 이야기라고 해두마."

세이지는 들고 있던 바이올린을 조용히 탁자 위로 내려놓았다. 속내를 읽을 수 없는 푸른 눈동자가 바이올린 현을 따라 천천히 움직였다.

"왜 그걸 그 아이에게 준 것이냐."

"고작 그런 것 때문에 오셨던 겁니까."

마치 심각한 잘못이라도 저지른 것처럼 자신을 책망하는 아버지의 태도에 세이지는 오히려 이해할 수 없다는 표정을 지었다.

"본래 가지고 있어야 할 사람에게 돌려준 것뿐입니다. 처음부터 그럴 의도로 제게 맡기신 물건 아니었습니까."

"……."

"제 오지랖이었다면 사과드리겠습니다."

"됐다."

백작은 더 이상 세이지를 나무라는 대신 휴게실을 떠났다. 세이지 역시 시간이 늦어졌기에 방으로 돌아가기 위해 바이올린을 케이스에 넣고 자리를 정리하기 시작했다.

문득 밖으로 시선을 돌린 세이지는 아직 불이 켜져 있는 온실을 발견했다. 이윽고 불이 꺼지고 온실에 어둠이 잠길 때까지, 그는 계속 그 자리에 선 채로 창밖을 바라보고 있었다.

❖

요 며칠 간 기승을 부리던 추위도 잠시 주춤해지고 간만에 맑게 갠 하늘에는 태양이 찬란한 모습을 드러냈다. 유리창을 두드려대던 매서운 바람 소리 대신 따스한 햇살이 내리쬐는 오후였다.

플라티나 메도우의 고용인들은 소문의 피아노 선생을 구경하기 위해 응접실 입구를 기웃거리고 있었다. 군더더기 하나 없이 매끄럽고 유려한 피아노 선율이 따끈한 오후의 공기를 타고 응접실 밖으로 울려 퍼졌다. 음악에 조예가 깊지 않은 사람이 들어도 혀를 내두를 만한 솜씨였다. 피아노 의자에 앉은 아스텔은 눈을 감은 채, 곁의 허들스턴이 연주하는 소나티네를 감상하고 있었다.

"자는 건 아니겠죠?"

허들스턴의 장난기 섞인 말투에 아스텔은 눈을 반짝 떴다. 실제로 졸음기가 몰려오고 있었던 터라 저도 모르게 얼굴이 붉어졌다.

"자지 않았어요."

"얼굴이 부어 있는 것 같은데요."

당황한 아스텔이 손으로 제 얼굴을 감싸자 허들스턴이 소리를
내어 웃기 시작했다.

서른다섯 살의 나이에 일약 스타덤에 오른 허들스턴은 누구에
게나 호감을 살 법한 쾌활한 성격의 미남이었다. 유일한 흠이 있
다면 그건 그가 이미 유부남이라는 사실뿐이었다.

"이제 제가 쳤던 곡을 따라서 쳐 보세요."

허들스턴이 메트로놈을 작동시키자 아스텔은 바짝 긴장한 채
건반 위로 손가락을 놀리기 시작했다. 수도원에서 오르간을 몇 번
쳐보긴 했지만 메인 연주자도 아니었고 어깨너머로 조금 배웠을
뿐이라 허들스턴의 연주 같은 능수능란함은 당연히 없었다. 확연
히 느껴지는 실력 차이에 창피해진 아스텔은 어물거리며 건반에서
손을 뗐다.

"어째서 끝까지 치지 않나요?"

창피함에 몸 둘 바를 몰라 하는 제자를 보며 의아해하는 허들
스턴에게 아스텔이 기어들어 가는 소리로 대답했다.

"너무 서툴러서요……."

"잘하시는데요."

"거짓말하지 마세요."

"아, 물론 초심자 기준으로 한 말이에요."

그의 능청스러운 대꾸에 아스텔은 놀랍게도 화가 나기는커녕
마음이 진정되는 것을 느꼈다. 허들스턴은 자신이 가르칠 상대의
수준을 잘 이해하고 있었고, 그 이유로 상대를 비웃지도 한심하게
여기지도 않았다.

"그리고 아가씨가 발전할 수 있도록 돕는 것이 제 역할이죠."

허들스턴이 웃으면서 건반을 손가락으로 가리켰다. 그의 손짓
에 일종의 거역할 수 없는 힘을 느낀 아스텔은 다시 얌전히 건반

위에 두 손을 올려놓았다.

"자, 다시 처음부터 쳐 볼까요."

아스텔은 처음보다 어깨의 힘을 뺀 상태에서 다시 연주를 시작했다. 당연히 먼젓번의 연주보다 월등하게 나은 연주를 한 건 아니었지만 허들스턴은 그것만으로도 매우 흡족해했다.

"아주 잘했어요."

허들스턴이 돌아간 뒤에도 아스텔은 오늘 배운 소나티네의 연습을 반복했다. 내일 다시 해리엇이 올 예정이었기 때문에 라그랑시아어 예습을 해둬야 했지만, 지금은 무엇보다도 자신을 믿어주는 사람의 기대에 부응하고 싶은 마음이 컸다.

"조금 쉬면서 하세요, 아가씨."

어느새 들어온 에밀리가 응접실 중앙의 탁자에 오렌지 주스와 쿠키를 내려놓았다. 아스텔은 고개도 돌리지 않은 채 쉬지 않고 손가락을 놀리며 대답했다.

"세 번만 더 치고 쉴게."

"정말 열심이시네요. 어제는 발이 부르트도록 걸어 다니시더니."

"……"

세 번만 더 연습하고 쉬겠다던 아스텔은 그 말에 갑자기 손을 멈추었다. 그리고 잠시 아무 말 없이 건반만 응시하더니 이윽고 피아노에서 내려와 에밀리가 가져다 놓은 주스 잔을 들었다.

"아가씨?"

"역시 쉬면서 할래."

아스텔은 에밀리를 안심시키려는 것처럼 웃었다. 그 모습에 에밀리도 마음을 놓은 것처럼 따라 미소를 지었다.

"아가씨는 정말 부지런하셔요."

"수도원에서 하던 일들에 비하면 별것 아냐."

물론 수도원에서는 답답한 코르셋이나 크리놀린 같은 걸 착용할 일이 없었지만 이른 새벽부터 일어나 온종일 노동과 기도를 반복해야 했던 일상에 비하면 편한 편이었다. 침대는 넓고 푹신했고, 식사는 침대까지 가져다주었으며, 씻는 것과 치장도 전부 메이드들의 몫이었다.

속옷부터 보닛까지 아스텔의 몸에 걸치는 것 중에 최고급이 아닌 것은 하나도 없었고, 저택의 요리장은 실력이 매우 뛰어났다. 심지어 백작이 선물한 고양이는 메이드들에게는 도도하게 굴면서도 아스텔만은 잘 따랐기 때문에 고양이를 좋아하는 에밀리가 서운해할 정도였다.

겉으로 보기에는 무엇 하나 부족할 것이 없는 풍족하고 안락한 환경이었지만 아스텔은 지금이 별로 행복하다고 느껴지지 않았다. 물론 그것은 누구에게도 털어놓을 수 없는 그녀만의 고민이었다.

"전 도저히 아가씨처럼 수도원에서는 못 지낼 것 같네요."

"나도 처음엔 힘들었어. 다들 그렇게 지내면서 저절로 익숙해지는 거지."

"그래도 수도원에서는 평생 독신으로 살아야 하잖아요?"

설령 수도원 생활이 편하더라도 독신으로 살고 싶지는 않다면서 에밀리가 너스레를 떨었다. 아스텔은 그 말에 아무런 대꾸도 하지 않은 채 그저 웃기만 했다.

저녁 식사가 끝난 뒤, 아스텔은 공부방에서 혼자 라그랑시아어 사전을 펴놓고 노트에 옮겨 쓰며 외우고 있었다. 말씨 교정이나 예법은 교사 없이 익히기가 어려웠지만, 외국어는 어느 정도 혼자서 공부하는 것이 가능했기 때문이다.

수도원에서 성서 필사로 다져진 속기 실력대로 펜촉이 쉬지 않고 종이 위를 달렸다. 만년필의 잉크가 다 떨어지고 나서야 아스텔은 비로소 펜을 멈추었다. 몇 페이지에 걸쳐 빼곡하게 적어둔 외국어 단어들을 보고 있자니 갑자기 머리가 아팠다.

아스텔은 한숨 돌릴 겸, 쥐고 있던 펜을 놓고 어제처럼 온실로 나갔다. 잠깐만 들렀다 갈 생각이었기 때문에 등에는 불을 붙이지 않았다. 온실의 문을 열자 잠을 방해받은 앵무새들이 작게 홰를 치는 소리가 들렸다.

"미안."

아스텔은 반사적으로 새들에게 사과하며 온실 안으로 조심스레 발을 내디뎠다. 서늘한 공기와 풀냄새가 어지럽던 마음을 조금은 진정시켜 주었다.

진심을 말하자면, 아스텔은 여전히 세이지 때문에 마음이 복잡한 상태였다. 그에게 인정받고 싶다는 욕망은 분명히 존재했지만, 동시에 믿어도 좋은 사람인지 알 수 없다는 의구심도 마음 한구석에 자리 잡고 있었다.

한숨을 쉬며 벤치로 다가간 아스텔은 누군가가 이미 그곳에 자리하고 있다는 걸 깨달았다. 갑자기 등에서 식은땀이 흘렀다.

"꺄……."

아스텔은 엉겁결에 소리를 지르려고 했지만 그보다 상대방의 움직임이 좀 더 빨랐다. 정체를 알 수 없는 누군가에게 입을 틀어막힌 아스텔은 눈앞이 캄캄해지는 것을 느끼면서도 저항하기 위해 힘껏 몸부림쳤다.

"조용히. 가만히 있어."

귓가에 들리는 낯익은 음성에 아스텔은 비로소 저항을 멈추었다. 먼저 와 있던 사람의 정체는 바로 세이지였던 것이다.

"깜짝 놀랐네."

세이지의 혼잣말 같은 중얼거림에 아스텔은 아무리 놀랐어도 나만큼 놀라지는 않았을 것이라고 반박하고 싶은 충동을 느꼈다. 여전히 입이 막혀 있어 말할 수는 없었지만.

"겁도 없이 잘도 돌아다니는군."

간신히 세이지로부터 해방된 아스텔은 길게 심호흡하면서 산소를 들이마셨다. 아직도 놀란 것이 다 가시지 않았는지 여전히 두 다리가 후들거렸다. 세이지는 혼자 온실에 들어온 것을 나무라듯이 아스텔을 추궁했다.

"여긴 대체 왜 온 거야."

"그러는 오……, ……당신이야말로."

세이지는 아스텔의 소심한 반박에도 아랑곳하지 않은 채, 오히려 재밌다는 것처럼 코웃음을 쳤다.

"내가 내 집 안을 마음대로 돌아다니지도 못하나?"

"저도 마찬가지예요."

"넌 다르지."

넌 다르다. 자신과는 다르다며 선을 긋는 세이지의 그 말에 아스텔은 분한 마음이 들었다. 그것은 친자인 자신과 양녀인 아스텔이 같은 선상에 놓일 수 없다고 말하는 것 같았다.

아스텔이 뭐라 하기 위해 입을 벌리자 세이지가 먼저 말을 이었다.

"어디서 여자가 겁도 없이 밤중에 혼자 돌아다녀?"

"……."

"너는……, 수도원에서 자랐지."

뒤늦게 생각났다는 듯이 세이지가 혀를 찼다.

"조심 좀 하고 다녀. 여긴 수도원이 아니니까."

"……당신만 조심하면 되지 않나요."

아스텔은 충동적으로 대꾸해 놓고 곧바로 자신의 발언을 후회했다. 하지만 어제 이후로 계속 마음에 담아둔 일이었던 터라 내심 후련하기도 했다. 아니나 다를까, 아주 잠깐의 침묵 뒤에 세이지가 빈정거리는 말투로 그녀의 말을 맞받아쳤다.

"뭐야, 고모님께서 하신 말씀 때문인가. 그거라면 내가 진즉 너한테 착각하지 말라고 일러줬을 텐데. 생각보다 기억력이 좋은 것 같지 않으니 다시 한 번 똑똑히 말해주지."

세이지는 어둠 속에서도 아스텔을 똑바로 응시하며 말을 이었다. 마치 자기 자신에게 하는 말처럼.

"난 널 봐도 그런 마음이 전혀 들지 않아."

"절 동생으로 보지 않는다고 말씀하셨잖아요."

"그 말은 좀 웃기는데. 가족이 아니라면 누구라도 네게 욕망을 느끼는 게 당연하다는 건가? 뭐, 좋아. 그럼 네가 전혀 여자로 보이지 않는다, 정도로 정정해 줄게."

"……"

"그러니까 경계 좀 풀어. 짜증나니까."

"……!"

"세상에 너 아니더라도 여자는 많아."

세이지의 그 말에 아스텔은 안심보다는 오히려 상처를 받았다. 그는 자신을 가족으로 인정하지 않는다. 하지만 그렇다고 해서 여자로 보고 있는 것도 아니다. 세이지에게 있어 자신은 그저 굴러들어온 방해물에 지나지 않는 것이다.

"아니면 여자로 봐주길 바라는 건가?"

"……아니요."

약간의 한숨이 뒤섞인 목소리로 아스텔이 대답했다. 아스텔을 여자로 보지 않는다고 천명한 이상, 그가 자신을 싫어할지언정 몹쓸 짓만큼은 하지 않을 가능성이 더 컸다.

아스텔은 벤치로 다가가 세이지의 옆자리에 앉았다. 그리고 고개를 들어 유리로 된 온실 천장 위로 쏟아지는 하얀 달빛을 올려다보았다.

"그 웃긴 걸음걸이는 언제쯤 고칠 예정이지?"

아스텔은 자신도 모르게 옆에 앉아 있는 세이지 쪽으로 고개를 돌렸다. 눈은 어느 정도 어둠에 익숙해졌지만, 달빛의 그늘에 가려진 세이지의 얼굴은 여전히 보이지 않았다.

무언가에 홀린 것 같은 기분으로 아스텔이 천천히 대답했다.

"아직 시간이······."

"······그래."

세이지는 더 이상 아무 말도 하지 않았다. 아스텔의 입장에서도 굳이 말을 더 할 필요성은 느끼지 못했기에 그렇게 두 사람 사이에는 긴 침묵만이 이어졌다.

밤이 깊어질수록 온실 안의 공기도 점점 차가워지는 것이 느껴져 아스텔은 먼저 자리에서 일어났다.

"먼저 가보겠습니다."

입구로 가는 길은 들어왔을 때에 비해 이상할 정도로 짧았다. 온실 문의 손잡이에 손을 댄 찰나, 세이지가 긴 침묵을 깨고 다시 입을 열었다.

"너무 오래 기다리게 하진 마."

갑자기 눈시울에서 뜨거운 것이 치밀어 올라 아스텔은 열심히 눈을 깜빡거렸다. 싫어한다는 사람에게 이런 말을 하는 그는 정말 못된 사람이라고 생각하며.

"노력할게요."

온실을 빠져나온 아스텔은 휘몰아치는 찬바람으로부터 도망치듯이 저택의 현관을 향해 달음박질했다. 웃는 건지, 우는 건지 도무지 알 수 없는 이상한 흐느낌이 꽉 다물린 입에서 자꾸 흘러나왔다.

아아, 어쩌면 좋죠. 신이시여. 저는 역시 이 사람에게 미움받고 싶지 않아요.

❖

"턱을 조금만 더 올리도록 하세요."

"네."

아스텔은 고개를 부들부들 떨면서도 해리엇의 지시대로 턱을 올렸다. 머리 위에 얹힌 책들이 당장이라도 떨어질 것처럼 아슬아슬하게 흔들렸다.

"허리를 좀 더 펴고, 그래요. 바로 그 자세입니다. 지금의 자세를 똑똑히 기억해 두도록 하세요. 거기서 다섯 걸음만 걸어보도록 하죠."

첫 번째 걸음은 그럭저럭 성공이었다. 두 번째부터 다시 흔들리던 책들은 다섯 번째 걸음에서 후드득 쏟아지고 말았다. 잔소리를 할 것 같았던 해리엇은 뜻밖에 잠잠히 떨어진 책들을 줍기만 했다.

"저어, 미세스 모리슨."

"미세스가 아니라 미스입니다."

"……!"

"하지만 미스보다는 맴(ma'am)이라고 불러주셨으면 좋겠군요. 계속 말씀하십시오."

아스텔은 큰 결례를 저질렀다는 사실에 당황하면서도 해리엇에게 착실하게 질문했다.

"야단치시지 않을 건가요?"

"야단 듣는 걸 좋아하십니까?"

"아니요."

떨어진 책을 주워 든 해리엇은 무덤덤한 표정으로 아스텔을 응시하며 말을 이었다.

"한참 멀긴 했습니다만 이제 갓 시작한 것치고는 나쁘지 않은 성과입니다. 덧붙여 이제 라그랑시아어를 어떻게 읽는지 감을 잡은 것 같더군요."

아스텔의 얼굴이 햇살처럼 환하게 피어올랐다. 해리엇은 잠시 부드러워진 시선으로 자신의 제자를 바라봤지만, 곧바로 평소의 엄격한 얼굴로 다시 돌아왔다.

"시간이 없습니다. 이대로 사교계에 나갔다가는 비웃음거리만 될 거라는 사실을 간과해서는 안 됩니다."

"네."

"그럼 오후에는 다시 발음 교정에 들어가도록 하겠습니다. 조지아 아가씨는 조금만 긴장을 풀어도 남부 억양이 나오곤 하니 특별히 주의를 기울여야 합니다."

수업을 시작한 뒤 열흘이 쏜살같이 지났다. 그 사이 아스텔은 자신의 두 교사가 어떤 사람들인지 좀 더 자세히 알게 되었다.

해리엇은 평소에는 엄격하지만 성과에 대해서는 확실한 칭찬을 해주는 편이었다. 아스텔은 해리엇으로부터 말씨와 억양을 교정하고 우아하게 걷는 법과 부채를 이용해 제스처를 표현하는 방법을 배웠다.

라그랑시아어는 한 달 내로 완벽히 습득하는 건 현실적으로 불가능했기에 문법을 익히는 것보다는 일상적으로 많이 사용하는 문장을 통째로 외우는 방식으로 공부하기로 했다. 암기에는 자신이 있는 아스텔이었으므로 이 부분은 크게 어렵지 않았다.

반면에 처음에 좋은 인상을 받았던 허들스턴이 조금 골칫거리였는데, 알버트는 그가 받는 수업료에 비해 하는 일이 너무 없는 것 같다며 은근히 불만을 내비쳤다. 아스텔의 실력은 하루가 다르게 일취월장하고 있었지만 그것은 그만큼 그녀가 연습을 열심히 하기 때문이라는 것이 그의 주장이었다.

아스텔은 그것마저 자신의 실력 부족이 원인인 것 같아 더욱 연습에 매달렸다. 거기에 세이지에게 춤 교습을 받기 위한 준비까지 포함하면 하루가 48시간이라도 부족했다.

하지만 아스텔의 꾸준한 노력이 결실을 맺은 건지, 드디어 오늘 저녁부터 세이지가 아스텔을 봐주도록 이야기가 진행되었다. 다행스럽게도 온실에서 대화를 나눈 날 이후로는 그와 충돌하는 일도 거의 일어나지 않았다.

아스텔은 일 분이 멀다 하고 시간을 확인하며 빨리 저녁이 되길 기다렸다. 정식으로 사교계 데뷔를 하면 다른 남성들과도 춤을 추게 되겠지만 연습으로나마 처음으로 춤을 출 수 있는 상대가 그라는 것이 기뻤다. 덕분에 저녁 만찬 시간에는 표정 관리가 어려울 지경이었다.

"무슨 좋은 일이 있나보구나, 아가."

"오늘부터 춤 레슨을 받기로 했거든요."

"호오, 세이지에게 말이냐."

백작은 아스텔의 맞은편에 앉아 고기를 썰고 있는 세이지를 흘 긋 바라보았다. 세이지는 평소의 무표정한 얼굴 그대로였지만 적어도 불쾌한 기색은 아니었다.

"잘 돌봐주도록 해라."

"네."

"내가 좀 더 한가했다면 직접 널 가르쳤을 텐데."

아쉬움이 물씬 묻어나는 양부의 목소리에 아스텔은 그저 애매한 웃음만 지어 보였다.

백작은 아스텔이 열일곱 살이 아닌 일곱 살짜리 아이로 보이는 것처럼 사사건건 모든 걸 챙겨주지 못해 안달이었다. 세이지의 박대로 마음이 괴로웠을 때는 백작의 관심이 구원처럼 느껴졌지만 날이 갈수록 그 관심이 부담스러워지고 있었다.

그사이에 세이지는 벌써 식사를 끝냈는지 조용히 자리에서 일어났다.

"그럼 저는 먼저."

나머지 둘에게 눈인사조차 하지 않은 채 자리를 뜬 세이지는 아까와는 달리 심기가 불편한 기색이었다. 아스텔은 갑자기 체할 것 같은 기분이 되어 앞에 놓인 물 잔으로 손을 뻗었다.

백작은 뒤이어 사교계 데뷔 후에는 꼭 함께 춤을 추자, 사교계 시즌에는 어떻게든 시간을 내보겠다는 등의 이야기를 했고, 아스텔은 적당히 고개를 끄덕이거나 미소를 짓는 등, 백작의 심기를 거스르지 않을 정도로만 반응했다.

뒤늦게 식사를 마친 아스텔은 알버트가 일러준 대로 휴게실이 있는 삼 층으로 곧바로 향했다. 세이지는 저녁 식사가 끝나면 잠잘 시간까지 휴게실에 틀어박혀 있으므로 아무 때나 편한 시간에 찾아가면 된다고 했지만 일 분 일 초도 지체하고 싶지 않았다.

"생각보다 빨리 왔군."

팔걸이의자에 몸을 묻은 채 책을 뒤적거리던 세이지는 아스텔이 도착하자 곧바로 책을 덮었다. 그는 아스텔이 걱정했던 것과는 달리, 아까처럼 기분이 나빠 보이지는 않았다.

긴장한 아스텔은 숨도 쉬지 못한 채 사소한 동작 하나하나까지 머리에 새겨 넣으려는 것처럼 그를 뚫어지도록 응시했다. 세이지는 너무 긴장한 나머지 얼굴이 새하얗게 질린 아스텔을 보며 설핏 웃었다.

"한 번 걸어봐."

아스텔은 해리엇의 수업시간에 배웠던 것들을 떠올리며 손을 가지런히 모았다. 휴게실 안은 마치 시간이 멈춘 것처럼 조용했고 양탄자가 푹신하게 깔린 바닥에는 구두 굽 울리는 소리도 들리지 않았다.

"그대로 반 바퀴 돌아서 반대 방향으로."

세이지의 지시대로 발을 옮기면서도 아스텔의 머리는 우아한 자세에 대한 것으로만 가득 차있었다. 덕분에 세이지가 자신의 팔을 잡아당기고 나서야 간신히 걸음을 멈출 수 있었다.

"대체 어디까지 가려는 거야."

아스텔은 그제야 코앞에서 버티고 있는 유리창을 인지하고 작게 숨을 들이켰다. 김이 서린 유리창 너머로 밤하늘에 휘몰아치는 눈발이 드문드문 눈에 띄었다.

"네가 네 다리를 통제할 수 없을 정도로 잘 걸어 다닌다는 건 잘 알겠다."

세이지는 아스텔의 팔을 잡은 채 난롯가 앞으로 발을 옮겼다. 장작이 활활 타오르고 있는 벽난로의 열기가 훅 끼쳐 와 금방 온몸이 더워졌다. 아니, 다른 이유 때문일지도.

"인사하는 법 정도는 알고 있겠지."

"모리슨에게 배웠어요."

"그건 듣던 중 다행이군."

아스텔의 팔을 놓은 세이지는 몇 발 뒤로 물러서더니 한 손을 가슴에 가져다 대며 정중하게 절을 했다. 잠시 어안이 벙벙한 상태에서 그가 하는 양을 지켜보던 아스텔도 뒤늦게 양손으로 스커트를 잡고 허리를 숙였다. 연습이라는 걸 알면서도 심장이 미친 듯이 요동쳤다.

하지만 그게 끝이 아니었다. 아스텔의 오른손을 잡은 세이지가 손등에 그대로 입을 맞춘 것이다. 순간 온몸이 확 뜨거워지고 머리가 아찔해졌다. 두 다리에 힘이 풀린 아스텔은 그대로 바닥에 풀썩 주저앉고 말았다.

"너처럼 한심한 데뷔탕트(Debutante)는 처음 보는데."

하는 말은 언뜻 독설처럼 들렸지만, 세이지는 어쩐지 즐거워 보이는 얼굴로 아스텔을 내려다보았다. 아스텔은 시린 손바닥으로 양 뺨을 꾹꾹 누르며 빨갛게 달아오른 얼굴을 식히려 애썼다.

"죄, 죄송해요. 너무 놀라서……."

"실전이 아니니 용서해 주지."

세이지는 아스텔을 일으켜 세우더니 등에 팔을 둘렀다. 등에 손이 닿자마자 다시 무릎이 꺾여 쓰러지려는 아스텔을 이번에는 그가 능숙하게 지탱했다.

"수도원에서 자란 여자들은 전부 이러나?"

"……모르겠어요."

아스텔은 조금 울고 싶은 기분이 되었다. 상상 속에서의 자신은 나비처럼 우아한 몸짓으로 무도회장을 누비며 춤을 추고 있었는데, 실전은커녕 연습에서 제대로 서는 것조차 하지 못하고 있다는 사실이 부끄러웠다.

그 상대가 다른 사람도 아닌 세이지라는 사실이 더 창피해서, 아스텔은 이대로 자신이 사라져 버렸으면 좋겠다고 생각했다.

"왼발부터."

당황한 아스텔이 오른쪽 발을 먼저 움직였지만, 세이지는 가차 없이 그녀를 왼쪽으로 이끌었다. 움직임에 맞춰 스텝을 밟으려고 할 때마다 계속해서 발이 뒤엉켜 휘청거렸기 때문에 춤을 추고 있다고 하기보다는 세이지가 움직이는 대로 질질 끌려가고 있다고 보는 편이 좀 더 정확했다. 세이지는 의외로 짜증을 내지도 않고 아스텔을 내팽개치지도 않은 채 참을성 있게 그녀를 리드했다.

"으……, 음악은 없나요?"

"스텝도 제대로 밟을 줄 모르는 게 요구하는 건 많네."

벌써 숨이 차는지 헐떡거리는 아스텔을 한 바퀴 빙 돌리며 세이지가 무심하게 대꾸했다.

"음악이 없으면 언제까지 춤을 춰야 하는지 알 수 없잖아요."

"……."

잘만 이죽거리던 세이지가 갑자기 묵묵부답으로 나오자 아스텔은 자신이 말실수를 한 건 아닌지 불안해졌다.

그냥 해본 소리였다고 할까. 하지만 그가 이미 화가 났다면 이제 와서 뭐라고 변명을 해도 소용없을 것 같았다.

"내가 바이올린을 켜면."

잠깐의 침묵을 깨고 세이지가 다시 입을 열었다.

"춤을 가르쳐 줄 상대가 없어지잖아."

"……."

"아니면 네가 피아노를 치는 동안 내가 네 시녀와 시범을 보이는 방법도 있지."

세이지의 입에서 에밀리의 이야기가 나오자 아스텔은 갑자기 위기감을 느꼈다. 그는 아스텔을 여자로 보지 않는다고 했지만, 에밀리를 여자로 보지 않는다는 말은 단 한 번도 하지 않았다.

더군다나 에밀리는 같은 여자가 보기에도 제법 아름답고 세련된 외모를 갖추고 있다. 세이지의 방탕했던 과거에 대해 신뢰할 만한 증언이 두 번이나 나온 이상, 그가 에밀리를 침대로 끌고 가지 않는다는 확신은 금물이었다.

아스텔이 다급하게 외쳤다.

"에밀리에게는 손대지 마세요!"

"갑자기 무슨 뚱딴지같은 소리야?"

"역시 손대겠다는 말씀인가요?"

"무슨 맥락에서 나온 말인지 도저히 알아들을 수가 없단 뜻인데."

못 알아들었을 리가 없음에도 불구하고 시치미를 떼는 세이지를 향해 아스텔은 불신의 눈빛을 던졌다. 그 맹랑한 시선이 제법 가소로워 보였는지 세이지가 코웃음을 쳤다.

"지금의 넌 네 시녀를 걱정하기 전에 사교계에서 망신당하지 않을 걱정부터 해야 해."

동작을 멈춘 세이지가 손을 떼자, 휘청거리며 헛걸음질을 하던 아스텔은 뒤에 놓여 있는 소파에 걸려 그대로 고꾸라지고 말았다. 울상을 지으면서 흐트러진 머리카락을 정돈하는 아스텔에게 세이지는 손가락 세 개를 펴 보였다.

"일주일에 세 번, 하루 한 시간. 요일은 네가 알아서 정해."

"일주일에 세 번씩이나요?"

"이대로 널 사교계에 내보내면 내가 아버지와 알버트에게 고개를 들고 다닐 수 없을 것 같아서 그런다."

세이지는 오랜만에 몸을 혹사했더니 벌써 피곤해졌다는 말을 덧붙이며 곧바로 휴게실을 떠나 버렸다.

혹사라니……. 말도 안 되는 소리라고 생각하면서도 아스텔은 기가 조금 죽는 것을 느꼈다. 이내 한숨을 쉬며 몸을 일으키던 그녀는 문득 맞은편 벽에 걸려 있는 한 여성의 초상화를 발견했다.

세이지와의 수업이 끝난 뒤, 아스텔은 자신의 방에 딸린 욕실에서 에밀리의 도움을 받아 목욕을 했다. 입욕제로 넣은 짙은 라벤더 향기가 수증기를 타고 욕실 안에 가득 퍼져 나갔다.

"에밀리, 혹시 삼 층 휴게실에 걸려 있는 초상화 본 적 있어?"

"돌아가신 마님의 초상화 말씀이신가요?"

돌아가신 마님이라는 건 아스텔의 기억이 틀리지 않는 한, 세이지의 친모인 델플린드 백작부인을 지칭하는 말이었다. 세이지의 동생이 될 뻔했던 여자아이를 낳다가 아이와 함께 죽었다던.

"응."

"정말 아름다우신 분이죠. 둘째 도련님과 별로 닮지는 않았지만 말이에요."

"오…… 라버니는 항상 거기에 계신다고 했지."

"그렇죠. 저도 전해 들은 말이지만 어릴 적부터 항상 거기 계셨다고 하더군요."

아스텔은 처음으로 세이지의 약한 부분을 발견한 것 같은 기분이 들었다. 겨우 세 살 때 어머니를 잃었던 그는 매번 무슨 생각을 하며 그 장소를 찾았던 것일까. 심지어 거의 이십 년이 흐른 지금까지도.

그날 밤, 아스텔은 다시 꿈에서 세이지를 만났다. 이전에 꿨던 꿈들과는 달리, 이번에 등장한 세이지는 세 살짜리의 조그마한 어린아이였다.

3. 로렐 브랜든 알트만

세이지에게는 무척 다행스럽게도 아스텔은 춤을 배우는 속도가 빨랐다. 아스텔은 좋은 학생이었고 세이지도 가르칠 때만큼은 제법 진지한 자세로 그녀를 가르쳤다. 물론 때때로 심술궂은 말을 던지는 건 여전했지만, 예전과 같은 적의는 담겨 있지 않았기 때문에 아스텔도 더 이상 우는 일은 없었다. 달라지지 않은 점이라고는 여전히 세이지의 입술이 손등에 닿을 때마다 두근거린다는 것뿐이었다.

"많이 늘었나요?"

"아버지와 알버트에게 혼나지 않을 정도는."

아스텔은 우아하게 원을 그리며 웃음소리를 냈다. 세이지는 고집스러울 정도로 그녀를 직접 칭찬하는 말은 입에 담지 않았다. 하지만 아스텔은 세이지가 어느 정도는 자신을 인정하기 시작했다는 사실을 느끼고 있었다. 그도 그럴 것이, 지난번부터 수업이 끝난 뒤에 세이지가 바이올린 연주를 들려주기 시작한 것이다.

드디어 그에게 한 걸음 더 다가갔다. 조금만 더 노력하면 세이지도 자신을 인정해 주지 않을까.

아스텔은 다시 낙관에 빠지기 시작했다. 해리엇과 허들스턴의 수업이 싫은 건 아니지만 세이지와의 수업은 유난히도 시간이 빨리 갔다.

일주일에 일곱 번, 하루 세 시간씩도 즐겁게 할 수 있을 텐데.

"일주일 뒤면 형이 저택으로 돌아올 거야."

"라그랑시아에서 유학 중이라는 그분 말씀인가요?"

"그래."

세이지의 형이라면 아스텔에게는 또 다른 의붓오라비가 되는 셈이다. 아스텔은 흘끔 시선을 돌려 바이올린을 닦고 있는 세이지의 뒷모습을 바라보았다.

세이지는 갓 저택에 왔을 때와 비교하면 몰라볼 정도로 부드러워진 상태였지만 여전히 단둘이 있을 때 '오라버니'라고 부르는 건 허락하지 않고 있었다. 세이지의 형과 만나서 대화해 보면 좀 더 그에 대해 자세히 알게 될지도 모른다. 아스텔은 하루라도 빨리 세이지의 형과 이야기를 나눌 수 있는 날이 오길 바랐다.

다음 날 아침, 아스텔은 에밀리가 깨우러 오기 전에 먼저 눈을 떴다. 웅성거리는 목소리와 분주한 발소리가 뒤섞여 해도 뜨지 않은 아침인데도 불구하고 방 밖이 시끌시끌했다. 무슨 큰일이라도 났나 걱정이 되어 침대에서 몸을 일으키자 타이밍 좋게 에밀리가 방문을 노크했다.

"아가씨, 일어나셨어요?"

"응. 들어와, 에밀리."

에밀리는 평소보다 서두르는 모양새로 아스텔에게 아침 식사를 차려주고 머리를 빗기기 시작했다. 잠에서 깨기 위해 진하게 우린 홍차를 한 모금 마시며 아스텔이 물었다.

"무슨 일이야?"

"첫째 도련님께서 돌아오셨어요."

아스텔은 크게 눈을 떴다. 분명히 어젯밤에 세이지는 일주일 뒤에 돌아올 거라고 했을 텐데?

"원래 다음 주에 오기로 하셨는데……. 갑자기 무슨 생각을 하셨는지 일부러 일찍 왔다고 하시더라고요."

"그렇구나."

고용인들은 기별도 없이 불쑥 돌아온 후계자의 방문으로 정신이 없어 보였지만, 아스텔은 내심 세이지의 형이 일찍 돌아온 것이 기뻤다. 마침 그와 얘기를 나눠보고 싶다고 생각했는데 이렇게 빨리 기회가 올 줄은 몰랐던 것이다.

아침을 먹고 서재에서 라그랑시아어 교본을 꺼내고 있던 세이지는 등 뒤에서 들려오는 익숙한 목소리에 희미하게 미소 지었다. 세상에서 그가 진짜 '가족'으로 여기는 유일한 사람의 목소리였기 때문이다.

"여어, 오랜만이다. 이즈. 못 본 사이에 얼굴이 완전히 폈는걸."

"다음 주에 온다더니."

"솔직하지 못한 건 여전하구나. 그냥 빨리 만날 수 있어서 기뻤다고 말해도 괜찮아."

로렐은 씩 웃으며 세이지의 어깨에 팔을 둘렀다. 세이지는 귀찮다는 듯한 표정을 지으면서도 형의 팔을 뿌리치지는 않았다.

"그나저나……, 어때?"

갑자기 목소리를 낮춘 로렐은 단둘뿐인 서재에서 누가 엿듣기라도 하는 것처럼 주변을 살폈다.

"그 사람의 딸 맞지?"

"맞아."

"어떻게 생겼어? 많이 닮았냐?"

"직접 보면 알걸."

어깨를 으쓱한 세이지는 꺼내온 책을 옆구리에 끼고 서재를 나섰다. 로렐은 재빠르게 눈을 굴려 세이지가 끼고 있는 교본의 제목을 살폈다.

『입문자를 위한 라그랑시아어 기본 어휘』

알 듯 모를 듯한 미소를 지은 로렐은 세이지를 따라 부리나케 서재를 빠져나왔다. 그는 부지런히 발걸음을 옮기면서도 예의 '새 동생'에 대해 집요하게 캐묻는 것도 잊지 않았다.

"하나도 안 닮았나 보지?"

"왜 그렇게 생각하는데?"

"그야……."

세이지의 되물음에 무어라 대답하려던 로렐은 에밀리를 대동한 채 자신을 향해 다가오고 있는 금발의 소녀를 발견하고 눈을 부릅떴다. 소녀의 얼굴에 초상화의 얼굴이 겹쳐지는 환각이 눈앞에서 어른거렸다.

이윽고 얼빠진 목소리로 로렐이 중얼거렸다.

"진짜 똑같이 생겼네."

"세이지 오라버니."

첫째 오라버니에게 첫선을 보이는 날이라는 명목으로 한껏 멋을 부린 아스텔은 세이지의 뒤에 선 낯선 남자의 모습을 발견하고는 서둘러 발걸음을 재촉했다. 세이지는 다른 사람이 있을 때는 오라버니라고 불러도 싫은 티를 내지 않았기 때문에 아스텔도 상황에 따라서는 세이지의 눈치를 보지 않았다.

백작가의 피는 이만저만 진한 것이 아닌지, 아스텔은 한눈에 그가 소문의 장남이라는 걸 알아볼 수 있었다. 백작만을 쏙 빼닮은 세이지와 달리, 장남에게는 초상화 속의 백작부인을 닮은 부분도 눈에 띈다는 점이 달랐지만.

"아스텔이냐."

"좋은 아침이에요."

아스텔은 환한 미소를 지으며 로렐을 향해 시선을 주었다. 빨리 소개해 달라는 무언의 메시지였다. 세이지가 뭐라고 말을 꺼내기도 전에 성미 급한 로렐은 아스텔에게 불쑥 먼저 말을 걸었다.

"네가 소문의 새 동생이구나. 귀여운 여자애가 오니 저택이 훨씬 밝아진 느낌인걸."

"처음 뵙겠습니다."

아스텔은 치맛자락 끝을 살짝 들어 올리며 우아한 자세로 인사했다. 교과서에 표본으로 실어도 좋을 만큼 완벽한 동작이었다. 에밀리는 흐뭇한 눈길로 그런 아스텔을 바라보고 있었다.

"너도 알고 있겠지만 먼저 인사할게. 내 이름은 로렐 브랜든 알트만. 너에겐 첫째 오라비가 되는 셈이지."

"저는 아스텔 조지아 알트만이라고 합니다. 제가 로렐 오라버니라고 부르더라도 폐가 되지 않을까요?"

"그런 당연한 일로 굳이 내 허락을 받을 필요는 없어. 그럼 난 널 뭐라고 부르면 좋을까. 특별히 마음에 드는 호칭이나 애칭은 따로 없니?"

"편하신 대로 부르셔도 괜찮아요."

"그럼 아스라고 부를게."

로렐과 아스텔은 이제 막 만난 사이라는 것이 믿기지 않을 정도로 친근하게 이야기를 나누었다. 두 사람의 대화가 점점 길어질 기색이 보이자 세이지의 안색도 따라서 점점 불편하게 바뀌기 시작했다. 얼굴에 표정이 사라지고 있는 세이지를 흘끔 바라본 로렐은 슬슬 아스텔과의 대화를 끊어야 할 타이밍이 되었다고 판단했다.

"이제 겨우 처음 만났는데 미안해. 잠시 볼일이 있어서 가봐야 할 것 같다."

"천만에요. 저야말로 바쁘신 분을 너무 오래 붙잡고 있었던 것 같아서 죄송한걸요."

"'바쁘신 분'이 아니라 '오라버니'라고 불러도 괜찮다니까."

로렐의 대답에 아스텔은 활짝 웃었다. 로렐이 세이지와 형제지간이라고 해서 내심 동생과 같은 성격이면 어떡하나 염려했던 것은 기우에 불과했던 것이다.

개인적으로 로렐에게 물어보고 싶은 건 많았지만 처음 얼굴을 마주한 자리에서 묻기에 적절한 내용은 아니었으므로, 아스텔은 나중을 기약하는 편이 더 나을 것이라 판단했다.

"로렐 오라버니, 나중에라도 잠시 저를 위해 시간을 내어주실 수 있나요?"

"널 위한 시간이라면 언제든지 내줄 수 있지."

능청스러운 로렐의 대사에 아스텔을 비롯한 주변의 세 사람은 눈을 크게 떴다. 그제야 자신이 말실수를 했다는 걸 깨달은 로렐은 오해하지 말라며 빠르게 손사래를 쳤다.

"아, 미안미안. 라그랑시아에 있다가 왔더니 말하는 투까지 옮아온 것 같아. 하지만 당분간 시간이 많은 건 사실이야. 오늘은 좀 어렵지만 내일 아무 때나 한가할 때 불러줘."

로렐은 그렇게 말하며 세이지에게 따라오란 듯이 눈짓을 했다.

"그럼 가자."

자리를 떠난 로렐과 세이지는 약속이라도 한 것처럼 곧장 삼 층의 휴게실로 향했다. 휴게실의 팔걸이의자에 그대로 몸을 묻은 로렐은 곧바로 성대한 한숨을 내쉬었다.

"입 간지러워서 죽는 줄 알았네."

"어땠어?"

"정말 어떻게 저렇게까지 닮을 수 있나 경악스럽더라. 과연 소문대로 아버지가 정신 못 차릴 만하던걸."

뭐가 그렇게 웃긴지 킬킬거리던 로렐은 자신과는 정반대로 일그러진 얼굴을 하고 있는 동생을 올려다보았다.

"이젠 괜찮은 거지?"

"뭐가."

"그 애. 아까 봤을 때 아무렇지도 않아 보이기에."

세이지는 옆구리에 끼고 있던 책을 무심코 꽉 쥐었다. 애써 억누르고 있던 감정이 그 질문에 스멀스멀 올라오기 시작했다.

이 감정은 절대 겪어보지 않은 사람은 알 수 없다. 진절머리가 날 정도로 구질구질하고 꼴사나운 감정.

"아무렇지도 않긴."

질투, 혹은 배신감을 닮은 다른 무언가가 잊을 만할 때마다 한 번씩 그를 잠식하곤 한다.

열망과 부정, 열등감과 자기혐오. 아스텔이 무방비하게 자신을 따를수록, 그녀에게 품은 자신의 감정이 추악하게만 느껴져서.

왜 이런 못난 부분까지 쓸데없이 아버지를 닮은 건지.

"짜증 난다고."

예정보다 빠른 로렐의 귀환에 저택은 벌집을 쑤신 것처럼 난리가 났다. 하우스 키퍼에서부터 페이지 보이까지 모든 고용인이 분주하게 움직였지만 그중에서도 가장 바쁜 사람은 백작의 누이인 엘레노어였다. 이른 아침부터 플라티나 메도우를 찾아온 엘레노어는 고용인들에게 저택 이곳저곳을 청소하고 로렐을 위해 성대한 만찬을 준비하도록 지시했다.

본래 일정대로 돌아왔다면 연회도 열 수 있지 않았겠냐며 투정을 부리는 고모에게 로렐은 그럴듯한 변명 대신 라그랑시아에서 기념품으로 사온 향수를 건넸다. 라그랑시아는 물론이고 대륙 전역에서 공전의 히트를 친 조향사의 신작 향수에 엘레노어는 언제 불평을 늘어놓았냐는 듯이 달콤한 미소를 지어 보였다.

"로렐, 너는 델플린드 백작가의 후계자잖니. 언제든 네가 원할 때 돌아와도 되고말고."

"역시 제 마음을 이해해 주시는 분은 고모님뿐이군요."

로렐은 능청스럽게 웃으면서 다른 이들을 위해 준비해 온 선물을 차례차례 꺼내놓았다. 아버지인 백작을 위해서는 와인, 세이지를 위해서는 만년필을 구입해 왔다.

놀랍게도 로렐은 아스텔을 위한 선물도 장만해 왔는데, 아스텔의 눈동자와 같은 녹색의 비취 목걸이가 그것이었다. 아스텔이 저녁 만찬 시간에 자신이 선물한 목걸이를 착용하고 나오자, 로렐은 흡족하게 웃으며 고개를 끄덕였다.

"사람이 많아지니까 확실히 식사 시간에 분위기가 사네요."

"여자가 있어서 그런 게 아니고?"

"앗, 들켰나?"

두 형제간에 오가는 대화를 듣고 있던 백작은 작게 헛기침을 했다. 슬슬 조용히 하라는 의미였다. 하지만 형제들이 아버지의 눈치를 보기 전에 아스텔이 먼저 입을 열었다.

"로렐 오라버니는 라그랑시아에서 공부하고 오셨다고 했죠?"

"뭐, 그렇지."

"그렇다면 라그랑시아어에도 능통하시겠네요."

"하고 싶은 말 정도는 할 줄 알아."

"굉장해요."

아스텔이 대화에 끼어들자 백작은 더 이상 로렐에게 눈치를 주지 않았다. 세이지는 두 사람의 대화를 들으며 말없이 물잔을 비웠다.

"전 이제 간신히 읽을 줄만 아는 정도라서 가정교사인 모리슨이 걱정을 많이 하거든요."

"괜찮다면 가르쳐 줄 수 있어."

"진심이신가요?"

"물론이고말고."

그렇게 대답하며 로렐은 넌지시 백작에게 시선을 주었다. 먼저 백작의 허락이 있어야 가능하단 의미였다. 아스텔이 따라서 시선을 옮기자 백작은 다시 헛기침했다.

"뭐, 괜찮겠지. 신경 써서 가르쳐 주거라."

"그렇다고 하시네."

"감사합니다, 양부님. 로렐 오라버니도요."

아스텔의 감사 인사에 백작은 슬쩍 입꼬리를 올렸고 로렐은 수업에 대해서는 내일 다시 얘기해 보자면서 능숙하게 바닷가재의 살을 골라냈다. 식탁에서 즐겁지 않은 표정을 짓고 있는 건 세이지 한 사람뿐이었다.

저녁 식사가 끝난 뒤, 세이지는 휴게실에서 바이올린을 켜고 있었다. 아스텔은 세이지를 따라 휴게실로 가고 싶었지만 춤 교습이 없는 날이었기 때문에, 아쉬운 대로 외투를 걸친 채 제 방의 발코 니로 나온 상태였다.

사 층에 있는 아스텔의 방은 휴게실의 바로 윗방이었기 때문에 발코니로 나오면 바이올린 소리가 잘 들렸다. 예전에 비하면 세이 지와 많이 가까워진 편이었지만, 아스텔에겐 아직 이렇다 할 핑계 없이도 그를 따라다닐 만한 용기가 없었다.

"으, 추워······."

아스텔은 손을 겨드랑이 아래에 낀 채 떨며 발코니의 난간에서 아래를 내려다보았다. 위층의 발코니에서 아래층 내부를 들여다 볼 수는 없었지만, 휴게실에서 나오는 불빛을 보는 것 정도는 가 능했다.

지금 연주하고 있는 곡만 끝나면 방으로 돌아가야지. 그리고 메이드에게 따뜻한 코코아를 가져다 달라고 하자. 그렇게 생각하 던 찰나였다.

"아가씨!"

자신을 부르는 날카로운 비명에 아스텔은 깜짝 놀라 뒤를 돌아 보았다. 수건을 가져온 에밀리가 사색이 된 채 방 안에서 발코니 로 나오고 있었다.

"죄송해요, 아무리 노크를 해도 대답을 하지 않으셔서······. 이 추운 날씨에 여기서 뭐 하시는 거예요."

에밀리는 얼마나 놀란 건지 눈물까지 글썽거리고 있었다. 그 모 습에 아스텔은 갑작스레 죄책감이 엄습해 오는 것을 느꼈다.

"미안, 잠깐 바깥 공기가 쐬고 싶어서······."

"밤에는 바람이 강해지니까 난간 근처에 다가가시지 않는 편이 좋아요. 위험하다구요."

에밀리의 손에 이끌려 방 안으로 들어가며 아스텔은 아쉬운 표정으로 발코니 쪽을 돌아보았다. 세이지가 연주하고 있던 바이올린 선율은 어느새 끝난 것처럼 들려오지 않았다.

"아까 그 목소리 아스텔의 시녀 맞지?"

벽난로 앞에서 책을 뒤적이고 있던 로렐이 창가에 선 세이지를 돌아보았다. 세이지는 무표정한 얼굴로 창문 바깥을 계속 응시하고 있었다.

"알 게 뭐야."

"또 그런다. 남자의 질투는 꼴사나운 법이란다, 이즈."

"질투?"

세이지는 로렐의 말에 기가 막힌다는 듯이 고개를 돌렸다.

"내가?"

"그럼 그게 질투가 아니면 뭔데?"

"내가 누구에게, 왜 질투를 해야 하지?"

세이지의 신경질적인 반응에도 로렐은 눈 하나 깜짝하지 않은 채 뻔뻔하게 턱을 치켜 올리며 응수했다.

"내가 아스에게 라그랑시아어를 가르쳐 주기로 한 게 샘나서 그러는 거잖아."

"천만에."

세이지는 씹어뱉듯이 딱딱한 목소리로 단언했다. 잠시 말없이 동생의 얼굴을 올려다보던 로렐은 이내 피식 웃더니 느긋하게 깍지를 끼고 소파의 등받이에 등을 기댔다. 여기서 너무 몰아붙여 봤자 죄 없는 아스텔에게만 불똥이 튈 것이 뻔하므로, 적당히 한 발 물러서기로 한 것이다.

"뭐, 네가 아니라면 아닌가 보지."

"아니라고."

"그래그래."

로렐의 성의 없는 맞장구를 들으며 세이지는 바이올린을 다시 케이스에 넣었다. 그가 서재에서 가져왔던 교본은 여전히 방구석에 굴러다니고 있는 상태였다.

간밤에 찬바람이 몰아치는 발코니에 나가 있었던 것이 화근이 되었는지 아스텔은 바로 다음 날 감기에 걸리고 말았다. 증세는 심각하지 않았지만 잘못하면 폐렴으로 발전할 수 있다고 백작이 호들갑을 떨어댔기 때문에, 백작가의 주치의와 메이드들은 온종일 방을 들락거리며 아스텔을 간호해야만 했다.

아스텔의 감기로 오늘 진행될 예정이었던 피아노 수업도 중지되자, 허들스턴은 빠른 쾌유를 기원한다며 편지를 보내오기도 했다. 에밀리는 얼굴이 눈물범벅이 된 채 아스텔의 침대 곁을 줄곧 떠나려 하지 않았다.

"아가씨, 정말 죄송해요……."

"에밀리는 아무 잘못도 하지 않았는걸."

아스텔은 감기로 계속 기침을 하면서도 에밀리를 두둔했다. 자신이 감기에 걸린 원인을 알고 있는 아스텔은 에밀리에게 죄가 없다는 걸 잘 알고 있었지만, 에밀리는 자신이 좀 더 빨리 아가씨를 찾았어야 했다며 끊임없이 자책하고 있었다.

"에밀리는 내 시녀지 보모가 아니잖아."

"아가씨……."

새빨갛게 짓무른 눈가를 손수건으로 문지른 에밀리는 훌쩍거리며 이마에 놓인 물수건을 다시 갈아주었다. 아스텔은 에밀리에게 뭔가 격려의 말을 덧붙이려고 했지만, 계속해서 기침이 나오는 바람에 입을 다물어 버리고 말았다.

몇 분 지나지 않아 진찰을 하기 위해 주치의가 방에 들어왔다. 오늘만 벌써 여섯 번째로 행하는 진찰이었다. 잠이 오려고 할 때마다 주치의와 메이드들이 들락거리며 방해했기 때문에 아스텔은 머리가 지끈거리는 것을 느꼈다.

"잠 좀 자고 싶으니 혼자 있게 해주시겠어요?"

"그건 안 될 말씀이에요, 아가씨."

"나리께서 가만히 있지 않으실 겁니다."

혼자 있게 해달라는 아스텔의 말에 에밀리와 주치의는 말도 안 된다는 듯이 펄쩍 뛰었다.

아스텔은 두 사람이 백작을 두려워하기 때문에 자신을 과보호하고 있다는 걸 알았다. 에밀리에게 필기구를 가져다 달라고 청한 아스텔은 자신은 많이 호전되었으니 간호인들을 물러달라고 정중하게 부탁하는 편지를 썼다.

주치의는 마지못해 아스텔의 편지를 들고 방을 떠났다. 그리고 얼마 지나지 않아 다시 방문을 노크하는 소리가 들렸다.

"들어오세요."

살벌한 표정을 지은 채 주치의와 방으로 들어서는 백작의 모습에 아스텔은 깜짝 놀라 침대에서 몸을 일으켰다. 백작은 떨리는 손으로 아스텔이 쓴 편지를 내밀었다.

"아가, 네가 직접 쓴 것이 맞느냐?"

"맞습니다, 양부님."

"누군가에게 부탁받아서 쓴 것이 아니고?"

"양부님."

아스텔은 작게 고개를 저었다.

"혼자 있게 해주세요."

"하지만 자칫하면……."

"열도 별로 없고 잔기침이 조금 나오는 정도예요. 머리가 아파서 자고 싶은데 문이 자꾸 열리는 바람에 푹 잠들 수가 없는걸요."

"……."

"부탁드릴게요."

근심스러운 표정으로 아스텔의 얼굴을 들여다보던 백작은 이내 한숨을 쉬더니 에밀리와 주치의를 대동한 채 방을 떠났다. 물론 상태가 안 좋아지면 언제라도 사람을 부르라는 말도 잊지 않았다.

간신히 혼자가 된 아스텔은 이불을 뒤집어쓰고 다시 침대에 누웠다. 오늘은 세이지에게 레슨을 받는 날인데 감기 때문에 건너뛰게 된 것이 가장 속상했다.

내일이라도 대신 가르쳐 달라고 말해볼까.

아스텔은 잠시 누운 자리에서 뒤척거리다가 저도 모르는 사이에 까무룩 잠이 들었다. 멀리서부터 아련하게 바이올린 선율이 울려 퍼지는 환청이 들리는 것 같았다.

✥

아버지는 그 사람 때문에 오지 않는 걸까?

열세 번째 생일의 일이었다. 무표정한 얼굴을 한 소년은 아버지의 이름으로 도착한 편지를 봉투에 갈무리해 넣었다. 형은 소년의 질문에 어깨를 으쓱했다.

그럴 수도 있고 아닐 수도 있겠지.

그게 아니더라도 지금 머릿속에는 그 사람 생각뿐일걸.

소년은 쓴웃음을 지었다.

내 생일이 오늘이라는 걸 아시긴 하는 걸까?

아시겠지. 그러니까 선물을 보내신 거잖아.

어차피 다른 사람이 골라준 거야.

신경질적으로 고개를 가로저은 소년은 벽난로에 다 읽은 편지를 불살라 버렸다. 아무런 마음도 담겨 있지 않은, 허례허식에 불과한 가식적인 문장들 따위.

이제 생일이 오는 게 싫어.

세이지는 천천히 눈을 떴다. 모처럼 꾼 꿈의 내용이 하필 이 기억이라니 이른 새벽부터 입맛이 더럽게 썼다.

침대에 누운 채 다시 잠을 청하기 위해 몇 번 뒤척이던 세이지는 오래 지나지 않아 한숨을 쉬며 몸을 일으켰다.

✢

감기가 많이 호전된 아스텔은 아침 식사가 끝난 뒤, 공부방에서 해리엇이 주었던 도면을 따라 십자수를 놓고 있었다. 붉은 모란이 하얀 아이다 위에 화사하고 당당하게 피어나고 있었다.

등 뒤에서 들려오는 노크 소리도 눈치채지 못한 채 십자수에 열중하고 있던 아스텔은 머리 위에서 느껴지는 인기척에 간신히 고개를 들었다.

"굉장한 솜씨인걸."

"로렐 오라버니."

"감기는 많이 괜찮아졌니?"

건너편의 소파에 앉은 로렐이 턱을 괸 채 빙긋 웃어 보이자 아스텔은 씁쓸한 기분이 된 채 그를 향해 마주 웃어 보였다. 우습게도 아스텔이 그토록 간절히 바라던 '오라버니'의 역할은 만난 지한 달도 넘은 세이지가 아닌, 이틀 전에 겨우 처음 만난 로렐이 더

할 나위 없이 완벽하게 수행하고 있었다.

지금 여기 있는 사람이 그 사람이었으면 더 좋았을 텐데. 무심코 거기까지 생각하던 아스텔은 이내 황급하게 고개를 저었다.

"아직 다 안 나은 거야?"

"아뇨! 많이 괜찮아졌어요!"

고개를 젓는 것을 다른 의미로 오해한 듯이 로렐이 눈을 동그랗게 뜨자 아스텔은 황급히 두 팔을 내저었다. 속마음을 들키기라도 한 것처럼 민망해진 아스텔은 어색하게 웃으며 수틀을 놓고 자리에서 일어났다.

"걱정해 주셔서 감사해요. 오늘은 좀 한가하신가요?"

"당분간은 한가하니까 염려하지 않아도 돼."

로렐은 가정교사와 나눠 먹으라며 고급스럽게 포장된 초콜릿 상자를 건넸다. 라그랑시아의 수도 프륀시아에서 백 년이 넘게 이어져 오고 있는 유명 초콜릿 공방의 제품이라고 했다.

몸 둘 바를 몰라 하며 거듭 감사의 인사를 건네던 아스텔이 퍼뜩 생각났다는 듯이 질문을 꺼냈다.

"저, 방문 앞에 있던 시클라멘 화분은 로렐 오라버니께서 보내주신 것이 맞죠?"

"시클라멘?"

아스텔의 질문에 잠시 머리를 긁적이던 로렐은 갑자기 만면에 웃음을 띠면서 고개를 끄덕였다.

"맞아. 내가 보낸 거야. 마음에 들었니?"

"네. 정말 감사드려요."

"다행이다. 마음에 들어서."

수줍게 미소 짓는 아스텔의 얼굴을 보며 마주 웃던 로렐이 자리에서 슬그머니 일어났다.

"이제 곧 가정교사가 올 시간이지? 수업 끝나고 다시 천천히 얘기하자. 나도 너한테 묻고 싶은 게 산더미처럼 많거든."

"네."

로렐은 급한 용무가 있는 것처럼 부리나케 공부방을 빠져나갔다. 로렐의 뒷모습을 따라 문 쪽으로 시선을 옮긴 아스텔은 다시 자리에 앉아 십자수를 놓기 시작했다. 오래 지나지 않아 해리엇이 공부방에 들어와 간단하게 아스텔의 안부를 묻고는, 곧바로 수업을 진행하기 시작했다.

공부방을 나온 로렐이 직행한 곳은 온실이었다. 지나가는 인사처럼 정원사와 짧게 몇 마디를 나눈 로렐은 고용인들에게 물어물어 세이지가 있는 이 층의 당구실로 직행했다.

"제법 기특한 짓도 하잖아."

"갑자기 무슨 소리를 하는 건지 모르겠네."

"딴청 피우긴."

당구대에 몸을 기댄 채 큐로 공을 노리고 있던 세이지는 옆에서 팔짱을 끼고 선 로렐 쪽으로 시선을 옮겼다. 로렐은 기세등등하게 버티고 서서는 한쪽 입꼬리를 올렸다.

"시클라멘."

"의미 불명인 소리는 적당히 해줘. 하나도 재미없으니까."

큐가 앞에 놓인 공을 치자 당구대 위의 공들이 뿔뿔이 흩어져 데굴데굴 구르기 시작했다. 다른 공들과 부딪치며 천천히 굴러가던 구 번 공이 이윽고 포켓으로 굴러떨어졌다. 실로 귀신같은 솜씨였다.

미지근한 눈동자로 당구대를 응시하고 있던 세이지는 구 번 공이 들어가는 것을 확인한 뒤, 들고 있던 큐를 내려놓고 눈꺼풀 위를 꾹꾹 눌렀다.

"지난번에 봤을 때보다 더 잘 치네."

"그냥 우연이야."

"우연이라고?"

"실력이 는 건 맞지만."

세이지는 무겁게 한숨을 쉬더니, 고개를 절레절레 흔들며 문가로 걸어가기 시작했다.

"어디 가?"

"머리가 아파서 낮잠이나 자려고."

"간밤에 뭔가 잠 못 이룰 일이라도 있었나 보지?"

"마음대로 생각해."

손을 흔들면서 당구실을 떠나는 세이지의 뒷모습을 지켜보던 로렐은 당구대에 팔꿈치를 기댔다.

"아직도 애네."

아스텔은 수업이 끝나자마자 로렐과의 약속대로 휴게실로 향했다. 먼저 와서 기다리고 있던 로렐이 웃으면서 맞은편의 소파를 권했다.

긴장한 얼굴의 아스텔에게 로렐은 직접 차를 따라주면서 뭐든 궁금한 게 있으면 먼저 물어보라며 살갑게 굴었다. 가장 무난한 화제인 오늘의 날씨에 대해 의례적으로 대화를 시작한 두 사람은 곧 금방 죽이 잘 맞아 각자의 유학 생활이나 수도원 생활에 대해 이야기꽃을 피웠다.

눈치가 빠른 로렐은 아스텔이 자신에게 질문하는 것들의 대부분이 세이지에 대한 것들이라는 사실을 금방 알아챘다. 아스텔은 진심으로 세이지에 대해 궁금한 것이 많은 것 같았다. 그의 입맛,

취미, 좋아하는 색상, 좋아하는 작가는 누구이며, 학교에서 그와 특별히 친했던 친구들의 이름 등등.

자신도 아스텔에게 묻고 싶어 하던 것을 묻기 위해 타이밍을 살피고 있던 로렐은 웃고 있는 의붓동생의 눈치를 살피며 넌지시 말을 건넸다.

"그러고 보니 이곳 생활은 좀 어때?"

"멋져요. 다들 친절하시고요."

"세이지가 괴롭히지는 않고?"

로렐이 단도직입적으로 세이지의 이름을 거론하자 아스텔은 당황한 나머지 눈을 크게 뜬 채 그 자리에서 굳어버렸다. 로렐은 그런 아스텔의 반응을 예상이라도 했던 것처럼 피식 웃었다.

"넌 정말 거짓말을 못하는구나. 수도원에서 자라서 그런가?"

"괴롭…… 히시지는 않아요."

"그럼 냉대해?"

"로렐 오라버니……."

아스텔은 곧장 자리를 박차고 도망치고 싶은 충동을 애써 억누르며 입술을 깨물었다.

마냥 사람이 좋은 줄 알았던 로렐은 세이지와는 다른 방식으로 아스텔을 괴롭히는 재주가 있었다. 아스텔의 낯빛이 창백해지는 것을 본 로렐이 급히 사과했다.

"미안. 괴롭히려고 할 생각은 아니었어. 그럼 질문을 바꿔볼게."

"……."

"널 처음 만났을 때 말야, 혹시 이즈가 울거나 경기를 일으키진 않았어?"

이상한 질문이었다. 마치 아스텔을 처음 만난 세이지가 울거나 경기를 일으키는 것이 당연하다는 것처럼.

"네가 뭐라고 대답했는지는 녀석에게 비밀로 해줄게."

로렐은 그렇게 말하며 다정하게 눈꼬리를 휘었다. 아스텔은 그 미소에 알 수 없는 찜찜함을 느끼면서도 정직하게 대답했다.

"그런 기색은 전혀 보이지 않으셨어요."

"그래? 하긴 녀석도 이제 성인이고 십 년도 넘게 지난 일이니까."

로렐은 혼자서 팔짱을 낀 채 스스로 납득한 것처럼 고개를 끄덕거렸다. 도저히 대화의 흐름을 따라갈 수 없었던 아스텔은 용기를 내어 로렐에게 물었다.

"로렐 오라버니께서는 알고 계신 건가요? 세이지 오라버니께서 왜 저를 탐탁지 않게 여기시는 건지."

"그냥 솔직하게 싫어한다고 말해도 괜찮아. 물론 그렇다고 해서 이즈 녀석이 정말로 널 싫어한다는 의미는 아냐."

"절 싫어하시지 않는다고요?"

"적어도 난 그렇게 생각해."

아스텔은 로렐의 대답에 가슴이 뛰는 것을 느꼈다. 세이지에 대해 잘 알고 있을 로렐이 그렇게 단언한다는 건, 어느 정도는 그와의 관계가 개선될 여지가 있다는 의미이기도 했으니까.

"녀석은 네 외양에 본능적인 거부감을 가지고 있는 거야. 일종의 트라우마라고나 할까. 그때 걘 한창 감수성이 예민한 어린애였거든. 뭐, 그건 지금도 마찬가진가."

"하지만, 세이지 오라버니께서 처음부터 절 냉대하셨던 건 아닌 걸요. 이곳에 오기 전까지는요."

"처음부터 냉대했던 게 아니라고?"

아스텔의 새로운 증언에 로렐은 금세 낯을 달리했다.

"그럼 정확히 언제부터 태도가 바뀐 거지?"

"그건……."

기억을 천천히 더듬어나가던 아스텔은 이내 시무룩한 표정이 되어 고개를 숙였다.

"양부님을 처음 뵙고, 제가 알트만 가문으로 입양되는 것이 결정된 다음에……."

"……과연."

로렐은 그것만으로도 모든 걸 이해한 것처럼 고개를 주억거렸다. 속이 답답해진 아스텔은 사뭇 절박하게까지 들리는 목소리로 로렐에게 다시 질문했다.

"뭔가 짚이는 게 있다면 제게도 말씀해 주실 수 있나요?"

아스텔의 질문에 잠시 침묵을 지키던 로렐은 이윽고 피식 웃으며 고개를 가로저었다.

"아니. 그건 네게도 말해줄 수 없어. 말했다가는 이즈가 진심으로 날 죽이려고 할 테니까."

"그게 무슨……."

"누구나 다른 사람에게 알려주고 싶지 않은 비밀 하나둘쯤은 있는 법이야. 세이지뿐만이 아니라 아버지나 나도 마찬가지일걸."

"……."

"너한테 말해줄 수 있는 건 녀석은 금발을 아주 싫어한다는 것 정도야."

"금발을요?"

"그래. 다른 건 몰라도 녀석이 금발인 여자를 만난 적이 한 번도 없을 정도로 싫어한다는 것 정도는 알아."

아스텔은 반사적으로 어깨 위에 늘어진 자신의 머리카락을 살폈다. 누가 봐도 다른 색이라고 착각할 수 없을 정도로 완벽한 블론드였다. 그러고 보면 세이지와 처음 만났을 당시에는 두건을 쓰고 있었으니 머리카락이 거의 드러나지 않았던 것 같고.

"그럼 제가 머리카락을 다른 색으로 물들이면 세이지 오라버니께서 절 달리 봐주실까요?"

"아니, 그럴 필요는 없어. 너처럼 근사한 금발은 드문데 아깝잖아?"

"하지만……."

석연치 않은 표정의 아스텔을 바라보며 로렐은 눈을 가늘게 떴다.

"네 금발을 싫어하는 사람은 이 저택에 세이지 한 사람밖에 없어. 넌 세이지 한 사람 때문에 친부모님이 물려주신 머리카락을 다른 색으로 염색하고 싶다는 거야?"

"……."

"뭐, 그것도 네 선택이라면 굳이 말릴 필요는 없겠지만."

두 사람은 잠시 아무 말 없이 각자 앞에 놓인 찻잔을 비웠다. 먼저 찻잔을 다 비운 로렐은 라그랑시아어 수업에 대해서는 다음 기회에 얘기하자며 자리에서 일어났다. 의문이 담긴 눈길로 자신을 올려다보는 아스텔에게 로렐이 친절히 설명해 주었다.

"어제 쉰 만큼 보강해야 할 거 아냐. 이제 일주일밖에 안 남았으니 말야."

저녁 식사가 끝나면 다시 여기로 와보라고 하면서 로렐은 휴게실을 빠져나갔다. 아스텔은 금방 뜨거워진 양 뺨을 손으로 감싸 쥐었다.

4. 여신의 눈물

일요일의 느지막한 오후, 델플린드 백작가의 일원 네 사람은 영지 내의 교회에서 예배를 마치고 플라티나 메도우로 향하고 있었다. 교회 모임은 지역 내의 인맥 유지와 관리에 필수불가결한 요소였으므로, 백작은 물론이고 그의 자녀들도—그들의 신앙심이 얼마나 돈독한지와는 별개로—매주 빠짐없이 참석해야만 했다.

흑발의 성인 남성 세 명 사이에 홀로 낀 금발의 소녀 아스텔은 넓은 마차 안에서도 독보적인 이질감을 드러내는 존재였다. 세 남자는 서로 약속이라도 한 것처럼 침묵을 유지한 채 창밖만 바라보고 있었기 때문에, 아스텔 역시 말없이 눈을 감고 마차를 끄는 말들의 발굽 소리에만 귀를 기울이고 있었다.

"다음 주죠?"

네 사람 중에 먼저 입을 연 건 로렐이었다. 마차 안에 있던 나머지 세 명의 시선이 자연스럽게 그에게로 쏠렸다. 주어는 없었지만 세 명 모두 로렐이 무엇을 말하고 있는지 알아듣고 있었다.

"그래."

백작은 짧게 대답하고 이번에는 아스텔 쪽으로 고개를 돌렸다. 백작과 눈이 마주친 아스텔은 저도 모르게 어색한 미소를 지어 보였다.

에르나델의 수도인 엘버린에서는 신년제가 열리기 일주일 전부터 사교계 시즌이 시작된다. 일정 이상의 사회적 지위와 재력을 가진 귀족들이 엘버린에 모여 초여름까지 자신들의 재력 혹은 인맥, 사회적 위치 등을 재점검하고, 각자 이번에는 어느 쪽에 붙는 것이 좀 더 이득일지 열심히 머리를 굴리는 것이다.

알트만 가문에서는 얼굴마담으로 내세울 만한 여성이 없었으므로 비교적 단출하게 사교계 시즌을 보내는 편이었으나, 올해부터는 상황이 급변하기 시작했다. 한 달 전부터 이곳저곳에서 초대장이 날아들기 시작한 통에, 집사인 알버트가 참석 여부를 결정하고 답장을 쓰느라 격무에 시달릴 정도가 된 것이다.

"제이드 체임버(Jade Chamber)에는 언제 출발하죠?"

"나흘 뒤."

로렐의 입에서 낯선 고유명사가 언급되자 세이지의 입에서 작은 한숨 소리가 흘러나왔다.

"혹시 로즈버드 팰리스(Rosebud Palace)의 주인은 바뀌지 않았나요."

"그럴 리가."

"꿈도 야무지구나."

"……."

세이지는 넌더리가 난다는 표정으로 등받이에 머리를 기댔다. 제이드 체임버는 어디고, 로즈버드 팰리스는 또 어딘지, 세 남자의 대화를 도저히 따라갈 수 없었던 아스텔이 대록거리며 눈알을 굴리자 로렐이 친절하게 나서서 설명해 주었다.

"제이드 체임버는 엘버린에 있는 우리 가문의 타운 하우스야. 사교계 시즌이 끝나는 6월까지는 거기서 머물게 되지. 로즈버드 팰리스는 제이드 체임버 인근에 있는 저택이고."

"그렇군요."

아스텔은 납득한 것처럼 고개를 끄덕였지만, 그녀에게는 아직 더 큰 의문이 하나 남아 있었다. 바로 세이지가 언급한 로즈버드 팰리스의 주인이 누구인가 하는 것이었다.

로렐이 덧붙여 설명해 주지 않을까 싶었지만 그는 옆자리에 있는 동생의 눈치를 살피더니 더 이상 아무 말도 하지 않았다. 마차 안의 침묵이 길어지면 길어질수록, 아스텔의 궁금증은 더욱 커져 가기만 했다.

플라티나 메도우에 도착한 뒤, 마차에 내리던 백작의 가족들은 저택의 현관에서 자신들을 기다리던 익숙한 얼굴을 발견했다. 백작의 누이이자 알트만 남매의 고모인 엘레노어였다.

"누님."

"왔구나, 데이빗."

"오늘도 오셨군요, 고모님."

최근 엘레노어는 매일같이 플라티나 메도우를 들락거리며 집무실에서 백작과 온종일 무언가를 의논하고 있었다. 명목상으로는 제이드 체임버에 동행시킬 고용인들을 선정하기 위함이라고 했으나, 그들의 주된 화제가 아스텔에 관한 것이라는 걸 모르는 사람은 거의 없었다.

"아스텔은 오늘도 사랑스럽구나."

"고모님이야말로 오늘도 아름다우셔요."

"어머, 얘 말하는 것 좀 봐."

엘레노어는 만면에 미소를 지으며 아스텔에게 다가가 뺨에 입을 맞추었다. 그녀는 곧바로 고개를 돌려 뒤에 서 있는 남자 조카들에게도 시선을 보냈다.

"로렐과 세이지도 잘 지냈니?"

"어제도 보셨다시피 잘 지내고 있습니다."

"너무 잘 지내서 문제죠."

두 조카의 비꼬는 듯한 대답에 엘레노어는 미간을 모았다. 부채를 펴 들고 입가를 가린 그녀는 목소리를 잔뜩 내리깐 채 한탄하는 듯한 어조로 말했다.

"제발 올해에는 행실에 각별히 신경 쓰도록 하렴. 특히 세이지, 넌 아스텔처럼 순진한 아이에게 이상한 물이 들게 하는 건 아닌지 무척 염려스럽구나."

"유감스럽게도 금발은 제 수비 범위가 아닙니다."

"다행스럽게도 신께서 이 아이를 굽어살피신 거지. 부디 앞으로는 내가 엘버린에서 고개 좀 들고 다닐 수 있게 해다오."

"엘버린에서 무슨 일이 있었나요?"

엘레노어가 말하고 있는 것이 '로즈버드 팰리스의 주인'과 관련된 얘기라는 걸 직감한 아스텔은 기회를 놓치려 하지 않았다. 아스텔의 질문에 엘레노어는 방긋 미소 지으며 부채를 다시 접었다.

"세이지가 대학 선배의 약혼녀를 빼앗았지. 정말 대단한 스캔들이었단다. 거의 두 달 동안 사람들이 모이기만 하면 그 얘기만 떠들어댔거든."

세이지의 대학 선배의 약혼녀와 얽힌 결투라면 아스텔도 이미 알고 있었다. 다른 사람도 아닌 백작이 직접 언급한 이야기였으니까.

"빼앗은 적 없습니다."

조카의 즉각적인 반박에 엘레노어는 코웃음을 쳤다.

"그럼 로웬달 후작 영식에게 망상증이 있단 말이니?"

잠시 흘끔 시선을 돌려 아스텔의 낯을 살핀 세이지는 곧바로 엘레노어를 향해 고개를 저었다.

"그건 이 자리에서 나누기에 그다지 적절하지 않은 화제 같군요."

"네가 웬일로 점잔을 빼는지는 모르겠지만 일단 그 말에는 전적으로 동감하는 바니 나도 이쯤 해두도록 하마. 하지만 제발 정신 좀 차리렴. 정착할 여자라도 생기면 얌전해지려나."

엘레노어의 말에 아스텔은 무심코 치맛자락을 꽉 쥐었다. 등 뒤에서는 세이지가 짧은 침묵 끝에 다시 입을 열고 있었다.

"아직 생각 없습니다."

"망나니짓도 어디 하루 이틀이지. 네가 아직 젊음만 믿고 천방지축으로 날뛰는 모양인데, 한 살이라도 더 젊을 때 정신 차려야 나도 괜찮은 가문의 규수를 소개해 줄 수 있을 것 아니니. 지금의 넌 결코 경쟁력 있는 신랑감이 아니란 말이다."

불퉁한 표정을 짓고 있는 조카의 얼굴을 보며 길게 한숨을 쉬던 엘레노어는 다시 아스텔 쪽으로 시선을 돌렸다. 날씨가 쌀쌀하기 때문인지 어깨를 조금 움츠린 채 떨고 있는 아스텔을 본 엘레노어가 놀란 표정을 지었다.

"날이 추우니 어서 들어가자. 네게 꼭 보여주고 싶은 게 있단다, 아가."

아스텔을 따라 방에 들어온 엘레노어는 검푸른 벨벳 케이스 하나를 자신의 유일한 조카딸에게 건네주었다. 초콜릿 상자보다는 조금 크고, 구두 상자보다는 좀 더 작은 크기의 케이스였다.

어서 열어보라는 엘레노어의 재촉에 마지못해 케이스를 열어본 아스텔은 안에 들어 있는 장신구를 보고 눈을 크게 떴다. 사십 캐럿은 족히 나가 보이는 큼직한 다이아몬드 목걸이가 벨벳 케이스 안에서 당당한 자태를 뽐내고 있던 것이다.

"마음에 드니? 알트만 가문의 가보인 '여신의 눈물'이란다."

엘레노어는 희미한 미소를 지으며 다이아몬드 목걸이를 꺼내 아스텔에게 직접 걸어주었다. 여신의 눈물이라는 이름에 걸맞은 찬란한 광채를 지닌 다이아몬드가 아스텔의 가느다란 목덜미 위에서 반짝거렸다.

"성씨로 짐작했을지도 모르겠지만, 알트만 가는 본래 에르나델이 아닌 바이센-뤼겐 출신의 가문이란다. 1대 델플린드 백작이었던 내 현조(玄祖)부께서 이 목걸이를 당시 약혼녀였던 현조모께 직접 선물하셨고, 그 후로 대대로 알트만 가의 여자들에게 물려져 내려오고 있는 것이지. 나 역시 사교계 데뷔를 앞두고 있을 때 이걸 내 고모님께로부터 물려받았단다."

목걸이를 착용한 아스텔을 뿌듯한 눈길로 살펴보던 엘레노어는 갑자기 눈시울을 붉히더니 손수건을 꺼내 눈가를 문질렀다. 그녀는 약간 떨리는 목소리로 횡설수설하며 말을 이어나갔다.

"상상했던 것보다 잘 어울리는구나."

"고모님……."

"너도 언젠가 네 조카에게 이걸 물려주게 되겠지. 로렐이나 세이지의 딸이 되겠구나."

세이지의 딸.

잠시 입술을 잘게 떨던 아스텔은 곧 방긋 웃으며 엘레노어에게 물었다.

"오라버니들처럼 남자 조카들만 태어나면 어떡하죠?"

"그렇게 되면 네 올케나 조카며느리가 될 여인에게 물려주면 된단다. 델플린드 백작부인도 알트만 가의 여성이니까."

"그렇군요."

눈을 감은 아스텔은 언젠가 그렇게 되는 날이 오길 진심으로 바랐다.

✛

그날로부터 사흘이 지났다. 바늘로 찔러도 피 한 방울 나오지 않을 것 같던 인상의 해리엇은 놀랍게도 마지막 수업 날에 눈물을 보였다. 해리엇은 마치 어린애를 물가에 내놓은 것처럼 이제 자신의 눈이 닿지 않는 엘버린으로 떠나는 아스텔을 진심으로 걱정했다. 언제든 힘든 일이 있으면 자신에게 편지를 쓰라고 하면서.

반면에 허들스턴은 한창 상승주가를 타고 있는 음악가였기 때문에 사교계 시즌은 일 년 중 그의 몸값이 가장 높아지는 시기였다. 델플린드 백작가와 별개로 그도 사교계 시즌은 엘버린에서 지낼 예정이었기 때문에, 시간이 나는 대로 제이드 체임버에 방문해 아스텔을 봐주기로 했다. 알버트는 차라리 다른 음악 교사를 알아보는 것이 어떻겠냐며 넌지시 백작의 의향을 물었지만 결국 허들스턴이 연임하는 것으로 이야기가 진행되자 완곡하게 유감을 표시했다.

제이드 체임버로 떠나기 하루 전날 밤, 아스텔과 세이지는 휴게실에서 마지막 춤 수업을 진행했다. 실전의 무도회에 참석하듯이 아스텔은 엘레노어에게 받은 '여신의 눈물'을 착용했고, 세이지는 성장(盛裝)을 한 채 아스텔을 기다리고 있었다. 마치 미리 서로 약속이라도 해둔 것처럼.

"역시 고모님이 그걸 네게 주셨군."

"네."

음악 따위는 이제 필요 없었다. 발소리와 심장 고동 소리만 있다면 어떤 순간이라도 박자를 맞출 수 있다. 손등에 입술이 닿은 뒤에는 등에 팔이 둘린다. 더 이상 후들거리며 떨다가 자리에 주저앉아 버리는 일은 없었다.

온 세상이 시야를 따라 빙글빙글 돈다. 이대로 영원히 시간이 멈춰 버렸으면.

세이지의 눈동자에 비치고 있는 제 모습을 발견한 아스텔은 문득 생각했다. 지금이라면, 어쩌면 그가 자신을 받아들여 줄지도 모른다고.

아스텔은 세이지에게 의미 있는 어떤 존재가 되고 싶었다. 가족으로서든, 아니면 친구든, 그 밖에 다른 무언가라도 상관없었다. 그의 마음 한구석에 작게나마 자신이 있어도 될 자리를 허락해 준다면 더 이상 아무것도 욕심내지 않을 텐데.

마지막으로 한 번 더 용기를 낸 아스텔이 떨리는 목소리로 물었다.

"이제 오라버니라고 불러도 될까요?"

세이지는 아스텔의 목에 걸려 있는 다이아몬드 목걸이를 응시했다.

"안 돼."

"어째서요?"

"기분 나쁘니까."

약속된 한 시간은 너무나 빨리 흘러가 버렸다. 세이지는 정해진 레슨 시간이 끝나자 더 이상 아스텔을 붙잡지도, 바이올린에 손을 대지도 않았다. 이른 아침부터 출발해야 하니 일찍 돌아가서 자야 한다고 하면서.

장갑을 벗은 세이지는 제자리에 우두커니 선 채 자신을 응시하고 있는 아스텔을 보며 쓴웃음을 지었다.

"그런 표정으로 보지 마."

"……."

세이지는 여전히 울적한 얼굴을 하고 있는 아스텔에게 다가갔다. 서늘한 체온의 단단한 손끝이 금빛 앞머리를 쓸어 올렸다.

푸른 눈동자가 시선으로 더듬고 있던 하얀 이마에 약간 마른 입술이 닿았다가 떨어졌다. 세이지의 입가에는 어느새 알 듯 모를 듯한 미소가 떠올라 있었다.

"그럼 잘 자. 아스텔 메이어."

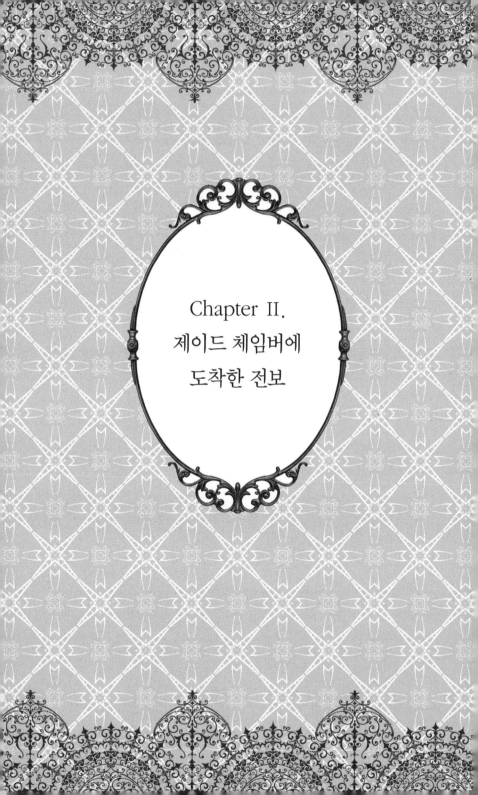

Chapter II.
제이드 체임버에
도착한 전보

1. 세이지의 과거

"그럼 몸 조심히 다녀오십시오, 나리."

"내가 없는 동안 플라티나 메도우를 잘 부탁하네, 스탠튼."

"여부가 있겠습니까."

마침내 델플린드 백작 일가가 엘버린으로 떠나는 날이 되었다. 간밤에 잠을 설친 아스텔은 수면 부족으로 몽롱한 상태에서 에밀리의 손에 이끌려 마차에 올라탔다. 수도인 엘버린은 델플린드에서 기차를 타고 가도 여덟 시간이나 걸리는 먼 곳이었기 때문에, 이른 새벽부터 기차역으로 떠나야 저녁 시간에 맞춰 제이드 체임버에 도착할 수 있다고 했다.

해가 뜨지도 않은 새벽부터 플라티나 메도우의 고용인 전원이 백작 일가를 배웅하기 위해 정문 입구에 나와 있었다. 백작이 고용인들의 대표 격인 알버트와 악수를 하고 있는 모습을 창문 너머로 바라보던 아스텔이 뒤늦게 생각났다는 듯이 질문을 던졌다.

"스탠튼은 함께 가지 않나요?"

"당연하지. 알버트가 없으면 누가 플라티나 메도우를 관리하겠어?"

졸린 기색이 역력한 아스텔과는 정반대로 밤새 푹 잔 듯한 로렐이 기운찬 목소리로 대답했다.

"그럼 제이드 체임버는……."

"제이드 체임버에는 그쪽을 관리하는 집사가 따로 있거든."

"그렇군요."

플라티나 메도우에서 보냈던 한 달 사이에 알버트에게 제법 정이 들었던 아스텔은 약간의 아쉬움을 느꼈다. 부디 제이드 체임버에 있는 집사도 그만큼 좋은 사람이어야 할 텐데.

창문에서 시선을 떼고 자리에 똑바로 앉은 아스텔은 갑작스럽게 터져 나오려는 하품을 참기 위해 무던히 애를 썼다. 아스텔의 입가가 부들거리며 경련하는 광경을 지켜보던 로렐이 기차역에 도착할 때까지라도 한숨 자두라며 얼른 코트를 덮어주었다.

"밤에 뭐하다가 잠을 설친 거니?"

"그게……."

무심코 눈동자를 굴리던 아스텔은 맞은편에 앉아 있던 세이지와 눈이 마주치자 황급히 로렐이 덮어준 코트로 시선을 돌렸다. 분명 아까까지만 해도 졸음을 참기가 어려웠는데, 그새 커피라도 한 잔 마신 것처럼 잠이 달아나는 기분이었다.

"엘버린은 처음이라 떨려서……."

"흐음."

당연히 거짓말이었다. 아니, 엘버린은 초행이기 때문에 떨리는 것은 맞았지만 아스텔이 잠을 못 이룬 근본적인 이유는 아니었다. 딴청을 피우듯 창문 밖으로 시선을 돌리는 아스텔을 보며 로렐이 눈을 가늘게 떴다.

"뭐, 상관없겠지. 일단 푹 자둬."

"……네."

눈을 꼭 감은 아스텔은 속으로 양을 세며 오지 않는 잠을 억지로 청하기 위해 갖은 애를 썼다. 이윽고 고용인들과 인사를 마친 백작이 마차에 오르자, 채찍 소리와 함께 금방 마차가 움직이기 시작했다.

플라티나 메도우에서 가장 가까운 기차역은 마차로 한 시간가량 걸리는 위치에 있었다. 간신히 잠이 오기 시작할 때쯤 목적지였던 기차역에 도착하는 바람에 아스텔은 지끈거리는 머리를 붙잡으며 마차에서 내려야 했다. 플라티나 메도우를 떠날 때까지만해도 캄캄하던 하늘에 어느새 뿌옇게 동이 트고 있었다.

역에는 이른 아침부터 많은 사람이 모여 있었다. 사람들이 북적거리는 역의 입구로 향하던 아스텔은 백작과 그의 아들들이 다른 방향으로 성큼성큼 걸어가는 것을 보고 황급히 방향을 틀었다.

백작이 다가가자 제복을 갖춰 입은 역무원이 정중하게 허리를 숙이며 굳게 닫혀 있던 다른 입구의 철문을 열어주었다. 말로만 듣던 VIP 전용 입구였다. 기차를 타본 경험도 한 손에 꼽아볼 정도인 아스텔은 자신도 모르게 기가 죽는 것을 느꼈다.

백작은 플랫폼에서 자신을 마중하기 위해 나온 역장과 간단하게 몇 마디 인사를 나누며 악수를 했다. 초면이 아닌지 백작뿐만이 아니라 그의 두 아들에게도 아는 척을 하던 역장은 뒤에 홀로 떨어져 있는 아스텔을 발견하고 놀란 표정을 지었다.

"이 아가씨가 소문의 그……."

"그렇다네."

역장은 아스텔을 향해 정중하게 허리를 숙이며 손등에 입을 맞추었다.

"델플린드 백작 영애를 뵙습니다."

델플린드 백작 영애.

자신을 지칭하는 낯선 호칭에서 느껴지는 중압감에 아스텔은 자신도 모르게 어깨를 약간 떨었다. 플라티나 메도우에서도 백작의 양녀로서 귀한 대접을 받았던 아스텔이었지만 외부인에게 귀족으로서 정중한 대우를 받는 것은 생소한 경험이었다.

과연 앞으로 잘해나갈 수 있을까. 아스텔은 자신의 앞에 놓인 미래에 막연한 두려움을 느꼈다.

"처음 뵙겠습니다. 아스텔 조지아 알트만이라고 합니다."

기차 안에서도 백작 일가에게 주어진 자리는 특등석이었다. 에밀리를 비롯해 백작 일가와 동행한 고용인들은 다른 칸에 위치한 일등석을 타고 간다고 했다. 기차의 한 칸 전체가 객실로 되어 있는 특등석은 바닥에는 양탄자가 깔리고 조명으로 샹들리에가 달려 있는 등, 저택 내부처럼 호화롭게 꾸며져 있는 곳이었다.

아스텔은 문득 자신이 수도원으로 향하는 기차에서 착석했던 짐칸이나 다름없는 삼등석을 떠올렸다. 그 시끄럽고 좁은 삼등석 칸에서 일용직 노동자 사이에 앉아 있던 어린 소녀는 이제 귀족으로서 온갖 예우를 누리며 수도로 향하는 기차의 특등석에 탑승하게 된 것이다.

백작이 흡연실로 들어간 사이에 로렐과 세이지는 체스를 뒀다. 흔들리는 기차 안에서 독서나 십자수를 하긴 어려웠으므로, 할 일이 없던 아스텔은 마차 안에서 미처 자지 못했던 잠을 청하기로 했다.

무릎 담요를 덮은 채 소파에 누워 눈을 감자 오래 지나지 않아 다시 졸음이 몰려오기 시작했다. 간간이 덜컹거리는 기차 소리가 마치 자장가처럼 들려왔다. 아스텔은 자신도 모르는 사이에 깊은 잠에 빠져들었다.

한참 단잠에 빠져 있던 아스텔은 누군가가 두런거리며 속닥거리는 소리에 서서히 의식이 깨어나는 것을 느꼈다. 머리는 반쯤 깬 것과 달리, 몸은 아직 잠에서 완전히 빠져나오지 못했기 때문에 손끝 하나도 움직일 수가 없었다.

그 펜던…… 누군가…… 면…… 어떡…….

그래도…… 닮지…… 괜찮…….

……메이어는 유명…… 조심하는…….

드문드문 흘러나오는 단어를 알아들은 아스텔은 자신의 귀를 의심했다. 자신이 잘못 들은 것이 아니라면 저 두 사람은 지금 아스텔에 대해 이야기하고 있는 중이었다.

대체 무슨 대화를 나누고 있는 거지?

아스텔은 당장 일어나 둘을 추궁하고 싶었지만, 온몸이 가위에 눌린 것처럼 옴짝달싹하질 않았다. 가느다랗게 벌어진 입에서 억눌린 것 같은 괴로운 신음이 터져 나왔다.

"웃……!"

"아스텔?"

낯익은 목소리가 부르는 자신의 이름이 귓가를 파고들자 거짓말처럼 눈이 다시 떠졌다. 두 눈에서 눈물이 줄줄 흘러내리고 있었다.

어느새 곁으로 다가온 로렐은 놀란 기색으로 아스텔을 내려다보고 있었다. 아스텔은 가쁜 숨을 몰아쉬며 정신없이 주변을 돌아보았다. 로렐의 뒤에서 굳은 얼굴을 한 세이지가 눈에 띄었다.

"대체 무슨……."

"무슨 얘길 하셨던 거예요?"

"얘기?"

"제 얘길 하셨잖아요, 두 분이서."

아스텔의 추궁에 로렐이 난감한 표정으로 세이지를 돌아보았다. 세이지는 어깨를 늘어뜨리며 작게 한숨을 쉬었다.

"아무 얘기도 안 했어."

"거짓말."

"꿈이라도 꾼 거 아냐?"

아스텔은 입을 다물었지만 꿈이라는 세이지의 말을 믿었기 때문에 다문 것은 아니었다. 더 이상 추궁해 봤자 두 형제에게서 진실을 들을 수 없을 거라는 사실을 깨달았기 때문이었다.

여전히 의구심을 떨치지 못한 아스텔의 시선으로부터 도망치듯이 세이지가 몸을 돌려 체스판이 놓인 테이블로 돌아갔다. 아스텔은 한숨을 쉬며 기차 밖의 풍경으로 눈을 돌렸다. 답답한 자신의 속마음처럼 먹구름이 잔뜩 끼인 하늘이 꾸물거리며 햇빛을 가로막고 있었다.

기차는 해가 산등성이 너머로 넘어가기 전에 엘버린에 도착했다. 로렐은 그새 아무 일도 없었던 것처럼 아스텔에게 살갑게 굴었지만, 세이지는 그녀 쪽으로 시선을 주려고 하지도 않았다.

아스텔은 그의 그런 태도에 화가 나는 한편, 세이지를 믿을 수 없다는 사실에 마음이 울적해지는 것을 느꼈다. 앞에서는 웃고 있었지만 로렐도 전적으로 믿을 수는 없었다. 그도 세이지와 함께 무언가를 숨기고 있는 것이 분명하니까.

플랫폼에 내리자 백작 일가를 마중 나온 제이드 체임버의 고용인 몇 명이 정중하게 인사했다. 백작은 그들에게 백작가의 새 일원이 된 아스텔을 소개했다.

"이쪽이 내 의붓딸이 된 아스텔 조지아 알트만일세."

"처음 뵙겠습니다, 아가씨."

이어서 백작이 제이드 체임버의 집사와 하우스 키퍼를 아스텔에게 소개했다. 집사인 헨리 커티스는 사십 대의 남성으로, 플라티나 메도우의 집사인 알버트 스탠튼보다 훨씬 젊은 사람이었다. 하우스 키퍼인 아만다 커티스도 직책에 비해 제법 젊은 편이었는데, 놀랍게도 집사인 헨리 커티스와 부부지간이라고 했다.

두 사람과 함께 따라온 제이드 체임버의 하인들이 분주하게 짐을 옮기는 사이에 백작 일가는 커티스 부부를 따라 마차가 세워진 역의 입구로 나왔다. 아스텔은 델플린드의 기차역보다 다섯 배는 더 큰 규모의 역 건물과 인파에 압도될 것 같은 두려움을 느꼈다.

긴장으로 떨리기 시작한 아스텔의 손을 곁에 있던 누군가가 꼭 잡아주었다. 고개를 돌려보니 백작이었다.

"너무 염려하지 말거라, 아가. 내가 널 지켜줄 테니."

"네⋯⋯."

약간 기운 없는 얼굴로 아스텔이 웃었다.

한적한 지방에서 나고 자란 아스텔은 교통 체증이라는 현상을 엘버린에서 처음으로 경험했다. 더욱 놀라운 건 넓은 도로를 빼곡하게 채운 마차들이 대부분 귀족의 마차라는 사실이었다. 말 그대로 에르나델 전역의 귀족들이 엘버린에 총집결한 것이다.

아스텔은 번화가에 끊임없이 늘어선 고급 부티크들과 레스토랑, 극장, 술집 등을 보며 눈을 휘둥그렇게 떴다. 저녁 시간대가 되었음에도 거리의 사람들은 줄어들기는커녕, 점점 늘어나기만 하는 것 같았다.

"올해는 좀 서둘러서 왔는데도 이러네."

창문 밖으로 늘어서 있는 다른 가문들의 마차를 훑어보며 로렐이 탄식과 같은 한숨을 내뱉었다.

"사람들이 생각하는 건 다 똑같으니까."

"이럴 바에는 사교계 시즌을 한 주 더 당겨도 되지 않을까."

"말이 씨가 될 것 같으니까 그쯤 해둬."

세이지는 초연한 말투로 말했지만 그렇게 말하는 그도 얼굴에 짜증이 잔뜩 묻어 있는 상태였다. 쉴 새 없이 바깥을 살피며 아는 가문의 마차를 찾고 있던 로렐이 갑자기 낯익은 마차를 발견한 것처럼 창문 밖으로 고개를 내밀었다.

"앗, 햄스워드 후작가의 마차다."

아스텔은 신에게 맹세코 그렇게 빠르게 얼굴이 굳는 세이지의 모습을 일찍이 본 적이 없었다. 누군가가 마차 안을 엿보기라도 할 것처럼 세이지는 등받이에 몸을 바짝 기대고 입을 꾹 다물었다. 창문에서 고개를 돌린 로렐이 씩 웃었다.

"착각이었네."

"죽여 버리겠어."

세이지의 살벌한 목소리에도 불구하고 로렐은 얌전해지기는커녕 깐죽거리며 한술을 더 떴다.

"날 죽이고 네가 다음 대 백작이 되려는 거야?"

"그거 제법 나쁘지 않은데."

오가는 말은 살벌해도 형제가 얼마나 허물없이 친한 사이인지 알고 있던 아스텔은 새삼 두 사람이 부러워졌다. 과연 언제쯤에야 자신도 저들의 대화에 자연스럽게 끼어 함께 웃고 떠들 수 있을까. 아스텔이 부러움의 눈빛으로 알트만 형제를 지켜보는 사이, 백작이 헛기침을 하더니 근엄한 목소리로 말했다.

"그러니 평소 행실이 얼마나 중요한지 이제 알겠느냐."

"……."

백작의 한 마디에 세이지는 물론이고 로렐까지 덩달아 숙연한 태도가 되더니 얌전히 자리에 앉았다. 그도 나름대로 찔리는 구석이 있었던 건지, 형으로서 연대책임을 지려는 건지는 알 수 없었지만 마차 안의 분위기는 순식간에 찬물을 끼얹은 것처럼 무겁게 가라앉았다.

"조심하겠습니다, 아버지."

"한번 믿어보도록 하마."

백작 일가는 저녁 여덟 시가 되어서야 제이드 체임버에 도착했다. 본래 여섯 시까지 도착할 예정이었으니 늦어도 이만저만 늦은 것이 아니었다. 마차에서 내리던 로렐은 저녁이 다 식었겠다며 너스레를 떨었다.

제이드 체임버는 이름 그대로 진녹색의 대리석 지붕이 눈길을 끄는 저택이었다. 웅장한 위용을 자랑하는 플라티나 메도우와 비교하자면 상대적으로 아담한 규모였지만, 미관상으로는 앞섰다면 앞섰지 절대 뒤지지는 않았다.

주목을 다듬어 만든 생울타리와 대리석 조각들로 꾸며진 정원이 특히 아름다웠고, 가운데에 체렌시아풍의 작은 분수대가 있었다. 커튼이 쳐지지 않은 창문에는 주인 일가의 귀환을 반기듯이 밝은 불빛이 새어 나오고 있었다. 겨울인 지금은 줄기밖에 남아 있지 않지만, 벽에는 담쟁이 넝쿨이 얽혀 있어 잎이 나는 시기에는 저택이 온통 녹색으로 보인다고 했다.

제이드 체임버가 위치한 곳은 지방의 귀족들이 사교계 시즌을 보내기 위한 용도로 지어둔 타운 하우스가 모여 있는 고급 주택가였다. 아스텔은 백작을 따라 현관 쪽으로 발을 옮기며 말로만 듣던 로즈버드 팰리스를 찾기 위해 근처의 다른 저택들을 둘러보았다. 제이드 체임버의 오른편에 위치한 붉은 벽돌의 저택을 발견한 순간, 아스텔은 저곳이 로즈버드 팰리스일 것이라고 확신했다.

"어서 오십시오, 나리."

제이드 체임버의 모든 고용인이 백작 일가를 맞이하기 위해 현관에 두 줄로 나란히 서 있었다. 플라티나 메도우에서 이미 한 번 경험해 본 바가 있었지만, 아스텔은 이 분위기에 여전히 익숙해질 수가 없었다. 저녁 시간이 상당히 늦어졌으므로 백작 일가는 곧바로 식당으로 향했다.

로렐의 염려와 달리 식사는 갓 만든 것처럼 따뜻했다. 마차 안에서 교통 체증에 시달렸기 때문에 입맛은 별로 돌지 않았지만, 워낙 배가 고팠던 터라 아스텔은 나오는 음식마다 접시를 싹싹 비워냈다.

"아스텔이 저렇게 잘 먹는 건 처음 보네요."

로렐의 감탄사에 백작은 곧장 급사를 불러 요리장이 누구인지 확인했다. 얼마 지나지 않아 요리장이 식당으로 들어오자 백작은 입에 침이 마르도록 요리장의 실력을 칭찬하기 시작했다. 디저트로 나온 오렌지 셔벗을 먹고 있던 아스텔은 갑자기 민망한 기분이 들어 스푼을 조용히 내려놓았다.

식사가 끝나자 메이드장인 커티스 부인이 아스텔을 직접 방으로 안내했다. 뒤늦게 눈치챈 사실이었지만 제이드 체임버는 내부까지 전부 연녹색의 벽지가 발라져 있었다.

커티스 부인을 따라 계단을 올라가던 아스텔은 자신의 뒤를 쫓아오고 있는 두 형제를 의문에 찬 시선으로 돌아보았다. 아스텔과 눈이 마주친 로렐이 그녀를 향해 머쓱한 얼굴로 웃어 보였다.

"우리도 이쪽에 방이 있거든."

침실이 있는 이 층에 올라온 아스텔은 자신의 바로 옆방이 세이지의 방이라는 사실을 알고 깜짝 놀라고 말았다. 장남인 로렐의 방부터 나이순대로 방이 배정되어 있었던 것이다. 대저택인 플라티나 메도우에 비해 제이드 체임버는 방이 여유롭지 않은 편이니 어쩔 수 없다고 했다.

"정 불편하시다면 방을 옮겨드리도록 하겠습니다."

커티스 부인의 말에 아스텔은 난감한 표정으로 자신의 방 안을 훑어보았다.

백작 일가가 식사를 하는 사이에 하인들이 지금 있는 방에 짐을 전부 옮겨둔 상태였고, 수십 벌의 드레스로 꽉꽉 채워진 드레스룸에는 플라티나 메도우에서는 없었던 드레스도 간간이 눈에 띄었다. 화장대도 이미 꾸며져 있었고 침대 위에도 캐노피를 달아 놨으며, 깨끗하게 치워진 벽난로에는 장작이 활활 타오르고 있었다. 방을 옮겨달라는 말이 나올 수 있을 리가 없었다.

아스텔은 애써 웃는 얼굴을 지었다.

"아뇨, 괜찮아요. 커티스 부인."

"세이지가 이상한 짓을 하면 언제라도 소리를 지르도록 해. 바로 옆방이니까 구하러 와줄게."

세이지는 시선만으로 사람을 죽일 수 있을 것 같은 기세로 형을 노려보았다. 로렐은 뻔뻔하게 웃는 얼굴로 손을 흔들면서 자신의 방으로 들어가 버렸다. 커티스 부인은 필요하면 언제든 불러달라고 하며 용무를 보기 위해 다시 일 층으로 내려갔다.

"……."

다른 사람들이 사라지고 복도에 단둘만 남게 되자 세이지는 불편한 표정으로 아스텔을 흘끔 바라보았다. 애꿎은 치맛자락만 초조하게 잡아당기던 아스텔은 다시 힘겹게 입꼬리를 들어 올렸다.

"정말 괜찮아요."

"……."

"……당신은 절 여자로 보지 않는다고 하셨으니까."

아스텔은 자신이 한 말에 스스로 상처를 입었다. 어쩌자고 이런 심술궂은 말을 내뱉어 버린 걸까. 그런 말을 하면 그가 어떤 대답을 할지 뻔히 알고 있는 주제에.

도망치듯이 자신의 방으로 들어가 버린 아스텔은 문을 닫고 그대로 제자리에 주저앉았다. 너무나 부끄러워 그대로 사라져 버리고 싶었다.

아스텔은 그날 밤 한숨도 잠을 이루지 못했다. 세이지에게 했던 말도 있었지만, 그가 벽 하나를 사이에 두고 잠들어 있을 거라고 생각하니 긴장되어 잠이 오지 않았다. 아스텔은 자신의 잠버릇이 어떤지 모르기 때문에 자는 사이에 코를 골거나 이를 간다면 그 소리를 옆방의 세이지가 듣게 될까 봐 신경이 잔뜩 곤두서 있었다.

다행히 사람들은 모두 그녀가 바뀐 잠자리가 익숙하지 않아 잠을 설친 것으로 여겼기 때문에 큰 의문을 품지 않았다. 동이 틀 때야 간신히 잠이 들었던 아스텔은 해가 중천에 뜨고 나서야 눈을 떴다.

"에밀리."

"네, 아가씨."

에밀리는 환기를 시키기 위해 아스텔의 방 창문을 살짝 열었다. 찬 공기가 방 안으로 흘러들어오자 아스텔은 반사적으로 이불 속으로 깊이 파고들었다.

"말씀하세요."

"혹시 내 잠버릇 알고 있어?"

"글쎄요. 딱 한 번 침대가 엉망이 될 정도로 몸부림을 치신 적은 있지만……."

아스텔은 그때가 언제인지 기억하고 있었다. 엘레노어와 처음 만난 날, 세이지에게 악담을 듣고 악몽을 꿨던 밤의 일이었다.

"평소에는 이불도 흐트러뜨리지 않고 똑바로 누워서 주무시던 걸요. 그 정도는 아가씨께서도 알고 계실 테고."

결국 도움이 될 만한 이야기는 아니었다. 아스텔은 한숨 섞인 목소리로 고맙다고 하며 자리에서 일어났다.

몸단장을 마친 아스텔이 일층으로 내려오자, 백작은 때마침 데뷔탕트 드레스가 오늘 중으로 도착할 예정이라며 반색하는 표정을 지었다. 아스텔의 정식 데뷔는 국왕의 아우인 리치몬드 대공이 주최하는 신년회 파티 날로 결정된 상황이었으므로, 예상보다 빠른 완성이긴 했다.

백작은 한 달 전부터 아스텔의 데뷔탕트 드레스를 제작하기 위해 엘버린에서 명성을 떨치고 있는 유명 재단사에게 의뢰를 해둔 상태였다. 매년 사교계 시즌마다 쏟아지는 데뷔탕트의 수가 한둘이 아니었으므로 여유 있는 일정은 아니었지만, 모름지기 돈이란 불가능한 일도 가능하게 성사시키는 법이었다.

"델플린드 백작 영애를 뵙습니다."

"세상에, 진짜 마담 뷰몽트야!"

아스텔의 드레스를 제작한 라그랑시아 출신의 유명 재단사 마담 뷰몽트는 슬하의 도제들을 거느리고 제이드 체임버를 직접 방문했다. 제이드 체임버의 어린 메이드들은 그 유명한 마담 뷰몽트가 왔다며 온종일 야단법석을 피워댔다.

마담 뷰몽트의 발음에는 라그랑시아어 억양이 강하게 남아 있었는데, 메이드들에게는 그 점이 더욱 그녀를 세련되어 보이게 하는 것 같았다. 아스텔은 그녀의 유명세를 몰랐기 때문에 메이드들이 마담 뷰몽트의 일거수일투족마다 호들갑을 떠는 이유를 잘 이해하지 못했다.

"영애의 드레스를 가져오도록."

마담 뷰몽트가 지시하자 그녀의 도제 중 한 사람이 아스텔의 드레스가 걸려 있는 마네킹을 가져왔다. 눈처럼 새하얀 새틴으로 지어진 드레스는 자세히 보면 크림색의 섬세하고 얇은 장미무늬 레이스로 상의가 뒤덮여 있었고, 수십 겹의 프릴을 덧대어 아스텔이 가지고 있는 드레스 중에 가장 풍성하고 화려한 치맛자락을 자랑하고 있었다.

저걸 입으려면 얼마나 큰 크리놀린을 넣어야 하는 걸까. 아스텔은 드레스의 아름다움에 감탄하는 한편, 저 드레스를 직접 입을 생각을 하니 정신이 아득해지는 것을 느꼈다.

"영애께서 직접 코르사주를 고르시지요."

드레스가 흰색이었기 때문에, 포인트 역할을 할 코르사주들은 하나같이 화려한 색상을 띠고 있었다. 잠시 고민하던 아스텔은 이윽고 시안 블루의 벨벳으로 만들어진 장미에 흑요석 장식이 달린 코르사주를 선택했다.

"탁월하신 선택입니다."

우아하게 미소 짓는 마담 뷰몽트를 아스텔은 홀린 것 같은 시선으로 올려다보았다. 마담 뷰몽트에게는 성인 여성의 농염함이 뿜어져 나오면서도 결코 천박한 느낌이 나지 않았다.

"백작 각하와 같은 색이로군요."

부녀간의 사이가 돈독해 보인다며 마담 뷰몽트가 속삭이듯이 말했다. 아스텔은 뭐라 대꾸할 말이 떠오르지 않아 그저 웃기만 했다.

해리엇과의 수업이 없었기 때문에 아스텔은 로렐에게 받는 라그랑시아어 레슨을 제외하면 늘 한가한 편이었다. 라그랑시아어 회화에 능통한 로렐은 아스텔에게 라그랑시아어를 기초부터 차근차근하게 가르쳐 주었다.

두 사람은 수업 외의 화제에 대해서도 대화를 자주 나누곤 했는데, 아스텔은 해리엇에게 여러 번 지적당했던 남부 억양을 가장 염려하고 있었다. 사교계에 나가 비웃음을 살 것을 걱정하는 아스텔에게 로렐은 완벽하게 교정되어 있으니 염려하지 말라고 격려했다.

"사교계 시즌은 원래 이렇게 한가한가요?"

"그건 네가 아직 데뷔를 하지 않았기 때문이야. 신년회가 끝나면 여기저기 파티나 사교 모임에 불려가느라 몸이 열 개라도 남아나지 않을걸? 지금처럼 한가할 때 미리 체력을 비축해 둬."

로렐의 설명에 아스텔은 제이드 체임버로 온 뒤에 부쩍 얼굴을 보기 힘들어진 백작과 세이지를 떠올렸다. 백작은 사업으로 늘 바쁜 몸이었기 때문에 그러려니 할 수 있었지만, 세이지는 저녁 만찬 시간을 제외하면 도통 마주치기가 힘들었고 그나마도 얼굴을 비치지 않는 날이 간간이 생기기 시작한 상태였다.

"제가 바쁘신 로렐 오라버니를 붙잡고 있는 건 아닌가요?"

"천만에. 이즈는 일부러 바쁘게 돌아다니는 거야. 녀석은 따분한 영지 생활을 별로 안 좋아하니까. 그리고 난 약혼녀가 자신이 없는 사교 모임에 참석하는 걸 별로 좋아하지 않거든."

"로렐 오라버니께 약혼녀가 있다구요?"

"아, 내가 말 안 했나?"

로렐은 아차 하는 얼굴로 머리를 긁적였다.

"한 번도 말씀하시지 않았어요."

"그래. 그러고 보니 얘기한 적이 없는 것 같네."

로렐의 약혼녀는 멜우드의 백작 영애인데 약혼녀가 스무 살이 되는 내년에 식을 올릴 예정이라고 했다. 차기 델플린드 백작부인 이자 아스텔에게는 올케가 될 여성인 셈이다.

"아름다운 분이시겠죠?"

"정말 예뻐. 물론 너도 예쁘지만."

아스텔은 책상 아래로 초조하게 치맛자락을 잡아당겼다. 세이지에게는 약혼녀가 있을까, 없을까. 엘레노어가 했던 잔소리를 떠올려보면 없을 가능성이 더 커 보이지만…….

"신경 쓰여?"

"네?"

"세이지에게 약혼녀가 있는지 신경 쓰이냐고."

아스텔의 마음을 꿰뚫어본 것처럼 로렐이 의미심장하게 웃었다. 아스텔은 아무렇지도 않은 듯이 억지로 미소를 지어 보였다.

"궁금해요."

"그렇구나. 일단 지금의 세이지에게는 약혼녀가 없어."

로렐은 '지금의 세이지에게는'이라는 단서를 붙였다. 그 말은 과거에는 있었거나, 앞으로 생길 수 있다는 의미나 다름없었다.

"사실 작년에 생길 뻔했는데 그 스캔들로 파투 나버렸거든. 고모님 말씀대로 내후년까지 얌전히 있지 않으면 괜찮은 여자는 잡기 어려울 거야. 집안이 그저 그렇거나 얼굴이나 성품이 별로이거나 소문이 안 좋게 났다면 몰라도 그런 여자를 고모님이 용납하실 리가 없지. 나도 그런 여자는 제수로 들이기 싫고."

아스텔은 공연히 마음이 불안해지는 것을 느꼈다. 자신이 과연 그의 약혼녀와 잘 지낼 수 있을까. 아직 이 년 정도의 유예기간이 남았다고 해도, 이 년은 그다지 넉넉한 시간이 아니라는 걸 아스텔은 잘 알고 있었다.

"내 생각엔 세이지보다 네 쪽이 더 빨리 생기지 않을까 싶은데?"

"네?"

"지금 고모님이 난리도 아니시거든. 그분이 플라티나 메도우에서 아버지와 의논하셨던 게 무슨 이야기였을 거라고 생각해?"

엘레노어와 처음 만났을 때 그녀가 했던 말이 떠올랐다. 단순히 갓 조카딸이 생긴 고모의 설레발인 줄로만 알았는데 그게 아니었단 말인가.

"빠르면 이번 사교계 시즌이 끝나기 전에 네 약혼이 성사될 수도 있을걸?"

로렐의 말에 입술을 잘근잘근 깨물던 아스텔은 이윽고 작게 한숨을 토했다.

"……제가 그 상대가 마음에 들지 않으면 어떡하죠?"

"벌써 마음에 안 들 걸 걱정해? 마음에 들 수도 있잖아."

"전……, 잘 모르겠어요. 아직 그런 걸 생각해 본 적도 없는데 너무 얘기가 빠르니까."

혼란스러운 아스텔의 얼굴을 지켜보고 있던 로렐은 이윽고 말 없이 자리에서 일어났다. 아스텔이 불안한 시선으로 올려다보자 로렐이 쓰게 웃었다.

"어차피 전부 내 추측에 불과한 얘기니까 너무 염려하지 않아도 돼. 마음에 들지 않으면 확실하게 거절하면 되고. 고모님도 네가 싫다는 상대를 굳이 강요하시진 않을 거야. 무엇보다도 아버지께서 가만히 있지 않으실걸."

로렐과 아스텔이 이야기를 나누는 사이, 한 여성이 제이드 체임버를 방문했다. 손님의 얼굴을 알아본 풋맨이 저택 안으로 들어가 집사에게 여인의 방문을 알리자 굳은 얼굴의 헨리가 풋맨과 함께 황급히 정문으로 나왔다.

여인이 말했다.

"세이지 램버트 알트만은 지금 여기에 있나요?"

"애석하게도 둘째 도련님께서는 오늘 디킨슨 자작부인의 살롱으로 초대를 받아 가셨습니다."

"그렇군요, 아깝게 됐네."

여인이 좀처럼 자리를 뜰 생각을 하지 않는 바람에 헨리는 마음속으로 간절히 신을 부르짖었다.

부디 나리나 둘째 도련님이 오시기 전에 이 여자가 떠나가기를!

"그이가 돌아오려면 한참 기다려야 할 것 같으니 오늘은 이만 물러가도록 하죠."

대체 누가 누구의 그이란 말인가. 헨리는 여인이 사용한 용어에 반박하고 싶었으나 그녀가 물러간다는 안도감이 앞서 기쁜 얼굴로 여인을 배웅했다.

"그럼 안녕히 가십시오."

"아참, 혹시나 깜빡하실까 봐 미리 말씀드리는 거지만."

로즈버드 팰리스를 향해 걷던 여인이 몸을 돌리자, 안심하던 헨리는 다시 바짝 긴장하기 시작했다. 식은땀을 흘리고 있는 집사의 얼굴을 바라보며 여인이 짓궂은 미소를 지었다.

"세이지에게 로벨리아 조안 리처드슨이 찾아왔었다고 반드시 전해주세요."

헨리는 백작 일가에게 로벨리아의 방문을 숨기고 싶어 했지만, 불행히도 그녀의 방문을 목격한 사람이 풋맨 외에 더 있었다. 소문은 빠르게 퍼져 그날 저녁, 백작이 귀가하기도 전에 제이드 체임버의 모든 고용인이 로벨리아 조안 리처드슨이 찾아왔었다는 걸 알게 될 정도가 되었다.

모든 고용인이 알고 있는 사실이 같은 날 저택에 있었던 백작의 자녀들의 귀에 들어가지 않을 리가 없었다. 백작의 가족 중 그녀의 방문을 가장 먼저 안 로렐은 뜻밖에 침착한 태도를 보였다.

"늦든 이르든 언젠가 이렇게 될 줄 알았어. 이렇게 된 바에 어떻게 해야 아버지께서 덜 노여워하실지 대책을 마련하자고."

로렐은 백작이 귀가하기 전에 세이지가 먼저 돌아오도록 디킨슨 자작의 저택에 사람을 보냈다. 심각한 분위기에 계속 눈치를 보고 있던 아스텔은 조심스럽게 질문을 꺼냈다.

"로벨리아라는 분은 누구인가요?"

"로벨리아 조안 리처드슨은 이즈의 대학 선배의 전 약혼녀야. 그리고 로즈버드 팰리스의 주인인 햄스워드 후작의 외동딸이기도 하지."

"그 결투의⋯⋯."

아스텔은 세이지와 엘레노어 사이에 오갔던 대화를 떠올렸다. 그때 세이지는 '빼앗지 않았다'고 하면서 엘레노어의 말에 반박했지만 둘 사이에 무언가 있었던 것은 확실해 보였다.

혹시 아직도 둘 사이에 어떤 교류가 오가고 있는 것은 아닐까. 때마침 로렐과 세이지의 약혼녀에 대해 이야기를 나누고 있던 터라 그녀의 존재가 더욱 신경 쓰였다.

"세이지 오라버니께서 그분을 빼앗았다는 건 정말인가요?"

"글쎄."

로렐은 애매한 웃음을 지었다.

"하지만 두 사람이 파혼하는 데 지대한 공헌을 한 건 사실이지."

울적한 표정의 아스텔을 지켜보던 로렐이 짓궂게 물었다.

"궁금하면 직접 물어보지그래?"

"⋯⋯도저히 못 물어보겠어요."

아스텔의 말이 끝나기가 무섭게 밖에서 웅성거리는 소리가 들리더니 두 사람이 있는 공부방 쪽으로 신경질적인 발걸음 소리가 다가왔다. 아스텔은 직감적으로 세이지가 돌아왔다는 사실을 깨달았다.

로렐이 혼잣말처럼 중얼거렸다.

"호랑이도 제 말 하면 온다더니."

"내가 없는 사이에 실컷 뒷담 하느라 즐거웠어?"

세이지는 아스텔이 지금까지 봐왔던 모습 중 가장 많이 화가 난 얼굴을 하고 있었다. 엘레노어를 처음 만났던 날, 그가 지었던 표정은 아무것도 아닌 것으로 느껴질 정도로.

"그러니까 평소 행실을 바르게 했어야지."

"약혼하기 전이었다고!"

"어쨌든 네 약혼녀는 아니었잖아."

로렐의 말에 반박하지 못한 세이지는 뿌득하는 소리를 내며 이를 갈았다. 잠시 분을 삭이지 못한 채 자리에 서서 씩씩거리던 세이지는 아스텔에게 저리 가라는 것처럼 고개를 까딱거렸다.

"넌 네 방으로 가 있어."

"……싫어요."

"아스텔."

아스텔은 세이지의 무시무시한 시선에 몸이 덜덜 떨렸지만 물러나려고 하지 않았다. 이 두 형제가 또 자신만 **빼놓고** 저희끼리만 쑥덕거리는 건 이제 질색이었다.

아스텔에겐 일이 어떻게 돌아가고 있는지 알 권리가 있었다. 그들의 가족으로서.

"저도 델플린드 백작가의 일원이에요."

"아스의 말이 맞아, 이즈."

세이지가 아스텔에게 무어라 말하려던 찰나, 로렐이 두 사람의 대화에 끼어들었다. 아스텔과 세이지 둘 다 놀란 눈으로 로렐을 바라보았다.

"아스도 우리의 가족이야. 비록 피 한 방울 안 섞이긴 했지만 아버지의 딸이고, 우리의 누이동생이기도 하지. 집안에 큰일이 났는데 아스텔에게만 일이 어떻게 돌아가고 있는지 숨긴다는 건 불합리하다고 생각해."

로렐은 그렇게 말하며 아스텔에게 씩 웃어 보였다.

"그리고 아스텔이 아버지께 잘 말씀드리면 아버지가 금방 화를 푸실지 누가 알겠어?"

"……."

"잘 말씀드릴 수 있지, 아스텔?"

"네……."

로렐은 착하다며 아스텔의 머리를 쓰다듬어 주었다. 그런 두 사람을 잠시 지켜보던 세이지는 이윽고 한숨을 쉬며 소파에 앉았다.

세이지가 직접 밝힌 사건의 전말은 이러했다.

로벨리아 조안 리처드슨은 세이지와 동갑내기로 그녀가 사교계 데뷔를 위해 엘버린으로 왔을 때부터 알고 지낸 사이라고 했다. 이웃 저택에서 지내던 두 사람은 나이나 관심사가 비슷해 금방 친밀한 관계가 되었는데, 로벨리아가 세이지의 대학 선배인 로웬달 후작의 아들과 약혼하게 되자 세이지는 그녀에게 이별을 선언했다고 한다.

하지만 곧바로 선을 그었던 세이지와는 달리 로벨리아는 그와의 이별을 원하지 않았던 모양이다. 여전히 세이지에게 집착하던 그녀는 그가 계속해서 자신을 피하자, 결국 약혼자에게 둘 사이에 있었던 일을 폭로했다는 것이다.

로벨리아의 폭로에 모욕감을 느낀 로웬달 후작의 아들은 세이지에게 공개적으로 결투를 신청했고, 그 바람에 세 사람의 삼각관계가 물 위로 드러나게 되었다고 했다.

"결투의 결과는 어떻게 되었나요?"

"결론만 말하자면 무산됐어. 입회인을 맡으려는 사람이 아무도 없었거든. 요즘 세상에 누가 그런 구닥다리 치정 싸움에 끼어들려고 하겠어? 불똥이 어디로 튈 줄 알고."

아스텔의 질문에 대답한 사람은 세이지가 아닌 로렐이었다. 세이지는 머리가 지끈거리는 것처럼 이마를 짚었다.

"여하간 그 일로 인해 두 사람은 파혼했고, 명예훼손이라고 로웬달 후작이 펄펄 뛰는 바람에 햄스워드 후작과 아버지가 로웬달 후작에게 상당한 금액의 정신적 손해배상을 해야 했지."

"……."

"그리고 그 여자는 아직도 미련을 못 버리고 이즈에게 집착하고 있다, 이거야. 아버지는 뭐, 말할 것도 없이 그 여자만큼은 절대 며느리로 삼을 수 없다고 강경하게 반대하시는 거고."

"나도 싫어."

"언제는 좋아서 만나던 거 아니었어?"

"그런 미친 여자인 줄은 몰랐다고!"

로렐과 세이지의 대화를 듣고 있던 아스텔은 오히려 마음이 편해지는 것을 느꼈다. 그동안 다른 이들이 '세이지에게는 여자와 관련된 말 못 할 과거가 있다.'라는 식으로 아스텔에게만 구체적인 내막에 대해 함구하는 것이 불편했던 것이다.

이것도 어떤 의미에서는 그에게 한발 다가간 것이라고 볼 수 있을까.

"자, 이제 어째서 아버지께서 노여워하실지, 세이지가 왜 그 여자를 피하려고 하는지 잘 알겠지?"

"네."

"아버지는 아스텔에게는 너그러우시니까 아스라면 어떻게 할수 있을지도 몰라."

"잘 좀 말씀드려. 난 도저히 이 상황을 타개할 방법이 떠오르지 않으니까."

로렐은 애매한 얼굴로 웃었고 세이지는 고개를 젖힌 채 팔로 눈가를 덮어버렸다.

아스텔은 비장한 얼굴로 고개를 끄덕였다. 어쩌면 이번에야말로 세이지에게 인정받을 수 있는 절호의 기회일지도 몰랐다.

"한번 해볼게요."

백작은 저녁 시간이 되어서야 제이드 체임버로 돌아왔다. 그는 빠른 걸음으로 집무실로 향하며 집사인 헨리에게 둘째 아들을 불러오라고 지시했다. 저택에 돌아오기도 전에 로벨리아의 방문 사실이 이미 백작의 귀에 들어간 것이다.

오래 지나지 않아 똑똑 하고 울리는 노크 소리에 신경질적으로 백작이 대답했다.

"들어오너라."

"양부님."

둘째 아들의 딱딱하고 무미건조한 목소리 대신 들려온 솜사탕처럼 달콤한 목소리에 백작은 고개를 들었다. 그가 익애해 마지않는 의붓딸의 모습이었다.

"어째서 세이지가 아니라 네가 여기에……."

백작의 얼빠진 목소리에 아스텔은 생긋 웃으면서 백작의 책상으로 다가갔다.

"양부님께서 세이지 오라버니를 부르셨다고 하셔서 찾아왔어
요."

"네가 왜……."

"양부님."

아스텔이 갑자기 슬픈 표정으로 눈을 내리깔며 손을 모았다.

"이제 제가 싫어지신 건가요?"

"……!"

"지금 와서 드리는 말씀이지만 조금 서운해요. 제이드 체임버로
온 후로 얼굴도 잘 비추시지 않고……."

백작이 자리에서 벌떡 일어나자 아스텔은 손수건을 꺼내 눈가
를 훔쳤다. 준비해 둔 양파 덕분에 금세 눈가가 빨개지면서 코가
시큰거리기 시작했다.

"그런데 오셔서 제일 먼저 찾으시는 사람이 제가 아닌 오라버니
라니요."

"아가, 내가 잘못했다."

"천만에요, 굴러들어온 돌 주제에 제가 양부님께 너무 주제넘
게 굴고 있는 건 아닌지……."

집무실 바깥에서 두 사람의 대화를 엿듣고 있던 로렐은 곧바로
터져 나오려는 폭소를 참기 위해 안간힘을 썼다. 혹시나 백작에게
들릴세라 입을 꾹꾹 틀어막은 그는 백작의 노여움을 순식간에 녹
여 버린 아스텔이 어서 나오기만을 참을성 있게 기다렸다. 아스텔
은 백작에게 날씨가 풀리면 가족끼리 뱃놀이를 하러 가자는 약속
까지 받아낸 후에 당당하게 집무실을 빠져나왔다.

"괜찮았나요?"

"여자는 정말 무서워. 완전 여우가 따로 없네."

"저도 부끄러웠어요."

두 사람은 빠른 걸음으로 세이지가 기다리고 있는 서재로 발걸음을 옮겼다. 서재의 문이 열리자마자 초조하게 서재 안을 돌아다니던 세이지가 고개를 돌려 두 사람에게 시선을 던졌다. 로렐이 눈을 찡긋하며 엄지손가락을 들어 올리자 아스텔은 뿌듯한 얼굴로 환한 미소를 지어 보였다.

"3월에는 뱃놀이를 하러 가요!"

"……거짓말."

"정말이라니까! 나도 깜짝 놀랐어. 보통 실력이 아니던걸."

세이지는 놀란 표정으로 아스텔을 바라보았다. 아스텔이 칭찬받고 싶어 하는 어린아이처럼 세이지를 마주 보자 그는 멋쩍은 듯이 고개를 돌렸다.

"뭐……, 수고했어."

"고작 수고했다는 말로 입 씻으려고? 널 위해서 아스는 눈물콧물을 다 쏟아냈다고."

"괜찮아요, 로렐 오라버니."

로렐의 채근에 세이지는 작게 헛기침하며 들릴 듯 말 듯한 한숨을 내쉬었다. 잠시 망설이던 기색의 그는 이윽고 아스텔을 향해 어색한 미소를 지어 보였다.

"고마워."

아스텔은 숨을 크게 들이쉬었다. 온 세상에 활짝 핀 꽃이 둥둥 떠다니는 기분이었다. 지금 이 순간, 아스텔은 세상에서 가장 행복한 소녀가 되었다.

2. 사교계 데뷔

세이지에게 처음으로 고맙다는 인사를 들은 아스텔은 자신감을 얻고 좀 더 적극적으로 행동하기 시작했다.

아스텔은 세이지가 아버지와의 관계를 개선하고 싶어 하지만, 동시에 그를 어려워하고 있다는 걸 깨달았다. 의붓딸에게만큼은 한없이 너그러워지는 백작이었으므로, 아스텔은 틈만 나면 차를 마시자는 명목으로 두 사람이 함께 있을 만한 자리를 마련했다. 백작은 귀애하는 의붓딸이 졸라대면 어떻게 해서라도 시간을 냈고, 세이지도 백작이 동석할 예정이라고 귀띔 받은 날에는 외출을 하지 않았다. 그와 더불어 아스텔을 대하는 세이지의 태도도 날이 갈수록 몰라보게 다정해지기 시작했다.

이제 정말로 얼마 남지 않았다. 조금만 더 노력하면 세이지도 언젠가 아스텔을 그의 울타리 안으로 들여보내 줄지도 모르는 것이다.

아스텔은 하루하루를 꿈꾸는 기분으로 보냈다. 그리고 그만큼 아스텔의 사교계 데뷔 일자도 더욱 가까워졌다.

시간은 빠르게 흘러 에르나델의 사교계에서 가장 큰 행사 중 하나인 신년회가 어느덧 하루 앞으로 다가왔다. 리치몬드 대공의 저택에 속한 연회장인 윈체스터 홀에서는 매해 마지막 날 저녁부터 새해 첫날 새벽까지 대대적인 규모의 파티가 열렸다.

사교계 시즌에 매년 열리는 큰 행사 중, 윈체스터 홀에서 열리는 신년회 파티가 가장 이른 시기에 개최되는 행사였기 때문에 대부분의 데뷔탕트들은 이곳에서 데뷔를 하곤 했다. 그것은 아스텔도 예외가 아니었다.

"세상에, 아가씨. 정말 몰라볼 정도로 아름다우세요!"

에밀리는 감격에 찬 얼굴로 데뷔탕트 드레스를 입은 아스텔을 바라보았다. 에밀리의 곁에 선 엘레노어도 눈시울을 붉힌 채 아스텔에게서 시선을 떼지 못하고 있었다.

"아름답다는 말로는 다 형용할 수 없을 정도로 사랑스럽구나, 아가."

대망의 데뷔 일을 맞은 아스텔은 이른 아침부터 다섯 명의 메이드들로부터 정성을 다한 치장을 받고 있었다. 분첩이 쉴 새 없이 얼굴을 두드려 댔고, 입술은 천박하게 보이지 않을 정도로 붉게 칠해졌다. 네 명의 메이드가 앞에 매달려 화장을 하는 동안, 나머지 한 메이드는 아스텔의 뒤에서 머리 인두로 열심히 머리카락에 컬을 넣고 있었다.

아스텔은 마담 뷰몽트가 만들어준 새하얀 드레스에 가문의 가보인 '여신의 눈물'을 착용했고, 가슴에는 푸른 벨벳 장미의 코르사주를 달았다. 엘레노어가 섬세한 레이스가 수놓인 부채를 건네주자, 그녀는 받은 부채를 한 번에 펴들고는 보란 듯이 우아하게 흔들었다. 수줍게 지어 보이는 미소는 덤이었다.

"완벽한 레이디야."

엘레노어는 황홀한 한숨을 내쉬었다. 내로라하는 가문의 영식들이 앞다퉈 그녀의 사랑스러운 조카딸에게 구애하는 광경이 눈앞에 선히 그려지는 듯했다. 잠시 목을 가다듬던 아스텔이 천천히 입을 열었다.

"처음 뵙겠습니다. 저는 델플린드 백작 영애, 아스텔 조지아 알트만이라고 합니다."

더할 나위 없이 세련된 억양에 완벽하고 또렷한 발음이었다. 그녀의 고모는 이미 혼절하기 일보 직전이었다.

"어때, 에밀리?"

"제가 하고 싶은 말은 마님께서 먼저 다 말씀하셨는걸요."

엘레노어의 눈치를 살피며 아스텔의 곁으로 다가간 에밀리는 허리를 굽힌 채 살짝 귀엣말을 했다.

"아가씨의 그분도 반하지 않고는 못 배길걸요?"

에밀리의 말에 아스텔은 비로소 자기 자신조차 잊고 있었던 과거의 치기 어린 발언을 기억해 냈다. 자신에게 반해 애걸복걸하는 그를 보란 듯이 퇴짜를 놓아버릴 거라는 선언.

에밀리가 그 말을 아직 기억하고 있었다니. 갑자기 얼굴이 뜨거워지는 것을 느끼며 아스텔은 더욱 열심히 부채를 부쳤다.

"혹시 그새 마음이 바뀌신 건가요?"

"아, 아냐."

애꿎은 부채만 파닥거리며 민망한 듯이 시선을 돌리는 아스텔을 보면서 에밀리가 짓궂게 웃었다. 에밀리는 좀 더 목소리를 낮추고 아스텔에게 속살거렸다.

"이번이 기회예요. 너무 형편없는 상대만 아니면 마님께서 다리를 놓아주실 수도 있을 거예요."

아스텔의 얼굴에서 갑자기 웃음기가 사라지자 에밀리의 얼굴에
도 덩달아 웃음기가 사라졌다. 에밀리는 몸 둘 바를 몰라 하며 아
스텔에게 고개를 조아렸다.

"죄, 죄송해요. 제가 주제넘은 말씀을……."

"아니야, 에밀리."

아스텔은 에밀리가 죄책감을 느끼지 않도록 활짝 웃어 보였다.
하지만 이번만큼은 에밀리의 표정이 좀처럼 밝아질 기색을 보이지
않았다.

"아니, 이게 대체 누구야?"

오후가 되자 백작과 로렐이 아스텔의 방을 방문했다. 몰라보도
록 한껏 치장한 아스텔의 모습에 로렐은 딱 벌어진 입을 좀처럼
다물 줄 몰랐다. 늘 아스텔을 애지중지하던 백작조차 놀라움을
금치 못하는 표정이었다. 거울 앞에서 머리를 말고 있던 아스텔은
두 부자를 향해 어색하게 웃으면서 손을 흔들었다.

"정말 아름답구나, 아가."

아스텔을 바라보는 백작의 눈이 먼 기억을 더듬듯이 아련한 빛
을 띠었다. 아스텔이 앉아 있는 화장대 쪽으로 성큼성큼 걸어온
백작은 의붓딸의 손등에 정중하게 입을 맞추었다.

"너와 첫 춤을 추는 영광을 내게 주지 않겠느냐."

"양부님……."

"아버지, 그런 대사는 연회장에서 하셔야 하는 것 아닙니까."

로렐은 기가 막힌다는 듯한 말투로 말하면서도 어깨를 으쓱하
며 아스텔을 바라보았다. 잠시 망설이던 아스텔은 이내 백작에게
고개를 끄덕여 보였다.

"기꺼이요."

"지금까지 참석한 신년회 중 가장 기대되는 자리가 되겠는걸. 분명 모든 데뷔탕트 중에서 네가 으뜸으로 아름다울 게다."

"과찬이세요."

아스텔은 백작의 말에 대답하면서도 시선을 분주히 움직여 나머지 한 사람의 모습을 찾았다. 그는 지금 자신의 모습을 눈에 담고 어떤 감상을 들려줄지 몹시 궁금했다. 하지만 방 안 구석구석을 둘러봐도 세이지의 모습만은 눈에 띄지 않았다.

아스텔의 그런 행색을 가장 먼저 알아챈 것은 늘 그렇듯이 로렐이었다.

"아, 이즈를 찾는 거야? 그 녀석이라면 자고 있을걸."

로렐의 대답에 아스텔은 반사적으로 시계를 확인했다. 새벽 여섯 시부터 일어나 치장을 시작했는데도 모르는 사이에 시간이 훌쩍 지나 어느새 오후 두 시를 넘어가고 있었다.

"이 시간까지요?"

"신년회 파티는 새벽 네 시까지 열리니까 오히려 현명한 선택이지."

신년회 파티가 늦게까지 열린다는 말은 대강 들은 바가 있었지만 새벽 네 시까지 열린다는 얘기는 금시초문이었다. 아스텔은 과연 자신이 그 시간까지 쓰러지지 않고 춤을 출 수 있을지 걱정이 들었다. 의붓딸의 근심에 찬 얼굴을 보다 못한 백작이 두 사람의 대화에 끼어들었다.

"꼭 새벽 네 시까지 연회장에 있어야 하는 건 아니니 괜찮단다."

"맞아. 다들 적당히 눈치 보다가 두 시만 돼도 슬슬 빠지거든."

새벽 두 시도 길었다. 머리가 어질어질해진 아스텔은 잠시 바깥 공기를 쐬고 오겠다고 하며 자리를 떴다.

그 무렵, 세이지는 서재에서 햇빛이 잘 드는 창가의 소파에 길게 누워 낮잠을 자고 있었다. 로렐의 말대로 새벽 네 시까지 이어지는 파티에서 수마(睡魔)에 패배해 꼴사나운 모습을 보이지 않기 위해서는 미리 충분한 수면을 취해두는 것이 가장 현명한 방법이었다.

벽난로에서 장작이 타는 소리를 제외하면 아무것도 들리지 않는, 평화로운 정적감이 서재 안을 감싸고 있었다. 그 절대적인 평화와 정적이 지배하는 공간에 한 침입자가 발을 들여놓았다.

"나도 한숨 자둬야지……."

새벽 여섯 시부터 일어나서 치장에 온 힘을 쏟았던 아스텔은 이대로 신년회에 참석할 경우, 어떤 참사가 일어날지 충분히 예상할 수 있었다. 아스텔은 서재의 창가에 놓인 긴 소파를 떠올리며 발걸음을 옮겼다. 잠시만 소파에 기댄 채로 눈만 붙이는 정도라면 머리 모양도 심하게 망가지진 않을 것 같았다.

"앗!"

노리고 있던 소파를 이미 다른 사람이 선점한 것을 발견한 아스텔은 무심코 외마디 비명을 질렀다. 그 소리에 소파에서 곤히 잠들어 있던 세이지가 눈을 번쩍 떴다.

잠에서 덜 깬 세이지는 초점이 맞지 않는 눈으로 앞에 선 금발의 천사를 멍하니 응시했다. 흰옷을 입은 아름다운 천사가 초록색 눈동자를 반짝이면서 자신을 내려다보고 있었다.

세이지는 몇 번 더 눈을 깜빡였다. 자신은 서재에서 낮잠을 자고 있었으니 급성 심장마비라도 일어난 게 아닌 이상, 진짜 천사를 보고 있는 것은 아닐 터였다.

"……."

"……."

마침내 천사의 얼굴을 알아본 세이지가 소파에서 벌떡 상체를 일으켰다. 갑자기 숙취에 시달리기라도 한 것처럼 머리가 깨질 듯이 지끈거리기 시작했다.

"아……."

인상을 쓴 세이지가 머리를 감싸 쥐자, 졸음기가 한 번에 달아난 아스텔은 슬슬 뒷걸음질을 치기 시작했다. 이제야 간신히 좋은 인상을 쌓아가고 있던 와중에, 그의 단잠을 방해했다면 이만저만 골치가 아픈 것이 아니었다.

"한참 주무시는데 방해해서 죄송해요."

"아니, 아니 됐어."

"저는 이만 가볼 테니 푹 주무세요!"

아스텔은 뒤도 돌아보지 않고 서재에서 줄행랑쳤다. 아스텔이 빠져나간 서재의 입구를 잠시 멍하니 바라보던 세이지는 이윽고 한숨을 쉬며 소파에서 일어났다.

결국 아스텔은 일 분도 눈을 붙이지 못한 채, 윈체스터 홀로 향하는 마차에 몸을 실었다. 낮에 충분한 수면을 취했을 터인 세이지가 여전히 피곤해 보이는 얼굴을 하고 있었기 때문에, 아스텔은 가슴 한구석이 서늘해지는 것을 느꼈다.

"아가, 혹시 긴장한 게냐? 안색이 별로 좋지 않구나."

"추운 거 아닐까요?"

의붓딸이 여전히 묵묵부답인 것이 염려스러운 듯, 백작이 아스텔의 손을 꼭 잡았다.

"몸이 좋지 않으면 일찍 돌아가도 된단다."

"괜찮…… 습니다. 양부님, 로렐 오라버니."

아스텔은 두 사람을 염려시키지 않기 위해 입가에 경련이 일어날 정도로 필사적인 미소를 지어 보였다. 아스텔의 미소를 본 백작과 로렐이 서로를 나란히 마주 보았다.

"일찍 가야겠네요."

"그래."

"저는 정말로 괜찮습니다……."

에르나델에서 가장 큰 연회장 중에 하나로 손꼽히는 윈체스터 홀은 수용인원이 삼천 명에 달하는 대규모의 연회장이었다. 아스텔은 백작의 에스코트를 받으며 윈체스터 홀에 있는 수십 개의 대기실 중, 델플린드 백작가에 할애된 휴게실 겸 대기실 쪽으로 발걸음을 옮겼다. 알트만 가문의 대기실 문에는 델플린드 백작가의 상징인 은빛 방패와 독수리가 수놓인 태피스트리가 걸려 있었으므로 알아보기가 수월했다.

마차에서 내린 뒤, 홀의 입구에서 대기실로 가는 길까지 아스텔은 백작에게 아는 척 해오는 수많은 귀족과 마주쳤다. 그들이 말을 거는 패턴은 서로 짜 맞추기라도 한 것처럼 똑같았는데, 이런 곳에서 백작을 만나다니 굉장한 우연이라고 운을 띄우는 것부터가 그 시작이었다. 그리고 방적 공장이니, 주식이니, 부동산이니 하는 지루한 사업 얘기로 화제가 넘어가는가 싶은 타이밍에 한발 늦게 아스텔을 발견한 것처럼 호들갑을 떨어대는 것이었다.

백작은 지겹지도 않은 듯, 말을 거는 모든 이에게 새로 맞이한 의붓딸인 아스텔을 소개해 주곤 했다. 마치 아스텔이 자신의 딸인 것이 자랑스러워 견딜 수 없다는 것처럼.

연회의 시작인 리치몬드 대공의 축사까지는 아직 약간의 시간이 남아 있었으므로, 아스텔은 대기실에서 에밀리와 엘레노어에게 마지막 점검을 받았다. 엘레노어는 자신이 데뷔했을 때보다 더 떨리는 것 같다며 초조하게 두 손을 마주 잡았다.

"실수라도 하면 어떡하죠?"

"오, 농담으로라도 그런 말은 하지 말아라, 아스텔. 틀림없이 잘해낼 테니까."

"맞아, 너한테는 든든한 오라버니들이 있잖아."

로렐은 그렇게 말하며 곁에 선 세이지를 팔꿈치로 쿡 찔렀다. 세이지는 눈썹을 조금 찡그릴 뿐, 로렐의 말에는 아무런 대꾸도 하지 않았다.

"이즈도 신경 써주겠다고 하네."

"……."

"자자, 얼굴 펴고. 이제 오 분밖에 남지 않았어."

마침내 대기실의 문이 열렸다. 백작과 팔짱을 낀 아스텔은 무도회장으로 떨리는 걸음을 내디뎠다.

세이지는 위스키 잔을 든 채 이 층의 난간에서 무도회장을 내려다보았다. 윈체스터 홀의 이 층은 무도회장의 가장자리에 빙 둘린 난간으로 되어 있어 무도회장의 전경이 한눈에 들어오는 곳이었다. 무리 지어 춤추는 데뷔탕트들 중에 아스텔은 단연코 돋보이는 미모를 자랑하고 있었다.

아스텔은 미리 약속한 대로 양부인 백작과 제일 먼저 춤을 추었고, 이어서 줄줄이 춤을 신청하는 남성들과 숨 돌릴 틈조차 없이 춤을 추고 있었다. 심지어 리치몬드 대공까지 아스텔에게 춤을 신청하는 바람에 무도회장 안에는 소소한 파란이 일어나기도 했다.

"저 계집이 소문의 그 의붓동생인가?"

춤을 추고 있는 아스텔에게 시선을 고정한 채 잔을 기울이던 세이지는 등 뒤에서 들려오는 낯익은 목소리에 퍼뜩 제정신으로 돌아왔다.

세이지는 뒤를 돌아보지도 않은 채 작게 한숨을 내쉬었다.

"올랜드 선배."

"제법 반반하게 생겼는걸."

올랜드는 세이지의 옆으로 다가가 난간에 팔을 걸쳐 놓았다.

"피 한 방울 안 섞였으니 거리낌 없이 따먹었겠지. 수도원에서 자랐다던데 맛은 괜찮던가?"

"못 본 사이에 제법 천박한 어휘를 익히셨군요."

"전부 네 덕분이지."

뿌득 하고 이를 가는 소리가 들렸다. 잠시 올랜드 쪽으로 눈을 굴리던 세이지는 다시 아스텔에게 시선을 되돌렸다. 처음으로 세이지 외의 남자와 춤을 추게 된 아스텔은 제법 능숙하게 다른 남자들의 리드에 맞춰 춤을 추고 있었다.

세이지의 시선이 발갛게 상기된 아스텔의 뺨에 머물렀다. 저도 모르게 위스키 잔을 쥐고 있는 손에 힘이 들어갔다.

"유감스럽게도 제 취향은 아닙니다."

"네 손길이 안 닿았다는 건 아직 처녀라고 봐도 무방하다는 말이겠군."

세이지는 아무런 대답도 하지 않은 채 잔을 비웠다. 그런 세이지를 도발하려는 듯한 말투로 올랜드가 말했다.

"속이 쓰리나 보지?"

"저와는 관계없는 얘깁니다."

"그렇게 말하는 것치고는 눈을 뗄 줄을 모르는데."

올랜드의 말이 끝나기가 무섭게 세이지는 난간에서 반대로 돌아섰다. 올랜드는 그 반응이 오히려 재밌다는 것처럼 비틀린 웃음을 지었다.

"그렇다면 내가 가져 볼까."

이번에는 세이지도 본인의 의지와 관계없이 올랜드 쪽으로 고개를 돌리고 말았다. 회색 눈동자가 면도날처럼 날카롭게 빛나고 있었다.

"네가 그랬던 것처럼."

"뭔가 착각하고 계시는 것 같아서 드리는 말씀입니다만."

위스키 잔의 얼음이 녹으면서 잘그락거리는 소리를 냈다. 서늘한 시선이 세이지가 들고 있는 잔을 향해 움직였다.

"대체 얼마나 구시대적인 사고방식을 고수해야 여자의 처녀성처럼 케케묵은 가치에 집착하게 되는 건지 모르겠군요."

"네가 가져갔던 게 로벨리아의 처녀성뿐이었던가?"

"만족시켜 줬으면 될 일 아닙니까. 과거의 남자 같은 건 까맣게 잊어버릴 정도로."

"난 그녀를 지켜주려고 했을 뿐이야."

"그러니까 제가 순진한 그녀를 타락시켰다?"

세이지는 반쯤 녹은 얼음을 입에 넣고 아드득 소리를 내며 깨물었다. 입안을 얼얼하게 만드는 감각이 딱 좋을 정도로 짜증을 부추긴다. 기분이 나빠진 만큼 입에서 튀어나오는 말에도 가감이 없어졌다.

"웃기지 마시죠."

미처 다 녹지 않은 얼음 조각이 꿀꺽하는 소리를 내며 목구멍 뒤로 넘어갔다.

"콘라드의 사교장에 드나드는 남자 중에 로벨리아와 자보지 않은 남자를 찾아보는 게 더 빠를 겁니다. 그녀는 원래 그랬습니다. 사람 미치게 하는 재주가 있는 여자죠. 정말 짜증나서 죽여 버리고 싶었던 적도 많았는데."

애써 잊어버린 과거의 편린을 하나하나 들춰내는 건 그다지 유쾌한 경험이 아니었다. 로렐의 말대로 남자의 질투란 꼴사나운 법이다.

이런 끔찍한 기분 따위 두 번 다시 느끼고 싶지 않았는데.

"똑같이 되돌려 주니까 참 편해지더군요."

"······."

"로벨리아는 그 웃기지도 않은 자유연애주의인지 뭔지 하는 사상에 특화된 전도사죠. 뭐, 좋은 인생 경험이긴 했습니다. 그러니 저도 선배께서 자유연애주의에 경도되어 제 의붓동생이라는 여자를 꼬실 작정이시라면 말리진 않겠습니다. 강간만 아니라면 문제될 게 뭐란 말입니까. 알 것 다 아는 남녀가 서로 즐기겠다는 게."

세이지는 고개를 돌려 여전히 춤을 추고 있는 아스텔을 바라보았다. 대체 몇 시간이나 지난 걸까. 한 시간? 그것도 아니면 두 시간, 세 시간?

바로 그때였다. 무도회장 안을 누비고 다니던 아스텔이 갑자기 무언가를 발견한 듯 고개를 치켜들어 세이지가 서 있는 난간 쪽을 바라보았다. 대체 어딜 보고 있는 걸까. 세이지의 목울대가 천천히 위아래로 움직였다.

착각인가? 문득 그녀와 눈이 마주친 것 같은 기분이 들었다.

아스텔의 입술이 그를 부르고 있는 것처럼 달싹거렸다. 알 수 없는 충동에 사로잡힌 세이지는 그 광경을 일부러 발견하지 못한 척 고개를 돌렸다.

"제 아버지의 딸일지는 몰라도 제 동생은 아니니까요."

세이지는 더 이상 말을 잇는 대신 그대로 자리를 떠났다. 그는 떠나면서 가식적인 인사조차 건네지 않았지만 올랜드 역시 마찬가지였다. 올랜드는 다시 무도회장 안으로 시선을 옮겼다. 잠시 어지럽게 돌아다니던 시선이 이윽고 찾고 있던 금발의 소녀를 포착해 냈다.

세이지가 올랜드와 이야기를 나누는 사이, 백작은 중요한 사업 문제로 자녀들보다 먼저 윈체스터 홀을 떠나고 있었다. 마차에 오를 때까지 백작은 안색이 좋지 않던 아스텔을 내내 걱정했다. 자신이 책임지고 아스텔을 돌보겠다고 로렐이 몇 번이나 거듭해서 약속한 뒤에야 백작은 간신히 자리를 떴다.

무도회장으로 돌아온 뒤, 아스텔은 로렐로부터 그의 약혼녀인 멜우드 백작 영애 베아트리스 가브리엘라 오스본을 소개받았다.

"영애에 관한 이야기는 로렐에게 많이 전해 들었답니다. 혹시 이이가 영애께 폐를 끼치고 있진 않나요?"

"오히려 제가 오라버니께 늘 폐를 끼치고 있는걸요. 항상 잘해 주세요."

"거봐, 내가 뭐랬어."

"이렇게 사랑스러운 아가씨가 가족이 되었는데 딴마음을 품고 있는 건 아니겠죠?"

"난 너밖에 없다니까!"

옅은 갈색 머리의 단아한 미인인 베아트리스는 얌전해 보이는 인상과 달리 약혼자를 새끼손가락 하나로 휘두르는 능력자였다. 그들은 누가 보더라도 장차 행복한 가정을 이룰 것이라고 믿어 의심치 않을 만한 한 쌍이었다.

두 사람의 다정한 모습을 지켜보던 아스텔은 문득 이 층에서 자신의 시선을 외면하듯이 고개를 돌린 세이지의 모습을 떠올리고는 마음이 무거워지는 것을 느꼈다. 부디 우연이었으면 좋으련만.

"서튼이다!"

갑자기 무도회장이 술렁거리기 시작하자 아스텔은 주변 사람들을 따라 회장 안을 두리번거렸다. 조금 떨어진 곳에서 여러 명의 사람이 진을 치듯 바글거리며 모여 있었다.

무리의 중심에는 낯선 한 남자가 있었다. 짙은 갈색 머리에 회색 눈을 지닌, 어딘지 모르게 신경질적인 인상을 주는 미남이었다.

남자의 시선이 자신을 정면으로 향하고 있다는 걸 깨달은 아스텔은 갑자기 야생의 본능 같은 직감적인 두려움을 느끼기 시작했다. 의지할 수 있는 사람을 찾듯이 아스텔은 근처에 서 있던 에밀리의 손을 꽉 붙잡았다.

"에밀리."

"아가씨."

아스텔의 창백한 안색을 보고 놀란 에밀리는 그녀의 손을 단단히 마주 잡아주었다. 조금 마음이 진정되는 걸 느끼면서도 아스텔은 여전히 떨리는 목소리로 에밀리에게 물었다.

"저 사람, 누군지 알아?"

에밀리는 아스텔의 말에 고개를 돌렸다. 아스텔이 말하고 있는 사람이 누구인지 곧바로 눈치챈 에밀리는 아스텔의 귓가에 작게 속삭여 주었다. 등줄기가 섬뜩해졌다.

"로웬달 후작의 장남, 올랜드 알렉시스 서튼이에요."

올랜드는 눈이 마주치자 그대로 아스텔에게 다가가기 시작했다. 시끌시끌하던 무도회장은 마치 찬물이라도 끼얹은 것처럼 정적에 휩싸였고 모든 사람의 이목이 일제히 두 사람에게 집중됐다.

올랜드가 가까이 다가올수록 아스텔의 얼굴에 핏기가 사라지는 광경을 지켜보던 로렐은 이윽고 한숨을 쉬며 앞으로 나섰다.

"제 누이동생에게 무슨 볼일이신지."

올랜드는 잠시 고개를 돌려 로렐을 바라보았다. 그리고는 다시 아스텔 쪽으로 시선을 움직였다.

"한 곡 추시겠습니까."

올랜드의 말에 모든 사람의 호기심과 기대 섞인 눈길이 아스텔에게 쏠렸다. 치정 싸움에 얽힌 두 남자 중 한 명과 나머지 한 명의 의붓여동생. 제삼자 입장에서 보자면 이만큼 재밌고 흥미로운 상황도 보기 힘들 터였다.

수백 명이 넘는 사람들의 시선이 온몸을 찔러대는 느낌은 빈말로도 유쾌하다고 하기는 어려웠다. 안색이 푸른 아스텔이 안쓰러웠던 듯이 로렐이 고개를 저어 보였다.

"싫으면 거절해도 돼."

아스텔은 생각했다. 여기서 거절하는 것과 받아들이는 것, 어느 쪽이 세이지를 보호할 수 있는 일일까. 잠시 고민하던 아스텔이 입을 열었다.

"기꺼이."

아스텔의 대답을 들은 로렐은 뜨악한 표정을 지었지만 곧 어깨를 으쓱하며 그녀의 앞에서 물러났다. 올랜드는 의외로 정중한 태도로 가슴에 손을 대고 아스텔을 향해 상체를 숙였다. 두 사람이 서로 절을 하고 자세를 취하자 분위기에 떠밀린 듯이 곧 악단이 음악을 연주하기 시작했다.

"생각보다 대담하군."

올랜드는 눈을 내리깔고 무표정한 얼굴로 스텝을 밟고 있는 아스텔을 내려다보았다. 아스텔은 실수로 발을 헛디디지 않도록 모든 신경을 집중하며 착실하게 다음 동작을 취했다.

"무슨 말씀이신지."

"내가 누군지 몰라서 승낙한 건가, 아니면 알고도?"

아스텔은 춤이고 신년회고 전부 때려치우고 자리를 빠져나가고 싶은 충동을 참기 위해 필사적으로 애를 썼다. 이런 상황마다 아스텔이 취하는 방법은 항상 정해져 있었다. 억지웃음.

"먼저 춤을 신청하신 분이 하실 말씀은 아닌 것 같군요."

머리가 어지러웠다. 이제 밤 열 시는 되었을까. 빨리 제이드 체임버의 방으로 돌아가서 침대에 눕고 싶었다. 지금이라면 베개에 머리를 대자마자 곯아떨어질 수 있을 것 같았다. 그때 서재가 아니라 다른 방으로 들어갔어야 했는데.

서재 생각을 하자 불현듯 여기서는 세이지와 춤을 추지 못한 것이 떠올랐다. 플라티나 메도우에서는 서로가 유일한 춤 상대였는데, 그도 오늘은 다른 여자들과 춤을 추었을까.

"그 녀석 때문인가?"

"······?"

간신히 제정신으로 돌아온 아스텔은 다시 올랜드에게 시선을 옮겼다. 뜻밖에 올랜드는 아스텔을 바라보지 않은 채 춤을 추고 있었다.

"네 둘째 오라비."

아스텔은 잠시 아무런 대꾸도 하지 않은 채 한 바퀴를 돌았다. 그리고 다시 올랜드와 마주 서며 눈을 내리깔았다. 다행스럽게도 아스텔에게는 세이지를 두둔할 만한 허울 좋은 명분이 있었다.

"······가족이니까요."

"녀석은 그렇게 생각하지 않는 것 같던데."

"······!"

"생각하는 게 그대로 얼굴에 드러나는 타입이군."

아스텔의 얼굴이 붉어졌다. 수줍었기 때문이 아니라 수치스러웠기 때문이었다.

그렇게 죽도록 노력했던 것이 아무 의미 없었다는 것이 수치스러웠고, 그 사실을 방금 처음 만난 남자에게 간파당했다는 게 다시 한 번 수치스러웠다.

"대체 그런 놈의 어디가 좋다고 목을 매는 거지?"

"제발 그만……."

"너—."

올랜드가 아스텔에게 뭐라고 말하려는 순간, 타이밍 좋게 음악이 끝났다. 아스텔은 올랜드에게 절을 한 뒤, 서둘러 에밀리와 로렐이 있는 곳으로 돌아갔다. 머릿속에는 그저 한시라도 빨리 이 자리를 뜨고 싶다는 생각으로 가득했다.

"나, 좀 피곤한데 쉬어도 괜찮을까?"

"아가씨……."

핼쑥한 얼굴이 된 아스텔을 안쓰럽게 바라보던 에밀리는 조심스럽게 로렐의 눈치를 보았다. 로렐은 금방 고개를 끄덕였다.

"푹 쉬어. 아무도 얼씬하지 못하게 할 테니까."

"감사합니다."

로렐의 허락이 떨어지자마자 아스텔은 도망치듯이 대기실로 향했다. 점점 작아지는 아스텔의 뒷모습을 보며 올랜드는 눈을 가늘게 떴다.

알트만 가문의 대기실로 돌아온 아스텔은 숨을 헐떡이며 소파에 몸을 묻었다. 이상한 소문이 퍼지지 않게 하려면 좀 더 자리를 지켜야 한다는 건 알았지만, 일 초라도 빨리 올랜드의 눈길에서 벗어나고 싶었다.

아스텔은 여전히 올랜드가 자신을 쫓아오는 건 아닌지 불안해하며 닫혀 있는 대기실의 문을 계속 주시했다. 수면 부족과 스트레스로 머리가 빙글빙글 돌았다. 반쯤 감긴 눈으로 계속해서 문을 감시하던 아스텔은 자신도 모르는 사이에 까무룩 잠이 들고 말았다.

정원을 몇 바퀴 돌다가 대기실로 돌아온 세이지는 소파 밖으로 삐져나와 있는 새하얀 프릴 뭉치를 발견하고 미간을 모았다. 그의 짐작 내에서 이런 시간에 이런 장소에서 구겨져 있을 만한 프릴 뭉치는 오직 한 가지밖에 없었다.

설마 벌써……. 소파로 다가가는 세이지의 발걸음이 점점 빨라졌다. 거칠게 소파의 등받이를 움켜쥔 세이지는 소파에 누운 채 잠들어 있는 아스텔의 모습을 샅샅이 훑어보았다. 치맛자락이 조금 구겨진 것 외에는 상의도 흐트러져 있지 않았고 머리카락도 단정했으며, 비릿한 냄새도 전혀 나지 않았다.

아스텔에게 정사의 흔적을 발견하지 못한 그는 작게 안도의 한숨을 쉬면서 빙 돌아 소파의 앞쪽으로 다가갔다. 옆으로 누운 채 곤히 잠들어 있던 아스텔이 잠꼬대 같은 알 수 없는 소리를 웅얼거리며 자세를 바꿔 똑바로 돌아누웠다. 살짝 벌어진 입술이 간간이 달싹거리는 광경을 물끄러미 지켜보던 세이지는 아스텔의 입가로 가만히 귀를 가져가 보았다.

"……오라버니."

순식간에 기분이 나빠진 세이지는 형형한 눈빛으로 여전히 잠들어 있는 아스텔을 내려다보았다. 속이 부글부글 끓어오른다.

그에게 있어 동생은 단 한 명뿐이었다. 태어나자마자 어머니와 함께 세상을 떠난, 세례조차 받지 못한 이름 없는 여자아이.

세이지는 그대로 몸을 돌려 대기실을 떠나가려고 했다.

"가지 마세요."

저건 의심할 여지없는 잠꼬대다. 그건 굳이 확인해 보지 않아도 알 수 있는 사실이었다. 그러니 당연히 저 목소리에 등을 돌리는 건 말할 필요도 없는 시간 낭비다. 그건 누구보다도 세이지 자신이 가장 잘 알고 있는 사실이었다. 잘 알고 있는데도.

왜 그 목소리에 다시 고개를 돌리게 되는 걸까.

세이지는 다시 아스텔의 곁으로 다가갔다. 대체 무슨 꿈을 꾸고 있는 건지, 그녀는 자면서도 울상을 하고 있었다. 그가 손을 잡아주자 잠들어 있는 아스텔의 얼굴에 안도의 기색이 흘렀다.

세이지는 자신이 이러고 있는 꼴이 정말 우스꽝스럽다고 생각했다. 굳이 손을 잡아준 것도, 그녀를 따라 함께 안도하고 있는 것도.

정말로 자고 있는 게 맞는 걸까. 갑자기 쓸데없는 의문이 떠올랐다.

세이지의 손이 아스텔의 이마를 덮고 있는 머리카락을 쓸어 올렸다. 손이 조금 찼기 때문인지 아스텔은 잠들어 있는 상태에서도 무의식적으로 얼굴을 잠시 찡그렸다. 손등으로 말랑거리는 뺨을 살짝 눌러보자, 이번에는 입술을 오물거리며 따끈한 뺨을 가져다 비벼댔다.

무방비하다. 너무 무방비하다.

시선이 무심코 입술 쪽으로 향했다. 마치 즙이 많은 체리를 한 입 베어 문 것처럼 붉고 달콤해 보였다. 어쩌면 향기도 비슷할지 모른다. 혀를 대어보면 과연 어떤 맛이 날까.

입술에 와 닿는 더운 숨결에 간신히 제정신으로 돌아온 세이지는 황급히 고개를 들어 올렸다. 대체 무슨 미친 짓을 할 뻔했던 건지 아직도 심장이 쿵쾅거리고 등에서 식은땀이 났다.

평소에 그는 잠든 여자에게 손을 대는 남자를 가장 혐오했다. 아직도 숨결이 닿는 간지러운 느낌이 남아 있는 것 같아 세이지는 손등으로 입술을 벅벅 문질렀다. 여전히 세상모르고 속 편하게 잠들어 있는 아스텔의 얼굴을 보니 화가 머리끝까지 치솟았다.

"일어나."

"으응……."

"대체 언제까지 자고 있을 셈이야."

"아……?"

간신히 눈꺼풀을 들어 올린 아스텔은 가물거리는 시선으로 화난 표정의 세이지를 올려다보았다. 낮과는 정반대로 이번에는 아스텔이 황급하게 몸을 일으켰다.

"죄, 죄, 죄송해요!"

"……."

"이렇게 오래 잠들어 있을 생각은 아니었는데……, 지금 몇 시죠?"

아스텔이 시계를 찾아 대기실 안을 두리번거리자 세이지는 품에서 회중시계를 꺼내 그녀에게 보여주었다. 어느새 새벽 세 시 사십 분이 넘은 시간이었다.

"이럴 수가……."

돌아갈 시간이 거의 다 되었다는 걸 깨달은 아스텔은 어깨를 축 늘어뜨렸다. 아쉬움이 가득 묻어나는 얼굴에 세이지가 이상하다는 듯이 그녀를 쳐다보았다.

"빨리 돌아가고 싶던 것 아니었나?"

"돌아가고 싶긴 하지만……."

아스텔은 우물쭈물하며 세이지의 눈치를 보았다.

"아직 당신과 춤을 추지 못했잖아요."

잠시 말이 없던 세이지가 천천히 입을 열었다.

"플라티나 메도우에서 실컷 췄잖아."

"그땐 정식으로 데뷔하기 전이었고……."

조심스러운 목소리로 아스텔이 말을 이었다.

"싫으신가요?"

"……."

세이지는 생각했다. 한 번쯤은 적당히 그녀의 장단에 맞춰주는 것도 나쁘진 않을지도 모른다. 여자의 일생에 데뷔 파티는 단 하루밖에 존재하지 않는 날이니까.

"한 번뿐이야."

아스텔의 얼굴이 햇살처럼 환하게 반짝거렸다. 소파를 박차고 기운차게 일어선 그녀는 잠시 중심을 잡지 못하고 휘청거렸다.

"정신 차려."

세이지가 팔을 붙잡아주자 아스텔은 그의 얼굴을 올려다보며 실없는 웃음을 지었다. 어렸을 적에 잠시 키우던 강아지의 모습을 떠올리며 세이지는 무심코 올라가려는 입꼬리를 애써 억눌렀다.

"음악은 없어도 되겠지."

"물론이에요."

그들이 춤추는 데 음악 같은 건 필요하지 않았다. 언제나 그랬듯.

"한 곡 추실까요."

"기꺼이."

필요한 것은 그저, 움직일 수 있는 약간의 공간과 서로의 파트너뿐이었다.

3. 아스텔의 생일

낙엽이 하나둘씩 지기 시작하던 무렵의 일이었다. 스케치북을 품에 꼭 끌어안은 로렐은 발소리를 죽인 채 백작부인의 침실로 살금살금 숨어들고 있었다.

로렐의 엄마이자 델플린드 백작부인인 그레이스 알리샤 알트만은 오후에는 항상 응접실에서 시간을 보냈으므로, 꼬마 로렐이 엄마를 위한 깜짝 선물을 놓고 가기에는 이 시간을 틈타는 것이 가장 적합했다. 노크도 하지 않은 채 조용히 방문을 연 로렐은 커튼이 드리워진 사주 침대 쪽으로 조심스럽게 발걸음을 옮겼다. 목표 지점은 엄마의 침대 옆에 놓인 테이블이었다.

"누구……?"

갑작스럽게 들려오는 엄마의 목소리에 화들짝 놀란 로렐은 황급히 스케치북을 등 뒤로 감췄다. 분명히 어제 이 시간쯤에는 고모와 응접실에서 차를 마시고 있었는데?

"거기 누구죠?"

더 이상 숨어 있기 곤란한 상황이라는 걸 깨달은 로렐은 쭈뼛거리며 그레이스의 앞에 모습을 드러냈다. 창가의 흔들의자에 앉아 있던 그레이스는 천천히 고개를 돌려 꼼지락대며 서 있는 첫째 아들을 바라보았다. 인형처럼 무표정하던 그레이스의 입가에 서서히 웃음이 번졌다.

"우리 개구쟁이로구나."

"엄마."

활짝 웃으며 엄마의 곁으로 다가가던 로렐은 흔들의자의 팔걸이에 걸쳐져 있던 그레이스의 팔뚝을 발견하고 화들짝 놀랐다. 소맷자락을 걷어붙인 새하얗고 가느다란 팔뚝에는 보기만 해도 아파 보이는 주사 자국과 멍이 남아 있었다.

"엄마, 어디 아파?"

"아파……? 아아, 이것 때문이로구나."

그레이스는 어딘가 맥이 빠져 보이는 웃음을 지으며 소맷자락을 내렸다. 아이의 눈동자에 비친 두려움을 읽은 그레이스는 안심시켜 주듯이 로렐의 머리를 부드럽게 쓰다듬었다.

"엄마는 아픈 게 아니야."

"정말?"

"아니, 조금 아팠지만 지금은 괜찮아."

"주사를 맞아서?"

"그래. 지금은 굉장히 기분이 좋아."

꿈을 꾸고 있는 것 같은 표정으로 그레이스가 속삭였다. 로렐은 고개를 들어 자신과 똑같은 엄마의 연보랏빛 눈동자를 들여다보았다. 유리구슬처럼 늘 맑았던 눈동자에 오늘따라 탁한 빛이 서려 있었다.

"행복해."

그레이스는 황홀한 미소를 띠고 있었지만, 로렐은 어째선지 엄마가 말하는 것처럼 행복해 보이지는 않는다고 생각했다.

"행복해."

마치 고장 난 축음기처럼 그레이스는 행복하다는 말만 연신 중얼거렸다. 맑은 물방울이 로렐의 손등에 툭 떨어졌다. 다갈색의 긴 속눈썹이 물기로 촉촉하게 젖어 있었다.

"엄마, 울어?"

"로렐."

그레이스의 어깨가 작게 떨렸다. 로렐은 처음 보는 엄마의 우는 모습이었다.

"살고 싶지 않아."

어머니가 모르핀에 중독되어 있었다는 걸 안 건, 그로부터 십년이 넘게 지난 뒤의 일이었다.

❖

"여기는 포르티시모로 다시 한 번."

"네."

아스텔은 악보를 주의 깊게 바라보며 손가락을 놀렸다. 물 흐르듯 과감하고 거침없는 피아노 선율은 정식으로 피아노를 배우기 시작한 지 얼마 되지 않은 사람의 솜씨라고 믿기 어려웠다.

진지하게 연주에 몰두하고 있는 제자의 옆모습을 지켜보던 허들스턴이 슬쩍 입꼬리를 올렸다.

"많이 좋아졌군요."

"전부 선생님 덕분이에요. 바쁘실 텐데 계속 찾아와 주시고."

사교계 시즌이 본격적으로 시작된 후, 허들스턴은 눈코 뜰 새

없는 바쁜 스케줄 가운데서도 일주일에 두 번씩 제이드 체임버에 방문하는 것을 거르지 않았다. 심지어 아스텔이 오후에 레슨을 받은 뒤, 저녁에 참석한 파티에서 허들스턴과 다시 마주치는 일도 심심찮게 벌어지고 있었다.

"저보다 아가씨가 더 바쁘지 않을까요."

허들스턴의 말에 아스텔은 쑥스러운 웃음을 지으며 피아노 뚜껑을 닫았다.

윈체스터 홀의 신년회에서 있었던 아스텔의 데뷔는 그야말로 완벽한 성공이었다. 각종 명사들이 주최하는 파티와 살롱에서 초대장이 날아들었고, 거기에 데뷔 전부터 정해져 있던 스케줄까지 소화해 내려면 몸이 두 개가 아니라 열 개가 되어도 부족할 지경이었다.

당사자인 아스텔도 바빴지만 고모인 엘레노어는 그 누구보다도 바쁘게 온갖 사교모임에 출석하고 있었다. 그것은 얼마 남지 않은 아스텔의 열여덟 번째 생일파티에 섭외할 만한 유력 인사들을 선정하기 위함이었다.

"아가씨의 생일에는 저도 불러주시겠죠?"

"선생님이야말로 바쁘시지 않은 건가요?"

"제 수제자의 생일인데 무슨 수를 써서라도 참석해야죠."

아스텔은 웃으면서 다음 스케줄을 위해 현관을 나서는 허들스턴을 배웅했다. 현관문이 닫히자 응접실에 있던 로렐이 불쑥 고개를 내밀었다.

"허들스턴 맞지? 굉장히 부지런하네."

"정말 대단하신 것 같아요."

아스텔은 고개를 끄덕이며 응접실에 들어가 로렐과 베아트리스의 맞은편에 앉은 엘레노어의 곁에 앉았다. 잠자코 두 사람의 대화를 들고 있던 베아트리스는 고개를 갸웃했다.

"허들스턴이라는 분, 이미 결혼하신 분이라고 하셨죠?"

"네. 아직 아이는 없다고 들었지만요."

"혹시 아스텔 양에게 다른 마음을 품고 있는 건 아닌지……."

사뭇 진지하게 들리는 베아트리스의 말에 로렐은 마시던 홍차를 그대로 뿜을 뻔했다. 베아트리스는 놀란 얼굴로 사레가 들려 켁켁거리는 약혼자의 등을 두드려 주었다.

"죽을 뻔했네."

"품위 없게 무슨 짓이니, 로렐."

"아니, 좀 놀랐을 뿐입니다."

"제 말이 그렇게 우스운가요?"

베아트리스가 뾰로통한 표정을 짓자 로렐은 토라진 약혼녀를 달래기 위해 필사적으로 손을 가로저어 보였다.

"천만에! 그 사람에 대해 잘 모른다면 그런 생각을 하는 것도 이상하진 않아. 아스텔은 무척 사랑스럽게 생겼잖아."

"그 사람에 대해 아주 잘 알고 있는 모양이구나."

"뭐, 대충은 말이죠."

로렐은 작게 한숨을 쉬며 테이블에 차려진 호두 타르트를 한 입 베어 물었다.

"허들스턴의 부인은 라그랑시아 사람이거든요. 에르나델에서 한창 뜨고 있는 음악가와 결혼한다고 해서 라그랑시아에서도 나름 떠들썩했었죠. 부인도 프륀시아에서 제법 아름답기로 이름 날리던 사람이라서요."

"아하."

"굉장히 행복하시겠네요."

아스텔이 감탄사를 내뱉자 베아트리스는 옆에 앉아 있는 로렐에게 슬쩍 눈치를 주었다. 다행히 로렐은 그의 약혼녀가 듣고 싶어 하는 말이 어떤 말인지 금방 눈치챘다.

"물론 우리도 행복할 거야, 그렇지? 비비."

"아이참."

엘레노어는 달콤한 분위기에 젖은 조카와 그의 약혼녀를 흐뭇한 눈길로 바라보았다. 이윽고 헛기침으로 목을 가다듬은 엘레노어가 근엄한 목소리로 말했다.

"엉뚱한 생각 품지 말고, 서로에게만 충실하면 된단다. 세이지는 대체 언제쯤 정신을 차릴는지……."

"나이 먹으면 어련히 알아서 정신 차리지 않을까요?"

"나이 먹어서도 제 버릇 남 못 주면 큰일 난단다. 네 아비를 보렴. 얼마나 평생을 바쳐 네 어미 한 사람만 아끼고 사랑하는지, 여태 후처도 들이지 않고 여자로 문제를 일으킨 적도 없잖니. 그앤 제 아비를 쏙 빼닮았으면서 그런 부분은 또 닮지 않았거든."

로렐은 엘레노어의 말에 잠시 아무런 대꾸도 하지 않았다. 아스텔이 의문스러운 눈길로 바라보자 그는 곧 언제 그랬냐는 듯이 어깨를 으쓱했다.

"아직 진짜 사랑을 못 해봐서 그래요."

"그놈의 진짜 사랑 타령만 늙은이가 될 때까지 하고 있으면 어떡하니."

"제 생각엔 그렇게까지 오래 걸리진 않을 것 같은데요."

로렐은 그렇게 말하면서 아스텔을 흘긋 바라보았다. 갑작스레 마음이 불편해진 아스텔은 엘레노어에게 배우고 있던 레이스 뜨기에 대해 서둘러 질문했다.

그 시각, 세이지는 엘버린의 번화가에 있는 버나드의 클럽에서 시간을 때우고 있었다. 엘버린에서 성행하고 있는 신사들의 클럽은 시가와 위스키, 플레잉 카드와 당구 등 여자를 제외한 남자들의 유희 거리가 전부 모여 있는 고급 사교장이었다.

매캐한 시가의 매연이 자욱하게 깔린 곳에서 지루한 얼굴로 포커를 치고 있던 세이지는 거의 다 이겨가고 있던 게임에서 폴드(Fold)를 선언하고 조용히 카드를 내려놓았다. 같은 테이블에 둘러앉아 있던 친구들이 의문에 찬 시선을 던지자 그가 말했다.

"이만 가겠어."

"웬일이야?"

"뭐긴 뭐겠어. 이거지."

세이지의 옆에 앉아 있던 친구가 새끼손가락을 척 들어 올리자 여기저기서 피식거리는 웃음소리가 새어 나왔다. 세이지가 그 제스처에 아무런 반박도 하지 않았으므로 친구들은 그에게 찍어둔 여자가 있는 것이라고 확신했다.

"한동안 얌전하게 지내기로 한 거 아니었어?"

"이번에는 어느 가문 딸이야?"

"좋을 대로 생각해."

세이지는 무표정한 얼굴로 자리에서 일어나 코트를 걸쳤다. 이때의 그는 아무리 캐물어도 입을 열지 않는다는 걸 잘 아는 친구들은 풍문으로 들은 로벨리아와의 재결합설을 두고 갑론을박을 펼치기 시작했다.

퍼블릭 스쿨 시절부터 긴 인연을 이어오고 있는 세이지의 친구들은 절친한 친우의 스캔들로 내기를 하는 것도 서슴지 않는 악우 중의 악우들이었다. 로벨리아가 아니라는 쪽으로 배팅을 한 한 친구가 갑자기 생각났다는 듯이 말을 꺼냈다.

"소문의 새 동생은? 신년회에서 봤는데 제법 예쁘게 생겼던걸."

"금발."

세이지의 짧은 대구에 친구들은 일제히 납득한 것처럼 고개를 끄덕거렸다. 그의 금발 혐오는 학창 시절부터 아주 유명했기 때문이다. 다른 친구가 이때다 싶어 얼른 대화에 끼어들었다.

"그럼 나도 너희 고모님께 연줄 좀 대봐도 되는 거냐?"

"우리 아버지한테 총 맞을 각오만 있다면."

"뭐?"

너무하다며 아우성을 치는 친구들을 내버려둔 채, 세이지는 빠른 걸음으로 클럽을 나섰다. 행선지는 포커를 치고 있을 때부터 마음속에서 정해둔 상태였다. 클럽 건물을 빠져나온 그가 곧바로 향한 곳은 제이드 체임버가 아닌, 귀금속 가(Jewelers' Row)였다.

❖

방문을 두드리는 경쾌한 노크 소리에 아스텔은 부스스 눈을 떴다. 머리가 맑아질 때까지 잠시 멍하니 천장을 올려다보던 아스텔은 이윽고 길게 기지개를 켜면서 몸을 일으켰다.

"들어와."

아스텔의 대답에 기다렸다는 듯이 문이 열리며 세숫물과 아침 식사를 준비해 온 에밀리가 방으로 들어왔다.

"생일 축하드려요, 아가씨."

"고마워, 에밀리."

마침내 아스텔의 열여덟 번째 생일이 밝아왔다. 에르나델에서 여성은 만 18세부터 성인으로 인정받았으므로, 오늘은 아스텔이 성인이 된 날이기도 했다.

에밀리는 아스텔의 머리카락을 빗겨주며 이른 아침부터 제이드 체임버에 도착한 선물들과 편지에 대해 조잘조잘 떠들어댔다.

"온종일 아무것도 하지 않고 선물만 풀어보셔도 하루가 다 지나가 버릴걸요. 리치몬드 대공께서도 선물을 보내셨어요."

"전하께서?"

아스텔은 신년회에서 함께 춤을 췄던 리치몬드 대공을 떠올렸다. 사십대 후반의 중후한 미중년인 그는 왕족다운 품위를 지니고 있으면서도 상당히 편안한 인상을 주는 인물이었다.

"아가씨를 굉장히 마음에 들어 하시는 것 같아요. 마침 올해로 열다섯 살이 되는 따님이 계시니까 사이좋게 지내길 바라는 것일 수도 있고요."

"그렇구나."

왕족과 인맥이 형성될 수도 있다는 엄청난 이야기임에도 아스텔은 마치 이웃집 딸과 사이좋게 지내달라는 말을 들은 것처럼 고개를 끄덕였다. 백작의 양녀가 된 이후로 일어난 일련의 사건들이 하나같이 비현실적인 일투성이라 오히려 현실감각이 둔해진 탓이었다.

아침 식사를 끝내자 메이드 여럿이 방에 들이닥쳐서 아스텔을 치장시키기 시작했다. 데뷔하던 날에 비하면 훨씬 간소화되긴 했지만 번거롭기는 매한가지였다.

아스텔은 하얀 레이스가 덧대어진 파란색의 벨벳 드레스에 최신 유행대로 은여우 모피 장식을 둘렀다. 머리카락은 성인이 되었다는 의미에서 좀 더 성숙하게 보이도록 틀어 올려 크리스피넷을 씌워보았는데 생각보다 잘 어울렸다.

아스텔이 자신의 낯선 모습을 거울에 비춰보며 어색해하는 사이에 첫 손님인 엘레노어가 도착했고, 이어서 다른 손님들의 마차가 하나둘씩 제이드 체임버 앞에 멈춰 서기 시작했다.

오늘의 주인공인 아스텔은 일 층의 엔트런스 홀에서 끊임없이 몰려드는 손님에게 전부 인사를 건넸다. 손님 대부분은 아스텔과 한두 번이라도 얼굴을 마주한 적이 있는 사람들이었지만 더러는 낯선 이들도 끼어 있었다. 백작과 두 아들도 다른 손님들을 접대하느라 바빴기 때문에 아스텔은 누가 누구인지 일일이 물어볼 수가 없었다.

"생일 축하합니다. 아가씨."

"선생님!"

지난번의 레슨에서 약속했던 대로 허들스턴이 모습을 드러내자, 아스텔은 놀란 눈으로 그의 곁에서 팔짱을 끼고 있는 여성을 바라보았다. 불그스름한 금발의 화려한 미인이 아스텔에게 방긋 미소 지으며 손을 흔들어 보였다.

"사모님이신가요?"

"네. 소피라고 합니다. 아직 에르나델어는 서툴지만요."

"반가워요, 소피."

아스텔이 라그랑시아어로 어색한 인사를 건네자, 허들스턴은 웃으면서 부인인 소피에게 눈길을 주었다. 소피는 눈을 빛내며 라그랑시아어로 아스텔에게 무어라 대답했지만, 말하는 속도가 너무 빨라 알아들을 수가 없었다.

"소피도 아가씨를 만나서 참 반갑다네요. 아가씨가 이렇게 귀여울 줄은 몰랐다고 하고요. 자신이 남자였다면 가만히 놔두지 않았을 거라고 하는군요."

"그렇군요……."

허들스턴의 통역을 듣고 갑자기 자신감이 사라진 아스텔은 멍청하게 고개를 끄덕였다.

"오늘은 아가씨를 위한 연주를 할 수 있도록 각하로부터 허락을 받았답니다."

"양부님께서 부탁하신 게 아니란 말인가요?"

"오늘은 특별한 날이니까요. 다들 아가씨를 위한 연주는 물론이고 시 한 수라도 낭독해 드리려고 혈안이 되어 있을걸요. 제 연주는 열두 시에 시작할 거랍니다."

허들스턴은 웃으면서 부인과 함께 응접실로 향했다. 다정한 두 부부의 뒷모습을 멍하니 바라보던 아스텔은 등 뒤에서 누군가가 말을 걸자 황급히 고개를 돌렸다.

"네! 바쁘실 텐데 여기까지 몸소 방문해 주셔서 무척 감사합니다!"

"천만에요."

뒤에 서 있던 손님은 아스텔이 처음 보는 젊은 여성이었다. 긴 은발을 우아하게 틀어 올린 여인은 굉장히 키가 크고 날씬했는데, 짙은 와인색의 눈동자가 특히 매혹적이었다. 아스텔은 여인의 아름다움에 감탄하는 한편, 당장 부러져도 이상하지 않을 것 같은 가느다란 허리에 경악을 금치 못했다. 여인의 낭창한 허리는 코르셋으로 조이는 것만으로는 결코 나올 수 없는 수준의 가늘기를 자랑하고 있었다.

"영애가 그 아스텔 조지아 알트만인가요?"

"그렇습니다만……."

아스텔이 자신의 허리에서 눈을 떼지 못하는 걸 알아챈 여인은 쿡쿡 웃으며 편지 한 통을 꺼내 건넸다. 아스텔은 얼굴을 붉히면서도 편지를 공손히 받았다.

"나중에 꼭 혼자서 읽어보도록 하세요."

여인은 아스텔에게 편지를 건네주자마자 용건이 다 끝난 것처럼 몸을 돌려 현관 쪽으로 향했다. 조금 당황스러운 기분으로 편지 봉투를 살펴보던 아스텔은 이어서 들어오는 손님에게 인사하기 위해 황급히 편지를 파우치 안에 넣었다.

허들스턴이 예고한 대로 열두 시부터 방문객들의 연주와 낭독회가 시작되었다. 아스텔의 스승으로서 가장 먼저 연주를 선보인 허들스턴에 이어 많은 이들이 차례대로 나서 낭독과 연주를 선보였다. 그들 중에는 아스텔도 얼굴을 기억하고 있는 사람들이 대다수였지만 그렇지 않은 사람들도 적게나마 포함되어 있었다.

"─언젠가 그대라는 샛별을 이 내 가슴에 품을 터이니."

클레멘스 자작 영식의 낭독이 끝나자마자 홀에 모여 있던 모든 이들이 우렁찬 박수갈채를 보냈다. 박수를 치는 이들 중에는 아스텔처럼 감격한 표정을 짓고 있는 사람도 있었고, 로렐처럼 졸다가 박수 소리에 깨어난 사람도 있었으며, 세이지처럼 심드렁한 얼굴을 하고 있는 사람도 있었다. 클레멘스 자작의 아들은 정중하게 허리를 굽혀 아스텔이 있는 쪽을 향해 절을 해 보인 뒤, 자신이 앉아 있던 자리로 다시 돌아갔다.

분위기가 무르익자 요리장이 심혈을 기울여 만든 화려한 삼단 케이크가 응접실로 운반되어왔다. 파티에 참석한 사람들에게 전부 샴페인 잔이 돌아간 것을 확인한 백작이 잔을 들고 자리에서 일어났다.

"다들 바쁘신 와중에 이렇게 시간을 내어 찾아와 주셔서 감사합니다."

모든 이의 시선이 백작이 서 있는 쪽으로 향했다. 백작은 작게 헛기침을 한 뒤 말을 이어나갔다.

"여기 계신 분들이라면 전부 알고 계시겠지만 아스텔은 오늘부로 어엿한 성인이 되었습니다. 그 때문인지 빨리 귀여운 외손주를 보고 싶지 않냐면서 저를 부추기는 분들이 제법 많으시더군요. 제 딸의 미모가 워낙 출중하다 보니 다들 마음이 급하신 건 이해합니다만."

뼈 있는 백작의 농담에 아스텔의 얼굴이 홍당무가 되자 여기저기서 폭소가 터져 나왔다. 로렐은 슬쩍 눈을 굴려 곁에 있는 동생의 표정을 살폈다. 그의 예상대로 무표정한 얼굴을 한 세이지는 말없이 들고 있는 샴페인 잔을 기울이고 있을 뿐이었다.

"애석하게도 한동안은 제 품의 여식으로 두고 싶기 때문에 오늘 받은 귀한 제안들은 당분간 고사하도록 하겠습니다. 하지만 때가 되면 이 아이를 가장 행복하게 해줄 수 있는 사람과 맺어주는 것 역시 아비 된 이로서의 도리라고 할 수 있겠지요."

엘레노어는 백작의 말에 전적으로 동의한다는 듯이 고개를 크게 끄덕였다. 그녀는 약간 어색한 표정으로 앉아 있는 조카딸을 격려하려는 것처럼 손을 꼭 잡아주었다.

아스텔은 무심코 앞자리에 있는 세이지의 뒷모습으로 시선을 옮겼다. 왜일까. 이 순간 가까이에 있는 그가 유독 멀게 느껴지는 이유는. 자신의 생일을 축하하기 위해 모인 사람들 사이에서도 아스텔은 혼자가 된 것 같은 외로움을 느꼈다.

손님들이 돌아간 뒤, 아스텔은 에밀리와 함께 산더미같이 쌓인 선물을 하나둘씩 개봉하기 시작했다. 드레스와 장신구, 향수 등의 온갖 사치스러운 선물들이 거실 바닥에 끊임없이 쌓여갔다. 포장지를 뜯고 상자 안의 내용물을 확인한 뒤, 같은 종류의 물건끼리 구분해 놓는 지루한 작업을 반복하고 있던 아스텔은 문득 한 손에 들어올 정도로 작은 상자 하나를 발견했다.

"이건……."

상자 안에는 아스텔의 탄생석인 가넷을 물린 은제 귀걸이와 함께 간단한 생일 축하의 메시지가 적힌 종잇조각이 들어 있었다. 아스텔이 귀걸이가 든 상자를 소중히 갈무리해서 챙기는 모습을 지켜보던 에밀리가 고개를 갸웃했다.

"그 귀걸이가 굉장히 마음에 드셨나 보네요."

"응."

"그걸 하려면 귀를 뚫어야 하지 않나요?"

"뚫으면 되지."

마치 별것 아닌 것처럼 대답하는 아스텔의 반응에 에밀리는 놀란 기색으로 되물었다.

"불에 달군 바늘로 뚫어야 하는데도요? 굉장히 아프다구요. 아물 때까지 진물도 나올 수 있고요."

"괜찮아."

아스텔이 활짝 웃으며 대답했다. 반드시 귀걸이를 착용하겠다는 그녀의 강력한 의사를 깨달은 에밀리는 더 이상 아스텔을 만류하는 대신에 조용히 입을 다물었다.

자신이 선언한 대로 아스텔은 그날 저녁에 기어이 귀를 뚫고 말았다. 눈물을 찔끔 비추면서도 끝끝내 비명은커녕, 아프다는 하소연조차 하지 않는 아스텔을 보며 로렐은 혀를 내둘렀다. 통증이 가라앉을 때까지 밤새 앓는 소리 정도는 나올지도 모르겠지만.

"아스가 귀 뚫은 거 봤지?"

"응."

"이제 만족해?"

소파에 드러누운 채 책을 뒤적이던 세이지는 맞은편에 앉아 있는 형 쪽으로 고개를 돌렸다.

"무슨 소리야?"

"넌 정말 이만저만 변태인 게 아냐."

로렐은 탄식과 같은 한숨을 내쉬었다.

"난 내 동생이 그런 취향을 갖고 있는 줄은 몰랐어."

"내가 전에도 말했지. 의미 불명인 소리 좀 하지 말라고."

세이지가 눈썹을 찡그리자 로렐은 무거운 표정으로 눈을 내리깔았다.

"넌 아스텔이 널 위해서 어디까지 할 수 있는지 시험하고 싶어 하는 것 같아."

"……."

"귀를 뚫는 것 정도야 애교인 축에 속하긴 하지. 그 앤 아버지한테 여우 짓도 할 줄 알게 됐고, 껄끄러운 상대와도 춤을 췄어. 앞으로도 계속 내키지 않거나 싫은 짓을 참아가면서 해야 할지도 몰라. 널 위해서."

"……."

"내가 널 너무 어린애 취급하는 것 같아서 미안하긴 한데, 이 이상 막 나가다가 아스에게 미움받을 짓은 하지 마라."

로렐은 뭔가 더 말하고 싶어 하는 표정이었지만 말을 잇는 대신, 피곤하니 일찌감치 자러 가겠다며 자리에서 일어났다. 서재에 홀로 남은 세이지는 잠시 멍하니 누워 있다가 천천히 소파에서 몸을 일으켰다. 아까 전의 로렐이 제게 했던 말이 머릿속에서 계속 메아리쳤다.

"넌 아스텔이 널 위해서 어디까지 할 수 있는지 시험하고 싶어 하는 것 같아."

"별것도 아닌 걸 가지고."

세이지는 혼잣말로 중얼거리며 읽고 있던 책을 제자리에 꽂아 놓았다. 하지만 내뱉은 말과는 달리 마음은 그다지 편치 않았다.

방으로 돌아간 그는 제이드 체임버로 온 이후로는 거의 손을 대지 않고 있던 바이올린을 다시 꺼내 들었다. 부디 이 선율이 아주 잠시라도 그녀를 위로해 주길 바라면서.

밤이 깊어지자 나이트가운으로 갈아입은 아스텔은 돌돌 말아 놓은 거즈 뭉치를 입에 물고 침대에 몸을 뉘었다. 아직도 귀를 뚫은 부분이 욱신거리면서 아프긴 했지만, 하루라도 빨리 그가 선물한 귀걸이를 착용해 보고 싶었다.

'생일 축하한다'라는 단순하고 짤막한 문장 하나가 왜 그렇게까지 가슴을 뛰게 한 걸까. 아마도 플라티나 메도우에서 인형과 함께 받은 편지와 달리, 이번에는 그의 진심이 담긴 글귀였기 때문일 것이다.

거기까지 생각하던 아스텔은 낮에 낯선 여인이 자신에게 건네줬던 편지 봉투를 떠올렸다.

분명 혼자 있을 때 읽어보라고 했었지. 아스텔은 침대에서 일어나 화장대 앞에 놓아둔 파우치를 열었다. 낯선 장미 봉오리의 인장이 찍힌 편지에는 아래와 같은 내용이 적혀 있었다.

—다음 주 화요일에 레드클리프 남작부인의 살롱에서 만나요. 로벨리아 조안 리처드슨.

4. 오키드 하우스에서의 조우

아스텔은 로벨리아에 대해 입도 뻥끗하지 않았지만, 바로 다음 날 아침이 되자마자 로벨리아의 방문 사실이 백작에게 알려지고 말았다. 파티에 참석한 사람들이 많았던 만큼 목격자들도 많았으니 어찌 보면 당연한 결과라고 할 수 있었다.

제이드 체임버가 발칵 뒤집힌 것은 두말할 나위도 없는 일이었다. 경사스러운 아스텔의 생일에 로벨리아가 다녀갔다는 걸 알게 된 백작의 분노는 이만저만한 것이 아니었다. 그 여자가 제이드 체임버에 발을 들여놓게 한 풋맨과 집사를 해고하겠다며 펄펄 뛰는 백작을 로렐이 간신히 진정시켰다.

"워낙 사람들이 많았잖아요. 다들 정신이 없었으니 사람들 틈에 슬쩍 끼어들어 오면 눈치채지 못하는 것도 이상하진 않습니다."

여전히 분노가 가라앉지 않았는지 뿌드득 이를 갈던 백작은 이윽고 내내 침묵을 지키고 있던 세이지에게 화살을 돌렸다.

"뭐라고 변명할 테냐."

"……"

"그 여자가 계속 얼씬대는 것도 결국 네 탓이 아니냐."

"뭐라 드릴 말씀이 없습니다."

"지금 이 자리에서 분명히 경고해 두건대."

백작은 세이지에게 손가락질을 하며 또박또박 내뱉었다.

"앞으로 한 번만 더 그 여자가 여기에 얼씬거렸다가는 그날이 네가 호적에서 파이는 날이 될 테니 그리 알도록 해라."

"……!"

"아버지!"

백작의 충격적인 선언에 로렐이 경악한 목소리로 외쳤다.

"농담이시겠죠?"

"농담인지 아닌지 궁금하다면 한번 직접 데려와 보려무나."

분위기가 워낙 살벌했던 터라 이번만큼은 아스텔도 감히 세 부자의 대화에 끼어들 엄두를 내지 못했다. 한참 눈치를 보며 눈알만 굴리고 있던 와중에 이번에는 아스텔에게 불똥이 튀었다.

"아가, 그 여자가 네게 무슨 말을 하더냐?"

"네?"

아스텔은 도와달라는 표정으로 로렐에게 급하게 시선을 던졌지만 그리고 해서 뾰족한 묘안이 있을 리가 만무했다. 로렐이 고개를 절레절레 흔들자 아스텔은 마음속으로 신과 돌아가신 부모님을 부르짖으며 치맛자락을 꽉 움켜쥐었다.

"아무 말도……."

"거짓말하지 말거라."

평소 아스텔의 말이라면 그저 좋다며 곧이곧대로 받아들이던 백작이었으나, 이번만큼은 그도 호락호락하게 넘어가지 않았다.

"너와 그 여자가 대화를 나누는 걸 본 사람이 있단다."

아스텔은 다시 고민에 빠졌다. 만약 진실을 말한다면 백작은 로벨리아를 만나지 못하도록 손을 쓸 것이 분명했다. 그것은 결코 아스텔이 바라는 바가 아니었다.

"……나중에 차라도 같이 한잔하자고 하셨어요."

로벨리아가 편지를 통해 개인적으로 만나자는 제안을 했으니 완벽한 거짓말은 아닌 셈이었다. 아스텔은 거기에 살을 조금 덧붙였다.

"그래서 양부님께서 허락해 주시면 찾아뵙겠다고 말씀드렸죠."

"안 된다."

"네. 그래서 가지 않으려고요."

잠시 매서운 눈길로 아스텔의 표정을 살피던 백작은 이윽고 성대한 한숨을 쉬었다. 그리고는 세이지에게 다시 시선을 돌렸다.

"너 때문에 이 아이에게 그 여자가 접근한 건 알고 있겠지."

"알고 있습니다."

"앞으로 어떻게 처신해야 할지 잘 알리라 믿는다."

"……."

백작은 사업과 관련된 중요한 볼일이 있으므로 이 정도만 해두겠다고 하며 자리를 떴다. 백작이 거실을 나갈 때까지 꿀 먹은 벙어리가 되어 있던 세 사람은 현관 밖으로 마차가 떠나는 소리가 들리자마자 약속이라도 한 것처럼 한숨을 쉬었다.

"이번엔 진짜로 끝나는 줄 알았어."

"……."

"그런데 정말 뭐라고 한 거야?"

로렐의 질문에 잠시 뜸을 들이던 아스텔은 고개를 저어 보였다.

"그건 로렐 오라버니께도 말씀드릴 수 없어요."

"아까 내가 모르는 척해서 그래? 그건 나도 어쩔 수가 없었어."

"그것 때문이 아니에요."

아스텔은 구겨진 치맛자락을 잡아 펴면서 중얼거렸다.

"모든 게 확실해질 때까지는 섣부르게 말씀드리고 싶지 않아요."

"확실해지면 말해줄 수 있어?"

"……그때 가서 생각해 볼게요."

"뭐어?"

황당해하는 로렐을 뒤로 한 채 아스텔은 서둘러 방으로 다시 올라갔다. 아스텔이 올라간 계단 쪽으로 여전히 시선을 고정하고 있는 세이지에게 로렐이 물었다.

"넌 짐작 가?"

"대충은."

"뭐라고 했을 것 같아?"

그제야 간신히 계단에서 눈을 뗀 세이지가 로렐을 마주보았다. 무언의 기대를 품은 형의 눈빛을 읽은 세이지는 이윽고 조용히 자리에서 일어났다.

"안 가르쳐 줘."

"너까지 그렇게 말하기냐!"

제이드 체임버를 빠져나온 세이지는 곧장 마차를 불러 친구들이 모여 있을 시가지의 클럽으로 향했다. 가십이라면 사족을 못 쓰는 그의 친구들만큼 사교계 내의 정보에 빠삭한 남성은 흔하지 않았다.

스캔들로 인해 부친인 햄스워드 후작으로부터 근신을 명령받은 로벨리아가 움직일 수 있는 범위는 극히 한정적일 터였다. 당장은 아니더라도 조만간 로벨리아와 직접 만나 담판을 지어야 했다.

✥

래드클리프 남작부인인 로레인 크리스티 서머필드는 팔 년 전에 과부가 된 여인으로, 상당한 유산과 인맥 덕분에 사교계에서 적지 않은 영향력을 발휘하는 인물이었다. 로레인은 나이가 무색할 정도의 동안과 미모까지 겸비하여 항상 구혼자들이 줄을 서고 있었는데, 그녀는 죽은 남편을 잊을 수 없다고 하며 모든 청혼을 단호하게 거절했기 때문에 사교계 내의 평판까지 좋았다.

사교계에 갓 데뷔한 데뷔탕트라면 누구나 그녀의 살롱에 초대받기를 원했으므로, 아스텔은 아무런 의심도 받지 않은 채 로레인의 저택으로 향할 수 있었다. 아스텔이 래드클리프 남작부인의 살롱으로 간다는 소식에 그녀의 고모인 엘레노어는 몹시 즐거워하기까지 했다.

"드디어 너도 남자에게 관심이 좀 생긴 거니?"

"그게 무슨 말씀이세요?"

뜬금없는 엘레노어의 질문에 속이 뜨끔해진 아스텔은 애써 아무렇지도 않은 척하며 그녀에게 되물었다.

"아직 모르나 보구나. 로레인의 살롱은 사교계에 속한 남성들에 대한 정보가 가장 활발하게 오가는 곳이란다. 아직 약혼이 성사되기 전의 레이디라면 한 번쯤은 다녀와야 하는 곳이라고도 할 수있지. 어떤 가문의 자제가 신랑감으로 우수한 조건을 갖췄는지, 반드시 피해가야 할 남성은 누구인지 등등."

"그렇군요."

아스텔이 고개를 끄덕이자 엘레노어는 보란 듯 깊은 한숨을 내쉬었다.

"애석하게도 세이지는 후자에 더 가까운 평을 듣고 있지 뭐니."

"그건 정말 큰일이네요."

말은 그렇게 했지만 아스텔은 내심 안도하고 있었다. 엘레노어의 말대로라면 세이지의 약혼이 내년보다 더 늦어질 가능성도 낮지 않았기 때문이다.

시간은 빠르게 흘러 마침내 로벨리아와 약속한 날이 되었다. 아스텔은 엘레노어의 의심을 사지 않길 속으로 간절히 빌며 래드클리프 남작부인의 저택으로 향했다.

사교계에서 한창 떠오르고 있는 아스텔의 등장은 로레인의 살롱에 참석한 모든 레이디를 흥분케 했다. 아스텔은 고용인 몇 명을 제외하면 남자라고는 눈을 씻고 찾아봐도 보이지 않는 응접실 내부를 둘러보며 약간의 위압감을 느꼈다.

"여러분. 델플린드 백작 영애께서 드디어 여기 오키드 하우스(Orchid House)까지 찾아와 주셨답니다."

래드클리프 남작가의 타운 하우스인 오키드 하우스는 이름에서 연상되는 이미지대로 동양풍의 벽지와 병풍, 도자기 등으로 꾸며진 이국적인 분위기의 저택이었다. 서머필드 가문은 삼 대 전까지는 평민 집안에 불과했으나, 1대 래드클리프 남작이 동방의 도자기와 비단 무역으로 막대한 부를 쌓으면서 마침내 귀족 작위까지 손에 거머쥐는 쾌거를 이룩한 것이었다.

"다들 뵙게 되어 영광입니다. 아스텔 조지아 알트만이라고 합니다."

아스텔은 자신을 주목하고 있는 여인들 틈에서 로벨리아의 얼굴을 찾기 위해 재빠르게 눈을 굴렸다. 하지만 아무리 훑어봐도 로벨리아의 특징적인 은발만큼은 눈에 띄지 않았다.

"환영합니다. 델플린드 백작 영애."

"영애를 만나게 되면 정말 물어보고 싶은 것들이 많았어요!"

아스텔도 얼굴을 기억하고 있는 어린 데뷔탕트 한 명이 눈을 반짝거리며 외쳤다. 기억이 틀리지 않았다면 아스텔과 같은 신년회 행사에서 데뷔한 동기 중 한 명인 웸블리 자작 영애 브리짓이었다.

조금은 편안한 상대를 만난 것이 기뻤던 아스텔은 방긋 웃으며 그녀에게 대답했다.

"어떤 질문인가요?"

"영애의 둘째 오라버니께서 바이렌 남작부인과 월터 자작 영애 사이에서 양다리를 걸쳤다는 게 사실인가요?"

브리짓의 질문에 소란스럽던 오키드 하우스의 응접실이 갑자기 물이라도 끼얹은 것처럼 조용해졌다. 살롱에 초대받은 여인들은 물론이고 로레인까지 굳은 얼굴이 되어 다들 침묵을 지켰다.

"그건……."

브리짓이 들었다는 소문은 아스텔에게 있어서는 금시초문인 이야기였다. 하지만 입이 간지러운 것처럼 몇몇 여인들의 눈빛이 달라지는 걸 보면 브리짓이 전혀 없는 소문을 지어낸 건 아닌 것 같았다. 아스텔은 애써 웃는 얼굴을 지어 보였다.

"나중에 오라버니께 몰래 여쭤보도록 할게요."

"꼭 알려주세요!"

브리짓은 양손을 짝 마주치며 해사한 웃음을 지어 보였다. 브리짓과 아스텔이 새끼손가락을 걸고 소문의 진상을 밝혀내기로 약속하고 나서야 꽁꽁 얼어붙어 있던 응접실에 다시 활기가 흐르기 시작했다.

"웸블리 자작 영애는 너무 천진난만하다니까요."

"어쩌겠어요. 델플린드 백작 영식께서 죄가 많은 남자인 것을요."

브래드포드 남작 영애가 한숨처럼 중얼거리자 곁에 앉아 있던 아스톤 백작부인이 맞장구를 쳤다.

"햄스워드 후작 영애께서도 수완이 보통이 아니지요. 그토록 매력적인 신사를 한 명도 아니고 둘씩이나……."

"햄스워드 후작 영애처럼 하루라도 그 두 남성분을 양손에 쥘 수 있다면 지옥 불에 떨어져도 행복할 것 같아요."

살롱의 여인들은 세이지를 경멸하는지 동경하는지 알 수 없는 이중적인 태도를 보였다. 엘레노어의 말대로 바람둥이, 믿을 수 없는 남자라는 인식도 분명히 존재했지만, 매력적인 남자라는 평가도 무시할 수 없을 정도로 많았다.

더군다나 사교계 내에서는 방탕한 여인으로 낙인찍힌 로벨리아의 주가 역시 오키드 하우스 내에서는 이상할 정도로 높았다. 그녀들은 매력적인 두 남성이 자신을 두고 결투를 벌이는 몽상에 젖으며 그 몽상을 꿈이 아니라 현실에서 이루어낸 로벨리아를 몹시 부러워했다. 두 사람의 결투가 실제로 성사되었는지 아닌지는 그녀들에게 그다지 중요한 사실이 아니었다.

"제가 없는 곳에서 제 얘기를 하시는 것도 슬슬 지겨워질 때가 되지 않았나요?"

모든 이들의 시선이 약속이라도 한 것처럼 응접실의 입구로 쏠리자, 아스텔은 마른침을 꿀꺽 삼키며 그들을 따라 고개를 돌렸다. 자신의 생일에 편지를 건네주었던 그 은발의 여성이 주인공처럼 당당한 자태를 뽐내며 응접실로 걸어 들어오고 있었다. 살롱의 여인들은 뒤늦게 도착한 로벨리아를 하나같이 반갑게 맞이했다.

"햄스워드 후작 영애."

"기다리고 있었답니다."

"오늘은 델플린드 백작 영애께서도 참석하셨어요."

"두 분은 아직 초면 아닌가요?"

브리짓의 질문에 로벨리아는 곧바로 아스텔이 있는 쪽으로 시선을 주었다. 긴장한 기색이 역력한 아스텔과 눈이 마주치자 로벨리아의 눈가가 초승달 모양으로 부드럽게 휘었다.

"초면이랍니다."

오키드 하우스에서 열린 살롱은 아스텔이 지금까지 참석해 온 살롱과는 사뭇 다른 양상을 띠고 있었다. 아스텔이 알고 있는 살롱이란 문학이나 예술, 정치와 철학, 종교 등 다양한 교양과 지식에 대해 사람들이 의견을 나누는 격식 있는 모임이었으나, 이곳에서 벌어지는 토론의 주제는 오로지 한 가지에 대한 것뿐이었다.

"남자들이란 정말 단순해요. 조금만 잘 대해주면 자신에게 마음이 있는 거라고 넘겨짚고 들이대기 일쑤라니까요."

"제 의견은 조금 다르답니다, 아스톤 백작부인. 그런 남성들은 극히 일부에 지나지 않아요. 남성들의 마음을 사로잡으려면 모름지기 밀고 당기기가 중요하지요. 너무 도도하게 굴면 젠체한다고 험담을 하고, 반대로 너무 친근하게 굴면 우습게 알고 함부로 대하거든요. 질리지 않을 정도로 적당한 거리를 유지하는 것이 제가 남성을 사로잡는 비결이랍니다."

로벨리아의 발언에 응접실의 모든 여인이 감탄의 눈빛을 보냈다. 로레인의 살롱에서는 어떤 저명인사보다도 로벨리아의 의견이 가장 큰 설득력과 지지를 얻고 있었다. 한 손을 번쩍 든 브리짓이 로벨리아에게 커다란 목소리로 질문했다.

"그렇게 하면 저도 그 두 신사분을 사로잡을 수 있을까요?"

"그건 무척 어려운 질문이로군요. 하지만 영애의 매력에 빠져 정신을 못 차리는 신사 한두 분쯤은 금방 나타날 거라고 확신한답니다."

응접실이 여인들의 웃음소리로 가득 찼다. 모두가 즐거워 보이는 와중에 오로지 아스텔만이 가시방석에 앉은 것처럼 억지로 미소를 짓고 있었다.

아스텔은 이곳에서 세이지가 너무나 많은 예시에 끌어다 쓰이고 있는 것이 불편했다. 아스텔에게 있어 그는 아무리 애써도 닿을 수 없는 일종의 성역과 같은 존재였다. 이런 경박한 화제에서 심심풀이로 소비되어도 되는 그런 남자가 아니었다.

"델플린드 백작 영애께서는 좀처럼 말씀을 하시지 않군요."

자신을 언급하는 목소리에 아스텔은 간신히 제정신으로 돌아왔다. 짓궂은 눈빛을 한 로벨리아가 정면으로 아스텔을 응시하며 의미심장한 미소를 띠고 있었다. 더 이상 억지로라도 웃을 자신이 없었던 아스텔은 수줍음을 가장하기 위해 고개를 푹 숙였다.

"남성에 대한 것들은 잘 몰라서……."

"참, 그러고 보니 수도원에서 자랐다고 하셨죠."

그제야 떠올랐다는 것처럼 로벨리아가 눈을 가늘게 뜨면서 웃었다.

"그럴수록 남성에 대해 더욱 많이 알아둬야 하는 법이죠. 제가 더욱 각별히 신경 써서 지도해 드리도록 하겠어요."

"부러워요, 햄스워드 후작 영애의 개인 지도를 받을 수 있다니."

"델플린드 백작 영애만 차별대우하시다니 너무해요."

아스텔을 제외한 젊은 영애들이 부러움 섞인 투정을 부리자, 부채로 입가를 가린 로벨리아가 은근한 목소리로 읊조렸다.

"미래의 시누이가 될 여인인데 어련히 알아서 잘 보여야 하지 않겠어요?"

로벨리아의 폭탄 발언에 응접실은 순식간에 흥분의 도가니에 휩싸여 버리고 말았다. 심지어 살롱의 주인인 로레인마저 놀라움의 기색을 감추지 못한 표정이었다.

"설마 청혼을 받으신 건가요? 그 둘째 영식께 말인가요?"

"아직 정식으로 이야기를 꺼낸 건 아니지만 그렇게 오래 기다릴 필요는 없을 것 같네요."

"신이시여, 맙소사."

아스텔은 떨군 고개를 들지 않은 채 조용히 입술을 깨물었다. 로벨리아의 말은 거짓말이었다. 백작은 그녀가 한 번만 더 접근하면 친아들마저 내치겠다고 할 정도로 로벨리아를 혐오했고, 세이지 본인 역시 로벨리아라면 치를 떨었다. 그러니 아스텔이 저런 허무맹랑한 거짓말에 흔들릴 이유는 아무것도 없었다.

그럼에도 불구하고 분하고 괴로워서 어쩔 수가 없었다.

구체적으로 무엇 때문에 분하고 괴로웠는지는 아스텔 본인도 잘 알 수 없었다. 분명한 것은 처음부터 이 오키드 하우스에 찾아오지 말았어야 했다는 사실 하나뿐이었다.

그 후로도 응접실 안에서는 남자들과 관련된 시시하고 의미 없는 이야기들이 계속해서 오고 갔다. 아스텔은 한시라도 빨리 이 자리가 파하고 제이드 체임버로 돌아갈 수 있게 되길 바랐다. 만나게 되어 즐거웠고 기회가 된다면 다시 보길 바란다는 의례적인 인사를 듣고 나서야 아스텔은 해방된 기분으로 자리에서 일어났다. 두 번 다시 이곳에는 발도 들이고 싶지 않았다.

"잠시 할 얘기가 있으니 남아주시지 않겠어요?"

로벨리아였다. 아마도 아스텔을 이곳으로 불러냈던 진짜 용건을 꺼내려는 모양이었다. 하지만 로벨리아가 무슨 말을 꺼내려고 했든, 그걸 아스텔이 고려해 줄 이유는 전혀 없었다.

"양부님께서 기다리고 계세요."

"너무 매정하게 굴지 말아요. 난 이래 봬도 당신을 아주 좋아하니까."

로벨리아가 사르르 눈웃음을 쳤다. 그녀가 즐겨 사용하던 표현을 빌리자면, '지금까지 수많은 남성을 사로잡은' 미소일 터였다. 아마도 예전의 세이지를 포함해서.

아스텔은 내키지 않는 얼굴로 로벨리아를 향해 돌아섰다. 그녀가 꺼려지는 건 변함이 없었지만 아스텔에게는 로벨리아를 통해 알아내고 싶은 것이 있었다. 과거의 세이지와 그녀가 어떻게 어울리게 되었는지. 그녀의 어떤 점이 그를 사로잡았던 것인지.

"잘 생각했어요."

로레인은 처음부터 이렇게 될 줄 알았던 것처럼 단둘이 이야기할 만한 방을 마련해 주었다. 생각해 보면 놀라울 일도 아니었다. 로벨리아는 로레인의 살롱에서 중요한 위치를 차지하고 있는 인물이었고, 그녀가 이곳에서 만나자고 했던 것도 저택 주인과의 합의가 이루어졌기 때문에 가능했던 일일 것이다. 아스텔은 자신 혼자만 바보가 된 것 같아 분한 마음이 들었다.

테이블 하나를 사이에 두고 아스텔의 맞은편에 앉은 로벨리아는 매우 자연스러운 태도로 동양풍의 긴 담배 파이프를 꺼내 불을 붙였다.

"그런 무서운 표정 짓지 말고 얼굴 펴요."

"……왜 저를 불러내신 건가요?"

"그건 당신도 잘 알고 있을 텐데?"

로벨리아는 갑자기 반말을 사용하기 시작했지만 아스텔은 눈 하나 깜짝하지 않았다. 아까의 사근사근하던 모습보다 지금의 그녀 쪽이 아스텔이 줄곧 상상하던 로벨리아에 더 가까웠기 때문이다.

로벨리아가 한쪽 입꼬리를 끌어올리며 말했다.

"당신 둘째 오빠랑 다시 잘해보고 싶어서야."

"양부님께서 허락하실 리가 없어요."

아스텔의 가시 돋친 대답에 로벨리아가 쿡쿡하는 소리를 내며 웃기 시작했다.

"양부님, 양부님. 양부님께서 기다리시니까, 양부님께서 허락하시지 않을 거니까. 그놈의 양부님 타령만 하지 말고 그냥 솔직하게 싫다고 말해보시지."

"……."

"뭐, 아무래도 좋아. 내가 그이를 화나게 했던 건 인정해. 내 입으로 말하긴 뭐하지만 정말 어지간히도 속을 썩였거든. 그이가 싫어하는 짓만 골라서 하고 다녔지."

말은 그렇게 하면서도 로벨리아는 그다지 죄책감을 느끼지 않는 표정으로 어깨를 으쓱했다.

"그래도 그이는 항상 나에 대한 미련을 버리지 못했어. 우린 서로 다른 사람으로 대체할 수 없는 존재였거든. 왜냐하면, 닮았으니까."

허스키한 음성으로 그녀가 속삭이듯이 말했다.

"그래서 나에겐 그가 필요해."

"말도 안 되는 소리를……."

"당신에게도 나쁜 일은 아니야. 나는 그를 독점하고 구속하려고 하지 않거든. 그러니까 얼마든지 그이를 공유해 줄 수 있어. 둘이서 몰래 무슨 짓을 하든 괘념치 않을 거라구."

아스텔은 로벨리아가 하는 말의 의미를 알아들었다. 이 미친 여자는 세이지와 결혼한 뒤, 아스텔과 그가 부적절한 관계를 맺더라도 묵인해 주겠다는 정신 나간 소리를 하고 있는 것이다.

그녀와 더 이상 말을 섞어봤자 시간 낭비일 뿐이라고 느낀 아스텔은 자리에서 그대로 일어났다. 인사도 하지 않은 채 돌아서는 아스텔을 보며 로벨리아는 눈을 가늘게 떴다.

"어째서 화를 내는 거야? 당신, 그를 남자로 보고 있잖아?"

아스텔이 흠칫 멈춰 서자 로벨리아의 입꼬리가 슬쩍 올라갔다.

"내 눈이 옹이구멍인 줄 아는 모양인데, 당신은 정말 알기 쉬운 여자야. 그의 이름만 나오면 똥 마려운 강아지처럼 어쩔 줄 몰라 하더라구. 그러니까 그런 유치한 도발에 쉽게 걸려든 거지."

로벨리아가 이어서 쏟아내는 말들에 아스텔은 하늘과 땅이 뒤집히는 것 같은 현기증을 느꼈다.

내가 그를 남자로 보고 있다고?

"세상에 어떤 여자도 가족의 연애사에 그렇게 일희일비하지 않아. 만약 존재한다면 아주 독특한 성벽을 갖고 있는 거겠지. 그러니까 난 당신을 위한 방패막이가 되어주겠다는 거야. 당신이 누구에게도 의심받지 않고 마음껏 사랑할 수 있도록. 아차, 그런데 당신은 금발이었지? 깜빡했네."

"그만……."

"정말 안타까운 일이야. 당신의 둘째 오빠라는 남자, 침대 위에서 얼마나 끝내주는 남자인데. 맛도 못 보고."

아스텔의 숨이 가빠지기 시작했다. 갑자기 로벨리아가 너무 무섭게 느껴지기 시작해서 견딜 수가 없었다.

"제발 그만……."

"어머, 내가 너무 정곡을 찔렀나? 미안. 당신에게 미움받으려고 했던 말은 아니야. 아까도 말했듯이 난 당신이 제법 마음에 들어. 앞에서는 알랑거리는 주제에 속으로는 나를 경멸하는 그 여자들과는 다르거든."

담배 연기를 길게 뿜어낸 로벨리아는 자리에 우뚝 선 채 덜덜 떨고 있는 아스텔의 뒷모습을 가만히 응시했다.

"다들 날 바보천치로 알고 있다니까. 그 가식적인 여자들이 다른 곳에서는 나에 대해 뭐라고 떠들고 있는지 내가 모를 줄 알아? 뭐, 전부 알고 있으면서도 여기서는 아무것도 모르는 척 시시덕대고 있는 나도 참 웃긴 여자지만 말야."

시종일관 비릿한 미소를 띠고 있던 로벨리아의 얼굴에 어느새 웃음기가 사라졌다.

"정말 하나같이 웃겨 죽겠어."

실컷 자기 할 말만 떠들어대던 로벨리아는 드디어 수다거리가 떨어졌는지 담뱃대를 재떨이에 털고 자리에서 일어났다. 둘밖에 없는 공간에서 그녀는 누군가 엿듣고 있기라도 한 것처럼 아스텔의 귓가에 대고 낮은 목소리로 속삭였다.

"내가 했던 말, 진지하게 한 번 생각해 봐."

"......"

"너무 염려하지 않아도 돼. 나는 당신이 생각하는 것보다 훨씬 입이 무거운 여자거든. 머리카락 같은 건 다른 색으로 물들이면 되는 거고."

떨리는 눈동자로 자신을 응시하는 아스텔을 마주 보며 로벨리아가 의미심장한 눈웃음을 쳐보였다.

"잘들 이야기하셨나요?"

"덕분에 아주 유익한 시간을 보냈답니다, 부인."

일 층으로 내려오자 계단 아래에 서 있던 로레인이 반가운 기색으로 두 사람에게 다가갔다. 로레인의 호박색 눈동자가 비밀스러운 장난을 준비하고 있는 것처럼 흥분으로 반짝거리고 있었다.

"지금 손님이 오셨답니다."

"손님이라."

로레인과 아스텔을 번갈아 바라보던 로벨리아가 의미심장한 미소를 띠었다.

"누군지 알 것 같네요."

로레인은 바쁜 걸음으로 두 사람을 이끈 채 응접실로 향했다. 소파 위로 보이는 익숙한 뒷모습에 아스텔의 심장이 빠르게 뛰기 시작했다.

"너무 늦잖아."

세이지가 이맛살을 찌푸리며 고개를 돌렸다. 그는 로벨리아를 발견하고도 전혀 놀라지 않은 얼굴로 자리에서 일어났다. 로벨리아가 세이지를 마주 보며 환하게 웃었다.

"보고 싶었어."

"나는 전혀 보고 싶지 않았는데."

"날 보러 온 게 아니었어?"

그녀의 능청스러운 대답에도 세이지는 눈 하나 깜짝하지 않은 채, 로벨리아 곁에 서 있는 아스텔을 흘깃 바라보았다.

"늦으니까 데리러 온 거지."

"아주 지극정성인 오라버니인걸."

세이지가 다시 고개를 돌려 로벨리아를 마주 보자, 그녀는 기다렸다는 듯이 씩 미소 지었다.

"우리, 얘기 좀 할래?"

잠시 고민하는 듯 뜸을 들이던 세이지는 갑자기 이상한 걸 발견한 것처럼 아스텔에게 급히 다가갔다. 창백한 낯빛을 하고 있는 아스텔의 얼굴을 꼼꼼히 훑어보던 그가 낮지만 또렷한 목소리로 대답했다.

"나중에. 지금은 아냐."

"뭐, 아무래도 좋아. 그럼 조만간 다시 보자구."

돌아가는 세이지와 아스텔을 배웅하기 위해 로레인이 자리를 비우자, 자연스럽게 응접실에 홀로 남게 된 로벨리아는 느긋하게 소파에 기대앉아 다리를 꼬았다. 아스텔을 살펴보던 세이지의 얼굴을 떠올리며 로벨리아는 어처구니가 없다는 듯이 입술을 삐죽거렸다.

"금발은 딱 질색이라더니 완전히 거짓말이었네."

제이드 체임버로 돌아가는 마차 안에서 둘은 한 마디 말도 섞지 않았다. 세이지는 본래 말수가 적은 편이었고, 아스텔은 로벨리아가 했던 말을 내내 곱씹고 있었기 때문이다.

"당신, 그를 남자로 보고 있잖아?"

아스텔의 몸이 다시 떨리기 시작했다. 사시나무 떨듯이 떨고 있는 아스텔을 의아한 눈길로 바라보던 세이지가 드물게 먼저 말을 걸었다.

"추운 건가?"

"아뇨……. 아니, 맞아요. 네. 추워요."

치맛자락을 움켜쥔 채 횡설수설하는 아스텔을 지켜보던 세이지가 눈을 가늘게 떴다.

"로벨리아에게 무슨 말을 들었군."

아스텔이 움찔하자 세이지는 심각한 표정으로 그녀의 어깨를 붙잡았다. 겁에 질린 듯한 아스텔의 반응을 봤을 때 로벨리아가 자신에 대해 뭔가 쓸데없는 소리를 지껄인 것이 분명했다.

"너―."

아스텔은 반사적으로 세이지의 팔을 강하게 뿌리쳤다. 놀란 표정으로 자신을 바라보는 세이지에게 아스텔이 히스테릭한 목소리로 소리 질렀다.

"제발 절 좀 가만히 내버려 두세요!"

✜

아스텔이 오키드 하우스에서 시간을 보내고 있던 사이, 세이지는 오늘 저녁 식사에는 반드시 참석하라는 아버지의 호출을 받고 일찌감치 제이드 체임버로 돌아와 있었다. 저녁까지는 아직 시간이 한참 남아 있었으므로, 하릴없이 서재로 향하던 그는 문득 복도 중간에서 우뚝 멈춰 섰다. 문이 굳게 닫힌 백작의 집무실에서 아버지와 고모가 아스텔에 대해 무언가 열띤 대화를 나누는 소리가 들려왔던 것이다.

두 사람의 화두에 아스텔이 오르는 건 거의 매일 같이 일어나는 일이었으나, 남성들의 이름이 함께 언급되는 건 흔히 있는 일은 아니었다. 심상치 않은 예감에 사로잡힌 세이지는 저도 모르게 집무실의 문에 귀를 가까이 가져갔다.

"컬렌 백작의 후계자 정도면 충분히 훌륭한 신랑감이지 않니?"

"제가 이미 말씀드렸지 않습니까, 누님."

백작은 한숨을 쉬며 말했다.

"저는 그 아이를 당분간 출가시킬 생각이 없습니다. 생일파티에서 이미 공표했던 사실이 아닙니까."

"내 말은 당장 시집보내자는 얘기가 아니잖니. 지금처럼 그 아이가 주목받고 있을 때가 절호의 기회란다. 일단 가장 좋은 신랑감을 선별해서 약혼으로 묶어두고, 네가 이만하면 됐다 싶을 때 보내주면 되는 거야."

"……."

"그 애도 기회가 없었을 뿐이지 충분히 이성에 관심을 가질 만한 나이지 않니. 마침 오늘은 오키드 하우스에 갔으니 많은 것을 느끼고 올 수도 있겠지."

그는 무심코 두 사람의 대화를 엿들은 것을 후회했다. 도망치듯이 빠른 걸음으로 계단을 내려가던 세이지는 우연히 일 층에 있던 헨리와 맞닥뜨렸다.

"도련님."

"아스텔은 아직도 안 돌아왔나?"

"네. 조금 늦어지셔서 마침 사람을 보내려고 하던 참입니다."

아스텔은 오늘 오키드 하우스에 갔다고 했다. 남자들로 줄 세우기 놀이하는 걸 좋아하는 여자들만의 은밀한 아지트. 그리고 근신 중인 로벨리아가 드나들 수 있는 몇 안 되는 장소.

"보낼 사람은 정해졌나?"

"아직입니다만……."

의아한 표정으로 대답하는 헨리에게 세이지가 강한 어조로 말하며 나섰다.

"그렇다면 내가 데리러 가겠어."

❖

식당에서 수프 접시의 바닥을 긁고 있던 로렐은 맞은편에 앉아 있는 세이지와 아스텔을 힐끔 바라보았다. 그의 두 동생이 조금 친해졌다 싶으면 언제 그랬냐는 듯 금방 냉랭한 분위기로 돌아가는 것은 어제오늘 일이 아니었지만, 오늘의 두 사람은 옆에서 지켜보기만 해도 체할 것 같은 살벌한 기운을 내뿜고 있었다.

"보름 뒤에 왕궁에서 열리는 가든파티 말이다만."

식사하는 내내 침묵을 지키고 있던 백작이 돌연히 화두를 던지자, 로렐은 속으로 안도의 한숨을 내쉬며 고개를 돌렸다. 아스텔과 세이지도 로렐과 마찬가지로 백작을 향해 시선을 집중했다.

"아스텔이 거기서 피아노 연주를 하기로 했다."

세 사람은 일제히 자신의 귀를 의심했다. 백작은 분명히 '아스텔이 피아노 연주를 하는 것이 어떻겠냐는 이야기가 나왔다'가 아니라, '아스텔이 피아노 연주를 하기로 했다'라고 말한 것이다. 사교계 데뷔를 한 지 이제 갓 한 달을 넘긴 데뷔탕트로서는 유례가 없는 지원이었다.

"대단하다, 아스텔. 축하해."

"감사합니다……."

백작을 제외한 모든 사람이 놀란 얼굴을 하고 있었지만 당사자인 아스텔만큼 놀란 상태는 아니었다. 아스텔은 얼떨떨한 표정을 한 채로 몇 번이나 고개를 숙였다.

"물론 델플린드 백작가의 이름을 걸고 나가는 것이니 가서 웃음거리가 될 만한 연주를 해서는 안 된단다."

"물론이에요. 열심히 하겠습니다, 양부님."

아스텔의 눈동자에 서린 긴장과 열의를 읽은 백작은 만족스러운 미소를 지으며 고개를 끄덕였다.

"분명히 가서 잘할 게다."

"내일부터 종일 연습에 매진해야겠네요."

웃으면서 고개를 돌리던 아스텔은 문득 자신을 바라보고 있던 세이지와 눈이 마주쳤다. 아스텔은 황급히 고개를 숙인 채 스푼을 입가로 옮겼다. 먹고 있는 음식이 입으로 들어가는지 코로 들어가는지 전혀 알 수가 없었다.

식사를 마친 뒤 피아노 방으로 들어온 아스텔은 불안한 모습으로 방 안을 서성였다. 모처럼 굉장한 기회가 찾아왔는데도 연습에 집중할 수가 없었다.

아스텔은 자신이 무엇을 두려워하고 있는지 매우 잘 알고 있었다. 로벨리아가 했던 말이 좀처럼 뇌리를 떠나지 않기 때문이다.

정말 바보 같은 일이었다. 어째서 지금까지 자각하지 못했던 걸까. 좀 더 진지하게 생각해봤다면 금방 깨달을 수 있는 일이었는데. 한참 자신을 책망하던 아스텔은 갑자기 한 가지 사실을 깨닫고 그 자리에 그대로 멈춰 섰다.

자각하지 못했던 것이 아니다. 아스텔은 은연중에 자신의 마음을 깨닫고 있었다. 그렇기 때문에 세이지의 약혼이 미뤄지는 걸 기뻐하고, 실체도 명확하지 않은 장래의 배우자를 질투했던 것이다. 그저 스스로 눈치채지 못한 척, 외면하려 했던 진실을 로벨리아가 눈앞에 들이댔던 것뿐이다.

아스텔은 두려움에 사로잡혔다. 로벨리아는 만난 지 하루도 지나지 않은 상태에서 아스텔의 속마음을 그대로 꿰뚫어봤다. 만약 그녀 외에도 자신의 마음을 눈치챈 사람이 더 존재한다면······.

거기까지 생각하고 있던 아스텔은 문득 들려오는 노크 소리에 퍼뜩 제정신으로 돌아왔다.

"누구세요······?"

"나야."

로렐이었다. 아스텔이 잠시 망설이다가 문을 열어주자, 그는 고개를 갸웃하며 곧장 방 안으로 들어왔다.

"여기서 뭐 해?"

"가든파티에서 연주할 곡을 생각하고 있었어요."

아스텔은 날이 갈수록 거짓말이 능숙해지고 있다는 걸 깨달았

다. 잠시 아스텔을 뚫어지게 바라보던 로렐이 이윽고 알았다는 듯
이 고개를 끄덕였다.

"그렇구나."

"굉장히 고민되네요."

"곧 선정이라면 아마 아버지와 허들스턴이 맡아서 하게 될 거
야. 그건 너무 염려하지 않아도 돼."

"······다행이에요."

로렐은 아스텔이 우울하게 눈을 내리까는 모습을 가만히 지켜
봤다. 뭔가 더 말하고 싶은 것처럼 목울대를 울리던 그는 결국 급
한 성미를 참지 못하고 먼저 말을 꺼냈다.

"한 가지만 더 물어도 될까?"

"말씀하세요."

"혹시 내가 모르는 사이에 세이지랑 또 싸웠니?"

이번에는 아스텔도 능숙하게 둘러댈 말을 찾지 못했다. 아스텔
의 낯빛이 창백하게 질리는 것을 지켜보며 확신을 품은 그가 중얼
거렸다.

"맞구나."

"······."

"설마 이즈가 너한테 또 밉살스러운 소릴 한 거야?"

차라리 그랬다면 훨씬 마음이 편했을 텐데. 아스텔은 침울한
얼굴을 한 채 천천히 고개를 가로저었다.

"······아뇨. 이건 그냥 제 개인적인 문제예요."

"무슨 문제인지 물어봐도 대답해 주지 않을 거지?"

"네."

"이즈한테 물어봤자 그 녀석도 대답해 주지 않을 거고."

로렐은 길게 한숨을 쉬며 어깨를 으쓱했다.

"알았어. 되도록 빨리 화해했으면 좋겠네."

아스텔은 로렐을 향해 힘없이 웃어 보였다.

"감사합니다."

"별것 아냐. 그럼 난 이만 가볼게. 아참, 연습 힘내라."

로렐이 나간 뒤 다시 홀로 남겨진 아스텔은 그 자리에서 힘없이 주저앉았다. 앞으로 그를 어떻게 대해야 좋을지, 자신의 마음을 어찌 다잡아야 좋을지, 어떻게 해야 이 마음을 숨길 수 있을지 모든 것이 막막하게 느껴지기만 했다.

세이지는 침대에 누운 채 컴컴한 천장을 응시하고 있었다. 그는 잠이 안 올 때 억지로 잠을 청하는 것보다 스스로가 지쳐 나가떨어질 때까지 정신을 혹사하는 편을 선호하곤 했다. 괘종시계의 종이 세 번째 울리는 소리에 약간의 위기감을 느낀 그는 조금 더 자신을 혹사하기 위해 마차 안에서 벌어졌던 일을 떠올리기 시작했다.

"제발 절 좀 가만히 내버려 두세요!"

대체 왜 그런 겁에 질린 눈으로 쳐다봤던 걸까. 그는 확실히 여성에게 점잖지 않은 신사였지만 아스텔에게는 점잖지 않은 행동을 한 적이 없었다.

아니, 딱 한 번 그럴 뻔했던 적이 있긴 하다. 아스텔이 데뷔하던 날, 원체스터 홀의 대기실 안에서. 하지만 그때의 일을 아스텔이 알고 있을 리가 없다. 만약 알고 있으면서도 깨어난 뒤에 그런 반응을 보였다면 그녀는 타고난 배우일 것이다. 진실에 다가가기 위해서는 로벨리아와 직접 대화를 하는 것밖에 다른 방법이 없었다.

머리가 지끈거리기 시작했다. 이건 세이지에게 오히려 좋은 징

조였다. 드디어 정신이 피로해지기 시작했다는 의미였으니까.

그렇다면 조금만 더 해볼까. 예를 들어 아스텔이 자신을 뿌리치던 순간 느꼈던 배신감이라든가. 그 배신감의 이유는 분명—.

거기까지 생각하던 세이지는 자신도 모르는 사이에 깊은 잠의 낭떠러지에 떨어지고 말았다.

✤

"프랭크는 어떠십니까."

"너무 경박하네."

"그렇다면 포스터는 어떠하신지요."

"가든파티에서 연주하기에는 너무 침울하지 않나."

허들스턴은 해가 뜨기가 무섭게 악보 수십 장을 들고 제이드 체임버에 들이닥쳤다. 그는 바쁘다는 말만으로는 이루 다 표현할 수 없을 정도로 바쁜 몸이었으나 만사를 제쳐 놓고 찾아와, 아스텔이 연주할 곡을 선정하기 위해 백작과 함께 의견을 나누었다. 배짱 좋은 허들스턴은 자신이 작곡한 곡을 제일 먼저 꺼내 들었지만, 그의 곡은 대부분 최신 유행에 맞춘 곡이었으므로 왕궁에서 연주하기에 격이 맞지 않는다는 이유로 보기 좋게 퇴짜를 맞았다.

"각하께서는 정말 음악에 조예가 깊으시군요."

허들스턴은 칭찬인지 비꼬는 말인지 알 수 없는 말투로 중얼거리며 퇴짜를 맞은 곡들의 악보를 정리했다. 고용주의 까다로운 취향에 부합할 만한 완벽한 곡을 찾기 위해 부지런히 악보 뭉치를 뒤적이던 그는 갑자기 눈을 빛내며 악보 하나를 꺼내 백작의 앞에 밀어놓았다.

"혹시 맥켄지는 알고 계십니까?"

"……!"

불현듯 튀어나온 이름에 놀란 백작이 황급히 찻잔을 내려놓자 허들스턴은 그럴 줄 알았다며 만족스러운 웃음을 띠었다.

"역시 알고 계시는군요. 정말 대단한 작곡가죠. 그렇게 젊은 나이에 요절하지만 않았어도 대성했을 인물인데 말입니다."

"……그를 만난 적이 있나?"

"아니요. 은둔형 예술가의 표본 같은 인물이었으니까요."

백작은 떨리는 손으로 맥켄지라는 인물이 쓴 피아노 전주곡의 악보를 집어 들었다. 익숙한 피아노의 선율이 환청처럼 뇌리를 떠돌아다녔다. 그가 아주 잘 알고 있는 곡의 악보였다.

무언가에 홀린 것처럼 악보에서 눈을 떼지 못한 채 백작이 질문했다.

"혹시 아스텔에게 이자의 곡을 가르친 적이 있나?"

"아직은 아닙니다만, 무슨 문제라도……."

"그거 다행이군."

의아한 듯이 그를 마주 보는 허들스턴에게 백작이 단호한 말투로 명령했다.

"앞으로도 맥켄지의 곡은 아스텔이 절대 연주하지 못하도록 하게."

5. 왕궁 가든 파티

마차에서 내린 데이빗은 자신의 오랜 친구인 다이아나의 대기실을 향해 발걸음을 옮겼다. 평소 음악을 썩 좋아하는 편은 아니었으나 오늘은 그녀의 단독 리사이틀이 열리는 날이었다. 참석하지 않으려야 않을 수가 없었다.

고작 열네 살의 나이에 섬세하고 부드러운 연주로 순식간에 수많은 청중을 사로잡고 일약 스타덤에 오른 피아니스트 다이아나는 올해로 갓 스무 살이 된 아름다운 아가씨였다. 그녀의 유명세와 미모만큼 내로라하는 집안 여기저기에서 혼담이 쏟아져 들어왔지만, 다이아나는 그때마다 당분간 음악에만 집중하고 싶다는 대답으로 일관해 오고 있었다.

"단독 리사이틀 축하해. 다이아나."

"왔구나, 데이빗!"

다이아나의 대기실을 방문한 데이빗은 반가이 자신을 맞이하는 그녀의 뺨에 다정하게 입을 맞춰주었다. 수백 송이의 꽃으로 가득

찬 대기실에서 연한 핑크빛의 드레스를 입고 가슴에 장미 생화를
단 다이아나는 마치 꽃의 요정과 같은 모습을 하고 있었다.

데이빗이 장만해 온 꽃다발을 받아들며 다이아나가 조금 흥분
한 표정으로 물었다.

"나 오늘 어때 보여?"

"누군지 전혀 못 알아보겠어."

평소 칭찬에 박한 데이빗의 드문 아부에 다이아나는 쑥스러워
하면서도 만족한 것처럼 활짝 미소 지었다.

"다행이야."

"누구 잘 보이고 싶은 사람이라도 있나 보지?"

"아, 그렇게 티가 나나?"

"대놓고."

다이아나는 뭔가 찔리는 게 있는지 그 자리에서 펄쩍 뛰면서 괴
성을 지르기 시작했다. 요정 같은 가냘픈 외모와 정반대인 성격을
지닌 말괄량이다운 행동이었다.

"어떡해, 어떡해, 어떡해!"

"제발 진정해, 디안."

"아, 너무 떨려서 죽을 것 같아!"

데뷔 공연에서 실수를 하고도 뻔뻔한 얼굴로 연주를 마쳤던 다
이아나는 평소의 그녀답지 않게 몹시 긴장한 기색을 하고 있었다.
그녀는 천천히 심호흡하며 가슴을 쓸어내리더니 조금 으스대는 듯
한 태도로 자신이 초대한 손님에 대해 자랑을 늘어놓기 시작했다.

"오늘 맥켄지 선생님이 날 보러 오신댔거든."

"맥켄지?"

"설마 맥켄지 선생님을 모른다고 하려는 건 아니겠지? 에르나델
에서 제일 가는 재능을 지닌 천재 작곡가란 말야! 데이빗, 이 바

보야!"

다이아나는 맥켄지가 아니라 자신이 모욕당한 것처럼 흥분하며 데이빗에게 마구 팔을 휘둘러댔다. 하지만 맥켄지라는 사람이 그 정도로 대단한 인물이라면 음악에 큰 관심이 없는 데이빗이라도 이름 정도는 알고 있어야 했다. 데이빗의 미심쩍은 눈길에 다이아나는 맥켄지를 변호하듯이 그가 묻지도 않은 사연을 줄줄이 설명하기 시작했다.

"맥켄지 선생님은 낯선 사람을 만나는 걸 극도로 꺼리셔서 지금까지 단 한 번도 공식 석상에서 나타나신 적이 없어. 오늘 리사이틀도 내가 간곡히 부탁드려서 개인적으로 오시는 거라고 했다고. 내가 그분을 초청하려고 편지를 몇 통이나 썼는지 알기나 해?!"

"그 맥켄지라는 사람, 나이가 몇이길래?"

"그건 나도 잘 몰라. 하지만 적어도 서른은 넘지 않았을까? 그렇지 않으면 그 영혼을 울리는 심도 있는 음악은 나올 수가 없어."

다이아나는 얼굴도 모르는 맥켄지를 상대로 사랑에 빠지기라도 한 것처럼 두 손을 모은 채 달콤한 한숨을 내쉬었다.

"아아, 맥켄지 선생님······. 오늘 밤은 당신을 위해 연주할게요."

평소에는 드센 왈가닥 주제에 이럴 때만 소녀처럼 설레하는 다이아나는 조금 같잖기도 하고 우스워 보이기도 했다. 데이빗은 일부러 그녀를 도발하기 위해 조금 심술궂은 말을 던져 보았다.

"엄청 나이가 많거나 형편없는 추남일 수도 있잖아?"

"선생님이라면 예순이 넘은 할아버지라도 좋아······."

맥켄지가 저와 사귀어주겠다고 한 것도 아닌데 이만저만 중증인 것이 아니었다. 이미 꿈의 세계로 날아간 다이아나를 보며 고개를 절레절레 흔들던 데이빗은 문득 다른 사람의 인기척을 느끼고 대기실의 입구를 향해 고개를 돌렸다.

"실례합니다."

낯선 사람의 목소리에 간신히 현실 세계로 돌아온 다이아나는 데이빗이 바라보고 있는 대기실의 입구 쪽으로 시선을 향했다. 조금 망설이던 기색의 젊은 남자가 다시 한 번 입을 열었다.

"여기가 다이아나 메이어 양의 대기실이 맞습니까?"

그리고 그대로 시간이 정지해 버렸다.

❖

매년 사교계 시즌 중에 왕가에서 주최하는 가든파티는 윈체스터 홀의 신년회만큼이나 사교계 내에서 중요하게 취급되는 행사 중 하나였다. 아직 눈도 완전히 녹지 않은 성 앤소니의 축일은 가든파티가 열리기에 그다지 적절한 날은 아니었으나, 쌀쌀한 날씨를 선호하는 현 국왕의 괴팍한 성향 탓에 귀족들은 울며 겨자 먹기로 엘리자 궁으로 향하는 것이었다.

왕실로부터 가든파티의 초대장을 받았느냐, 받지 않았느냐의 여부는 그 가문이 얼마나 유력한 가문인지를 판단할 수 있는 절대적인 기준이라고 봐도 무방했다. 그러니 가든파티에서 연주할 수 있는 기회-그것도 이제 갓 사교계에 데뷔한 양녀가-를 하사받은 알트만 가문이 어느 정도의 입지를 지니고 있는지는 구태여 설명할 필요가 전혀 없었다.

현재 세이지가 다니고 있는 클럽 내에서도 가장 활발하게 오가고 있는 이야기 주제는 단연코 가든파티에 대한 것이었다. 세이지의 친구들이 이런 좋은 화젯거리를 당연히 놓칠 리가 없었다.

"이야기 들었다, 세이지. 네 의붓동생이 가든파티에서 피아노를 치게 됐다며?"

"그렇다고 하더군."

"교사가 허들스턴이라던데 그렇게 잘 치냐?"

"실력으로 얻은 기회는 아니니까."

세이지는 무심한 말투로 대답하며 커피잔을 비웠다. 그의 말대로 아스텔이 그만큼 큰 기회를 얻은 건 실력이나 스승 때문이 아니라 왕실에서 백작의 사업 수완과 아스텔의 화제성에 주목하고 있기 때문이었다. 물론 거기에는 리치몬드 대공의 입김도 무시할 수 없을 정도로 크게 작용했을 것이다.

"아무리 싫어해도 명색이 동생인데 정나미 없는 태도는 여전하구만. 그럼 컬렌 백작의 후계자도 거기서 첼로를 연주할 거라는 소식은 들었냐?"

"뭐……!"

컬렌 백작의 후계자라면 세이지도 알고 있었다. 집안도 훌륭하고 제법 반반하게 생긴 얼굴에 매너도 뛰어나 오키드 하우스에서도 일등 신랑감으로 꼽히고 있는 남성. 그리고 백작의 집무실에서 엘레노어가 언급했던 아스텔의 약혼자 후보 중 한 명.

아스텔과 그 사이에 혼담이 진행되고 있다는 이야기가 어느새 친구들의 정보망에도 포착된 모양이었다.

"말한 그대로야. 가든파티에서 연주할 기회를 받은 명문가 자제들이 네 동생 한 명뿐인 건 아니잖냐. 그 몇 명 중에 컬렌 백작 영식도 같이 끼어 있다, 이거지."

"들자 하니 요새 너희 고모님께서 컬렌 백작부인과 단짝처럼 붙어 다닌다고 하던데."

"난 직접 봤어. 둘이 다정하게 서로 귓속말도 자주 하던걸."

"이러다 가든파티에서 급물살 타고 약혼 성사되는 거 아니냐?"

마치 빨리 두 사람의 약혼이 성사되었으면 좋겠다는 것처럼 친구들이 떠들어대기 시작했다. 더 이상 그들의 말을 참고들을 수 없었던 세이지는 그대로 자리를 박차고 일어나 코트를 걸쳤다. 어디든 좋으니 컬렌 백작의 후계자에 대한 얘기를 듣지 않아도 되는 곳으로 떠나고 싶었다.

"어디로 가려고?"

"알아서 뭐하게."

"요새 만나는 그녀랑 잘 돼가고 있나 보지?"

세이지는 그 질문에 아무런 대답도 하지 않은 채 곧장 클럽을 나가 버렸다.

잘 안 되고 있구나. 친구들은 소중한 벗의 연애사업이 난항을 겪고 있는 것을 조금 안타까워하며, 이번에는 세이지가 그녀와 다시 잘될 수 있을지 없을지를 두고 내기를 하기 시작했다.

❖

"역시 도련님이시군요. 훌륭하신 솜씨입니다."

"폐하 앞에서 연주하기에는 턱없이 부족한 실력입니다."

"도련님께서는 자기 자신에게 너무 엄격하십니다. 요새 다른 젊은이들도 도련님의 그런 점을 좀 본받아야 할 텐데 말입니다."

"과찬입니다, 클라크."

컬렌 백작의 아들 브라이언 엘비스 제프슨은 첼로 레슨이 끝나자 곧바로 자리를 정리하고 개인 교사인 클라크와 함께 음악실을 나섰다. 그의 첼로 교습을 맡고 있는 저명한 첼리스트 클라크는 지인이 가르치고 있는 다른 가문의 영애가 얼마나 연습을 게을리하는지 흉을 보며, 노력을 싫어하는 젊은이들에 대한 성토를 끊임없이 늘어놓았다.

클라크의 말에 따르자면 극소수의 몇 명을 제외한 귀족가의 자녀 대부분은 하나같이 게으르고 무능하기 짝이 없으며, 하는 일 없이 가문의 재산을 축내는 재능밖에 가지고 있지 않은 버러지 같은 존재들이었다. 흥분한 기색으로 말을 이어나가던 그는 조금 지겨운 표정을 짓고 있는 브라이언의 얼굴을 보고 헛기침을 하며 최근 그와의 혼담이 오가고 있는 델플린드 백작 영애에 대한 것으로 화제를 전환했다.

"하지만 알트만 가문의 영애께서는 매우 총명하고 성실하신 분이라고 들었습니다. 그 허들스턴이 입에 침이 마르도록 칭찬을 아끼지 않더군요. 분명 도련님의 좋은 배필이 되겠지요."

"아직 확실하게 정해진 건 아니지 않습니까."

"세상에 어떤 영애가 도련님 같은 남성을 마다하겠습니까?"

브라이언은 윈체스터 홀에서 함께 춤을 췄었던 델플린드 백작 영애를 떠올렸다. 분명히 아름답고 평판도 좋은 레이디였지만 말한마디 나눠본 적도 없는 상대였기 때문에, 그는 벌써 약혼이 확정된 것처럼 구는 주변 사람들의 반응이 조금 부담스럽게 느껴졌다. 신중한 성격의 브라이언은 자신이 직접 보고 판단한 것 외의 요소는 곧이곧대로 믿지 않는 편이었다.

"델플린드 백작 영애도 가든파티에 참석한다고 했던가요."

"그렇습니다. 도련님과 마찬가지로 영애께서는 피아노를 연주하실 예정이라고 들었습니다."

아직 델플린드 백작 영애에 대해서는 이렇다 할 만한 판단 근거가 부족했던 브라이언은 이번 가든파티를 통해 그녀와 직접 이야기를 나눠보기로 마음먹었다. 그녀의 아름다움은 이미 브라이언도 직접 확인한 바가 있었으므로, 평판대로 좋은 여성이라면 그 역시 지금 오가고 있는 혼담에 대해 반대할 이유가 전혀 없었다.

하지만 반대로 미래의 컬렌 백작부인으로서 결격사유라고 판단될 만한 부분이 눈에 띨 경우, 이 혼담은 브라이언에 의해 없었던 것이 될 것이다.

✛

연인들의 수호성자인 성 앤소니의 축일 오후, 에르나델의 왕궁인 엘리자 궁의 정원에서는 조금 이른 가든파티가 열리고 있었다. 2월의 마지막 주에 위치한 성 앤소니의 축일은 가든파티가 열리기엔 그다지 적합하지 않았지만, 연인들끼리 달라붙어 정담을 속삭이기엔 더할 나위 없이 좋은 날이었다. 그건 엘리자 궁에 초대된 귀족들에게 있어서도 마찬가지였다.

가든파티가 열리고 있는 엘리자 궁에는 천사들의 조각상으로 장식된 분수대와 자작나무숲, 남국의 꽃들과 나비로 가득한 유리 온실, 인공 호수가 내려다보이는 언덕 등 연인들이 눈여겨볼 만한 아름다운 장소들이 가득했다. 델플린드 백작의 장남인 로렐은 누군가를 찾고 있는 것처럼 정원 이곳저곳을 분주히 누비며, 사람들이 모여 있는 곳이라면 어디라도 다가가 불쑥 고개를 내밀고 다녔다.

"여기에도 없네."

로렐은 자신의 난입에 화를 내는 연인들에게 적당히 성의 없는 사과를 건넨 후 자리에서 돌아섰다. 그런 그의 등 뒤로 누군가가 인기척을 죽인 채 살금살금 다가가고 있었다.

"누구게요?"

"비비!"

약혼녀인 베아트리스가 와락 달려들어 그의 눈을 가려 버리자, 로렐은 괴성에 가까운 웃음소리를 내며 팔을 허우적거렸다.

"대체 어디 숨어 있던 거야?"

"계속 로렐의 뒤를 밟고 있었어요."

"등잔 밑이 어두웠구나."

베아트리스가 손을 떼자마자 로렐은 조금 전의 복수라면서 그녀를 와락 끌어안고 간지럼을 태우기 시작했다. 베아트리스는 숨넘어갈 것 같은 웃음소리를 내며 자신의 약혼자에게 곧바로 항복 선언을 했다.

"제가 졌어요! 그만, 그만!"

"항복이 너무 빠르잖아. 싱겁기는."

로렐은 그렇게 말하면서도 싱글벙글한 얼굴을 한 채 베아트리스를 놔주었다. 그들은 서로 눈이 마주치자마자 약속이라도 한 것처럼 실없는 웃음을 터뜨렸다. 그리고 곧이어 두 사람의 실루엣이 입술과 함께 겹쳐졌다.

베아트리스와 함께 로렐의 뒤를 밟다가 엉겁결에 근처의 나무 뒤로 몸을 숨긴 아스텔은 심호흡을 하며 이 자리를 벗어날 타이밍을 재고 있었다. 키스를 하고 있는 건 로렐과 베아트리스인데 생뚱맞게도 아스텔의 얼굴이 화끈거렸다.

지금쯤이면 두 사람이 떠났을까 싶어 살그머니 고개를 돌리던 아스텔은 어느새 다가왔는지 곁에서 자신을 빤히 지켜보고 있던 세이지와 눈이 마주쳤다.

"뭐해?"

"아무것도 아니에요."

아스텔은 부자연스러운 웃음을 지으며 나무에서 슬쩍 몸을 뗐다. 이 웃기지도 않은 숨바꼭질의 원흉이었던 두 약혼자는 그녀가 눈을 뗀 사이에 이미 자리를 뜬 상태였다. 두 사람에게 까닭 모를 배신감을 느낀 아스텔은 세이지로부터 도망치려는 것처럼 사람들이 가장 많이 모여 있는 분수대 쪽으로 발걸음을 옮겼다.

"어디 가?"

"조금 있으면 연주회가……."

"아직 두 시간이나 남았어."

세이지는 빠른 걸음으로 그녀의 뒤를 쫓기 시작했다. 앞서 걷고 있는 건 아스텔 쪽이었지만 다리 길이에서부터 차이가 존재하는 만큼 두 사람의 거리는 점점 좁혀지고 있었다.

이대로 있으면 따라잡힐지도 모른다는 두려움에 사로잡힌 아스텔은 거의 뛰다시피 하며 발걸음을 재촉했다. 일국의 왕궁 정원 한복판에서 기묘한 추격전이 벌어지기 시작했다.

"왜 도망쳐?"

"도망치지 않고 있어요!"

"도망치고 있잖아."

최근의 아스텔은 의식적으로 세이지를 멀리하고 있었다. 오키드 하우스에 다녀온 날 이후로 아스텔은 세이지와 같은 공간에 있는 것을 최대한 피했고, 어쩌다 동석을 하게 되더라도 옆자리나 맞은편 대신 대각선 위치만을 고집했다. 다른 사람이라면 몰라도 당사자인 세이지가 그걸 눈치채지 못할 리가 없었다.

"짜증나게 도망치지만 말고 확실하게 말하란 말야. 너 때문에 고모님이 날 어떻게 생각하시는지 알기나 해?"

"확실히 말씀 드렸어요!"

아스텔은 헐떡거리면서도 걸음을 늦추지 않은 채 그의 항의에 필사적으로 반박했다. 그의 말대로 세이지에게 몹쓸 짓이라도 당한 건 아니냐면서 엘레노어가 얼마 전 사뭇 진지한 태도로 물어본 적이 있긴 했었다. 하지만 성인이 된 두 남녀가 너무 가깝게 지내면 남들이 오해할 여지가 있으므로, 일부러 거리를 두고 있다는 대답에 엘레노어는 곧바로 납득했던 것이다.

그랬다. 엘레노어에게 둘러댔던 핑계는 곧 아스텔이 세이지를 피해 다니는 이유이기도 했다. 핑계와 다른 점이 있다면 사실은 오해가 아니라는 것 정도였다.

아스텔은 로벨리아처럼 다른 사람들도 그녀의 마음을 눈치챌지도 모른다는 두려움에 시달리고 있었다. 만약 그 사실이 세이지의 귀에 들어가기라도 한다면……. 아스텔은 이어지는 끔찍한 상상에 절로 몸서리를 쳤다.

그에게 가족으로 인정해 달라며 매달렸을 때 거절당했던 것과 여자로서 거절당하는 것은 전혀 다른 차원의 문제였다. 더군다나 아스텔은 플라티나 메도우에 있었을 때부터 이미 여자로 보이지 않는다는 말을 들은 적이 있었다. 그러니 애써 잊고 있었던 옛 기억을 꺼내어 굳이 들쑤시는 짓만큼은 하고 싶지 않았다.

"헉, 헉……."

"슬슬 포기하시지."

숨이 턱 끝까지 차오르는 것을 느끼며 아스텔은 뒤에서 자신을 쫓고 있는 세이지 쪽으로 고개를 돌렸다. 그는 당장에라도 쓰러질 것처럼 비틀거리며 뛰고 있는 아스텔과 달리 여유가 넘치는 기색으로 그녀를 쫓아오고 있었다. 분명히 일부러 따라잡지 않은 채 몰아세우고 있는 것이다. 아스텔은 분한 마음에 이를 악물었다.

"아가씨!"

두 사람의 고개가 동시에 목소리가 들려온 방향을 향해 돌아갔다. 에밀리가 분수대 근처에서 두 사람이 있는 쪽을 향해 헐레벌떡 뛰어오는 모습이 보였다.

"에밀리!"

아스텔은 타이밍 좋게 난입한 에밀리를 마치 구세주라도 되는

것처럼 바라보았다. 에밀리의 난입에 간신히 추격을 멈춘 세이지
는 그제야 내키지 않는 얼굴로 아스텔로부터 한 걸음 물러섰다.

"두 분이서 지금 뭐하고 계시는 거예요."

"으응, 그냥 좀."

못마땅한 기색인 세이지의 눈치를 보며 아스텔이 어물어물 대
답했다. 그런 그녀의 대답이 미심쩍게 들린 듯, 두 사람의 얼굴을
번갈아가며 살피던 에밀리는 이윽고 나직하게 한숨을 내쉬며 말
했다.

"어서 오세요. 마님께서 부르고 계세요."

에밀리와 함께 정자(亭子)에 도착한 아스텔은 엘레노어의 곁에
서 있는 한 낯선 남성을 발견했다. 불타는 것 같은 붉은 머리에 단
정한 이목구비를 지닌 남자는 머리카락에서 느껴지는 이미지와는
정반대로 매우 침착하고 냉정한 얼굴을 하고 있었다.

"어서 오렴, 아스텔."

"고모님."

엘레노어는 만면에 웃음을 띠면서 아스텔을 맞이했다. 아스텔
이 남자 쪽으로 의문에 찬 시선을 보내자 엘레노어는 금방 반색하
며 그녀와 동석한 남자를 소개해 주기 시작했다.

"이쪽은 내 절친한 벗인 클라리사의 외동아들 브라이언이란다.
내게는 로렐이나 세이지처럼 조카나 다름없는 아이지. 아주 의젓
하고 성실한 젊은이란다."

부채로 입가를 가린 엘레노어는 아스텔 쪽으로 몸을 숙이더니
주변 사람들에게도 들릴 정도의 작은 목소리로 속닥거렸다.

"내게도 너만 한 딸이 있었다면 사위로 삼았을 텐데 말이야."

"그렇군요."

엘레노어가 갑자기 이런 말을 꺼내는 의중을 알 수 없었던 아스
텔은 눈을 동그랗게 뜬 채 고개를 끄덕거렸다. 흡족한 기색으로
부채를 접고 브라이언 쪽으로 몸을 돌린 엘레노어는 이번엔 그에
게 아스텔을 소개해 주었다.

"그리고 브라이언. 너도 알고 있겠지만 이 아이가 내 조카딸인
아스텔이란다. 정식으로 인사를 나누는 건 처음이지? 인사하렴,
아스텔."

"처음 뵙겠습니다."

"처음은 아닙니다."

아스텔이 서둘러 인사를 꺼내자 브라이언은 정색하며 그녀의
말을 정정해 주었다.

"연초에 윈체스터 홀에서 이미 한 번 뵀으니까요."

"……죄송합니다."

브라이언의 지적에 무안해진 아스텔의 얼굴이 새빨갛게 달아올
랐다. 그 홍조의 의미를 다른 쪽으로 해석한 엘레노어와 에밀리는
흐뭇한 얼굴로 고개를 끄덕이며 아스텔을 지켜보고 있었다. 모두
의 뒤에 서 있던 세이지는 혼자 벌레 씹은 표정을 지었지만, 불행
인지 다행인지 아무도 그에게 눈길을 주지 않고 있었다.

"영애께서는 오늘 피아노를 연주하실 예정이라고 들었습니다
만."

"그렇습니다만."

아스텔은 자신도 모르게 브라이언의 딱딱한 말투를 따라 하며
고개를 끄덕거렸다. 아스텔이 자신의 말투를 따라 하고 있다는 걸
깨달은 브라이언의 얼굴이 조금 이상하게 변했다.

"실례가 아니라면 어느 곡을 연주하실 예정이신지."

"윈필드의 33번인 첫 번째 녹턴입니다."

윈필드라는 작곡가는 2세기 전에 활동하던 에르나델 출신의 유명 작곡가였다. 허들스턴은 이 이상 적합한 곡은 찾을 수 없다며 두 손 두 발을 다 들었고, 백작은 썩 내키지 않는 표정을 지으면서도 딱히 다른 대안을 찾지 못했기 때문에 결국 승인을 내렸다.

아스텔은 연습을 위해 각종 사교모임과 무도회 참석을 자제하고 하루종일 음악실에 틀어박혀 있었지만, 연습 기간 내내 제대로 집중하지 못해 자신감이 조금 부족한 상태였다. 물론 집중 부족의 원흉은 두말할 것도 없이 세이지였다.

"그를 좋아하십니까?"

"네? 네?! 아니오! 절대 좋아하지 않습니다!"

윈필드의 음악을 좋아하느냐는 브라이언의 질문을 잘못 알아들은 아스텔은 제 발 저린 나머지 펄쩍 뛰면서 그의 말을 부정했다. 아스텔의 격렬한 부정에 브라이언은 조금 당황한 표정을 지었다.

"그렇다면 어느 작곡가를 좋아하십니까?"

"프, 프랭크를 조금……."

뒤늦게 그의 질문을 이해하고 민망한 기분이 된 아스텔이 고개를 푹 숙였다.

"저는 맥켄지를 가장 선호합니다. 그의 음악은 품위와 우아함을 함께 갖추었지요."

"안목이 높으시군요."

아스텔은 브라이언의 입에서 맥켄지라는 이름을 처음 들었지만 차마 모르는 작곡가라는 말은 나오지 않아 그의 말에 적당히 맞장구를 쳐 주었다. 브라이언은 처음으로 조금 흡족한 기색이 되어 말을 이었다.

"오늘 제가 연주할 곡도 그의 곡입니다."

아스텔이 브라이언과 음악에 대해 심도 있는 이야기를 나누고 있던 사이, 엘리자 궁의 명물인 인공 호수 앞에는 연주회를 위한 특설무대가 설치되고 있었다. 리허설이 시작되기 전에 무대 근처를 둘러보던 백작은 이곳에서 결코 만나고 싶지 않던 사람의 얼굴을 발견했다.

"어머, 이런 곳에서 우연히 뵙게 되네요. 아버님."

뻔뻔하게도 자신을 아버님이라고 부르며 웃는 로벨리아에게 백작은 노골적인 혐오의 눈빛을 던졌다. 이곳이 왕궁만 아니었다면 진작 그녀의 뺨을 올려붙였을지도 몰랐다.

"자네는 근신 중이 아니었던가."

"아버지께서 편찮으셔서요. 리처드슨처럼 미천한 가문이 감히 왕실의 초청을 마다할 수는 없는 노릇이니까요."

로벨리아는 부채로 입가를 가리고 호호 소리를 내며 웃었다. 못마땅한 시선으로 로벨리아를 흘겨보던 백작은 곧바로 몸을 돌려 자리를 벗어나려 했다. 이 재수 없는 여자가 왕궁을 돌아다니고 있다는 걸 알게 된 이상, 순진한 아스텔이 멋모르고 이 여자를 상대하는 일이 없도록 단단히 일러둬야 했다.

"아버님께서 절 못마땅해하시는 건 충분히 이해하지만."

로벨리아는 옆으로 흘러내린 머리카락을 귀 뒤로 넘기며 눈웃음을 쳤다.

"객관적으로 저만 한 며느릿감을 구하기도 쉽지 않으실걸요? 아버님의 손주가 미래의 햄스워드 후작이 될 테니까요."

"그 자식이 내 손주가 맞을 거라고 장담할 수 있나?"

백작의 날카로운 반박에 로벨리아는 딴청을 부리는 척하며 부채를 흔들었다.

"오, 이런."

세이지를 아들로 둔 델플린드 백작도 딱히 남 말할 처지는 못

되었지만, 로벨리아를 유일한 후계자로 둔 햄스워드 후작도 이만
저만 자식 농사를 망친 것이 아니었다. 햄스워드 후작은 슬하에
둔 자식이 외동딸인 로벨리아 한 명뿐이었기 때문에, 그녀의 말대
로 세이지가 로벨리아와 결혼하여 자식을 낳는다면 백작은 미래
의 햄스워드 후작의 할아버지가 되는 셈이었다. 물론 로벨리아가
낳는 아이가 세이지의 자식이 맞을 경우에 한한 이야기지만.

"시간은 넉넉하니 찬찬히 생각해 보셔요."

부채를 접은 로벨리아는 용건이 끝났는지 곧장 호숫가를 떠났
다. 백작은 로벨리아가 떠난 후에도 여전히 미간을 모은 채 그녀
가 사라진 방향 쪽으로 시선을 보내고 있었다.

리허설 시간이 되자 정자에 모여 있던 이들은 무대가 설치된 호
숫가로 발걸음을 향했다. 음악과 라그랑시아어 공부에 대한 이야
기를 나누며 나름의 공감대를 형성한 아스텔과 브라이언은 처음
보다 훨씬 화기애애한 분위기에서 이야기를 주고받았다.

"라그랑시아 사람들은 왜 사물에 성별을 붙이는지 아직도 잘
모르겠어요. 발음할 때 그 특유의 콧소리 내는 것도 어렵고요."

"사실 저도 잘 이해가 가지 않습니다."

앞에서 조잘조잘 떠들며 걷고 있는 두 사람을 흐뭇하게 바라보
던 엘레노어가 은근한 목소리로 말했다.

"둘이 아주 죽이 잘 맞는구나."

"동갑이라서 그럴지도 몰라요."

아스텔이 방긋 웃으면서 브라이언 쪽으로 시선을 보내자 그가
알 듯 모를 듯한 미소를 지으며 고개를 끄덕였다.

"영애께서는 생각했던 것보다 편안한 느낌의 여성이더군요."

"그거 잘됐구나."

엘레노어는 뭔가 하고 싶은 말이 있는 것처럼 계속해서 브라이언에게 눈짓을 보냈다. 금방 엘레노어의 의중을 알아챈 브라이언은 잠시 침묵하더니 곧바로 입을 다시 열었다.

"일단은 유보라고 해두겠습니다."

두 사람이 무슨 얘기를 하는지 알 턱이 없었던 아스텔은 고개를 갸웃하며 고모와 브라이언의 얼굴을 번갈아 바라보았다. 조금 아쉬운 표정의 엘레노어가 아스텔에게 대신 설명했다.

"확실해지면 브라이언이 직접 말해줄 거란다."

엘레노어의 말이 무슨 의미인지 알고 있었던 세이지는 이쯤에서 혼자 자리를 이탈할 것인지 말 것인지를 진지하게 고민하기 시작했다. 마침 그의 고민을 덜어주려는 듯 반대편에서 로렐이 황급히 뛰어오는 모습이 보였다.

"큰일이야, 큰일!"

"큰일이라니?"

의미를 알 수 없는 로렐의 말에 일행 중 가장 연장자인 엘레노어가 앞으로 나섰다. 엘레노어의 다그침에 약간 난감한 표정을 짓던 로렐은 급히 세이지의 팔을 잡아끌더니 그에게 귓속말을 했다.

"로벨리아가 여기 왔어."

"……!"

"네가 어떻게 좀 수습해 봐라. 아버지께서 지금 난리도 아니시다."

"지금 어디에 있는데?"

"아까 온실 쪽으로 가는 걸 봤어."

로렐과 의미심장한 눈빛을 교환하던 세이지는 이윽고 고개를 끄덕였다.

"내가 직접 갈게."

"어딜 가신다는 건가요?"

아스텔은 주제넘은 짓이라는 걸 알면서도 두 사람의 대화에 끼어들었다. 두 형제가 자신만 따돌린 채 저희끼리만 알 수 없는 대화를 나누는 건 더 이상 참을 수 없었다.

세이지는 잠시 망설이는 기색이었지만 곧 무표정한 얼굴로 대꾸했다.

"너와는 관계없는 일이야."

"그런……!"

"자아. 자아. 진정해. 아스."

세이지에게 뭐라 항변하려는 아스텔을 로렐이 억지로 잡아 끌어냈다. 아스텔이 말할 기회를 주지 않으려는 것처럼 로렐은 세이지에게 눈짓하며 빠르게 말을 이었다.

"금방 돌아올 거지?"

"연주회가 시작되기 전에 돌아올게."

황급히 온실을 향해 뛰어가는 세이지의 뒷모습이 점이 되어 보이지 않게 되어서야 로렐은 아스텔을 붙잡은 팔을 놔주었다. 원망스러운 눈길로 자신을 바라보는 아스텔에게 로렐이 쓴웃음을 지어 보였다.

"금방 돌아올 거라잖아."

"……."

"이제 곧 리허설 시간이잖아? 늦지 않게 어서 가자."

온실 안으로 발을 들인 세이지는 머리 위를 날아다니는 각양각색의 나비들과 곳곳에 피어 있는 봄꽃들을 둘러보며 잠시 계절이 바뀐 듯한 착각을 느꼈다. 바람이 많이 부는 바깥의 호숫가는 아직 코트를 둘러야 할 정도로 쌀쌀했지만 유리 온실 안의 공기는 따뜻하다 못해 조금 후덥지근하기까지 했다.

온실의 중앙 쪽으로 좀 더 발을 옮기자 나이팅게일의 새장 옆 벤치에 다리를 꼬고 앉아 있는 로벨리아의 모습이 눈에 띄었다. 의혹이 확신으로 바뀌는 것을 느끼며 세이지가 물었다.

"어쩌자고 여기 온 거지?"

"전부 알면서도 굳이 묻는 버릇은 여전하네."

로벨리아는 피식 웃으면서 담배 연기를 내뿜었다. 온실은 흡연 금지 구역이었지만 그런 시시콜콜한 것들을 일일이 신경 써가며 자제할 그녀가 아니었다.

"자기가 날 만나러 오지 않으니까. 지난번엔 금방 만나줄 것처럼 얘기하더니."

"네 아버지는 어떻게 하고."

"차에 약을 좀 탔어. 아마 십 년 묵은 변비까지 싹 내려갔을걸."

리처드슨 가문의 일원은 햄스워드 후작과 로벨리아 단둘뿐이었기 때문에 후작의 신변에 문제가 발생할 경우, 공식 석상에 나설 수 있는 건 후계자인 로벨리아가 유일했다. 햄스워드 후작은 아직 정정한 편이었지만 그의 외동딸이 시시한 치정문제로 차에 약을 타는 상황에 대해서는 미처 대비하지 못했던 모양이었다.

로벨리아와 웃기지도 않은 말장난을 치다 보면 목적을 이루기 전에 연주회가 끝날 가능성이 컸기 때문에 세이지는 말을 빙빙 돌리는 대신 단도직입적으로 묻는 쪽을 선택했다.

"아스텔에게 대체 무슨 말을 한 거지?"

"기껏 단둘이 있게 됐는데 하고 싶은 말이 고작 그것뿐이야?"

로벨리아는 그렇게 말하면서도 그다지 서운한 표정을 짓지 않았다. 마치 그가 아스텔에 대한 이야기를 가장 먼저 꺼낼 줄 알았다는 것처럼.

"아주 궁금해서 죽을 것 같은가 보지?"

"내가 더러운 것이라도 되는 것처럼 피해 다닌다고."

"호오, 생각보다 겁이 많나 보네. 귀엽게도."

담뱃재를 바닥에 툭툭 털던 로벨리아는 마치 그를 약 올리려는 것처럼 활짝 웃으며 대답했다.

"안 가르쳐 줄 거야."

"……."

"하지만 내 남편이 된다면 가르쳐 줄게."

로벨리아의 말에 세이지의 눈꼬리가 곧장 위로 치켜 올라갔다.

"지금 제정신이야?"

"아주 말짱한데."

"그렇게 정신 나간 짓거리들을 벌여놓고도 미처 못 한 미친 짓이 남아 있나 보지? 대체 나한테 무슨 억하심정이 있길래?"

자신도 모르게 목소리가 높아지는 것을 느끼며 세이지는 격양되려는 감정을 억누르기 위해 다시 입을 다물었다. 뭐가 그리 재밌는지 혼자 키득거리며 웃던 로벨리아는 무언가를 회상하듯 눈을 가늘게 떴다.

"솔직히 한동안은 침대 위에서의 자기가 그리웠던 건 사실이야. 그런데 계속 떨어져 있다 보니 간신히 알겠더라고. 난 그냥 당신이라는 사람 그 자체가 필요한 거야. 나를 이해할 수 있는 유일한 사람. 그리고 당신도 나와 마찬가지라는 걸 알아."

로벨리아는 그를 처음 만났던 열여섯 살 무렵의 두 사람을 떠올렸다. 거울에 비춘 것처럼 똑같이 외로운 눈동자를 하고 있던, 부모의 애정에 굶주린 가엾은 아이들. 두 사람은 둘 다 어머니에 대한 기억이 없었고 각자 다른 이유로 아버지에게 미움을 받으며 방치되어 자라났다.

"당신만이 날 이해할 수 있어. 그리고 나야말로 당신을 이해할 수 있는 유일한 사람이야. 그러니까 처음이자 마지막으로, 지금 딱 한 번만 말하는 거야. 두 번은 없어."

짙은 와인빛의 눈동자가 당돌하게 시선을 마주쳐왔다. 눈을 뗄 수 없을 정도로 강렬한 눈빛이 세이지의 눈동자를 사로잡았다.

"세이지 램버트 알트만 군."

로벨리아의 선홍색 입술이 천천히 움직였다.

"나와 결혼해 주시겠어요?"

세이지는 마음을 진정시키기 위해 천천히 심호흡했다. 로벨리아가 남편이 어쩌고 하는 소리를 지껄였기 때문에 청혼은 예상했던 범위 내의 일이었지만, 직접 듣게 되는 것은 상상했던 것과는 조금 다른 기분이었다.

"알았어."

그 대답에 로벨리아는 기뻐하기는커녕, 오히려 미심쩍은 시선을 보냈다. 그에 질세라 세이지가 곧바로 말을 이었다.

"—라고 대답할 줄 알았을 리는 없을 테고."

로벨리아는 비로소 안심한 것처럼 활짝 웃었다.

"역시 이래야 내가 알고 있는 자기지."

"자기, 자기 거리지 좀 마. 들을 때마다 내 귀를 도려내고 싶은 기분이니까."

진심으로 끔찍하다는 것처럼 세이지가 진절머리를 쳤다.

"어차피 결혼한다고 해봤자 진심으로 정착할 마음 따윈 없잖아."

"그 말은 정착한다면 받아들이겠다는 의미?"

"그런 일은 절대 일어나지 않을 테니까 가정해 봤자 무의미해."

"어쩜 한 마디도 안 지려고 한다니까."

로벨리아는 세이지의 가시 돋친 대답에 고개를 절레절레 흔들면서도 제법 즐거운 표정을 짓고 있었다.

"하지만 당신 말이 맞아. 난 절대 정착할 마음이 없어."

세이지는 결혼 뒤에도 외도를 저지르겠다는 그녀의 뻔뻔한 선언에도 아무런 감흥을 느끼지 못하는 자신에게 놀라움을 느꼈다. 그녀의 바람기를 견디다 못해 로벨리아를 죽이고 자신도 죽겠노라고 날뛰었던 일이 마치 수백 년 전의 일처럼 아득하게만 느껴졌다.

"평생 그러고 살 생각이야?"

"남의 일처럼 잘난 듯 훈계하지 마. 당신도 나랑 똑같잖아."

"뭐라고?"

정색하는 세이지의 얼굴을 들여다보며 로벨리아가 가늘게 눈웃음을 지었다.

"당신이 몰고 다니는 여자들에 대한 소문, 내가 그냥 소문이라고 여겼을 거라고 생각했다면 큰 오산이야."

"……."

"내가 말했잖아. 나만큼 당신을 잘 이해하는 사람은 없다고."

어느새 그녀는 소름 끼칠 정도의 무표정한 얼굴로 돌변해 있었다. 그 표정에는 아무것도 담겨 있지 않기도 했고, 반대로 너무 많은 것들이 담겨 있기도 했다.

"결핍이란 그런 거야. 마치 밑 빠진 독에 물을 붓는 것과 같아. 아무리 사랑을 받아도, 받아도 채워지지 않아. 아니, 애당초 우리가 누군가에게 진짜 사랑이라는 걸 받아본 적이 있긴 한 걸까? 그걸 믿을 수 없으니까 한순간의 달콤한 말이나 쾌락 같은 것들로 도피하게 되는 거야. 그럼 결핍이니 사랑이니 하는 구질구질한 현실 따위, 잠시나마 잊는 것 정도는 가능하니까. 나 때문이라는 시답잖은 핑계 따위 대지 마. 당신이나 나나 오래전부터 망가진 인간들이라 이따위로 살고 있는 거라고."

로벨리아의 목소리가 조금 떨리기 시작했다. 들고 있던 담배가 거의 다 타들어 가자 그녀는 꽁초를 바닥에 내동댕이치듯이 버린 뒤 그대로 짓밟았다.

"알겠어? 평생, 그 어떤 것으로도 결코 채워질 수 없어. 나도, 당신도 말야!"

그녀는 마지막에 흡사 절규하다시피 소리를 질렀다. 로벨리아의 외침에 주변에 모여 있던 나비들이 우수수 날아올랐고 새장 안의 새들은 놀란 것처럼 푸드덕거렸다. 속이 후련하다는 듯한 얼굴이 된 그녀가 다시 중얼거리기 시작했다.

"뭐, 그래서 내 말은 좀 꼴사납긴 하지만, 이렇게 된 바에 피차 똑같은 머저리들끼리 잘해보자는 거야. 그럼 적어도 덜 비참한 기분이 들거든. 그래서 난 당신이 필요해. 대신 당신이 누구와 어디서 뭘 하고 다니든 전혀 신경 쓰지 않을 거야."

로벨리아는 새 담배를 꺼내 불을 붙이려고 했다. 하지만 자꾸 손이 떨려 불이 잘 붙지 않자 이내 짜증을 내며 담뱃갑을 밀어 넣었다. 그녀가 하는 양을 줄곧 지켜보던 세이지가 마침내 입을 열었다.

"로벨리아."

"왜 그래?"

로벨리아의 이름을 부른 세이지는 잠시 말없이 그녀를 응시했다. 로벨리아 역시 그의 부름에 간신히 입을 다물고 그를 마주 보았다. 이어지던 짧은 침묵 끝에 세이지가 다시 입을 열었다.

"난 너처럼 살고 싶지 않다."

✣

아스텔은 리허설에서 자그마치 다섯 번이나 실수를 저질렀다. 심지어 한 번은 머리가 백지가 된 것처럼 아무것도 떠오르지 않아 건반을 누르던 손가락을 멈추기도 했다.

"너와는 관계없는 일이야."

지금껏 그보다 더한 말들도 들었던 주제에, 어째서 그 말에 새삼 상처를 입었던 걸까. 그런 자신이야말로 필사적으로 그를 멀리하려고 하고 있으면서.

간신히 리허설을 마친 아스텔은 무거운 표정을 한 채 무대에서 내려왔다. 무대 아래에서 기다리고 있던 백작과 허들스턴 두 사람과 눈이 마주치자 아스텔은 면목이 없던 나머지 고개를 푹 숙이고 말았다.

"죄송해요. 너무 형편없었죠."

"리허설과 실전은 다르니 너무 염려하시지 않으셔도 됩니다. 틀림없이 잘 해내실 겁니다. 제 자랑스러운 수제자이니까요."

허들스턴은 근심하고 있는 제자를 북돋워주기 위해 웃으면서 응원의 말을 건넸다. 하지만 아스텔의 얼굴은 여전히 밝아질 기색을 보이지 않았다.

"실전에서도 이러면 어떡하죠?"

"끝까지 뻔뻔하게 연주하면 된단다. 오히려 무난한 연주보다 더 강렬한 인상을 남길 수도 있지. 내가 아는 사람 중의 한 사람도 그랬거든."

"아하하……."

백작의 격려인지 아닌지 알 수 없는 대답에 아스텔은 기운 빠진 웃음소리를 냈다. 지금 상태로 실전에 나갔다가는 사람들의 웃음거리가 되는 것도 시간문제나 다름없어 보였다. 브라이언이 자신의 리허설을 위해 무대 위로 올라가는 동안, 아스텔은 잠시 기분전환을 하고 오겠다며 백작에게 양해를 구했다.

"아가, 나도 같이 가줄까?"

"아뇨, 잠시 혼자 있고 싶어요."

한사코 혼자 있고 싶다며 아스텔이 고개를 가로젓자 백작은 온실 쪽으로만 가지 말라는 신신당부를 하며 그녀를 보내주었다. 잠시 어디로 갈지 방황하던 아스텔은 베아트리스와 숨바꼭질을 했었던 자작나무숲 쪽으로 발걸음을 옮겼다.

❖

"나처럼 살고 싶지 않다니?"

"말한 그대로야."

세이지는 로벨리아의 말을 듣는 동안 마음을 굳혔다. 그녀는 자기연민에 취한 열여섯 살 무렵의 그때로부터 전혀 성장하지 않고 있었다. 로벨리아는 같은 아픔을 지녔다는 부분에서 공감대를 형성할 수는 있는 상대였지만 거기서 더 나아가 상처를 치유하고 함께 극복할 반려에는 적합하지 않았다. 앞으로 그녀 자신이 성장하지 않는 한.

"설마 천하의 세이지 램버트 알트만 군께서 방탕한 생활을 청산하고 앞으로는 조신하고 얌전하게 지내겠다는 소릴 하는 건 아니겠지?"

"……."

"풋."

어이가 없다는 표정으로 실소를 흘린 로벨리아는 꼬고 있던 다리를 반대로 바꿔 꼬았다.

"지금까지 들은 말 중에서 가장 말도 안 되는 개소리 같은데."

"네가 뭐라고 생각하든 상관없어."

"난 말야, 당신이 설령 의붓동생이 아니라 친동생에게 발정하는 변태성욕자라도 전혀 신경 안 써. 그런데 지금 그 말은 좀 웃겨서 나도 제대로 된 말이 안 나오네. 무슨 삼류 로맨스 소설에나 나올 법한 얘기잖아. 아픈 과거를 치유해 줄 헌신적인 사랑의 그녀, 뭐 그런 건가?"

동생에게 발정한다. 그 말에 저도 모르게 마른침이 넘어갔다. 쉴 새 없이 이어지는 로벨리아의 독설을 듣고 있던 세이지는 비로소 입을 열었다.

"설마 너……."

"왜, 내가 아주 한눈에 알아봐서 깜짝 놀랐지?"

로벨리아는 픽 소리를 내며 코웃음을 쳤다.

"어떻게 못 알아볼 수가 있겠어? 나랑 좋았던 시절에도 그런 눈빛은 한 번도 보여준 적이 없었는데 말야. 내가 무슨 해코지라도 했을까 봐 안절부절못하던걸."

"아스텔에게 했던 말이 설마 그 말이었던 건가?"

"그랬다면 어쩔 건데?"

"……."

"농담이야. 진짜 죽일 것처럼 쳐다보기는."

할 말이 다 끝난 것처럼 로벨리아가 어깨를 으쓱하며 자리에서 일어났다. 세이지는 초조한 기색으로 그녀의 손목을 꽉 붙잡았다.

"그럼 대체 뭐라고 했냐고!"

"아까도 말했잖아? 말해주지 않을 거라고. 내 남편이라도 된다면 모르겠지만, 보아하니 생각 없는 것 같고."

로벨리아의 단호한 대답에 세이지는 결국 그녀를 붙잡았던 손을 놓았다. 마치 더러운 것이라도 묻은 것처럼 세이지가 잡았던 옷깃을 툭툭 털던 로벨리아가 다시 입을 열었다.

"그러는 당신이야말로 어쩔 생각이지? 피가 안 섞였더라도 둘이 결혼할 수 있는 것도 아니잖아. 평생 그녀 한 사람만 바라보면서 홀아비로 살아갈 작정이라면 나도 더 이상 네게 볼 일은 없어. 내가 좋아했던 남자는 그런 답답하고 병신 같은 남자가 아니거든."

세이지는 그 말에 아무런 대답도 하지 않았다. 뭔가 할 말이 남아 있는 것처럼 잠시 뜸을 들이던 로벨리아는 이윽고 고개를 저으며 온실 입구로 발을 옮기기 시작했다. 멀어져 가는 로벨리아의 등을 지켜보던 세이지는 그녀가 온실을 완전히 빠져나간 뒤, 혼잣말을 하듯 작은 목소리로 중얼거렸다.

"그럼 안녕."

세이지는 연주회가 열리는 호숫가로 서둘러 향하던 도중, 자작나무 사이에서 오도카니 웅크리고 있는 한 소녀를 발견했다. 허리까지 내려오는 풍성한 금발에 진녹색의 실크 드레스 차림의 소녀. 아스텔이었다.

"왜 이 시간에 여기 있는 거야."

스스로의 눈을 의심하며 아스텔에게 다가간 세이지는 고개를 들어 자신을 마주 보는 그녀의 안색에 몹시 놀라고 말았다. 입술을 떨면서 쉴 새 없이 눈을 깜빡거리고 있는 아스텔은 마치 납처럼 창백하게 질린 얼굴을 하고 있었다.

"대체 무슨 일이야."

"……리허설을 망쳤어요."

"리허설이잖아."

"연습도 제대로 하질 못해서."

버릇처럼 치맛자락을 잡으려던 아스텔은 잠시 멈칫하더니 이번에는 애꿎은 마른 잔디를 쥐어뜯기 시작했다. 무언가 억눌린 것처럼 답답한 목소리로 그녀가 하소연을 늘어놓았다.

"연습하는 내내 집중을 하지 못했어요. 리허설도 망쳤는데 이대로는 국왕 폐하와 모두의 앞에서 웃음거리가 될 거예요. 양부님과 오라버니들께도 폐가 될 거고, 그러니까 차라리……."

조금 망설이던 기색의 아스텔이 이윽고 조심스럽게 말을 이었다.

"차라리 저 대신 나가주시겠어요?"

"……."

"……죄송해요. 그냥 한번 해본 말이었어요."

세이지의 표정을 계속 살피던 아스텔은 우울한 얼굴로 자리에서 일어났다. 호수가 있는 방향을 향해 앞서 걷고 있는 아스텔의 뒷모습은 당장 쓰러져도 이상하지 않을 것처럼 위태로워 보였다.

세이지는 충동적으로 입을 열었다.

"연주회는 대신 못 나가."

"……."

"대신 네가 이번 연주회를 성공시키면 아버지의 생신에 우리 둘이서 합주회를 열자. 그럴듯한 장소를 빌려서, 네가 좋아하는 곡들로만 채워 넣는 거야. 아버지도 분명히 기뻐하실 거야."

아스텔이 믿을 수 없다는 얼굴로 고개를 돌려 세이지를 바라보았다. 늘 아스텔에게 밉살스러운 말만 골라서 하던 그가, 방금 처음으로 그녀를 격려하는 말을 해준 것이다.

혹시 잘못 들은 것은 아닐까. 그런 어리석은 의심도 잠시 해봤지만, 세이지는 자신이 한 말이 진심이라고 다짐해 주듯 고개를 끄덕여 보였다.

"약속할게."

아스텔의 눈가가 갑자기 촉촉하게 젖기 시작했다. 역시 이렇게 아무런 메리트 없는 약속으로 달래는 건 무리였을까. 세이지는 당황하며 주머니에서 손수건을 꺼냈다.

"미안, 하지만 역시 대신 나가주는 건……."

"반드시 성공시킬게요."

세이지가 빌려준 손수건으로 젖은 눈가를 훔치던 아스텔이 울먹이는 목소리로 말을 이었다. 아까까지의 나약한 모습은 온데간데 없이, 지금의 아스텔은 올곧은 시선으로 그를 마주 보고 있었다.

"그러니까 방금 한 약속은 반드시 지켜주세요."

아스텔은 세이지에게 보란 듯 연주회를 성공시켜 보였다. 다소 불안한 부분이 몇 군데 있긴 했지만 눈에 띌 만한 실수는 저지르지 않았고, 흔들렸던 부분은 일부러 의도했던 것처럼 매끄럽게 연주를 이어나갔다.

백작과 허들스턴은 자신들의 말이 맞지 않았냐며 무대에서 내려오는 아스텔을 흡족한 얼굴로 맞아주었다. 처음 들어보는 박수갈채에 얼굴을 붉히면서도 아스텔은 기분 좋은 얼굴로 웃었다. 까다로워 보였던 브라이언도 그녀의 연주를 아낌없이 칭찬했다.

"훌륭한 연주였습니다, 영애."

"영윤의 연주도 기대하고 있어요."

브라이언이 리허설을 하고 있을 때 아스텔은 자리에 없었기 때문에 그의 연주를 아직 듣지 못한 상태였다. 다음 차례인 브라이언이 무대에 올라가 준비를 하는 사이, 아스텔은 에밀리의 곁으로 다가가 앉으며 성대한 한숨을 내쉬었다.

"아가씨는 정말 실전에 강하신 것 같아요."

"그런 게 아냐."

세이지의 약속이 자신을 분발하게 한 것이다. 아스텔을 낙담하게 하는 것도, 분발하게 하는 것도 언제나 그뿐이었다.

앞자리에 앉은 세이지의 뒷모습을 흘낏 바라보며 아스텔은 몰래 얼굴을 붉혔다. 자신의 마음이 밝혀지는 것이 두려운 것과 별개로 그 마음은 여전히 억누를 수가 없었다.

그리고 아스텔이 세이지를 바라보는 사이, 브라이언의 연주가 시작되었다.

도입부에서부터 강렬한 기시감에 사로잡힌 아스텔은 자석에 끌린 것처럼 다시 무대 쪽으로 고개를 돌렸다. 아니, 기시감 같은 애매한 것이 아니었다. 브라이언이 연주하고 있는 곡은 아스텔이 아주 잘 알고 있는 곡이었다.

무릎 위에 놓인 아스텔의 손가락이 브라이언의 연주를 따라 건반을 누르듯이 저절로 움직였다. 아니, 앞질렀다.

따라라라란, 딴, 딴, 딴, 따라라라…….

세피아빛으로 물든 기억 속에서 아스텔은 피아노를 치고 있는 엄마의 무릎 위에 앉아 있었다. 아스텔의 머리 위에서 들뜬 기색으로 말하는 엄마의 목소리가 들렸다.

엄마가 제일 좋아하는 곡이야.

엄마가?

응. 아스텔이 좀 더 자라면 엄마랑 연탄(聯彈)을 하자.

연탄?

두 사람이 피아노 한 대에 앉아서 연주하는 거야.

으응…….

아스텔이 환상인지 기억인지 알 수 없는 세계를 여행하는 동안, 브라이언의 연주를 듣고 있던 백작이 주먹을 움켜쥐며 이를 악물었다. 늘 반듯하기만 하던 그의 얼굴은 어느새 짙은 흙빛으로 변해 있었다.

연주회가 성황리에 끝난 뒤, 무대 앞에 모여 있던 사람들은 제각기 친분이 있는 사람들끼리 모여 다시 정원 이곳저곳으로 흩어졌다. 백작은 아는 사람과 긴히 나눌 이야기가 있다며 서둘러 자리를 떴다.

아스텔은 스승인 허들스턴으로부터 그녀의 연주에 감명을 받았다는 몇 명의 귀족들을 새로 소개받았다. 그중에는 수많은 음악가를 발굴하고 후원해 온 것으로 유명한 레밍턴 공작부인도 포함되어 있었다. 공작부인은 아스텔과 악수를 나누며 언젠가 자신의 살롱에 그녀를 꼭 초대하고 싶다고 말했다.

"영애는 피아노를 정식으로 배운 지 이제 삼 개월이 조금 넘었다고 들었습니다. 허들스턴의 말이 사실이라면 보통 뛰어난 재능을 지닌 것이 아니로군요."

"과찬이십니다, 레밍턴 공작부인."

"혹시 본격적으로 음악의 길을 걸을 생각은 없는 건가요? 그대의 재능은 귀족 영애의 소소한 취미 정도로 묵혀두기엔 무척 아깝다는 생각이 드는군요."

그저 의례적으로 하는 칭찬이라고 보기엔 조금 파격적이기까지 한 공작부인의 발언에 아스텔은 얼굴이 뜨거워지는 것을 느꼈다.

"아직 거기까진 생각해 보지 않아서요."

"그대의 부친을 열심히 설득해 봐야겠군요."

레밍턴 공작부인은 설핏 웃으며 몸을 돌려 이번에는 브라이언이 있는 쪽으로 향했다. 음악에 재능이 있는 젊은이들을 아끼는 공작부인에게 있어 이번 연주회는 눈여겨볼 만한 신예들을 발굴하기에 매우 적절한 자리였던 모양이다.

브라이언이 공작부인에게 붙들린 사이, 아스텔은 세이지와 아까 나누었던 대화를 곱씹기 위해 다시 자작나무숲으로 향했다. 그곳에서는 낯익은 은발의 여성이 아스텔을 기다리고 있었다.

"그렇게 괴물이라도 되는 것처럼 쳐다보지 말아줄래?"

로벨리아였다. 아스텔은 세이지가 아까 자리를 떠났던 이유가 그녀 때문이었다는 걸 비로소 알아챌 수 있었다. 자신을 향해 경계하는 듯한 눈빛을 보내는 아스텔을 보며 그녀가 쓴웃음을 지었다.

"내가 했던 말, 잘 생각해 봤어?"

"……."

"대답은 어쩐지 알 것 같지만."

아스텔은 천천히 심호흡했다. 그녀가 새삼 편한 상대로 느껴지는 건 아니었지만 어쩐지 더 이상은 무섭게 보이지 않았다.

"거절할게요."

"왜, 그와 결혼할 수 있을 만한 뾰족한 수라도 생각난 거야?"

"그런 건 아무래도 상관없어요."

"그럼? 그가 다른 여자와 결혼해서 자식을 낳아도 아무렇지도 않을 자신이 생겼나 보지?"

로벨리아의 반박에 아스텔의 입술이 약간 떨렸다. 그녀의 말처럼 아무렇지도 않을 자신은 분명 없었다. 없었지만.

"경박한 유희대상으로 삼고 싶지 않기 때문이에요."

"너무 소중해서 말이지? 그런 바람둥이 따위, 이제 와서 소중하게 대해줘 봤자 순결한 남자가 되는 것도 아니잖아. 이만저만

콩깍지가 낀 게 아니네. 하여간 보는 눈은 높아서."

"무슨⋯⋯?"

세이지를 경박한 바람둥이라고 매도하면서 아스텔에게 보는 눈이 높다고 하는 건 앞뒤가 맞지 않았다. 아스텔이 의아한 눈길로 바라보자 로벨리아는 가볍게 고개를 가로저었다.

"당신더러 보는 눈이 높다고 한 게 아니야. 당신은 정말 남자 보는 눈이 형편없어. 오키드 하우스에서 남자에 대한 안목을 좀 길러야 한다구."

"사양할게요."

아스텔의 단호한 대답을 들은 로벨리아는 웃으면서 그럴 줄 알았다고 했다. 나중에 기회가 되면 다시 만나자고 한 그녀는 아스텔에게 손을 흔들어 보이며 곧바로 자작나무숲을 떠났다.

6. 생애 최고이자 최악의 날

가든파티가 끝난 다음 날, 음악실에서 멍하니 허공을 올려다보고 있던 아스텔은 천천히 피아노 건반 위로 손을 올렸다. 머릿속으로 익숙한 멜로디를 되새기며 떠올리자 손가락이 무언가에 이끌린 것처럼 저절로 움직이기 시작했다.

악보 같은 것도 필요 없었다. 엄마가 연주하던 피아노 소리가 자연스럽게 아스텔의 손가락을 다음 소절로 이끌었다.

"맥켄지……."

안개가 낀 것처럼 모호하기만 했던 부모님에 대한 기억에 처음으로 선명한 조각 하나가 맞춰졌다. 맥켄지라는 사람이 아스텔의 친모인 디안이 좋아하던 작곡가라면 그의 음악에서 부모님에 대한 어떤 실마리를 찾을 수 있을지도 몰랐다.

백작은 헌신적인 양부였지만 핏줄에 대한 본능적인 끌림이 아스텔의 궁금증을 자극했다. 아스텔은 다음 주중에 예정된 레슨에서 맥켄지라는 작곡가가 어떤 사람인지 허들스턴에게 물어보기로 마음먹었다. 만약 기회가 닿는다면 그의 다른 곡들에 대해서도 좀 더 알아볼 필요가 있을 것이다.

⁜

드디어 3월이 되었다. 3월이라고 해서 날씨가 곧바로 따뜻하게 풀린 건 아니었지만, 여기저기서 움트기 시작한 초록색 새싹은 보는 사람으로 하여금 봄이 다가왔음을 여실히 느끼게 했다.

날씨가 제법 풀리자 백작은 이전에 아스텔과 했던 약속을 지키기 위해 세 자녀를 이끌고 셀레나 강가로 나왔다. 뱃놀이를 하기에는 약간 이른 감이 있기도 했지만 조만간 정신없이 바빠질 예정이기 때문에 지금이 아니면 시간을 내기 어렵다고 했다.

백작이 이번 뱃놀이를 위해 새로 구입했다는 호화로운 요트를 보며 아스텔은 벌어진 입을 다물 줄 몰랐다. 수십 명은 올라가서 파티를 벌일 수 있을 정도로 넓은 갑판에는 일광욕 의자와 작은 보트들이 실려 있었고 배 내부에는 조타실 외에도 수면실과 조리실, 작은 식당까지 딸려 있었다. 배가 출발하기 전, 갑판 위로 올라와 돛을 구경하고 있는 아스텔에게 로렐이 다가와 물었다.

"아스는 배는 처음 타본다고 했지?"

"네."

"그럼 뱃멀미 같은 걸 할지도 모르겠네."

"뱃멀미라는 게 그렇게 심한 건가요?"

"적어도 아버지께는."

로렐의 말에 아스텔은 곧바로 두리번거리며 백작의 모습을 찾았다. 하지만 갑판 위 어디에도 그의 모습은 보이지 않았다.

"아버지라면 수면실에 계실걸."

어느새 두 사람 곁으로 다가온 세이지가 대신 설명해 주었다. 로렐은 세이지를 마주 보며 고개를 끄덕였다.

"사실 그래서 아스텔이 뱃놀이 약속을 받아냈을 땐 정말 놀랐어. 아버지는 배 타는 걸 아주 끔찍하게 싫어하시거든."

"두 분은요?"

"난 괜찮아. 이즈는 아버지를 닮아서 그런지 배만 타면 꾸벅꾸벅 졸기 시작하지만. 아무튼 아스텔 덕분에 난생처음으로 가족끼리 뱃놀이도 다 해보게 되는걸. 난 평생 못 할 줄 알았어."

아스텔이 놀란 눈으로 세이지 쪽을 바라보자 그는 고집스러운 표정으로 고개를 가로저어 보였다.

"괜찮아."

"이렇게 말하지? 이제 삼십 분만 있으면 곯아떨어질걸?"

"아니라고."

세이지는 발끈한 기색으로 로렐의 말에 반박했다. 로렐은 음흉한 표정으로 히죽 웃으며 세이지의 뺨을 꾹꾹 눌렀다.

"그럼 내기하자. 만약 네가 삼십 분 이내에 잠들면 네가 내 부탁을 하나 들어줘. 하지만 반대의 경우에는 내가 네 부탁을 들어주는 거야."

"좋아."

내기는 세이지의 승리였다. 내기 때문에 유치한 승부심이 발동된 건지 그는 배가 출발하기가 무섭게 반쯤 풀린 눈이 된 주제에 열심히 갑판 위를 돌아다니고 손등을 꼬집으며 잠들지 않기 위해 필사적으로 버텼다. 시계를 몇 번이나 확인하며 이럴 리가 없다고 중얼거리는 형을 향해 세이지는 의기양양한 미소를 지어 보였다.

"내가 모르는 사이에 시곗바늘 돌려놓은 거 아냐?"

"순순히 결과에 승복하시지."

"허참, 그래서 부탁하고 싶은 게 뭔데?"

"아직 못 정했으니까 생일까지 느긋하게 생각해 볼게."

"선물로 퉁 치면 안 돼?"

"안 돼."

느긋하게 일광욕 의자에 몸을 기댄 세이지는 그대로 눈을 감더니 규칙적인 숨소리를 내기 시작했다. 로렐은 순식간에 곯아떨어진 그를 보고 혀를 차며 삼십분이 아니라 한 시간으로 정할 걸 그랬다고 했다.

두 사람의 대화를 유심히 듣고 있던 아스텔은 세이지의 잠을 방해하지 않기 위해 살금살금 로렐에게 다가가 귓속말을 했다.

"세이지 오라버니 생일이 언제인가요?"

"다음 주 수요일."

"다, 다음 주 수요일이요?!"

너무 가까웠다. 좀 더 일찍 말해줬으면 미리 준비를 해뒀을 텐데. 아스텔은 저도 모르게 발을 동동 굴렀다.

"선물 생각해 두셨어요?"

"아니, 아직 못 정했는데?"

"그럼 저랑 같이 골라요."

"음……."

아스텔의 제안에 로렐은 팔짱을 끼더니 혼자서 무언가를 진지하게 고민하기 시작했다. 이윽고 마음을 정한 것처럼 고개를 끄덕인 로렐은 아스텔을 향해 빙긋 웃으면서도 단호한 목소리로 대답했다.

"안 돼."

"……."

"너무 낙담하지 마. 내 생각에 넌 너밖에 해줄 수 없는 선물을 갖고 있으니까."

"저밖에……?"

이번에는 로렐이 허리를 굽혀 아스텔에게 귓속말을 하기 시작했다. 예상치 못한 대답에 아스텔의 눈이 동그랗게 떠졌다.

"이즈는 지금까지 한 번도 생일파티에 아버지가 참석하신 적이 없어."

"……그럴 수가."

아스텔은 1월에 열렸던 자신의 생일파티를 떠올렸다. 백작은 그날 제이드 체임버에 하루 종일 머물며 즐거운 시간을 보내고 아스텔에게 멋진 선물까지 안겨주었다.

그런 그가 정작 친아들인 세이지의 생일에는 한 번도 참석한 적이 없다니.

"너무해요……."

"3월은 사업가들에게 있어서 대목인 시기니까. 그렇다고 해도 분명히 너무하시긴 했지."

로렐은 안쓰러운 표정을 짓고 있는 아스텔의 머리를 툭툭 쳤다.

"이제 너만이 해줄 수 있는 선물이 뭔지 알겠지?"

"……네."

"분명히 기뻐할 거야."

세이지가 기뻐할 거란 로렐의 말에 아스텔의 얼굴이 천천히 밝아지기 시작했다. 그런 아스텔을 흐뭇한 눈길로 바라보던 그가 조금 짓궂게 물었다.

"그나저나 드디어 화해한 거야?"

"음, 대충은요."

두려움이 완전히 사라졌다면 거짓말이었다. 하지만 더 이상은 그를 향한 마음으로부터 도망치지 않기로 결심했다.

설령 이 마음이 보답 받지 못한다고 하더라도 상관없었다. 그저 남은 시간 동안 자신의 마음에 충실하기로 다짐했을 뿐.

아스텔이 결연한 표정으로 고개를 끄덕이자 무사히 해결된 것 같아 다행이라며 로렐이 웃었다.

로렐이 식당으로 내려가 차를 마시는 사이, 아스텔은 갑판 끝의 난간에 매달려 강을 헤엄치는 물고기들을 구경하고 있었다. 햇빛이 반사되어 물고기들의 등이 은빛으로 반짝거리는 광경이 무척 아름다워 눈길을 끌었다.

3월이 되어 날씨는 상대적으로 포근해진 편이었지만 강가에는 바람이 많이 불었다. 두르고 있던 숄을 좀 더 단단히 두르던 아스텔은 누군가가 자신의 어깨를 붙들자 깜짝 놀라 고개를 돌렸다.

"위험해."

어느새 자다가 일어난 건지 세이지가 약간 잠긴 목소리로 말했다. 아직 잠이 덜 깬 듯한 기색의 그는 천천히 눈을 깜빡이더니 입을 가리고 길게 하품했다.

자신을 붙잡은 사람이 그라는 사실을 깨닫게 되자마자 아스텔의 심장이 다른 의미로 다시 쿵쾅거리며 뛰기 시작했다. 어깨에 올라간 그의 손이 달군 쇠처럼 뜨겁게 느껴졌다. 아스텔은 애써 평정을 가장하며 그를 향해 아무렇지도 않은 얼굴로 웃어 보였다. 기분 탓인지 입에서 흘러나오는 목소리가 떨리는 것처럼 들렸다.

"난간이 있으니까 괜찮은걸요."

"이 근처가 바람이 얼마나 센데. 수영은 할 줄 아는 거야?"

아스텔이 고개를 도리도리 젓자 세이지는 두통이 밀려오는 듯이 이마를 짚었다.

"아버지께서 아셨다면 뱃놀이만큼은 절대 약속 않으셨을걸."

"그렇게 위험한가요?"

"매년 인명사고가 일어나."

그의 말에 약간의 경각심을 느낀 아스텔은 난간에서 한 발 물러났다. 그제야 조금 안심이 된 듯 세이지는 낮잠을 자던 일광욕 의자 쪽으로 다시 비척거리며 발걸음을 옮겼다. 그런 세이지의 뒷모습을 바라보던 아스텔은 충동적으로 그를 불러 세웠다.

"저어!"

세이지는 다시 고개를 돌려 아스텔 쪽을 바라보았다. 상기된 얼굴로 그를 똑바로 마주 보며 아스텔이 말을 이었다.

"로렐 오라버니께 들었어요. 다음 주 수요일이 생일이시라고요."

"뭐, 그렇지."

"제가 그날 최고의 선물을 드릴게요."

당돌할 정도로 자신만만한 선언을 하며 활짝 웃는 아스텔의 모습에 의아한 듯이 그가 고개를 갸웃거렸다.

"최고의 선물이라니?"

"금방 아시게 될 거예요."

배는 해가 저물 무렵에 선착장에 도착했다. 배가 운항하는 동안 수면실에 내내 틀어 박혀 있던 백작은 닻이 내려간 후에야 간신히 모습을 드러냈다. 상대적으로 얌전하게 멀미를 하는 세이지에 비해 백작은 증상이 심한 편인지 그새 얼굴이 반쪽이 되어 있었다.

"죄송해요, 양부님. 이럴 줄 알았으면 처음부터 말씀드리지 않았을 텐데⋯⋯."

"괜찮단다, 애야."

백작은 전혀 괜찮아 보이지 않는 얼굴을 한 채, 몸 둘 바 몰라 하는 아스텔의 어깨를 다정하게 다독여 주었다. 배에서 내린 세 사람은 선착장 근처에서 백작 일가를 기다리고 있던 마차를 타고 제이드 체임버로 향하기 시작했다.

　조금은 살 것 같은 표정으로 변한 백작을 보며 말을 꺼낼 타이밍을 살피던 아스텔은 그와 눈이 마주치자 급하게 입을 열었다.

　"양부님, 이제 곧 바빠진다고 하셨죠?"

　"다음 주 주말부터 체렌시아에서 국제무역 투자박람회가 시작되니 말이다."

　그냥 바쁘다는 말도 아니고 무려 외국에 나간다는 말이었다. 세이지에게는 익숙한 일인지 그는 전혀 낙담한 기색을 비치지 않았다. 그런 세이지의 무던한 반응에 아스텔은 오히려 가슴이 죄어드는 것을 느꼈다.

　"언제쯤 출국하시나요?"

　"다음 주 월요일쯤 출발하면 넉넉하게 도착하겠지."

　아스텔은 치맛자락을 꽉 움켜잡았다. 국제무역 투자박람회라는 것이 백작에게 얼마나 중요한 의미가 있는 행사인지는 알 수 없었지만, 그의 말대로라면 백작은 세이지의 생일파티에 참석할 수 없었다. 하지만 아스텔은 세이지에게 생애 최고의 생일을 만들어주고 싶었다. 그러기 위해서는 백작이 그날 반드시 참석해야만 했다.

　"양부님, 저 간곡히 부탁드리고 싶은 게 하나 있는데요. 정말 무리한 부탁이라는 건 알고 있지만……."

　"말해보거라."

　"다음 주 수요일까지만 엘버린에 계실 수 없나요?"

　아스텔의 부탁에 마차 안의 모든 이들이 놀란 얼굴로 그녀를 주목했다. 그녀가 꺼낼 말을 짐작하고 있던 로렐만이 놀란 표정을 짓지 않고 있을 따름이었다. 아스텔은 긴장한 기색으로 말을 이었다.

　"다른 날도 아니고 세이지 오라버니의 생일이잖아요. 부디 참석하셔서 자리를 빛내주셨으면 좋겠어요."

그렇게 말하며 아스텔은 세이지 쪽으로 눈길을 주었다. 그는 조금 떨리는 눈동자로 아스텔을 마주 보았다.

"제가 직접 케이크를 준비할 거예요. 아주 맛있게 만들 자신 있다구요."

케이크에 대한 아이디어는 즉석에서 생각해 낸 것이지만 아스텔은 자신의 발상이 제법 마음에 들었다. 간곡히 부탁하는 아스텔의 얼굴을 보고 차마 거절의 말을 할 수 없었는지 백작이 난감한 표정을 지었다. 조금만 더하면 백작이 넘어올 것이라는 확신을 얻은 아스텔은 쐐기를 박듯이 환하게 웃으며 그에게 되물었다.

"와주실 거죠?"

"……하루 종일 머물 수는 없겠지만."

백작은 가볍게 헛기침을 했다.

"케이크를 자를 때 정도라면 있을 수 있겠지."

이번에는 세 사람이 일제히 백작을 바라보았다. 백작이 자신의 말을 확인시켜 주듯이 고개를 끄덕여 보이자 아스텔은 기쁨을 참지 못한 나머지 그를 와락 끌어안았다.

"감사합니다, 양부님!"

"어이쿠!"

그녀는 웃으면서 세이지 쪽을 바라보았다. 여전히 자신의 귀를 의심하고 있는 얼굴을 하고 있던 그는 아스텔과 눈이 마주치자 조금 어색한 미소를 지어 보였다.

마치 아침 햇살을 받은 새싹처럼, 온몸에 흘러넘치는 기쁨으로 맥이 팔딱거리며 뛰었다. 아스텔은 세이지에게 처음으로 고맙다는 말을 들었던 날 이상으로 지금의 자신이 행복하다고 느꼈다.

세이지의 생일파티를 직접 준비하고 싶다는 아스텔의 제안에 엘레노어는 몹시 놀란 표정을 지었다. 혹시 자신이 주제넘게 군 건 아닌지 염려가 된 아스텔이 조심스럽게 질문했다.

"안 될까요?"

"안 될 리가. 오라비의 생일파티를 직접 준비한다는 건 장차 명문가의 안주인 노릇을 하는 데 중요한 예행연습이 될 수 있지."

그렇게 말하며 엘레노어는 흐뭇한 미소를 지었다.

"벌써 그런 생각을 다 하다니 기특하구나."

그녀가 생각하는 이유로 세이지의 생일을 준비하려던 것은 아니었기 때문에 아스텔은 내심 속이 찔렸다. 하지만 제 속마음을 솔직히 털어놓을 수도 없는 노릇이었으므로, 그녀는 애써 아무렇지도 않은 척하며 엘레노어를 향해 방긋 웃어 보였다.

"혹시 예전에는 어떤 식으로 파티를 했나요?"

"세이지가 퍼블릭 스쿨에 들어간 뒤로부터는 외부에서 장소를 빌려서 했단다. 그 애는 집안에서 열리는 파티는 따분하다면서 친구들과 어울려 노는 편을 선호했거든. 올해는 데이빗이 참석하겠다고 했다니 제이드 체임버에서 열어야 하겠구나."

엘레노어는 백작이 세이지의 생일에 참석하는 건 처음 있는 일이라며 놀라움을 금치 못했다. 기분이 좋아진 아스텔은 앞으로도 매년 백작이 그의 생일에 참석했으면 좋겠다며 엘레노어에게 원대한 포부를 밝혔다.

아스텔은 세이지의 생일에 참석할 손님들의 명단을 작성하는 것부터 초대장을 쓰는 것까지 모든 과정을 손수 진행했다. 로렐은 초대장을 쓰는 것 정도는 집사에게 지시하라고 권했지만, 아스텔이 고집을 부리자 결국 못 이기는 척 그녀의 말을 들어주었다. 세이지는 아스텔이 그의 생일을 준비하기 위해 분주히 움직이는 모습을 전부 지켜보고 있었다.

✜

"모르신다구요?"

"면목 없습니다만, 그렇습니다."

레슨이 끝나기가 무섭게 맥켄지에 대한 질문을 꺼낸 아스텔은 잘 모르겠다는 허들스턴의 대답에 믿을 수 없다는 표정을 지었다. 그처럼 음악에 조예가 깊은 사람이 브라이언과 일개 음악 교사였던 아스텔의 친모도 알고 있는 작곡가에 대해 모를 리가 없었다.

"그럴 리가 없어요. 굉장히 유명한 사람일 텐데. 들어보시면 생각나실지도 몰라요."

아스텔은 서둘러 자신이 기억하고 있는 그의 곡을 연주해 보였다. 가든파티 이후로 몇 번인가 혼자 연습한 적이 있었기 때문에 물 흐르듯 막힘없는 선율이 이어졌다. 미간을 모은 채 아스텔의 연주를 듣고 있던 허들스턴은 이윽고 무거운 한숨을 토해냈다.

"사실 전혀 모르는 것은 아닙니다."

"역시 그렇죠?!"

"하지만 그다지 유명한 작곡가도 아니었고……, 그에 대해서는 별로 알려진 것이 없습니다. 이미 죽은 사람이라는 것 외에는요."

"그럴 수가……."

낙담한 제자의 얼굴을 보면서 허들스턴은 안타까운 기색을 보였다. 무언가에 쫓기듯 서둘러 자리를 정리하고 일어서는 그에게 아스텔이 뒤이어 질문했다.

"그렇다면 이 사람의 다른 곡에 대해서 아시는 건 없나요?"

"저도 잘……."

"그렇군요."

허들스턴이 음악실을 나간 뒤, 홀로 쓸쓸히 맥켄지의 곡을 연주하고 있던 아스텔은 문득 손을 멈추고 오랜만에 어머니의 유품인 펜던트를 꺼냈다. 간신히 어머니에 대해 실마리가 될 만한 단서를 찾아냈는데, 이대로 없었던 일로 치자니 마음 한구석이 찜찜했다. 아스텔에게는 다행스럽게도, 그녀는 허들스턴 외에도 맥켄지에 대해 잘 알고 있을 법한 사람을 한 사람 더 알고 있었다.

음악실을 나온 허들스턴은 곧바로 현관을 향하는 대신, 서재가 있는 이 층 쪽으로 바삐 걸음을 옮겼다. 굳게 닫혀 있는 서재의 문을 노크하자 안에서 기다렸다는 듯이 대답하는 목소리가 들렸다.

"들어오시죠."

그를 기다리고 있던 사람은 델플린드 백작의 장남인 로렐이었다. 자신의 맞은편에 놓인 소파로 자리를 권하며 로렐은 그에게 직접 차를 따라주었다. 로렐이 다시 입을 열었다.

"아스텔이 뭔가 묻던가요?"

"맥켄지에 대해 질문하더군요."

"흐음."

그럴 줄 알았다는 듯이 로렐은 혼자 고개를 끄덕였다.

"그래서 뭐라고 하셨습니까?"

"백작에게 함구당한 상태라서요."

허들스턴은 로렐의 부친인 백작을 각하라는 경칭으로 부르지 않았지만 로렐은 전혀 개의치 않는 얼굴로 그를 칭찬했다.

"잘하셨습니다. 그 애라면 일부러 알려주지 않아도 혼자서 열심히 들쑤시고 다니겠죠. 아, 설탕은 안 넣으십니까?"

"한 개만 넣어주십시오."

허들스턴의 주문대로 각설탕 한 개가 퐁당 소리를 내며 찻잔 안으로 빠져들었다. 각설탕이 완전히 녹을 때까지 티스푼을 휘휘 젓던 로렐은 이윽고 허들스턴에게 찻잔을 밀어주었다. 목이 타는 듯 조금 급하게 찻잔을 비운 허들스턴은 자신과 반대로 느긋한 표정을 짓고 있는 로렐에게 질문을 던졌다.

"대체 언제까지 기다려야 합니까?"

"글쎄요."

허들스턴의 질문에 로렐은 고민하는 듯 탁자를 손가락으로 톡톡 두드리기 시작했다. 하지만 그것도 잠시, 금세 마음을 정한 것처럼 그의 입꼬리가 슬쩍 올라갔다.

"제 생각에는 다음 주 수요일이 괜찮을 것 같군요."

❖

세이지의 생일을 이틀 앞둔 월요일, 아스텔과 에밀리는 그의 생일선물을 장만하기 위해 엘버린 시내로 나왔다. 고급 쇼핑가 근처의 노천카페에서 에밀리와 차를 마시던 아스텔은 기다리고 있던 사람의 얼굴이 나타나자 활짝 웃으면서 자리에서 일어났다.

"안녕하세요."

"좋은 날씨입니다, 영애."

"바쁘실 텐데 일부러 시간을 내주셔서 정말 감사합니다."

아스텔은 남성의 선물을 고르는 것이 처음이었기 때문에 같은 남성의 자문이 필요하다는 핑계로 브라이언을 불러냈다. 물론 아스텔이 브라이언을 불러낸 이유는 그것 하나만이 아니었다.

"저야 괜찮습니다만, 제가 아니더라도 영애께는 다른 오라버니가 계시지 않은지."

올 것이 왔다. 찻잔을 내려놓은 아스텔은 최대한 자연스러운 미소를 지어 보이려 애쓰며 브라이언을 마주 보았다.

"지난 연주회에서 영윤의 연주가 굉장히 인상 깊었거든요. 그래서 영윤과 음악에 대한 심도 있는 이야기를 나누고 싶었답니다."

"그거 영광이로군요."

아스텔의 대답에 브라이언은 의외라는 것처럼 눈을 동그랗게 떴다.

"특히 맥켄지의 음악이 그렇게 아름다운지 전에는 미처 알지 못했거든요. 영윤 덕분에 음악의 새로운 지평에 눈을 뜬 기분이었죠. 하지만 그에 대해 알려진 것들이 별로 많지 않아서……."

"그러셨습니까."

아스텔은 브라이언과 차차 대화를 나누면서 그가 칭찬을 좋아한다는 사실을 깨달았다. 아스텔의 갑작스러운 부름에 처음에는 약간 경계하는 기색을 보이던 브라이언은 적절한 과장을 섞어 추켜세워 주자 흡족한 얼굴로 맥켄지에 대해 자신이 아는 것들을 늘어놓기 시작했다.

맥켄지는 이십 년 전쯤에 작곡가로서 활동을 시작한 사람이라고 했다. 그는 아름답고 완성도 높은 음악으로 충성도 높은 팬들을 제법 거느리고 있었는데, 결코 공식 석상에서 모습을 드러내는 일이 없었기 때문에 곡의 완성도에 비해 그리 유명세를 타지는 못했다고 한다. 다만 유명 피아니스트 중 그의 열렬한 팬이 한 명 있어 조금씩 이름이 알려질 때쯤, 돌연히 신곡 발표를 중단해 버렸기 때문에 업계에서는 그가 사망했다고 보는 의견이 일반적이라고 했다.

"그가 작곡한 다른 곡들에 대해 좀 더 알아볼 수 있을까요?"

"영애께서 필요하시다면 악보를 빌려드리겠습니다."

브라이언의 협조적인 반응에 아스텔은 뛸 듯이 기뻐하며 그에게 감사의 말을 건넸다. 아스텔이 컬렌 백작가에도 초대장을 보냈기 때문에 브라이언은 세이지의 생일파티에 참석하는 김에 맥켄지의 악보를 함께 가져다주겠다고 했다.

맥켄지에 대한 화제가 일단락되자 세 사람은 세이지의 생일선물을 고르기 위해 발품을 팔기 시작했다. 아스텔은 세이지의 취미가 바이올린 연주라는 점에 착안해 브라이언이 추천해 준 송진을 구입했다.

"도련님께서 마음에 들어 하시겠네요."

에밀리는 받는 사람의 성향을 세심하게 고려한 물건이라며 아스텔의 안목을 칭찬했다. 아스텔은 백작의 생일에 그와 합주회를 열기로 약속했던 것을 떠올리며 건네받은 선물 봉투를 소중하게 끌어안았다.

부디 그가 이걸 보고 기뻐해 줬으면.

❖

마침내 아스텔이 손꼽아 기다리던 세이지의 생일이 되었다.

자신의 생일보다 더 이른 시간에 일어난 아스텔은 꼭두새벽부터 주방에 들어가 미리 선언한 대로 직접 케이크를 만들기 시작했다. 달걀을 한 손으로 깨 넣은 아가씨가 능숙하게 거품을 내는 광경을 지켜보며 주방장은 내심 놀란 표정을 지었다.

아스텔은 수도원에 있던 시절에 케이크를 비롯하여 몇 가지 과자 만드는 법을 배웠기 때문에 맛에 대해서는 제법 자신을 가지고 있었다. 백작의 양녀가 된 이후에는 한동안 주방에 들어갈 일이 없어 약간 염려가 되긴 했으나, 완성된 케이크는 다행스럽게도 그럴싸한 맛과 형태를 갖추고 있었다.

케이크를 완성한 아스텔은 곧바로 목욕을 한 뒤, 치장을 마치고 저택 이곳저곳을 꼼꼼히 점검하는 등 온갖 부산을 떨어댔다.
파티를 처음으로 주최하는 아스텔을 봐주기 위해 이른 아침부터
제이드 체임버를 방문한 엘레노어는 처음이라고는 믿기지 않을 만
큼 빠릿빠릿하게 움직이는 조카딸을 보며 혀를 내둘렀다.

"이대로는 어느 명문가에 내놓더라도 부끄럽지 않겠는걸."

"괜찮은 건가요?"

"아주 훌륭해."

"아스텔이 만든 케이크를 보시면 깜짝 놀라실 겁니다, 누님. 전
문가가 만들었다고 해도 믿겠더군요."

어느새 두 사람의 뒤로 다가온 백작이 흐뭇한 표정으로 고개를
끄덕이며 말했다.

"다음 달에 있을 내 생일에도 만들어주겠지?"

"물론이죠, 양부님."

"빨리 맛을 보고 싶구나."

"맛을 보시려면 두 시까지 기다리셔야 해요!"

세 사람이 이야기를 나누는 사이, 하인들은 저택 밖에 세워둔
백작의 마차로 부지런히 짐을 나르고 있었다. 아스텔의 부탁으로
출발 일정이 지연되었기 때문에, 케이크를 자른 뒤 곧바로 기차역
으로 떠나야 박람회 일정에 늦지 않게 도착할 수 있다고 했다. 아
스텔은 그에게 무리한 일정을 요구한 것에 대해 약간의 미안함을
느끼며 그 대신 백작의 생일에는 더욱 맛있고 화려한 케이크를 만
들어주겠다고 약속했다.

"좋은 아침입니다, 아버지."

백작의 두 아들은 조금 늦게 일 층에 모습을 드러냈다. 평소처
럼 쾌활한 음성으로 인사하는 로렐과 달리, 오늘의 주인공인 세이
지는 밤새 잠을 설친 건지 안색이 별로 좋아 보이지 않았다. 무표

정한 얼굴을 하고 있는 세이지의 눈 아래가 거뭇한 것을 보며 아스텔은 심장이 내려앉는 것을 느꼈다. 아무리 모든 것이 완벽하게 준비되어 있다고 해도 가장 중요한 세이지의 몸 상태가 좋지 않으면 그녀가 여태 준비해 둔 것들은 전부 의미가 없었다.

"어디 편찮으신 건가요?"

"그냥 너무 긴장해서 그런 거야."

대답한 사람은 세이지가 아니라 로렐이었다. 그는 씩 웃으며 여전히 입도 뻥긋하지 않는 동생에게 어깨동무를 해 보였다.

"조금만 있으면 쌩쌩한 평소 모습으로 바뀔 테니까 전혀 염려하지 않아도 돼."

"그렇다면 다행이지만……."

아스텔은 그렇게 말하며 계속해서 세이지의 안색을 살폈다. 그녀의 염려스러운 눈빛이 부담스러웠던 듯 세이지는 고개를 절레절레 흔들며 마른세수를 했다.

"잠깐 물 좀 마시고 올게."

세이지가 자리를 떠난 지 얼마 지나지 않아 현관의 벨이 울렸다. 파티가 시작되려면 아직 시간이 조금 남아 있었으므로 파티에 초대된 손님은 아닐 터였다.

현관 밖으로 나갔다가 이윽고 다시 돌아온 풋맨은 백작에게 발신자가 적혀 있지 않은 봉투 하나를 건넸다. 풋맨이 건넨 봉투에 들어 있는 편지를 훑어보며 갑자기 심각한 표정이 된 백작은 잠시 급한 용무가 생각났다고 하면서 마차가 세워진 현관 밖으로 발걸음을 향했다.

"양부님!"

아스텔의 다급한 부름에 백작은 고개를 돌려 그녀를 바라보았다. 아스텔은 버릇처럼 다시 초조하게 치맛자락을 붙잡았다.

"대체 어디 가시는 건가요?"

"멀리 나가는 건 아니란다."

"하지만……."

"무슨 일이 있어도 두 시에는 돌아올 테니 염려 말거라."

여전히 불안한 얼굴을 하고 있는 아스텔을 안심시켜 보이려는 듯 백작이 인자한 미소를 지었다.

"네가 만든 케이크는 맛봐야 할 것 아니냐."

"……."

"금방 다녀오마."

백작은 그 말을 남기고 짐이 실린 마차를 탄 채 저택을 빠져나갔다. 불안한 예감에 사로잡힌 아스텔은 현관 입구에 못 박힌 듯 서서 계속 백작이 떠난 방향만을 바라보고 있었다.

아스텔이 자리를 비운 사이, 거실로 다시 돌아온 세이지는 백작이 사라졌다는 사실을 뒤늦게 깨달았다. 잠시 주위를 두리번거리던 세이지는 소파에 앉은 채 신문을 보고 있는 로렐에게 질문을 던졌다.

"아버지는?"

"갑자기 급한 용무가 생겼다고 하시던걸. 금방 돌아오신대."

"그렇군."

로렐의 대답에 세이지는 무표정한 얼굴을 한 채 로렐의 맞은편에 앉아 책을 뒤적거리기 시작했다. 그런 동생의 행동을 계속 주시하던 로렐은 이윽고 조심스러운 기색으로 말을 이었다.

"별로 실망하지 않네?"

"금방 돌아오신다고 했다며. 그리고 내가 이제 나이가 몇인데."

"그 엉엉 울던 날로부터 정확히 십오 년 지났지."

세이지는 뒤적거리고 있던 책을 조용히 덮었다. 감회가 새롭다는 듯이 로렐이 어깨를 으쓱하며 말했다.

"그 코흘리개 꼬마 이즈가 벌써 이렇게 자랐다니."

"노인네처럼 징그러운 소리 좀 하지 마."

"그런가? 아무튼 넌 정말 잘 자랐어. 보는 내가 다 대견스러울 정도로."

마치 저 혼자 동생을 키운 듯한 말투에 세이지는 저도 모르게 피식 웃음소리를 냈다.

"나보다 사 년밖에 오래 안 산 주제에."

"세이지."

로렐은 드물게 세이지를 애칭이 아닌 이름으로 불렀다. 의아한 듯이 세이지가 고개를 돌리자 로렐은 그에게 시선을 고정한 채 의미를 알 수 없는 말을 중얼거렸다.

"내가 널 많이 아끼는 거 알지?"

❖

최근 그에게 연줄을 대기 위해 온갖 노력을 아끼지 않는 해밀턴 남작의 회계사무실에 도착한 백작은 텅 비어 있는 사무실 전경을 둘러보며 미간을 모았다.

"아무도 없나?"

보이는 사람이 없는 만큼 그의 질문에 대답하는 사람 역시 아무도 없었다. 누군가의 못된 장난인지 알면 가만히 있지 않겠노라 결심하며 몸을 돌리려던 백작은 뒤통수에 닿은 총구의 감촉을 느끼고 마른 침을 삼켰다.

"이게 대체 무슨 짓인가?"

"보시는 그대로입니다."

허들스턴이 높낮이 없는 단조로운 목소리로 대답했다.

"누군가의 사주를 받고 한 행동인가?"

"저는 제 목숨 아까운 줄 아는 사람입니다. 사주를 받았다면 저보다 적합한 다른 누군가를 소개해 줬겠지요."

"내게 이러는 이유는?"

"원한입니다."

백작은 침착하게 사고를 회전시키기 시작했다. 불행하게도 백작은 남에게 원한 살 만한 일 없이 결백하게 살아온 인물이 아니었으므로, 이 비실거리는 피아노 선생에게 모르는 사이에 원한을 샀을 가능성도 전혀 없는 것은 아니었다.

다만, 그가 바라는 것이 백작의 목숨이었다면 허들스턴은 백작과 단둘이 된 순간 이미 방아쇠를 당겨 버렸을 것이다. 그는 백작과 무언가를 조건으로 협상을 원하고 있는 것이 분명했다. 그리고 대부분의 경우, 협박범이 원하는 건 물질적인 대가이기 마련이다.

"원하는 것이 무엇인가?"

예상했던 그대로의 반응에 허들스턴은 비틀린 웃음을 지었다. 돈으로 해결할 수 없는 일은 없다고 믿고 있는 백작은 대표적인 황금만능주의자 중 한 사람이었다. 허들스턴은 총구를 비틀며 천천히 다시 입을 열었다.

"당연히 알려 드릴 예정이지만 그전에 드릴 말씀이 있습니다."

"말해보게."

백작의 대답에 허들스턴은 당장이라도 터져 나올 것 같은 광소를 참기 위해 천천히 심호흡을 하기 시작했다. 줄곧 그의 귀에 속삭여 주고 싶었지만 지금까지 참아왔던 말.

허들스턴의 이어진 말이 벼락처럼 백작의 귀에 내리꽂혔다.

"사실 저는 맥켄지를 만난 적이 있습니다."

✤

열한 시가 되면서 손님들이 하나둘씩 도착하기 시작했지만 백작은 여전히 모습을 드러내지 않았다. 아스텔은 표정 관리를 하기 위해 필사적으로 노력하며 세이지의 친구들 한 명 한 명에게 예의 바르게 인사를 건넸다. 하나같이 유쾌하고 장난기가 많은 그의 친구들은 아스텔을 보고 세이지에게는 과분한 동생이라며 호들갑을 떨어댔다.

"세이지가 괴롭히면 언제든 연락해. 내가 대신 오빠가 돼줄게."

"헛소리 좀 하지 마."

"감사합니다."

면박을 주는 세이지와 달리 아스텔은 의례적으로 웃으며 버릇처럼 현관 쪽으로 눈길을 주었다. 하지만 그녀가 가장 간절하게 기다리고 있는 백작은 아직도 나타나지 않고 있었다.

"생일 축하드립니다. 델플린드 백작 영식."

"와주셔서 감사합니다."

약속대로 제이드 체임버에 방문한 브라이언은 가장 먼저 오늘의 주인공인 세이지와 악수를 나누었다. 그는 손님맞이를 하느라 경황이 없어 보이는 아스텔을 보며 난감한 표정을 지었다.

"영애."

아스텔이 고개를 돌리자 브라이언은 그녀의 귀에 대고 작게 귓속말을 속삭였다.

"나중에 한가해지면 저를 찾으십시오. 전에 말씀드렸던 악보를 드리겠습니다."

백작이 나타나지 않아 조금 어두웠던 아스텔의 얼굴이 브라이언의 말에 잠시 활기를 되찾았다. 곁에 서 있던 세이지는 그런 그녀의 표정 변화를 똑똑히 지켜보고 있었다.

"정말 감사합니다."

"천만에요. 그럼 나중에 다시 뵙지요."

❖

백작은 자신의 귀를 의심했다. 허들스턴의 말대로 맥켄지는 작곡 활동을 중단할 때까지 단 한 번도 공식 석상에서 모습을 드러낸 적이 없는 자였다. 그런 그를 이 작자가 어떻게 만나봤단 말인가?

"그 덕분에 전 알고 있습니다. 각하께서 아가씨를 데려오신 이유를."

그제야 백작의 몸이 떨리기 시작했다. 내내 침착하게 대응하던 백작이 처음으로 동요를 보이자 허들스턴은 만족스러운 듯이 미소 지었다.

"아까 제게 원하는 것이 무엇인지 물어보셨지요. 지금 말씀드리겠습니다. 제 목적이 뭔지. 제가 바라는 것은—."

조금 뜸을 들이던 허들스턴은 이윽고 천천히, 매우 정확한 발음으로 말을 이었다.

"아가씨가 당신을 경멸하게 되는 것입니다."

"……!"

"당신의 입으로 직접 아가씨에게 모든 진실을 밝히십시오. 당신이 어떤 마음을 품고 아가씨에게 접근했는지, 그녀의 부모님과 과거에 어떤 일이 있었는지 하나도 숨기지 말고 전부."

"네 이놈!"

"용서할 수 없단 말입니다. 당신의 이기심과 무신경함으로 수많은 이들을 불행에 빠뜨린 주제에, 이제 와서 좋은 사람의 탈을 뒤집어쓰고 혼자서 행복해지려고 하다니."

감정이 거칠어진 듯이 허들스턴은 격앙된 어조로 말을 이었다. 어릴 적, 그가 좋아하며 따랐던 이들의 모습이 잇따라 떠올랐다. 남편이 다른 이를 사랑한다는 사실에 절망했을 한 여인의 모습도.

마음 같아서는 그를 겨누고 있는 방아쇠를 당장 당겨 버리고 싶었다. 하지만 이대로 그를 편히 보내주는 건 절대 제대로 된 복수라 할 수 없다. 마음을 진정시키기 위해 잠시 입을 다문 그는 곧 다시 백작에게 구체적인 사항을 조목조목 늘어놓기 시작했다.

"저는 당신과 달리 너그러운 마음을 지닌 사람이니 마음의 준비를 할 시간을 드리겠습니다. 다음 달 말일인 당신의 생일까지라면 더할 나위 없이 넉넉한 기간이겠죠. 만약 그때까지 당신의 입으로 직접 밝히지 않는다면 제가 대신 그녀에게 모든 진실을 밝히겠습니다. 노파심에 말씀드리자면 허튼수작은 부리시지 않는 게 좋을 겁니다. 제 신변에 문제가 발생할 경우, 당신이 모르는 변호사를 통해 제 유언장이 언론을 통해 발표될 수 있도록 손을 써뒀으니까요. 그렇게 된다면 알트만 가문의 위신은 땅 끝까지 추락하고 말겠죠. 그건 제아무리 이기적인 당신이라도 바라는 바는 아닐 겁니다."

할 말을 마친 허들스턴은 비로소 백작의 머리에 겨누고 있던 총구를 뗐다. 떨리는 눈으로 그를 바라보는 백작에게 허들스턴은 정중하게 절을 해 보이며 활짝 열려 있는 사무실의 입구를 가리켰다.

"그럼 오늘은 이만 자녀분들과 즐거운 시간을 보내시기 바랍니다. 바쁜 시간을 뺏어 죄송합니다."

그렇게 말하며 허들스턴은 입꼬리를 올렸다.

"지금이 아니면 또 언제 아가씨가 직접 만든 케이크를 드셔 보시겠습니까."

⁂

　아스텔의 살뜰한 준비 덕분에 세이지의 생일파티는 성황리에
진행되고 있었다. 세이지를 위해 근사한 파티를 준비한 아스텔을
모두가 입을 모아 칭찬했지만, 케이크를 자르기로 한 두 시가 되
도록 백작은 여전히 나타나지 않고 있었다. 케이크 옆에 우두커니
선 채 창백한 얼굴을 하고 있는 아스텔을 보다 못한 세이지는 백
작이 오기 전에 먼저 케이크를 자르자고 했다.

　"안 돼요!"

　아스텔은 케이크 칼을 꽉 쥐며 입술을 깨물었다.

　"양부님께서 오겠다고 하셨다구요! 두 시까지는 반드시 오실 거
라고 저와 약속하셨어요!"

　"……."

　"제발……."

　"혹시 각하에게 뭔가 피치 못할 사정이 생긴 것은 아닐까요?"

　근심 어린 허들스턴의 목소리에 아스텔은 눈물이 그렁거리는
눈을 한 채 그가 있는 쪽으로 고개를 돌렸다. 그는 백작의 자녀인
세 사람의 눈치를 살피며 조심스럽게 말을 이었다.

　"아니면 신변에 무슨 일이 일어난 걸지도……."

　"맙소사……."

　아스텔의 얼굴에 그대로 핏기가 사라졌다. 세이지는 고개를 돌
려 응접실 벽에 매달린 괘종시계를 살폈다. 시간은 이미 두 시 이
십 분을 넘긴 상태였다. 더 이상 손님들을 기다리게 한다는 것은
이만저만 실례가 아니었다. 그는 침착한 목소리로 입을 열었다.

"먼저 케이크를 자르자."

"하지만!"

"그럼 언제까지 기다리자고? 아버지께서 돌아오실 때까지 손님들을 밤새라도 기다리게 하자는 말을 하려는 건 아니겠지?"

"……."

"케이크는 아버지 몫을 따로 남겨놓으면 돼."

세이지의 냉정한 말에 아스텔의 눈가에 맺혀 있던 눈물이 그대로 뺨을 타고 흘러내리기 시작했다. 작게 어깨를 떨고 있는 아스텔을 보다 못한 로렐이 다정하게 위로하듯이 그녀의 머리를 쓰다듬었다.

"아스, 넌 정말 착한 아이야."

"흑……."

"이즈는 네 마음을 충분히 이해하고 있어. 아버지가 나타나지 않으셔서 지금 가장 속상한 사람은 저 녀석일 거야."

아스텔은 눈물로 젖은 속눈썹을 깜빡거리며 응접실로 케이크를 가져가고 있는 세이지의 뒷모습을 바라보았다. 그에게 생애 최고의 생일을 만들어주겠다는 아스텔의 꿈이 물거품이 되어가고 있었다.

이럴 리가 없었다. 아스텔을 애지중지하는 양부가 그녀와의 약속을 어길 리가 없는데―.

그때였다. 현관의 벨이 울리기 시작한 것은.

아스텔은 다른 사람을 제치고 현관으로 쏜살같이 달려 나갔다. 틀림없는 그녀의 양부였다. 피치 못할 사정으로 잠시 늦어지긴 했지만, 그는 결국 아스텔과의 약속을 지키기 위해 찾아온 것이다.

현관문을 벌컥 열며 아스텔이 반가운 목소리로 힘껏 외쳤다.

"양부님!"

"실례합니다."

놀란 기색으로 자신에게 고개를 숙이는 집배원을 보며 아스텔의 얼굴에 표정이 사라졌다. 그는 풋맨이 아닌 저택의 아가씨가 직접 나와 당황한 듯 잠시 망설이다가 들고 있던 종이를 아스텔에게 전달해 주었다.

경황이 없이 집배원이 건넨 종이를 받아든 아스텔은 종이에 적힌 내용을 확인하고 눈을 부릅떴다. 그녀의 양부인 델플린드 백작이 보낸 전보였다.

—급한 일이 생겨 헤렌시아로 바로 떠난다. 파티에 참석하지 못해 미안하다. 데이빗 해롤드 안트만.

파티가 끝난 뒤, 현관 입구에서 돌아가고 있는 손님들에게 인사를 건네고 있던 아스텔은 할 말이 있는 것처럼 자신의 앞에서 서성이는 브라이언과 눈이 마주쳤다. 아스텔의 얼굴을 살피며 그가 조심스럽게 말을 꺼냈다.

"잠시 괜찮으십니까?"

아스텔은 고개를 돌려 뒤에 선 세이지를 바라보았다. 무표정한 얼굴을 한 세이지는 허락을 구하듯이 시선을 보내는 그녀에게 아무런 말도 건네지 않았다. 잠시 망설이던 아스텔은 이내 브라이언에게 고개를 끄덕여 보였다.

"네."

브라이언의 용건을 짐작한 아스텔은 그와 함께 피아노가 있는 음악실로 향했다. 그는 거기서 미리 챙겨둔 악보를 아스텔에게 건네주었다.

"감사합니다."

"안색이 좋아 보이지 않는군요, 영애."

브라이언의 염려에 아스텔은 아무렇지도 않은 듯 애써 웃는 얼굴을 지어 보였다.

"염려해 주셔서 감사합니다. 저는 괜찮아요."

"······그럼 다음 기회에."

여전히 걱정스러운 표정으로 그녀를 지켜보던 그는 모자를 벗고 아스텔에게 정중하게 인사한 뒤, 먼저 음악실을 빠져나갔다. 브라이언에게 받은 악보를 갈무리하여 악보용 책장에 꽂아놓던 아스텔은 곧 힘없이 자리에 주저앉고 말았다.

손님들이 전부 돌아간 뒤, 로렐은 약혼녀인 베아트리스를 저택까지 바래다주겠다고 하며 제이드 체임버를 나섰다. 덕분에 세이지와 단둘만 남게 된 아스텔은 응접실에서 그와 마주 앉은 상태에서 차를 마시게 되었다.

세이지는 산더미처럼 쌓인 선물 꾸러미를 열어볼 생각도 하지 않은 채 말없이 찻잔을 비우기만 했다. 그의 얼굴을 볼 면목이 없었던 아스텔은 덜덜 떨리는 손으로 찻잔을 들어 올리려고 하다가 결국 차를 마시는 것을 포기해 버리고 말았다.

무거운 침묵이 계속해서 이어졌고 응접실에서는 시계의 초침 돌아가는 소리만이 정적을 가르고 있었다. 시간이 얼마나 흘렀을까. 찻잔을 전부 비운 세이지가 마침내 자리에서 일어났다.

"먼저 자겠어."

"선물은······."

"나중에."

세이지는 선물 꾸러미에 눈길조차 주지 않은 채 방이 있는 이층으로 올라가 버렸다. 홀로 응접실에 남아 입술을 깨물고 있던 아스텔은 그를 위해 자신이 장만한 선물을 들고 이 층으로 따라 올라갔다. 주제넘은 짓이라는 자각은 있었지만 이대로 그가 친부인 백작에게 버림받았다고 여기도록 내버려 둘 수 없었다.

굳게 닫힌 세이지의 방문을 보며 마른침을 삼키던 아스텔은 떨리는 손으로 문을 노크하기 시작했다.

"아스텔이에요."

문 너머에 있을 세이지는 아무런 대답도 하지 않은 채 침묵만을 지키고 있었다. 마치 자신을 거부하는 것처럼 이어지는 긴 침묵에 기가 죽은 아스텔은 다시 한 번 용기를 내어 노크했다.

"양부님에 대해 드릴 말씀이 있어요."

아스텔이 백작을 언급하자 내내 쥐죽은 듯 조용하기만 하던 문 건너편에서 인기척이 들리기 시작했다. 얼마 지나지 않아 방 안에서 세이지가 대답하는 목소리가 들렸다.

"들어와."

세이지의 대답에 아스텔은 서둘러 그의 방 안으로 들어갔다. 벽난로 앞에 놓인 팔걸이의자에 기대어 앉은 세이지는 한눈에 보기에도 기분이 좋지 않아 보였다. 조용히 타오르는 장작불을 바라보고 있던 그가 아스텔에게 질문했다.

"무슨 일이지?"

"양부님의 선물을……."

세이지의 가라앉은 목소리에 이유를 알 수 없는 막연한 두려움을 느끼면서도 아스텔은 그에게 선물 봉투를 내밀었다.

"떠나시기 전에 제게 맡기고 가셨어요. 무슨 일이 생기면 대신 전해 달라고 하시면서."

아스텔은 백작이 세이지의 생일선물로 시계를 구입했다는 걸 알고 있었다. 하지만 그는 아들에게 줄 선물을 가지고 그대로 체렌시아로 떠나 버린 상태였다.

뒤늦게 그가 귀국한 뒤에 선물을 준다고 해도 약속을 어기고 생일파티에도 불참한 채, 당일을 한참 넘겨 전달될 선물이 세이지에게 어떤 의미가 있을까. 그렇기 때문에 아스텔은 차라리 자신의 선물을 백작의 선물이라고 거짓말하는 편을 택했다.

"그래도 알고 계시죠? 양부님께서 오라⋯⋯, 당신을 얼마나 사랑하고 계신지."

그 말에 세이지는 고개를 돌려 아스텔을 힐끔 바라보았다. 이유를 알 수 없는 그의 살벌한 시선에 몸을 떨며 봉투를 건넨 아스텔은 세이지가 자신이 준비한 선물을 열어보는 모습을 지켜보았다. 잠시 아무 말 없이 봉투 안의 내용물을 바라보던 그가 다시 입을 열었다.

"편지는?"

"네?"

"편지. 아버지는 매년 내 생일마다 편지를 함께 주시거든."

처음 듣는 이야기였다. 한 번에 거짓말을 간파당한 아스텔은 수치심에 얼굴이 뜨거워지는 것을 느꼈다.

"그건⋯⋯."

"거짓말을 하려면 좀 그럴듯하게 했어야지. 너 말야."

세이지는 피식 웃으며 아스텔을 깔보는 듯한 시선으로 쏘아봤다.

"혹시 날 비웃으려고 온 거야? 사랑받는 너와 달리 아버지에게 버림받은 내가 불쌍해 보였나 보지?"

"⋯⋯!"

"어떻게 다른 사람도 아니고, 네가―."

새파란 눈동자가 어둑해진 방 안에서 분노로 희번득 형형한 빛을 냈다. 여태까지 아스텔이 겪어왔던 그의 분노는 장난처럼 느껴질 정도로, 지금의 세이지는 진심으로 분노하고 있었다.

"네가 나한테 그딴 거짓말을 할 수 있지?"

세이지는 의자에서 일어나 그녀를 향해 다가갔다. 맹수를 앞에 둔 초식동물처럼, 몸이 와들와들 떨리면서 오금이 저려왔다.

"다른 사람이라면 몰라도 너만큼은 절대 그런 거짓말을 해서는 안 됐어. 어떻게 감히 네가 나한테 그런 말을."

"잘, 못……, 했어요……."

"나가. 두 번 다시 네 얼굴 따위 보고 싶지 않다."

"잘못했어요!"

아스텔은 울음을 터뜨리며 그대로 자리에 주저앉았다. 자신이 추태를 부리고 있다는 걸 알면서도 무릎을 꿇고 애원하면서 몇 번이고 그에게 거듭하여 용서를 빌었다.

"저는, 기뻐해 주실 거라고 생각해서, 그래서, 그래서—."

"……."

"제발, 제발 용서해 주세요. 그럼 뭐든지 다 할 테니까……."

뭐든지 다 하겠다는 말에 세이지의 시선이 자신의 발치에 매달려 있는 아스텔의 귓가로 향했다. 아스텔은 그에게 선물 받은 귀걸이를 하기 위해 귀를 뚫은 후로 다른 귀걸이들을 몇 개 더 선물받았지만 늘 세이지가 준 것만을 착용하고 있었다.

정말 미련하고 단순하고 알기 쉬운 여자.

"네가 정말 나에게 용서를 빌고 싶다면."

세이지의 말에 아스텔은 급하게 숨을 들이켜며 그를 향해 고개를 치켜들었다. 얼굴이 눈물로 범벅된 채 비뚤어진 표정을 짓고 있어도 아스텔은 천사처럼 아름다웠다.

아니, 그녀가 언제 그의 눈에 아름답지 않았던 적이 있던가. 처음 만났던 순간을 비롯해 세이지가 그녀에 대한 열등감과 미움에 사로잡혀 있을 때도 그건 늘 마찬가지였다.

그런 적은 맹세코 단 한 번도 없었다.

"네가 할 수 있는 최대한의 성의를 보여봐."

"최대한의……."

"말로만 하는 사과나 위로 같은 건 누구나 할 수 있어. 그런 시시한 사과나 위로 말고, 아버지에게도 버림받은 불쌍한 내게 제대로 된 위로를 해보란 말야. 이제 어린애가 아니잖아?"

아스텔은 그가 말하고 있는 것이 어떤 의미인지 제대로 이해했다. 믿을 수 없다는 시선으로 그를 마주 보는 아스텔에게 세이지가 선언하듯이 말을 이어나갔다.

"네가 만약 원하지 않으면 더 이상 내게 용서를 구할 필요는 없어. 아무 일도 없었던 것처럼 착한 아이 행세를 하면서, 아버지 품안의 귀여운 자식으로 애교나 부리고 있으면 된다고. 친아버지에게도 버림받은 머저리 같은 자식 따위는 무시해도 돼. 앞으로 네가 살아가는 데 아무런 지장도 주지 못하거든."

"……."

"잘 생각해 봐."

만약 이 자리에서 아스텔이 그의 요구를 거절한다면 세이지는 두 번 다시 그녀를 용서하지 않을 것이다. 아스텔은 그걸 알았기 때문에 더욱 그의 말을 이해할 수 없었다.

"저…… 를, 여자로, 보지 않으신다고……."

"글쎄."

그는 눈을 내리깔며 의미를 알 수 없는 미소를 지어 보였다.

"내가 너에게 발정할 정도로 맛이 갔다는 의미 아닐까."

아스텔은 덜덜 떨리는 손으로 미친 듯이 치맛자락을 쥐어뜯었다. 그리고 가슴팍을 쥐어뜯더니 급기야 발작하듯 자신의 머리카락까지 쥐어뜯기 시작했다. 굳게 다물려 있던 입술에서 억눌린 숨

소리가 터져 나왔다.

세이지는 강한 힘으로 머리카락을 쥐어뜯는 아스텔의 팔을 잡아당겼다. 그의 눈동자와 마주친 진녹색 눈동자가 쉴 새 없이 경련했다.

그리고 이윽고 눈동자가 눈꺼풀 뒤에 숨어버렸다.

아스텔은 눈을 감은 채 그를 향해 고개를 들어 올렸다. 그녀의 행동이 무엇을 의미하고 있는지 곧바로 이해한 세이지는 아스텔의 뺨을 두 손으로 감싸 쥐고 입을 맞췄다. 떨리는 입술은 순순히 그의 혀를 받아들였다. 태어나서 처음으로 해보는 입맞춤이었다.

세이지는 힘없이 자신의 입술을 받아들이는 아스텔에게 몇 번이고 입을 맞추었다. 오늘은 정신적으로 버거운 일이 한꺼번에 일어났기 때문인지 늘 혈색 좋은 장밋빛을 띠고 있던 그녀의 뺨은 백지장처럼 하얗게 질려 있었다. 이런 딱한 얼굴을 하고 있는 여자에게 잘도 욕정하는 자신이 짐승처럼 느껴져 그는 발작처럼 터져 나오려는 조소를 애써 억눌러 참았다.

평생 가질 수 없을 거라고 생각했다. 자신에게는 평생 그녀의 입술을 넘보는 것조차 허락되지 않을 거라고. 그랬기 때문에 컬렌 백작의 아들이 아스텔을 따로 불러냈을 때는 눈이 뒤집히는 감각을 느꼈다. 그는 차마 그녀에게 밝힐 수 없는 음침한 욕망을 품고 있는 자신과 달리 당당하게 아스텔을 가질 수 있는 남자였다. 그가 아스텔과 무슨 대화를 하려고 했든, 그런 건 세이지에게는 그다지 중요한 일이 아니었다. 설령 컬렌 백작의 아들이 아스텔을 미소 짓게 한 말이 시시한 날씨에 대한 화제였다고 하더라도 그는 마찬가지로 눈이 뒤집혔을 테니까.

아스텔은 그의 손길이 닿는 동안 거의 저항을 하지 않았다. 그뿐만 아니라 예민한 곳을 자극당할 때는 미약하게나마 반응을 보이기도 했다. 그녀는 처음으로 그를 받아들이는 순간만큼은 숨길 수 없는 두려움을 내비쳤지만, 세이지는 기어이 그녀를 자신의 것으로 만들고 말았다.

평생 가질 수 없을 거라고 여기면서도 어쩔 수 없이 갈망해 왔던 여자를 품게 된 상황에서 이성적으로 행동할 수 있는 남자가 세상에 존재할 수 있을까. 아스텔의 몸짓 하나, 눈빛 하나마다 그를 자극하지 않는 것이 없었다. 정작 그녀는 아무런 의미도 품지 않은 채 행동한 것일 텐데도.

마침내 절정에 다다른 세이지는 잠시 숨 돌릴 틈도 주지 않은 채 아스텔을 다시 몰아붙였다. 밤이 깊어가도록 그의 욕망은 마른 짚에 붙은 불길처럼 좀처럼 식을 줄을 몰랐다.

✥

창문을 두드리는 빗소리에 간신히 정신이 든 세이지는 어둠 속에서 천천히 눈을 떴다. 오랜만의 정사로 노곤해진 그의 몸은 마치 포만감과도 같은 만족감으로 충족된 상태였다.

그는 고개를 돌려 곁에서 몸을 잔뜩 웅크린 채 기절하듯이 잠들어 있는 아스텔을 바라보았다. 아직 열이 덜 식은 것처럼 빨갛게 익은 뺨에 가만히 손등을 대자 따끈한 온기가 전해져 왔다.

아스텔이 잠결에 입술을 오물거리는 것을 보며 세이지는 신년회 행사의 대기실에서 있었던 일을 떠올렸다. 그곳에서 그는 처음으로 아스텔을 향해 위험한 충동을 느꼈었다. 그리고 지금은……

세이지는 아스텔의 몸 이곳저곳에 자신이 남긴 흔적을 보며 만족스러운 미소를 지었다. 그리고 여전히 정신을 차리지 못하고 있는 그녀의 입술을 마음껏 다시 맛보기 시작했다. 실제로 맛본 아스텔의 입술은 그가 상상했던 것보다 훨씬 달콤하고 부드러웠다.

짐승과 같은 밤이었다. 세이지는 아스텔의 처음을 뺏은 것으로도 모자라, 그의 미친 욕정에 버거워하는 그녀를 세 번이나 더 가졌다. 그는 이전까지 단 한 번도 자신을 욕망을 제어하지 못한 적이 없었기 때문에 스스로도 이런 자신이 무척 낯설게 느껴졌다.

아스텔의 무엇이 그토록 자신을 폭주하도록 만든 것일까. 의붓남매라는 관계가 가져다주는 배덕감? 아니면 그녀의 외적인 아름다움이나 남자를 홀리게 하는 육체?

아니, 그런 것들은 아무래도 좋다. 이유 같은 것이 그렇게 중요한 것인가? 중요한 것은 자신이 아스텔을 원한다는 너무나 단순한 사실 하나뿐이었다.

그는 언제부터인가 아스텔을 원하고 있었지만 가질 수 없다는 열패감에 사로잡혀 있었다. 그렇기 때문에 그를 향한 동정심이든 죄책감이든, 그녀의 마음속에 존재하는 여린 부분을 이용하여 기회가 왔을 때 놓치지 않고 자신의 것으로 만들어 버린 것이다.

욕망이라는 것이 어떤 것이길래 사람을 이렇게까지 추악하게 만드는 건가. 자기혐오로 구역질이 날 것 같았다.

숨이 막히는 듯 아스텔이 헐떡거리기 시작하자 세이지는 마지못한 것처럼 입술을 뗐다. 다시 편안해진 얼굴의 아스텔을 보면서 간신히 현실로 돌아온 그는 앞으로의 일을 고민하기 시작했다. 만약 세이지가 그 순간 좀 더 이성적일 수 있었다면, 그는 결코 이런 터무니없는 짓을 저지르지 않았을 것이다. 감정과 본능을 앞세워 저지른 짓이니만큼 뒷감당 같은 문제도 당연히 생각하지 않았다.

일단 그가 당면한 가장 현실적인 문제는 앞으로 아스텔과의 관계를 어떻게 정립하느냐는 것이었다. 이기적인 생각이라는 자각은 있었지만 그는 아스텔과 이전의 관계로 돌아가고 싶지 않았다. 그녀가 침대 위에서 어떤 식으로 남자를 미치게 하는 재능을 가졌는지 하룻밤 새에 전부 알아버린 이상, 더 이상 점잔이나 떨며 미묘한 거리를 유지하던 예전으로는 돌아갈 수 없게 된 것이다.

세이지는 신경질적으로 앞머리를 쓸어 올리면서 침대 아래로 떨어진 옷가지들을 하나하나 줍기 시작했다. 아침에 에밀리가 깨우러 오기 전까지는 아스텔을 아무 일도 없었던 것처럼 꾸며 그녀의 방에 데려다 놓아야만 했다. 그나마 다행인 것은 두 사람이 일을 벌인 장소가 아스텔의 방이 아니라는 점이었다. 누가 보더라도 무슨 일이 있었는지 알아볼 수 있을 정도로 더러워진 시트를 보며 그는 작게 한숨을 쉬었다.

❖

어째서 그때 양부님은 오시지 않았던 걸까.

아스텔의 의식은 꿈속을 헤매는 와중에도 오직 그것만을 생각하고 있었다. 돌이켜 보면 뻔뻔하기까지 한 믿음이었지만 그녀는 백작이 자신과의 약속을 어길 리가 없다는 확신을 가지고 있었다. 만약 그녀와 약속했던 사람이 백작이 아닌 다른 사람이었다면, 이렇게까지 큰 배신감을 느끼진 않았을 것이다.

당연하잖아. 넌 그분의 친자식이 아닌걸.

그녀의 의식 속에 존재하는 또 다른 자신이 말을 걸어왔다.

아무리 귀여워하더라도 결국은 남남인 거야. 가장 결정적인 순간에 선택하게 되는 건 네가 아닌 거라고. 뭘 기대했어?

난 가족을 갖고 싶었어.

알트만 가문의 사람들은 네 가족이 아니야. 가족놀이에 심취하다 보니 그 사람들이 진짜 네 가족이라도 된 것처럼 느껴졌나 보지? 그 집안에서 널 진짜 가족으로 생각하는 사람은 아무도 없어. 너도 잘 알잖아. 예를 들어 네 둘째 오—.

"그만해!"

자신이 지르는 비명에 놀란 아스텔은 황급히 눈을 떴다. 어찌나 놀랐는지 아직도 심장이 쿵쿵거리며 뛰는 소리가 귀에 다 들릴 정도였다. 침대에 누운 채 정신없이 눈알을 굴리던 아스텔은 무의식적으로 몸을 일으키려고 하다가 하반신으로부터 엄습하는 끔찍한 통증에 외마디 비명을 질렀다.

"꺅!"

"아가씨?!"

문밖에서 당황한 듯한 기색의 에밀리가 다급하게 문을 노크했다. 순식간에 어젯밤의 일들이 생생하게 떠오른 아스텔은 이불을 머리끝까지 뒤집어쓰며 고개를 흔들었다.

"들어오지 마!"

"무슨 일인가요?"

"그냥 일어나다가 머리를 부딪친 거야. 혹이 나서 부끄러워……."

"하지만……."

"어제 너무 열심히 움직였더니 몸살이 났나 봐. 좀 더 잘게."

아스텔의 말에도 석연치 않은 듯 문가를 서성이던 에밀리는 조금 뜸을 들이더니 여전히 걱정스러운 목소리로 말을 이었다.

"필요하시면 언제라도 불러주세요."

"응, 고마워. 에밀리."

문 너머로 에밀리의 발소리가 멀어져 가는 것을 확인한 아스텔은 한숨을 내쉬며 다시 침대 매트에 등을 기댔다. 차마 입으로 말할 수 없는 그곳도 아프긴 마찬가지였지만 허리가 부러지기라도 한 것처럼 쑤셔오는 바람에 몸을 도저히 가눌 수가 없었다. 남자의 욕망이라는 것이 얼마나 무서운 것인지 겨우 체험한 아스텔은 어젯밤에 일어난 일들을 떠올리며 몸을 떨었다.

너무나 무섭고 슬픈 밤이었다. 어둠 속에서 번뜩이던 새파란 눈동자가 얼마나 집요하게 그녀를 좇아다녔는지, 겁을 잔뜩 먹은 아스텔은 몇 번이나 용서해 달라고 울며 그에게 빌었었다. 하지만 아스텔이 울면서 빌면 빌수록, 세이지는 화가 가라앉지 않은 것처럼 더욱 그녀를 거칠게 몰아세우기만 한 것이다.

아스텔은 자신도 모르는 새에 보송해진 몸에 걸쳐져 있는 나이트가운을 살짝 들춰 구석구석에 남아 있는 붉은 흔적들을 보았다. 이 흔적들이 깨끗하게 없어지려면 며칠이나 더 있어야 할까. 한숨을 푹 쉬며 가운을 덮은 아스텔은 억지로라도 잠을 청하기 위해 다시 눈을 감았다. 하지만 계속해서 가슴이 뛰는 바람에 잠이 잘 오지 않았다.

해가 질 무렵이 되어서야 간신히 몸을 가눌 수 있게 된 아스텔은 식사를 하기 위해 벨을 울렸다. 오래 지나지 않아 똑똑, 하는 노크 소리가 들려오자 아스텔은 침대 헤드에 등을 기대며 버릇처럼 문 너머에 있을 에밀리에게 대답했다.

"들어와."

이윽고 문을 열고 나타난 상대방의 얼굴을 확인한 아스텔의 얼굴에 핏기가 사라졌다. 에밀리를 무슨 핑계로 구워삶았는지 그녀 대신 세이지가 쟁반을 든 채 아스텔의 방으로 들어온 것이다.

아스텔은 무심코 이불자락을 꽉 움켜쥐었다.

"여긴 제 방인데요."

"알고 있어."

"당신 방은 옆방이고요."

"알고 있다니까."

아스텔의 반응에 가소롭다는 듯한 표정을 지으며 세이지가 침대 쪽으로 다가왔다.

"어째서 에밀리가 아니라 당신이 온 거죠?"

"어제 나 때문에 힘들었을 것 같아서."

세이지의 시선이 이불 밖으로 삐져나와 있는 아스텔의 맨다리를 훑자 그녀는 황급히 이불 속으로 다리를 숨겼다. 얼굴이 절로 화끈거렸다.

"뭘 생각하는 거야? 파티 얘기야."

그는 수프 접시가 담긴 쟁반을 건네준 뒤, 당연하다는 듯이 침대 옆의 의자에 걸터앉았다. 아스텔이 곁눈질로 계속해서 그의 눈치를 살피자 세이지가 피식 웃음소리를 냈다.

"내가 당장에라도 덮칠까 봐 그래?"

"아니란 말인가요?"

"그럴 수도 있고 아닐 수도 있고."

아스텔은 김이 모락모락 나는 수프를 앞에 두고도 순식간에 식욕이 달아나는 것을 느꼈다. 들고 있던 스푼이 조용히 쟁반 위에 다시 놓였다.

"용서해 주세요……."

"또 그 소리."

"제가 잘못했어요. 제발."

다시 용서를 빌기 시작한 아스텔을 보며 세이지는 미간을 모은 채 눈을 내리깔았다. 그의 표정은 화가 난 것 같아 보였지만 어떻게 보면 슬퍼 보이는 것 같기도 했다. 잠시 침묵을 지키던 그가 다시 입을 열었다.

"먹을 때는 안 건드려."

그 말은 다 먹고 나면 건드릴 수도 있다는 말 아닌가. 아스텔의 낯빛이 더욱 푸르게 변하는 광경을 지켜보던 그가 참다못한 것처럼 다시 입을 열었다.

"그렇게 싫었어?"

싫은 것이 아니다. 분명히 처음 안겼을 때는 아팠지만 하면 할수록 기분이 좋아졌던 것도 사실이었다. 다만 무섭고 슬플 뿐이다.

아무리 용서를 빌어도 그의 화가 풀리지 않는다는 것이 무섭고, 좋아하는 사람이 그저 화풀이로 자신의 몸을 탐하려 한다는 것이 슬펐다. 그가 자신을 사랑하기 때문에 원한다고 해준다면 훨씬 기쁜 마음으로 안길 수 있는데.

"싫지 않아요."

아스텔의 대답에 세이지의 눈빛이 기묘하게 바뀌었다. 그의 얼굴이 다가오자 아스텔은 반사적으로 눈을 감았다. 하지만 의외로 그는 바로 입을 맞추는 대신 다시 얼굴을 떼더니 자리에서 일어났다. 의문에 찬 시선으로 올려다보는 아스텔에게 그가 속삭였다.

"오늘 밤도 내 방으로 와."

"……."

"만약……."

세이지는 뭔가 하고 싶은 말이 더 있는 듯했지만, 말을 잇는 대신 조용히 아스텔의 얼굴을 바라보았다. 그는 다른 사람의 시선을 의식했는지 오래 지나지 않아 아스텔의 방을 나섰다.

아스텔은 그날 밤, 긴 고민 끝에 세이지를 다시 찾아갔다. 어젯밤의 일을 생각하면 아직도 조금 무섭긴 했지만, 자신이 찾아가지 않아 그가 스스로를 버려졌다고 여기게 되는 것만큼은 견딜 수가 없었다. 굳게 닫힌 문을 노크하는 손이 그녀의 의지와 관계없이 작게 떨렸다.

"들어와."

노크를 하자마자 기다렸다는 듯이 안쪽에서 들려오는 목소리에 아스텔은 침을 꿀꺽 삼켰다. 문고리를 잡아 돌리는 손이 조금 떨리고 있었다. 그도 그럴 것이, 그런 행위를 염두에 두고 그의 방을 방문하는 건 이번이 처음이었으니까.

"진짜로 왔네."

"오라고 하셨잖아요."

문을 잠근 세이지는 의외라는 것처럼 조금 눈을 크게 뜨더니 손을 뻗어 아스텔의 상기된 뺨을 살짝 쓸어보았다. 그의 긴 손가락이 아스텔의 귓불에 달린 귀걸이를 툭 건드렸다.

"내가 오라고 하면 언제라도 올 거야?"

"……잘 모르겠어요."

"빈말로도 꼭 오겠다는 말은 안 하는군."

말은 그렇게 했지만 세이지는 별로 화가 나거나 서운한 기색은 보이지 않았다. 그는 아스텔의 손을 잡고는 침대 쪽으로 이끌 듯이 걸음을 옮겼다.

전날 밤에 무턱대고 아스텔을 취했던 것이 못내 마음에 걸렸는지, 오늘의 세이지는 어제보다는 한결 인내심을 가지고 그녀의 몸을 달랬다. 그뿐만 아니라 아스텔의 몸이 도저히 안을 수 있는 상태가 아니라는 것을 확인하고는 조금 다른 방식으로 자신의 욕망을 처리하기도 했다.

행위가 끝난 뒤, 세이지는 물수건으로 아스텔의 몸을 닦아주고 벗겨놓은 속옷과 나이트가운을 손수 입혀주었다. 아무리 봐도 자신을 돌려보내려는 듯한 세이지의 행동에 아스텔은 의아한 듯이 고개를 갸웃거리며 그를 바라보았다.

"가도 되는 거예요?"

벗어놓은 옷을 챙겨 입던 그는 아스텔의 질문에 고개를 끄덕였다.

"그래."

"하지만 아직……."

"아직?"

"아무것도 아니에요."

아스텔은 목까지 빨갛게 달아오른 채 고개를 저었다. 그런 그녀를 말없이 바라보던 세이지는 툭 내뱉듯이 아스텔에게 질문했다.

"내일도 올래?"

"……."

"아프면 오지 않아도 돼."

"……생각해 볼게요."

완벽한 거절의 말은 아니었다. 무언가 망설이는 것처럼 문가에서 서성이는 아스텔의 입술을 보면서 세이지는 그녀에게 입 맞추고 싶은 충동을 억누르기 위해 애써야 했다. 이윽고 마음을 정한 듯 아스텔이 그를 향해 고개를 꾸벅 숙여 보였다.

"안녕히 주무세요."

"……잘 자."

아스텔이 방을 나간 뒤, 세이지는 한숨을 내쉬며 침대 위로 몸을 눕혔다. 그녀가 다시 찾아올지 오지 않을지 알 수도 없는 내일 밤이 아득히 멀게만 느껴졌다.

7. 빈 껍데기

다이아나의 공연이 끝난 뒤, 데이빗은 그녀를 만나기 위해 대기실로 향했다. 공연이 있는 날마다 늘 그렇듯 꽃으로 가득 채워진 대기실 안에서 다이아나는 벌써 돌아갈 채비를 하고 있었다.

데이빗은 다이아나의 대기실로 성큼 발을 들여놓으며 놀란 듯 눈을 크게 뜨는 그녀에게 먼저 인사를 해 보였다.

"오랜만이야, 디안."

"데이빗!"

요새의 다이아나는 공연장이 아닌 장소에서는 얼굴을 마주치기가 무척 힘들었다. 심지어 최근에는 연주회가 열리는 날마저도 공연이 끝나기가 무섭게 회장을 빠져나가기가 일쑤였으므로, 다이아나의 팬들은 그녀가 예전과 같지 않아졌다며 아우성을 쳐 댔다. 오직 데이빗만이 다이아나가 짬만 나면 조지를 만나러 가고 있기 때문에 다른 사람들과 만날 시간을 내지 못하고 있다는 걸 눈치채고 있었다.

조지는 다이아나가 푹 빠져 있는 작곡가인 맥켄지의 본명이었다. 늙은이일지도 모른다는 데이빗의 가정과 달리, 그는 두 사람과 동갑인 스무 살의 청년이었다.

대인기피증이 있는 조지는 자신의 아틀리에에 틀어박혀 좀처럼 나오지 않았기 때문에, 그를 만나기 위해서는 다이아나가 늘 조지의 아틀리에로 직접 찾아가야만 했다. 다이아나는 타인과 말을 섞는 것조차 싫어하는 조지가 아틀리에에 들인 여자는 자신이 처음이라며 데이빗에게 하루가 멀다 하고 자랑을 늘어놓곤 했다.

"오늘도 가는 거야?"

"응."

데이빗이 말하는 장소는 두말할 것도 없이 조지의 아틀리에였다. 말주변이 없는 조지와 그녀가 좁아터진 아틀리에 안에서 뭘 하면서 시간을 보내고 있는지는 오직 신께서만 아실 노릇이지만.

"있지, 데이빗. 조지는 작곡에만 소질이 있는 게 아니야. 회화나 작시 같은 다른 분야에도 굉장히 재능이 뛰어나다구. 언젠가 내 초상화를 직접 그려주겠다고 나랑 약속까지 한걸."

"디안, 너 나한테 그 말 한 번만 더 하면 정확히 열 번째가 되는 건 알고 있어?"

"알아, 알아. 그리고 날 만나러 왔던 건 그의 음악을 가장 잘 이해하고 있는 사람이 바로 나라고 생각했기 때문에……."

"그 말은 이미 스무 번이 넘게 들었다고."

귀에 못이 박히도록 들었던 말이 오늘도 되풀이될 기미를 보이자 데이빗은 질색을 하며 고개를 저었다. 데이빗이 그러거나 말거나, 다이아나는 오늘도 조지를 만나러 가는 것이 기대되어 견딜 수 없다는 것처럼 들뜬 미소를 지었다.

그런 그녀의 미소를 물끄러미 지켜보던 데이빗은 갑자기 눈가를 좁힌 채 조용히 입을 열었다.

"걱정되지 않아?"

"뭐가?"

"조지도 남자잖아."

다이아나는 잠시 그의 말을 이해하지 못한 듯이 눈을 동그랗게 뜨며 고개를 옆으로 기울였다. 그러나 여전히 심각한 기색을 하고 있는 데이빗의 얼굴을 보고는 뒤늦게 무언가 깨달은 것처럼 당황한 표정을 지었다.

"말도 안 돼! 조지가 그럴 리가 없어."

"조지의 무얼 보고 그렇게 확신하는 건데? 조지는 절대 그럴 남자가 아니다, 같은 근거 없는 믿음 때문은 아니겠지?"

"그, 그야……."

데이빗의 날카로운 반박에 다이아나는 갑자기 수줍은 얼굴을 하더니 딴청을 부리는 것처럼 머리카락을 손가락으로 빙빙 감기 시작했다. 아무리 그래도 '아직 키스조차 하지 못해서'라고 이실직고할 수도 없는 노릇이었으니까.

데이빗은 그런 그녀를 추궁하듯 더욱 눈을 가늘게 뜨고 그녀를 응시했다. 다이아나가 이내 고개를 푹 숙이자, 그는 그럴 줄 알았다는 것처럼 고개를 끄덕이고는 그녀를 향해 선언하듯이 말을 이었다.

"그럼 나도 같이 가겠어."

✣

친애하는 모리슨에게.

최근 내게 일어난 일련의 일들을 모두 설명한다면 당신은 결코 내 말을 믿지 못하겠지요. 내가 당신이더라도 분명 내가 하는 말들을 믿으려 하지 않을 거예요. 하지만 모리슨. 내가 지금부터 적는 내용에는 오직 진실만이 담겨 있어요. 나를 허풍쟁이나 미친 여자라고 생각해도 좋아요. 아니면 내 말을 믿고 날 난잡한 여자라고 비난해도 좋고요. 나는-내 신앙과 당신과의 신의를 두고 맹세하건대-당신에게만큼은 진실을 털어놓고 싶어요.

모리슨. 나는 내 둘째 오라버니와 남녀의 관계를 맺고 말았어요. 그리고 이 관계는 벌써 일주일째 지속되고 있어요. 어젯밤에도 그가 내게 말하더군요. "내일도 올 거지?" 하고 말이죠. 그리고 난 분명히 오늘 밤에도 그를 찾아가겠죠. 나는 내가 어떤 사람인지 아주 잘 알고 있거든요.

아아, 차라리 처음부터 그에게 몸을 허락하지 않는 편이 나았을까요? 하지만 그 후로 그는 아주 가끔, 날 소중한 사람처럼 대해주기 시작했는걸요. 특히 그는 침대 위에서 가장 다정해져요. 나는 그게 너무나 기뻤어요. 너무 기뻤던 나머지 결국 밤마다 그를 찾아가게 되었던 거죠. 그가 날 사랑― 아니, 어느 정도는 특별한 존재로 여겨주고 있는 건 아닐까. 그런 터무니없고도 달콤한 착각에 빠져 버리고 말아요.

하지만 나는 잘 알고 있답니다. 그건 그저 허무맹랑한 망상에 불과하다는 걸. 모리슨. 나는 그에게 사랑받고 싶어요. 내가 그를 사랑하는 것과 같은 감정으로 그가 날 사랑해 줬으면 좋겠어요. 하지만 이 감정만큼은 누구에게도 말할 수 없어요. 만약 그가 내 감정을 알게 된다면 더욱 비참해질 뿐이라는 걸 너무나도 잘 알고 있으니까―.

여기까지 쓴 아스텔은 편지지를 손으로 마구 구겨 뭉쳐 버리고는 델플린드에 있을 가정교사 해리엇에게 부칠 편지를 처음부터 다시 쓰기 시작했다. 이번에 쓰는 편지의 내용은 최근 허들스턴에게 배우기 시작한 곡과 사교 모임에서 새로 만난 사람들, 로렐과 베아트리스의 결혼 준비 같은 시시콜콜하고 무난한 화제에 관한 것들뿐이었다.

부디 몸 건강히 잘 지내길 바라며 하루빨리 다시 만났으면 좋겠다는 인사말까지 잊지 않고 적은 아스텔은 편지지를 곱게 접어 봉투에 넣고 우표를 붙였다. 그리고 아까 구겨 버린 망측한 내용의 종이뭉치를 물끄러미 바라보았다.

잠시 고민하던 아스텔은 자신이 구겼던 편지지를 다시 펼쳤다. 그리고 구깃구깃해진 부분을 꾹꾹 눌러 최대한 빳빳하게 만든 다음, 이번에는 일기장을 펼쳐 조금 전 구겼다가 펼친 편지지를 끼워 넣었다. 아스텔의 일기장에는 구겼다가 펼친 자국이 있는 편지지들이 벌써 세 장째 끼워져 있었다.

일 층에서 차를 마시고 있던 세이지는 편지봉투를 든 채 계단에서 내려오고 있는 아스텔에게 시선을 향했다. 그녀는 세이지와 눈이 마주치자마자 움찔하며 반사적으로 편지봉투를 등 뒤로 감췄다.

"뭐하는 거야?"

마치 그가 편지를 빼앗아 읽기라도 할 것처럼 방어적으로 구는 아스텔의 태도에 세이지는 기가 막히는 것을 느꼈다. 아무리 자신에 대한 믿음이 없다고 하더라도 당사자가 보는 앞에서 저렇게 행동하는 건 지나친 실례 아닌가.

"안 뺏어 읽어."

세이지의 목소리에 묻어나는 불쾌감을 눈치챈 아스텔은 고개를 푹 숙인 채 재빨리 그를 지나쳐 현관 쪽으로 잰걸음을 옮겼다. 세이지는 미간을 모은 채 그런 그녀의 모습을 물끄러미 지켜보고 있었다.

"남자한테 보내는 거야?"

풋맨에게 편지를 맡긴 아스텔이 돌아오자, 세이지는 자신의 말투가 너무 공격적으로 들리지 않길 바라며 찻잔에 차를 따르는 척했다. 잠시 멍한 얼굴로 그를 바라보던 아스텔이 이윽고 고개를 가로저었다.

"아니요."

"그럼 내 험담이라도 적은 편지였나 보지?"

"……."

"부정하지 않는군."

"아니에요."

"이제 와서 아니라고 해봤자."

아스텔의 얼굴이 어두워지는 것을 보며 세이지는 그녀가 정말로 누군가에게 자신의 험담을 쓴 편지를 부쳤다는 확신을 가졌다. 설마 두 사람 사이에 매일 밤 일어나는 일에 대한 것은 아닐 것이다. 아스텔이 미치지 않고서야 남에게 그런 일을 함부로 발설할일은 없었다.

"싫으면 말하지 마."

"죄송해요."

"그리고 오늘은—."

그는 그렇게 말하며 근처에 두 사람의 대화를 엿들을 만한 다른 사람이 없는 걸 확인했다. 세이지는 마른침을 삼키고는 천천히 하던 말을 이었다.

"오지 않아도 상관없어."

"……!"

"아니면 영영 오지 말거나."

당연히 진심으로 한 말은 아니었지만 제법 효과가 있는 협박이었는지 아스텔의 안색이 금세 새파랗게 질렸다. 지금이라면 아스텔이 순순히 실토할 거라는 판단이 든 세이지는 다시 그녀를 떠보기 시작했다. 아스텔은 순순히 그의 질문에 답하기 시작했다.

"누구에게 보내는 편지였지?"

"플라티나 메도우에서 신세를 졌던 모리슨이요."

"내용은?"

"최근 레슨에서 배우고 있는 곡, 길모어 경의 자선 모임에서 만난 사람들, 로렐 오라버니의 결혼 준비에 관한 것들……."

"그게 전부가 아니잖아."

"전부가 맞아요."

아스텔의 부정에 세이지는 미간을 모았다. 여전히 그녀는 고집스럽게도 그에게 모든 진실을 털어놓으려 하지 않았다.

"거짓말하지 마."

"거짓말이 아니에요. 정말이에요."

아스텔의 눈가에 눈물이 핑 돌기 시작하자 울릴 작정까지는 하지 않았던 세이지는 내심 당황하고 말았다.

하지만 아스텔은 분명히 편지의 내용에 대해 무언가를 숨기고 있었다. 눈물을 글썽이는 아스텔을 찜찜한 표정으로 바라보던 세이지가 다시 입을 열었다.

"오늘 밤에는 오지 마."

"……!"

"아니면."

세이지는 허리를 숙여 아스텔의 귓가에 대고 속삭였다.

"지금 당장."

아스텔은 놀란 눈으로 그를 바라보았다.

"여기서요?"

세이지는 그녀의 질문에 곧바로 대답하는 대신, 아스텔의 손목을 잡아끌고 응접실을 나왔다. 그는 곧바로 두 사람의 방이 있는 이 층으로 계단을 올라갔지만 침실이 있는 오른쪽 복도 대신, 백작의 집무실과 서재가 있는 왼쪽으로 걸음을 향했다. 잠시 어디로 들어갈지 망설이는 기색을 보이던 세이지는 이윽고 마음을 정한 듯이 서재의 문을 열었다.

그날부로 세이지는 시간과 장소에 구애되지 않은 상태에서 아스텔을 안기 시작했다. 저택 내에서 그녀와 단둘이 있을 수 있는 곳이라면 어디든 상관없었다. 아스텔은 다른 사람의 눈에 띌지도 모른다는 두려움에 떨었지만, 매번 그가 주는 쾌락에 쉽게 굴복하고 말았다. 의외로 세이지는 아스텔의 방만큼은 절대 침범하지 않았는데, 아스텔은 그 이유가 항상 궁금했지만 차마 물어볼 용기가 나지 않았다.

세이지의 생일 이후로 보름 동안, 아스텔은 여성으로서의 관능에 완전히 눈을 뜨게 되었다. 행위 중의 고통은 편린조차 남기지 않은 채 옛 기억 속으로 사라졌고, 마침내 완벽한 쾌감만이 아스텔의 감각을 지배하게 된 것이다. 아스텔의 몸에서 일어난 변화는 겉으로 드러나는 부분까지 변모시킨 건지, 엘레노어는 최근의 아스텔이 몰라보도록 아름답고 요염해졌다며 놀라움을 감추지 못했다.

"봄이 되어서 그런가? 미모에 완전히 물이 올랐지 뭐니."

"어쩌면 아스텔도 사랑에 빠진 걸지도 몰라요. 마침 딱 좋은 시기 아닌가요?"

"그 상대가 브라이언이라면 더할 나위 없으련만."

로렐과의 결혼식에 쓰일 혼수를 고르기 위해 베아트리스와 쇼핑을 나온 엘레노어는 여전히 지지부진하게 이어지고 있는 컬렌 백작가와의 혼담을 떠올리며 나직한 한숨을 내쉬었다.

"부디 이상한 놈팡이에게 걸린 것만 아니어야 할 텐데."

"아스텔이 얼마나 영리하고 똑 부러진 아가씬데요. 너무 염려하지 마세요, 고모님."

"그 애는 다 좋지만 너무 착하고 순수해서 탈이야. 너도 알잖니. 아스텔이 수도원에서 자랐다는 거."

"알고말고요. 아스텔처럼 아름다운 아가씨가 평생 독신으로 살 뻔했다니."

웨딩드레스의 카탈로그를 뒤적이던 베아트리스는 말도 안 된다는 듯이 고개를 절레절레 흔들었다.

"아버님께서 정말 큰일을 해내신 거죠."

"뭐, 찾아서 데려온 건 세이지지만 말이다."

엘레노어는 고개를 숙여 맞은편에 앉은 베아트리스가 보고 있는 카탈로그를 함께 살펴보았다. 카탈로그는 웨딩드레스에 싸여 행복한 미소를 짓고 있는 신부들의 일러스트로 가득 채워져 있었다.

"그 애가 금발만큼은 질색한다는 게 아스텔에게는 얼마나 다행인 일인지 몰라. 그렇지 않았으면 정조의 위기를 몇 번이나 겪고도 남았을걸."

"그래도 명색이 친조카인데 도련님을 너무 못 믿으시는 거 아닌가요?"

"어머, 그런가?"

엘레노어와 베아트리스는 서로 얼굴을 마주 본 채 즐거운 듯한 웃음소리를 냈다. 카탈로그에 실린 드레스가 하나같이 아름다워 고를 수가 없다며 한참을 고민하던 베아트리스는 결국 엘레노어의 도움을 받아 자신이 입을 웨딩드레스를 선택했다.

"다음번에는 아스텔과 함께 오면 좋겠네요."

"그것참 좋은 생각이로구나. 그 애도 자신이 입고 싶은 웨딩드레스를 발견하면 뭔가 심경에 변화가 생길지도 모르지."

베아트리스는 수표에 서명을 하여 점원에게 건넨 뒤, 엘레노어와 사이좋게 팔짱을 끼고 부티크를 나왔다. 베아트리스에게는 시어머니가 될 델플린드 백작부인이 생존하지 않았으므로, 그녀의 예비 시어머니 노릇은 자연스럽게 로렐의 고모인 엘레노어가 대신 맡아서 하고 있었다.

"그러고 보니 고모님. 저 긴히 부탁드리고 싶은 게 한 가지 있는데 말씀드려도 괜찮을까요?"

"뭐든지 말해보렴."

"그이와의 결혼식에서 착용할 주얼리 말인데요……."

잠시 머뭇거리던 기색의 베아트리스는 엘레노어의 눈치를 보며 조심스럽게 말을 이었다.

"알트만 가문의 가보인 '여신의 눈물'을 걸고 싶어요. 저도 곧 그 집안의 여인이 되니까."

"어머."

엘레노어는 의외라는 듯이 눈을 동그랗게 떴다.

"정말 기특한 생각이지만 그건 이제 내 것이 아니란다. 이미 아스텔에게 물려주었는걸."

"그건 저도 알고 있어요."

"그렇다면 나 말고 아스텔에게 부탁해야 하지 않겠니? 그 애라면 분명 흔쾌히 빌려줄 거야."

엘레노어의 대답에 베아트리스는 아직 말을 꺼낼 엄두가 나지 않는다며 어색한 웃음을 지었다.

엘레노어는 자신의 예비 조카며느리를 위해 조만간 아스텔과 함께 대화할 만한 자리를 마련해 주겠다고 했다. 마침 사흘 뒤에 멜우드 백작가의 타운 하우스인 선셋 블라썸(Sunset Blossom)에서 고아들을 위한 자선 파티가 열릴 예정이었으므로, 엘레노어는 아스텔이 그 행사에 참석하도록 언질해 두기로 했다.

✤

드디어 제법 봄다운 날씨가 된 토요일 오후, 델플린드 백작의
세 자녀는 로렐의 예비 장모인 멜우드 여백작이 주최하는 자선 파
티에 참석하기 위해 제이드 체임버를 나섰다. 세이지의 생일 이후
로 세 사람이 같은 행사에 참석하는 것은 오랜만이라며 너스레를
떨던 로렐은 맞은편에 앉아 꾸벅꾸벅 졸고 있는 아스텔을 보고 목
소리를 낮추었다.

"아스는 피곤한가 보네."

"간밤에 잠을 잘 못 잔 모양이야."

아스텔이 수면 부족에 시달리는 원인을 제공한 세이지는 창가
에 머리를 박은 채 졸고 있던 그녀에게 무릎 담요를 덮어주었다.
로렐은 그런 두 사람의 모습을 놓치지 않고 지켜보고 있었다.

"제법 다정해진 것 같다?"

"그런가?"

"꼭 연인 같아."

비몽사몽간에 꿈나라의 입구를 헤매고 있던 아스텔의 귀에 로
렐의 말 한마디가 불벼락처럼 내리꽂혔다. 잠이 순식간에 달아나
는 것을 느낀 아스텔은 별안간 눈을 번쩍 떴다.

"더 안 잘 거니?"

"……네."

의문스러운 로렐의 시선을 모른 체하며 아스텔은 덮고 있던 무
릎 담요를 접어 좌석 아래에 넣어두었다. 옆에서 세이지가 자신을
바라보고 있는 시선이 느껴졌지만 애써 깨닫지 못한 척했다.

아스텔은 턱을 괴고 마차의 창문 너머로 꽃망울이 맺히기 시작한 벚나무들을 지켜보았다. 커다란 벚나무가 줄지어 늘어선 가로수 길은 개화 시기가 다가오면서 서서히 옅은 분홍빛으로 물들어 가고 있었다. 바야흐로 본격적인 봄이 다가오고 있었지만 아스텔의 마음만큼은 아직도 겨울을 완전히 벗어나지 못하고 있었다.

봄꽃으로 가득 둘러싸인 선셋 블라썸에 도착한 아스텔은 마차에서 내리자마자 저택의 아름다운 풍경에 넋을 잃고 말았다. 엘버린 번화가에서 조금 떨어진 교외에 위치한 선셋 블라썸은 소녀들 취향의 동화책에 등장할 법한 하얀 목조저택으로, 가든파티에 특히 최적화된 저택이었다.

자선사업에 관심이 많은 멜우드 여백작은 평소에도 그녀가 후원하고 있는 고아원을 위한 기부행사를 자주 여는 편이라고 했다. 오늘 열리는 파티 역시 그 일환 중 하나로, 그녀와 뜻을 함께하는 귀부인들과 저명인사들이 여럿 모일 예정이므로 인맥을 쌓기에는 더할 나위 없이 적절하리라고 로렐이 설명했다.

"저기 인심이 후해 보이는 귀부인 보이지? 저 사람이 고아들의 어머니라고 칭송받고 있는 그랜든 후작부인이야."

"그런 칭호를 얻으실 정도라면 정말 대단하신 분인가 보네요."

"정말 훌륭하신 분이에요. 매년 거액의 기부금을 투척하시면서 봉사활동도 굉장히 자주 다니시거든요."

베아트리스는 존경 어린 시선으로 그랜든 후작부인을 바라보았다.

"저도 저분처럼 되는 것이 꿈이에요."

"분명히 될 수 있을 거야. 비비는 정말 마음이 따뜻하니까."

자신을 추켜세워 주는 약혼자의 말에 베아트리스는 민망해하면서도 싫지만은 않아 보이는 미소를 지었다. 그런 두 사람의 다정한 모습을 부러운 눈으로 바라보던 아스텔은 자신도 모르게 입맛이 씁쓸해지는 것을 느꼈다.

"아스텔."

조금 긴장한 얼굴이 된 베아트리스가 아스텔의 손을 붙잡았다. 그제야 퍼뜩 제정신으로 돌아온 아스텔은 자신을 바라보고 있는 베아트리스를 마주 보았다.

"잠시 둘이서 하고 싶은 말이 있어요."

"무슨 일인데?"

"당신은 빼고요, 로렐!"

눈치 없이 대화에 끼어든 로렐을 향해 베아트리스가 곱게 눈을 흘겼다. 아스텔은 조금 당황하면서도 그녀에게 고개를 끄덕여 보였다.

"무슨 말인가요?"

"일단 저를 따라오세요."

베아트리스는 아스텔을 자신의 방으로 데려갔다. 결혼식을 얼마 남겨두지 않은 예비신부인 그녀의 방은 아스텔의 방과 크게 다르지는 않았지만, 온갖 카탈로그와 캐리어들로 가득 들어차 있었다. 베아트리스의 방을 처음 방문한 아스텔은 약간 얼떨떨한 기분으로 방 안을 둘러보았다.

"편히 앉으세요. 아스텔."

"감사합니다."

베아트리스는 아스텔에게 앉을 자리를 내어주고는 곧바로 본론을 꺼내지 않은 채 잠시 망설이는 기색으로 방 안을 서성거렸다. 정신없이 같은 자리를 빙글빙글 돌고 있는 그녀를 지켜보던 아스텔은 결국 참지 못하고 자신이 먼저 질문을 던졌다.

"대체 무슨 일로 절 부르셨나요?"

"아스텔."

아스텔의 질문에 베아트리스는 간신히 멈춰 섰다. 아스텔이 앉아 있는 안락의자로 쪼르르 다가온 그녀는 곧 자신의 시누이가 될 아스텔의 손을 꼭 마주 잡았다.

"부탁하고 싶은 게 하나 있어요."

"말씀하세요."

"아스텔도 알다시피 전 곧 그이와 식을 올려요."

새삼 그녀의 입으로 부연해 설명하지 않더라도 아스텔 역시 잘 알고 있는 사실이었다. 아스텔이 고개를 끄덕이자 잠시 심호흡을 하던 베아트리스가 머뭇거리며 말을 이었다.

"그때 아스텔이 알트만 가의 가보인 '여신의 눈물'을 제게 빌려주었으면 해요. 오래 빌려달라고 하려는 건 아니에요. 식이 끝나면 곧바로 돌려줄게요."

베아트리스는 조곤조곤한 말투로 자신 역시 엘레노어로부터 '여신의 눈물'의 내력에 대해 들은 적이 있으며, 그 목걸이가 가지고 있는 상징성 때문에 로렐과의 결혼식에 '여신의 눈물'을 반드시 착용하고 싶다고 설명했다.

아스텔은 그제야 엘레노어가 자신에게 물려주었던 다이아몬드 목걸이를 떠올렸다. 알트만 가문의 여인들 사이에 물려져 내려오는 목걸이. 그리고 언젠가 때가 되면 자신 역시 누군가에게 물려주어야 하는 목걸이.

"역시 곤란한 건가요?"

아스텔이 잠시 대답이 없는 것이 불안했던 모양인지 베아트리스가 조심스레 그녀의 눈치를 보았다. 아스텔은 그런 그녀에게 천천히 고개를 가로저어 보였다.

"빌려드릴게요."

"고마워요, 아스텔⋯⋯!"

베아트리스의 얼굴이 순식간에 환한 미소로 뒤덮였다. 얼마나 기뻤던지 그녀는 심지어 눈물을 보이기까지 했다. 그런 그녀의 모습을 아스텔은 묵묵히 지켜보고 있었다.

자신이 갑작스레 백작의 양녀만 되지 않았다면 '여신의 눈물'은 결혼식이 거행됨과 동시에 베아트리스의 것이 되었을 것이다. 본래 그녀의 것이 될 예정이었던 목걸이를 본의 아니게 가로챈 셈이 되었음에도, 베아트리스는 아스텔에게 한 번도 서운한 기색을 보인 적이 없었다.

베아트리스와 대화를 마치고 내려온 아스텔은 잠시 바람을 쐬고 싶다는 이유로 홀로 정원을 서성이기 시작했다. 이유는 딱 잘라 설명할 수 없었지만, 왠지 모르게 마음이 울적했다.

정원 중앙의 분수대 근처로 발을 옮긴 아스텔은 관목나무 너머로 익숙한 세이지의 뒷모습을 발견하고 가슴이 뛰기 시작하는 것을 느꼈다. 무언가에 홀린 듯이 그가 있는 쪽으로 다가가던 아스텔은 등 뒤에서 들려오는 익숙한 목소리에 그 자리에 얼어붙은 것처럼 멈춰 섰다.

"테시? 혹시 테시 아니니?"

아스텔은 천천히 고개를 돌려 자신을 테시라고 부른 사람을 바라보았다. 기억보다 조금 노쇠해진 인상의 여성이 놀란 얼굴로 자신을 바라보고 있었다.

"램파드 부인⋯⋯?"

"역시 너였구나."

램파드 부인은 짧은 순간 만감이 교차하는 듯한 얼굴로 아스텔을 바라보았다. 거의 십 년 만에 다시 만난 두 사람은 둘 다 예전과 비교하면 몰라보도록 말쑥한 차림을 하고 있었다. 아름다운 레이디로 성장한 아스텔을 위아래로 훑어보는 그녀는 약간 감격스러워 보이기까지 했다.

"정말 아름답게 성장했는걸."

"부인께서 어떻게 여기에……."

"그건 내 쪽에서 묻고 싶은 말이란다."

아스텔에게 가까이 다가온 램파드 부인이 그녀의 손을 꼭 잡았다. 램파드 부인의 기억 속에 남아 있던 작고 거친 손은 어느새 물한 방울 묻혀본 적 없는 것처럼 부드럽고 고운 손이 되어 있었다.

"넌 분명히 수도원에 들어갔다고 들었는데……."

오랜만에 수도원에 관한 이야기가 나오자 아스텔은 가만히 눈을 내리깔았다. 최근 자신에게 일어난 일들을 감당하기도 벅차 한동안 잊고 있었다는 사실에 약간의 죄책감이 밀려들었다.

"아주 많은 일이 있었어요."

"그런 것 같구나. 내가 널 얼마나 찾았는지 알고 있니?"

"아니요."

"메이슨이 그렇게 죽어버리고……."

램파드 부인은 깊은 한숨을 내쉬며 말을 이었다.

"그때 내가 널 거둘 형편이 되지 못해서 얼마나 마음이 좋지 않았는지 아니. 너처럼 심약하고 낯가림이 심한 아이가 이 험한 세상을 어찌 헤쳐 가려나 염려를 많이 했단다."

그녀가 기억하는 아스텔은 책을 좋아하고 낯가림을 많이 타는 소심한 아이였다. 메이슨의 절친한 이웃이었던 그녀는 메이슨의 남편이 술만 마시면 밥만 축내는 식충이라며 아스텔에게 매질을 했던 것을 어제 일처럼 기억하고 있었다.

메이슨의 남편이 막노동 현장에서 불의의 사고로 목숨을 잃은 후로, 아스텔은 폭력에서 해방되는 대신 입에 풀칠을 하기 위해 고작 여덟 살의 나이에 삯바느질을 시작해야 했다. 그녀의 유일한 보호자였던 메이슨마저 폐병으로 세상을 떠난 뒤, 아스텔은 싼값에 부려 먹히기 위해 인심 고약한 집안의 잡역 하녀로 들어갔다.

"지금은 어찌 지내고 있니?"

"부모님의 옛 친우분의 양녀가 되었어요. 부인께서는요?"

"예전처럼 아주머니라고 불러도 된단다, 테시."

그녀는 아스텔의 옛 기억에 존재하는 모습처럼 따뜻한 눈길로 아스텔을 바라보았다.

"정말 믿을 수 없는 행운이 일어났거든. 덕분에 이렇게 팔자에도 없이 귀족 나리들과 어울릴 수도 있게 되었고 말야."

램파드 가문은 빚 대신 받은 쓸데없는 땅덩이에서 금광이 발견되면서 급격하게 팔자가 피게 되었다고 했다. 램파드 부인은 경제적으로 여유가 생기게 되자 곧바로 아스텔을 찾았지만, 간신히 행방을 알아냈을 땐 이미 그녀가 수도원에 들어간 뒤였다고 한다. 평소 신앙심이 깊던 램파드 부인은 성직자의 길을 걷기로 한 아스텔의 선택을 존중하기로 하고, 대신 어려운 처지에 있는 사람들을 돕기 위해 기부 행사에 열심히 참석하게 되었다는 것이다.

"네 양부님께서는 무슨 일을 하시니?"

"사업을 조금……."

"상당히 유복한 가문에 입양된 것 같구나."

아스텔이 걸치고 있는 드레스와 장신구들을 살펴보며 램파드 부인이 흐뭇한 표정을 지었다. 그녀는 아스텔이 귀족 가문에 입양되었다는 것까지는 모르는 눈치였으므로, 아스텔은 자신이 델플린드 백작의 양딸이 되었다는 얘기를 해야 할지 말아야 할지 잠시 고민하고 있었다. 그때였다.

"여기서 뭐 하는 거지?"

갑작스럽게 나타난 세이지는 아스텔의 곁으로 성큼성큼 다가가 그녀와 얘기를 나누고 있던 램파드 부인을 약간 경계하듯이 바라보았다. 아스텔의 인맥에 속해 있는 사람 중에 세이지가 모르는 사람이란 여태까지 존재하지 않았으므로, 그는 아스텔이 자신이 모르는 사람과 함께 있다는 것을 미심쩍게 여기는 눈치였다.

"누구야?"

"제가 어렸을 때 이웃으로 지냈던 램파드 부인이세요. 제겐 이모님 같은 분이시죠. 여기서 우연히 만나게 되었어요."

램파드 부인은 둘 사이에 난입한 낯선 남성이 아스텔의 어깨에 손을 올리는 광경을 유심히 바라보았다. 이성 간의 스킨십으로서는 제법 친밀한 편이었지만 아스텔은 전혀 싫은 기색을 비추지 않았다.

"네 약혼자니, 테시?"

아스텔의 얼굴에 순식간에 핏기가 사라졌다. 그녀의 곁에 서 있던 남자도 마찬가지로 굳은 표정이 되었으므로, 램파드 부인은 자신이 말실수를 했다는 것을 금방 눈치챘다.

"제 오라버니세요."

아스텔의 어깨 위에 놓여 있던 세이지의 손이 내려갔다. 잠시 내키지 않는 표정을 짓고 있던 그는 마지못해 램파드 부인에게 악수를 청하듯이 손을 내밀었다.

"세이지 램버트 알트만입니다."

"조슬린 램파드라고 합니다. 조금 전에는 결례를 끼쳤습니다."

"천만에요. 아스텔이 신세를 많이 진 모양이군요."

"제 조카나 다름없는 아이랍니다. 이 아이에게 이렇게 듬직한 오라버니가 생겼다니 마음이 놓이는군요."

세이지와 악수를 마친 램파드 부인은 다시 아스텔에게로 시선을 향했다. 아스텔은 애써 미소를 짓고 있었지만, 여전히 안색은 창백하기 그지없는 상태였다. 램파드 부인은 그런 그녀의 얼굴을 바라보며 안쓰러운 표정을 지었다.

"테시, 아쉽지만 급한 볼일이 생각나서 난 이만 가봐야겠구나."

"오랜만에 뵈었는데······."

"조만간 다시 볼 일이 있겠지. 이제 네가 델플린드 백작 영애라는 걸 알게 되었잖니."

램파드 부인은 아스텔의 의붓오빠인 세이지가 통성명을 할 때 그녀가 입양된 가문이 어디인지 곧바로 깨달은 모양이었다. 여전히 미동도 하지 않은 채 자리에 우두커니 서 있는 아스텔에게 그녀가 다가가 뺨에 입을 맞춰주었다.

"기회가 되면 또 보자꾸나, 테시."

세이지는 제이드 체임버로 돌아오자마자 아스텔을 끌고 곧장 음악실로 향했다. 방의 특성상 방음이 잘 되는 공간이었으므로 자신의 방 다음으로 세이지가 선호하는 장소이기도 했다. 그는 아스텔을 자신의 팔 안에 가두고 그대로 그녀의 입술을 빼앗았다.

오늘따라 유난히 거칠게 구는 세이지의 행동에 아스텔은 본능적인 두려움을 느끼고 있었다. 숨을 쉬지 못한 아스텔이 그의 품 안에서 버둥거리자 세이지가 간신히 입술을 뗐다.

"코로 숨 쉬어."

"······."

"넌 놀랄 때마다 숨을 참는 버릇이 있어."

세이지는 그렇게 말하며 다시 아스텔에게 입을 맞췄다. 아스텔의 입안으로 침입한 혀가 치열을 더듬고 지나가며 겁먹은 듯이 뒤로 물러나 있는 그녀의 혀를 앞으로 끌어냈다. 입술이 맞닿은 결합부로부터 군침을 삼키는 질척한 물소리가 났다.

단단한 팔이 등 뒤로 둘리는 것을 느끼면서 아스텔은 몸에 서서히 힘을 풀었다. 그걸 허락하는 신호로 받아들인 것처럼 아스텔을 안아 든 세이지는 구석에 놓인 긴 의자 쪽으로 발을 옮겼다.

음악실에 놓인 긴 의자는 쿠션감이 적은 탓에 침대에서 하듯이 누워서 하면 허리를 다칠 위험이 컸다. 그 때문에 세이지는 음악실에서만큼은 침대 위에서 할 때와는 다른 자세로 아스텔을 안곤 했다.

아스텔을 내려놓은 세이지는 그녀를 뒤돌아 앉게 하고는 드레스의 등 부분을 여민 단추 몇 개를 풀었다. 새하얀 어깻죽지 아래로 어지럽게 교차하여 묶인 코르셋의 끈이 드러났다. 세이지는 아스텔이 숨쉬기 힘들지 않을 정도로 끈을 느슨하게 하고 무방비하게 노출된 그녀의 뒷목에 가볍게 입술을 댔다. 입술 아래로 아스텔이 흠칫거리며 고개를 떠는 것이 느껴졌다.

"엎드려."

세이지는 평소보다 조금 거칠게 아스텔을 몰아붙였다. 이성적으로는 아스텔이 옛 지인에게 그를 '오라버니'라고 소개했던 걸 이해하고 있었다. 그것이 사실이기도 하거니와, 그녀로서는 그 외에 별다른 설명을 덧붙이기도 힘들었을 것이다.

그럼에도 불구하고 그는 아스텔이 자신을 오라버니라고 지칭한 것이 싫었다. 자신이 비이성적으로 굴고 있다는 자각은 있었지만 어찌할 도리가 없었다. 어째서, 다른 사람도 아닌 그녀가 자신의 입으로 그런 말을 했던 건지.

그 이유는 이미 너무나도 잘 알고 있었지만.

아스텔은 세이지의 여자가 아니었다. 그의 여자였던 적도 없고, 앞으로도 그럴 날은 영영 오지 않을 것이다. 왜냐하면 그의 아버지가 아스텔에게 가족이라는 법적 구속력을 부여해 버렸으니까.

아스텔 역시 그의 인정을 바라기는 했지만, 그것은 양녀라는 불안한 입지를 보완하기 위한 인정 욕구일 뿐, 사랑과는 거리가 있는 감정이었다. 세이지는 자신이 아스텔에게 호의적으로 대했더라면 그녀가 지금처럼 제게 목을 매지 않았으리라고 생각했다.

완전히 탈진해 쓰러진 아스텔을 내려다보던 세이지는 손수건을 꺼내 엉망이 된 그녀의 하복부를 닦아주기 시작했다. 반쯤 풀린 눈으로 그를 바라보던 아스텔은 속눈썹을 파르르 떨더니 이내 눈꺼풀을 닫아버리고 말았다. 세이지는 잠시 멈칫했지만 다시 묵묵히 그녀의 몸을 마저 닦았다.

아스텔을 안는 것은 그에게 있어 환희이자 고통에 해당하는 의식이었다. 정신을 차려보면 그녀가 자신의 품 안에 있는 순간마저도 조바심을 내고 있었다. 마치 무언가에 쫓기기라도 하고 있는 것처럼.

그녀에게만큼은 이런 추한 감정의 편린마저 들춰내 보이고 싶지 않다. 드러낼 수 없는 독점욕을 억누르고 감추려 할수록 집착은 더욱 깊어진다. 이미 몇 번이나 아스텔로 인해 추한 꼴을 보였던가. 그녀뿐만이 아니라 자기 자신을 위해서라도 이 이상으로 꼴불견이 되고 싶지는 않았다.

아스텔이 간신히 정신을 차리자 세이지는 기다렸다는 듯이 미처 손보지 못했던 그녀의 옷매무새와 머리카락을 마저 정돈해 주기 시작했다. 아스텔은 멍해져 있던 머리가 서서히 맑아지는 것을 느끼며 벽에 걸려 있는 시계 쪽으로 눈길을 돌렸다. 시간이 얼마나 빨리 흘렀는지 모르는 새 저녁 먹을 시간이 다 되어가고 있었다.

환기를 시키기 위해 창문을 열고 돌아온 그는 몹시 드물게도 죄책감 어린 표정을 짓고 있었다.

"기운 차리면 같이 나가자."

"……네."

목에서 쉰 것처럼 갈라진 소리가 나왔다. 아스텔은 그에게 오늘 따라 묻고 싶은 것이 많았지만 늘 그랬듯이 아무 말도 꺼내지 못했다. 세이지는 아스텔과 눈을 마주치지 못한 채 딴청을 피우는 것처럼 악보가 꽂힌 책장으로 다가가 악보집을 뒤적이는 시늉을 했다. 한참 말없이 홀로 악보를 넘기던 세이지가 문득 다시 입을 열었다.

"곡은 생각해 뒀어?"

"곡이라뇨……?"

"아버지의 생신. 이제 한 달밖에 안 남았으니까."

아스텔은 그가 왕궁에서 열린 가든파티에서 했던 약속을 언급하고 있다는 것을 깨달았다. 분명히 잊고 있는 줄 알았는데.

"잊어버리셨을 줄 알았어요."

"약속했잖아."

세이지가 천천히 고개를 돌려 아스텔에게 시선을 보냈다.

"절대 안 잊어."

"……"

"난 너처럼 머리가 나쁘지 않으니까."

농담인지 진담인지 알 수 없는 그의 악담에 아스텔은 저도 모르게 피식 바람 빠지는 듯한 웃음소리를 냈다. 그 덕분이라고 하긴 뭐하지만 아까보다는 조금 기운이 났다.

"빨리 고민해 볼게요."

아스텔이 스스로 걸을 수 있을 정도로 기운을 차리게 되자 두 사람은 함께 음악실을 나섰다. 일 층의 엔트런스 홀에 놓인 소파에서 책을 뒤적이고 있던 로렐은 두 사람의 모습을 발견하자마자 기다렸다는 듯이 책을 덮었다.

"둘 다 어디서 뭐 하다 온 거야?"

"양부님의 생신에 열기로 한 합주회에 대해서 의논하고 있었어요."

"호오."

어느 정도는 진담이기도 했으므로 이번만큼은 아스텔의 입에서도 말이 술술 나왔다. 두 사람의 얼굴을 번갈아 살피던 로렐이 이윽고 알았다는 것처럼 싱긋 미소 지었다.

"기대할게. 나한테는 당연히 R석을 주겠지?"

"물론이죠."

"내가 괜찮은 대관 장소를 알아."

"가격은 얼마나 하는데?"

세 사람은 합주회에 대한 화제로 이야기꽃을 피우며 저녁이 차려진 식당 쪽으로 걸음을 향했다. 합주회로 시작한 이야기는 대관 장소로 적절한 극장 이야기에서 연극에 대한 화제로까지 끊임없이 이어졌다. 로렐은 최근 엘버린에서 유행하고 있는 연극에 대해 이야기하며 조만간 셋이 함께 보러 가자고 했다.

"새언니와 보러 가시지 않는 건가요?"

"사실 비비랑 이미 보고 왔어. 근데 생각보다 재밌길래 너희랑 같이 또 보러 가려고."

가주인 백작이 국제무역 투자박람회로 인해 부재중이었으므로, 백작이 항상 앉던 식탁의 상석은 후계자인 로렐의 차지가 되어 있었다. 로렐은 자신의 앞에서 서로 마주 보고 앉은 동생 둘을 바라보며 만족스러운 표정을 지었다. 이윽고 급사가 세 사람의 잔에 돌아가면서 물을 따라주고 애피타이저로 아스파라거스를 곁들인 새우 요리를 내오기 시작했다.

"도련님."

세 사람이 디저트로 나온 초콜릿 무스를 먹고 있을 때쯤, 집사인 헨리가 나타나 로렐에게 빈 봉투 하나를 내밀었다. 포크를 내려놓고 헨리에게서 봉투를 받아든 로렐은 곧바로 안에 든 전보지를 꺼내 안에 적힌 내용을 읽기 시작했다. 무슨 재밌는 내용이 적혀 있는지 전보를 읽고 있던 로렐의 입꼬리가 슬며시 올라갔다.

"타이밍 한 번 귀신같네."

로렐은 히죽거리며 다 읽은 전보를 세이지에게 건네주었다. 아스텔의 의문 어린 시선에 대답하듯이 로렐이 그녀를 향해 다시 고개를 돌렸다.

"아버지께서 모레쯤 엘버린으로 돌아오신대."

✣

집무실의 문을 노크하는 소리에 초대장을 훑어보고 있던 로렐이 고개를 들었다. 평소와 달리 무표정한 얼굴을 하고 있던 그의 눈매가 살짝 가늘어졌다.

"들어와."

집무실 안에 들어선 것은 집사인 헨리와 어린 메이드였다. 침착한 표정의 헨리와는 정반대로 창백한 낯빛을 하고 있던 메이드는 로렐과 눈이 마주치자마자 온몸을 와들와들 떨기 시작했다.

"이름이 뭐더라?"

"레이첼이라고 합니다, 도련님."

로렐의 질문에 대답한 사람은 레이첼이라는 메이드가 아닌 헨리였다. 로렐은 들고 있던 초대장을 내려놓고 조용히 책상에서 일어났다. 그의 눈동자는 사시나무 떨듯이 떨며 제 시선을 애써 피하는 레이첼에게 고정되어 있었다.

"헨리에게 재밌는 얘길 들었어."

"도련님……."

"너무 겁먹지 마. 난 널 칭찬하러 불렀거든."

로렐은 그렇게 말하며 조금 전까지의 무표정이 거짓말이었던 것처럼 씩 미소를 지었다. 하지만 누구도 그가 진심으로 미소를 짓고 있다고 생각하지 않았다.

"넌 똑똑한 아이야. 그걸 보고 가장 먼저 찾아간 사람이 헨리였다니 말야. 같이 일하는 친구들한테 떠벌리고 다닐 수도 있었을 텐데."

"요, 용서해 주십시오, 도련님. 무식한 계집이 주, 주제를 모르고……."

"하나만 묻자."

"말씀, 말씀하셔요……."

"너 말고 이 사실을 알고 있는 사람은?"

"아, 아직 그런 말은 듣지 못해서……."

"흐음."

레이첼의 대답에 로렐은 무언가 골똘히 생각하는 표정이 되어 손가락으로 책상을 톡톡 두드렸다. 곧 생각을 정리한 듯 그가 다시 의자에 앉았다.

"부탁이 있어."

"부탁이라 하심은……?"

"이 일은 여기 있는 세 사람만 아는 비밀로 해줬으면 해. 아버지를 포함한 누구에게도 알려지지 않도록. 만약 추천장 없이 여기서 일을 그만두고 싶다면 만류하지는 않겠지만……."

"그…… 런, 그럴 리가 없습니다……!"

말이 좋아서 부탁이지 협박이나 다름없는 요구에 레이첼의 안색이 새파랗게 질렸다. 그녀는 마음이 급한 나머지 결례라는 것조차 까맣게 잊은 채 큰 목소리로 로렐의 말을 가로막았다.

"도련님의 말씀, 명심하고 또 명심하도록 하겠습니다. 그러니 부디……"

뒷말을 삼킨 레이첼의 간절한 시선을 마주한 로렐이 활짝 웃었다.

"그럼 내 부탁을 들어주는 거야?"

"여부가 있겠습니까."

"정말 듬직한걸. 그렇다면 나도 널 믿어보도록 하겠어."

"감사합니다, 정말 감사합니다. 도련님……!"

레이첼은 그의 대답에 얼마나 기뻤던지 눈물까지 글썽거리며 안도의 미소를 지었다. 로렐은 그런 그녀의 모습을 예리한 눈빛으로 살피면서 다시 자리에 앉았다.

"네가 나와의 약속을 지켜준다면 나도 너에게 어느 정도의 성의 표시는 보여야겠지. 헨리."

"네, 도련님."

제자리에 우두커니 선 채 두 사람의 대화를 묵묵히 듣고만 있었던 헨리가 로렐을 향해 정중하게 허리를 숙였다. 로렐은 손에 들고 있던 만년필을 빙글빙글 돌리며 말을 이어나갔다.

"레이첼이 약속을 지킨다면 그녀의 월급을 인상해 주도록 해. 일단 다음 달은 120%. 그다음 달에도 지켜질 경우에는 150%로."

"지시하신 대로 처리하겠습니다."

로렐과 헨리의 대화를 똑똑히 귀에 담은 레이첼의 눈동자가 빠르게 굴러다니기 시작했다. 로렐은 그런 그녀의 모습을 지켜보며 피식 웃었다. 이제 그녀는 앞으로 어떻게 처신하는 게 자신에게 이득이 될지 철저하게 숙지했으리라.

"그럼 앞으로 잘 부탁해, 레이첼. 내 소중한 동생의 명예가 달린 일이니까."

집무실을 나선 레이첼이 문을 닫자마자 로렐은 헨리를 향해 까딱거리며 턱짓을 해 보였다. 헨리가 그에게로 시선을 옮기자 로렐이 입을 열었다.

"혹시 모르니까 사람 붙여놓고 감시해. 입 무겁고 믿을 만한 놈으로. 그밖에 따로 눈치챈 애들은 없는지 찾아보고. 입단속 철저하게 시켜."

"알겠습니다, 도련님."

8. 수상한 사람들

밖을 분주히 돌아다니는 사람들의 인기척에 아스텔은 무거운 눈꺼풀을 간신히 들어 올렸다. 잠에서는 깨어났지만 아직 어젯밤의 여파가 남아 있어서인지 온몸이 노곤하고 머리가 멍했다.

다시 잠을 청하기엔 다소 애매한 시간이었기 때문에 아스텔은 침대에 가만히 누워 머리가 맑아질 때까지 기다리는 편을 택하기로 했다. 시간이 흐를수록 정신이 또렷해지면서 불현듯 오늘이 백작이 돌아오기로 한 날이라는 사실이 떠올랐다.

"……양부님."

아스텔은 백작과 마주칠 생각을 하자 갑자기 막막한 기분이 들기 시작했다. 늘 아스텔을 애지중지하던 양부가 처음으로 그녀와의 약속을 어기고 떠났다가 돌아오는 것이다.

그를 만나면 과연 무슨 말을 해야 할까. 그리고 백작은 아스텔의 말에 뭐라고 대답할 것인가. 졸음기가 순식간에 달아나는 것을 느낀 아스텔은 세수를 하기 위해 줄을 잡아당겼다. 오래 지나지 않아 에밀리가 방문을 노크하는 소리가 들리자 아스텔은 침대에서 몸을 일으켰다.

"오늘은 일찍 일어나셨네요, 아가씨."

"으응, 조금."

"요샌 깨워 드릴 때까지 일어나지 않으시더니."

그야 밤마다 세이지에게 시달리고 있으니까. 하던 도중에 지쳐 기절해 버리던 처음과 비교하면 훨씬 나아졌지만, 방으로 돌아오고 나면 베개에 머리를 대기 무섭게 곯아떨어지는 것은 여전했다. 얼마나 깊게 잠들곤 하는지 최근 들어서는 꿈도 거의 꾸지 않을 지경이었다. 아스텔은 자신의 행동이 에밀리에게 부자연스럽게 보이지 않기를 바라며 쟁반에 놓인 수프를 먹는 척했다.

"양부님께서는 몇 시쯤 돌아오신대?"

"저녁 드시기 전에 돌아오실 거예요. 역까지 마중 가시겠어요?"

비록 자신과 했던 약속을 어기긴 했지만 아스텔은 아직 양부가 싫어진 것은 아니었다. 백작이 아스텔과의 약속을 어겼다는 걸 마음에 두고 있다면, 앞으로 관계가 어색해지지 않도록 그녀가 먼저 다가가는 것도 나쁘지 않은 선택일 수 있었다.

"응."

아스텔은 해가 질 무렵이 되자 집사인 헨리를 비롯한 몇몇 고용인들과 함께 기차역으로 향했다. 석 달 만에 방문하는 엘버린의 기차역은 기억 속의 풍경과 마찬가지로 오고 가는 사람들로 북적거리고 있었다. 차이점이 있다면 한겨울이었던 12월에 비해 사람들의 차림이 가벼워졌다는 것일까. 대합실에 앉아 기차를 기다리던 아스텔은 기차가 경적 소리를 내며 역으로 들어오기 시작하자 고용인들과 함께 플랫폼으로 나왔다.

"양부님."

기차의 탑승구에서 모습을 드러낸 백작은 아스텔을 발견하자마자 놀란 것처럼 눈을 크게 떴다. 아스텔이 직접 자신을 마중 나올 거라고는 예상하지 못했던 모양이다. 아스텔은 활짝 웃으면서 탑승구 쪽으로 다가갔다.

"기다리고 있었습니다, 각하."

"커티스."

백작은 집사인 헨리가 인사를 건네자마자 기다렸다는 듯이 바로 그에게 다가갔다. 그는 아스텔에게 가벼운 인사말은커녕, 눈인사조차 하지 않았다.

아스텔은 몸의 떨림을 가라앉히기 위해 심호흡을 했다. 백작이 그녀를 무시했을 리가 없다. 분명 헨리와 긴히 나눌 이야기가 있어 그에게 먼저 다가갔을 것이다. 하지만 아스텔의 가슴 속에 휘몰아치는 서운함과 배신감은 좀처럼 사그라지지 않았다.

우스운 일이었다. 아스텔은 종종 백작의 애정과 관심을 귀찮아하고 부담스러워 했으면서도 은연중에 그걸 당연한 것으로 여기고 있었던 것이다. 정말 뻔뻔하기 그지없는 일 아닌가.

천천히 심호흡하며 마음을 가라앉힌 아스텔은 애써 웃는 얼굴을 지으며 백작을 향해 돌아섰다. 헨리와 이야기를 나누던 백작은 마차로 향할 때까지 아스텔에게 말 한마디 걸지 않았다. 마치 그녀를 피하려고 하는 것처럼.

이유를 알 수 없는 양부의 홀대에 눈물이 핑 돌려고 하던 찰나, 간신히 아스텔을 향해 눈길을 준 백작이 미소를 지어 보였다. 하지만 아스텔은 왠지 모르게 그 미소가 부자연스럽다고 생각했다.

"미안하다, 아가. 경황이 없어 인사가 늦었구나. 일부러 마중 나와줘서 고맙다."

"아니에요, 양부님. 먼 길 오시느라 수고 많으셨어요."

고용인들이 짐을 옮기는 사이, 두 사람은 역 앞에 세워둔 마차를 향해 발걸음을 옮겼다. 백작은 뒤늦게 생각났다며 유명한 유리 공방에서 구입했다는 인어 모양의 공예품을 아스텔에게 선물로 건네주었다.

아무 일도 없었던 것처럼 행동하는 백작의 모습에 아스텔은 제 생각이 그저 착각에 불과할지도 모른다는 생각을 잠시 하기도 했다. 하지만 제이드 체임버로 향하는 마차 안에서 백작은 그녀의 시선을 다시 외면한 채, 말없이 마차의 창문 너머로 시선을 보낼 뿐이었다. 아스텔은 그가 어째서 세이지의 생일에 불참했는지 줄곧 묻고 싶었지만 도저히 말을 꺼낼 수가 없었다.

저택에서 백작과 아스텔을 기다리고 있던 세이지는 두 사람 사이에 흐르는 어색한 기류를 금방 눈치챘다. 늘 인자하고 따뜻하게 아스텔을 바라보던 아버지의 시선이 오늘따라 어색하게 허공만 맴돌고 있었던 것이다. 세이지는 두 사람 사이에 무슨 일이 있었다는 걸 짐작했지만 굳이 캐내어 물으려 할 정도로 멍청하지 않았다.

자신을 맞이하는 사람들을 무심하게 둘러보던 백작의 눈길이 문득 둘째 아들이 있는 곳을 향했다. 잠시 묵묵히 서로를 마주 보던 두 부자는 마치 아무 일도 없었던 것처럼 의례적인 안부 인사를 주고받았다.

"내가 없는 사이에 별고 없었느냐."

"……딱히 없었습니다."

세이지는 그렇게 대답하며 아스텔을 흘긋 바라보았다. 아스텔은 그의 의미심장한 눈길에 심장이 덜컥 내려앉는 것을 느끼면서 아무것도 모르는 척 눈을 내리깔았다. 다행스럽게도 그는 곧 아스텔에게 눈을 떼고 아버지 쪽으로 시선을 옮겼다.

세이지의 파란 눈동자에는 약속을 어긴 아버지에 대한 어떤 서운함이나 분노도 어려 있지 않았다. 그 눈동자에 무언가가 깃들어 있다면, 그것은 분명 체념이라는 단어에 가장 가까울 것이다.

"아버지께서는."

"별일 없었다."

백작은 생일날 바람맞힌 아들에게 어떤 변명도 하지 않았고, 세이지 역시 아버지에게 어떤 것도 캐묻지 않았다. 마치 그게 너무나 당연한 일인 것처럼. 그런 두 부자의 덤덤한 태도에 아스텔은 오히려 자신이 상처받는 기분이 들었다.

아스텔은 그가 얼마나 부정(父情)에 목말라 있는 사람인지 알고 있었다. 그랬기 때문에 두 사람이 함께할 만한 자리를 마련하고, 백작을 생일파티에 초청하는 등, 부자간의 관계를 개선하기 위해 나름의 노력을 기울여 왔었다. 오직 세이지가 행복해지길 바라는 마음 하나로.

아스텔이 복잡한 상념에 젖어 있는 동안, 백작가의 일원들은 늦은 저녁 식사를 하기 위해 식당으로 자리를 옮겼다. 정적에 휩싸인 식당에서는 식사하는 내내 식기가 부딪치는 소리 외에는 아무것도 들리지 않았다. 평소대로라면 어디에서 누굴 만났고, 어떤 계약을 성사시켰는지 등등 묻지 않은 이야기까지 아스텔에게 줄줄이 늘어놓았을 백작은 식사가 끝날 때까지 침묵만을 지키고 있었다. 평소 집안의 분위기 메이커 역할을 하던 로렐조차 오늘만큼은 입도 뻥긋하지 않은 채 묵묵히 접시를 비웠다.

지루하고도 불편한 식사 시간이 끝나고 이 층으로 향하던 아스텔은 빨랫감을 가지고 내려오는 메이드와 눈이 마주쳤다. 아스텔의 기억이 틀리지 않는다면 세탁실에서 주로 일하는 레이첼이라는 이름의 소녀였다.

아스텔과 눈이 마주친 레이첼은 황급히 고개를 숙이더니 빠른 걸음으로 그녀를 지나쳐 계단을 내려갔다. 레이첼의 태도에 말로 설명하기 어려운 꺼림칙함을 느낀 아스텔은 고개를 돌려 그녀가 세탁실로 향하는 뒷모습을 지켜보았다. 레이첼이 복도 모퉁이 너머로 사라진 뒤에도 계속 그녀의 자취를 눈으로 좇고 있던 아스텔은 이윽고 방으로 돌아가기 위해 다시 발을 옮겼다.

✛

허들스턴과의 레슨이 끝난 뒤 아스텔은 브라이언에게 빌린 악보를 꺼내 뒤적거리기 시작했다. 세이지가 꺼낸 연주회 얘기 덕분에 한동안 잊고 있던 맥켄지라는 이름이 간신히 떠오른 것이다.

백작은 아스텔의 어머니인 디안과도 친분이 있었다고 했으니 그녀가 좋아하는 음악에 대해서도 알고 있을 가능성이 높았다. 어쩌면 맥켄지의 음악이 세 사람 사이에 있었던 추억을 되새기는 계기가 될 수 있지 않을까.

아스텔은 가져온 악보 중에 무작위로 한 곡을 골라 가볍게 연주해 보았다. 그녀의 예상대로 귀에 익은 곡이었다.

아스텔은 계속해서 나머지 악보들을 꺼내 연주를 이어갔다. 새로운 곡을 연주할 때마다 그에 얽힌 어머니와의 기억이 하나하나 수면 위로 떠오르기 시작했다.

"역시 아스텔은 피아노에 소질이 있구나. 엄마를 닮아서 그런가?"

"이건 아빠가 처음으로 연주해 줬던 곡이야."

"날 생각하면서 쓴 곡이라고 했어."

아스텔은 흠칫하며 손을 멈췄다. 그리고 연주하고 있던 곡을 처음부터 다시 쳐 보기 시작했다. 기억 속의 어머니는 아스텔을 무릎 위에 앉혀놓은 채 조금 수줍으면서도 자랑스러워하는 듯한 얼굴로 웃고 있었다.

아스텔은 어머니의 말을 곱씹었다. 백작과 처음 만났던 날, 여러 방면에서 재능이 많은 친구였다며 그가 조지에 대해 설명했던 말들도 뒤이어 떠올랐다. 어쩌면, 어쩌면······.

맥켄지는 아스텔의 아버지인 조지와 동일인물인 것이 아닐까?

두 사람이 동일인물인지 아닌지 알 수 있는 가장 확실한 방법은 백작에게 직접 물어보는 것이었지만, 그는 귀국한 뒤에도 좀처럼 저택에 붙어 있지 않아 얼굴 한 번 마주치기도 여간 힘든 것이 아니었다. 최근의 달라진 태도를 비롯해 봤을 때, 양부는 자신을 의도적으로 피하고 있을 가능성이 컸다.

아스텔은 그가 자신을 피하는 이유를 짐작할 수가 없었다. 단순히 약속을 어겼던 것이 미안했기 때문이라면, 직접 역까지 마중 나가며 먼저 다가가려는 제스처를 취했을 때 화해가 이루어졌어야 했다. 하지만 그는 여전히 자신을 멀리하고 있지 않은가.

악보를 정리하며 홀로 한숨 쉬던 아스텔은 다시 맥켄지에 대해 직접 알아봐야겠다고 마음먹었다. 레밍턴 공작부인의 살롱에 드나드는 음악인들과 브라이언에게 물어본다면 그에 대한 실마리를 좀 더 얻을 수 있을지도 몰랐다.

✢

앞으로 오 년 간, 본인 소유의 방적 공장에서 생산한 제품을 마르티넬리 사에 독점 공급하겠다는 계약서에 서명한 백작은 만면에 미소를 지으며 거래처의 바이어들을 배웅했다. 체렌시아의 기성복 사업에서 두각을 나타내고 있는 마르티넬리 사는 방적 공장을 운영하는 그로서는 탐을 내지 않을 수 없을 만큼 전도유망한 거래처였다.

에르나델에서는 저렴한 가격에 대량 생산되는 기성복을 천하게 여기는 풍조가 있어 외국에 비해 상대적으로 기성복 사업이 발달하지 않은 편이었지만, 탁월한 사업가인 델플린드 백작의 생각은 조금 달랐다. 한 세대 내에 기성복이 에르나델의 의류 시장마저 장악할 것이라 판단한 그는 일반적인 에르나델 귀족의 시선으로 봤을 때 해괴하기 그지없는 개념인 '명품 기성복' 사업이 발달한 체렌시아를 여러 번 방문했다. 그리고 '품격을 입는다'는 모토를 내세워 의류 사업뿐 아니라 가방이나 구두 등의 잡화와 향수 등 여러 방면으로 사업 규모를 확장하고 있는 마르티넬리 사와 그의 견해와 이해관계가 일치한다는 걸 확인한 후, 국제무역 투자박람회를 구실로 그들과 접선하였다.

에르나델의 귀족인 델플린드 백작이 마르티넬리 사에서 생산한 수트를 착용하고 행사장에 출몰하자, 처음에는 미적지근한 반응을 보이던 현지의 반응도 점차 긍정적으로 바뀌었다. 마르티넬리 사에서는 백작의 귀국 일정에 맞춰 에르나델에 견학단을 파견하였고, 결과는 그가 바라던 대로 진행되었다. 백작은 계약이 이루어진 호텔 라운지에서 본인이 일구어낸 대형 계약을 자축하기 위해 샴페인을 주문했다.

"표정이 좋아 보이시는군요."

예고도 없이 불쑥 나타난 허들스턴의 모습에 백작은 순식간에 천국에서 지옥으로 떨어지는 기분을 경험했다. 저를 올려보며 이를 악무는 백작을 즐기는 듯한 시선으로 바라보던 허들스턴은 양해조차 구하지 않고 그의 맞은편에 착석했다. 백작은 마디가 하얗게 될 정도로 주먹을 꽉 움켜쥐었다.

"보아하니 아가씨께는 아직 말씀하지 않으셨나 봅니다."

"네놈이 어떻게 여기에……."

"다 아는 수가 있습니다."

이윽고 백작이 주문한 샴페인과 잔을 든 급사가 테이블로 다가왔다. 그는 미처 예상하지 못한 동석자의 모습에 당황한 기색으로 백작과 허들스턴을 번갈아 바라보았다.

잔을 하나 더 가져오겠다는 급사에게 허들스턴은 금방 일어날 거라며 손을 내저어 보이고는 곧장 그를 돌려보냈다.

"모처럼 귀국하셨는데도 얼굴 뵙기가 힘들다며 아가씨께서 서운해하시더군요."

"전부 네놈 때문—."

"그러니 남에게 원한 살 일 없이 바르게 사셨더라면 오죽 좋았겠습니까."

허들스턴은 제게 책임을 돌리려는 백작을 가소롭다는 듯이 쳐다보았다. 이리도 자기중심적이고 무신경한 인간이니 후계자인 친아들마저 그를 증오하는 것도 당연했다.

"대체 내가 언제 자네에게 원한을 샀단 말인가?"

"짐작도 가지 않으신 모양이군요. 평소에도 항상 죄를 짓고 사실 테니 말입니다. 그건 지금 시점에서 그다지 중요한 일이 아닙니다."

"내게 원하는 것이 무언가?"

"저번에도 말씀드리지 않았습니까. 제가 원하는 건 단 한 가지입니다. 당신의 입으로 모든 죄를 아가씨께 고하는 것."

그는 눈을 가늘게 뜨고 웃었다. 그 미소가 백작에게는 지옥에서 기어 올라온 악마의 것으로 보였다.

"이제 유예기간까지 한 달 남았던가요. 기대하고 있습니다."

"⋯⋯."

"부디 그때까지 제가 드린 당부를 잊지 말아주시길."

목적대로 백작을 지옥의 구렁텅이에 처넣는 데 성공한 허들스턴은 만족스러운 미소를 지으며 곧장 호텔을 떠났다. 백작은 그의 협박에 얼마나 겁을 먹고 있는지 엎어지면 코 닿을 거리에 있는 자택을 내버려 두고 일을 핑계 삼아 호텔에서 묵고 있었다.

시간은 허들스턴과 그의 공범자의 편이었다. 이제 그들에게 남은 역할은 앞으로 한 달간, 백작이 애써 잊으려 하는 것들을 끊임없이 상기시키며 그에게 죽느니만 못한 고통을 겪게 해주는 것뿐이었다.

✠

레밍턴 공작부인은 아스텔의 늦은 방문에도 불구하고 기꺼운 기색으로 그녀를 맞이했다. 그녀의 살롱에 초대된 손님들은 세계적으로 이름을 떨치고 있는 유명 지휘자부터 이제 갓 취미로 악기를 배우기 시작한 귀족 영애까지 다양했지만 모두 음악을 사랑하는 이들이라는 공통점을 지니고 있었다. 허들스턴의 옛 후원자 중 한 사람이기도 했던 레밍턴 공작부인은 햇병아리 음악가였던 허들스턴이 이런 유명인사가 된 것이 아직도 실감 나지 않는다며 웃었다.

"어느새 허들스턴의 제자가 내 살롱에 찾아올 정도로 성장했다니 감개무량하군요."

"스승님의 이름에 누가 되지 않도록 더욱 정진하겠습니다."

그녀의 겸손한 대답은 살롱에 참석한 이들 모두를 흡족하게 했다. 살롱의 화제는 어느덧 지난달 엘리자 궁의 가든파티에서 열린 연주회에 대한 것으로 넘어갔다. 아스텔의 연주를 인상 깊게 들었던 건 공작부인 한 사람만이 아니었기 때문에 아스텔은 많은 이들의 질문공세에 시달려야 했다.

"허들스턴 외에 다른 스승을 둔 적이 없다는 말이 정말인가요?"

"믿기지 않는 재능이로군요. 혹시 영애의 친척 중에 음악을 하던 사람이 있던 건 아닙니까?"

"과분한 칭찬 감사합니다. 수도원에 있을 때 어깨너머로 오르간을 배운 적은 있습니다. 어머니께선 피아노 교사 일을 하셨고요."

아스텔은 맥켄지가 자신의 친부인 조지와 동일인물일 가능성을 염두에 두고 있었지만 확실한 증거는 어디에도 없었다. 그렇게 때문에 그녀는 최대한 신중하게 말을 골라 대답할 수밖에 없었다.

"예의 제안은 잘 생각해 보았나요? 영애의 부친께서는 뭐라고 하시던가요?"

"아, 그건……."

아스텔은 뒤늦게 레밍턴 공작부인의 제안을 떠올리고는 그동안 까맣게 잊고 있었던 자신이 부끄러워 얼굴을 붉혔다.

"한동안 바쁘기도 했고, 양부님께서도 외국으로 출타하셔서 미처 말씀드리지 못했어요. 죄송합니다."

"영애도 음악에 전혀 뜻이 없는 건 아니라는 의미로군요?"

"기회가 된다면 좀 더 공부해 보고 싶은 마음은 있습니다."

그녀 딴에는 적당히 예의를 차려 한 대답이었지만 살롱에 모인 이들은 아스텔의 유학이 결정되기라도 한 것처럼 눈을 반짝였다. 그들은 남들에게 질세라 저마다 앞다퉈 외국에 있는 유명 음악학교를 추천해 주기 시작했다.

사람들이 쟁쟁한 음악학교 이름들을 들먹이며 입방아를 찧는 사이, 아스텔은 타국에서 유학 생활을 하는 자신의 모습을 상상해 보았다. 양부인 백작이 지원해 준다면 물질적인 어려움을 겪진 않겠지만, 외국어도 서투른 자신이 아는 사람 한 명 없는 낯선 환경에서 적응해 나갈 수 있을지 자신이 없었다. 더군다나 적어도 이 년은 세이지와 떨어져 지내야 하는 것 아닌가.

거기까지 생각한 아스텔은 저도 모르게 씁쓸한 미소를 지었다. 이런 상황에서 이르러서도 그녀는 세이지와 떨어져 지내야 한다는 걸 염려하고 있었다. 아니, 정확하게 말하자면 떨어져 지내고 싶지 않은 것이다.

아직도 그에게 미련을 갖고 있는 걸까. 더 이상 그에게서 기대할 수 있는 건 몸뿐인 관계 외에는 아무것도 없는데도.

"소중한 조언들 모두 감사합니다. 하지만 양부님께서 허락해 주실지 아직 알 수 없어서요."

"하긴, 델플린드 백작께서 영애를 아끼시는 건 유명하죠."

"그래도 기회가 되면 꼭 말씀드려 보도록 하세요. 저희도 거들어 드릴 테니까."

"꼭 말씀드려 볼게요."

말은 그렇게 했지만 아스텔은 백작에게 유학과 관련된 화제를 꺼낼 마음이 없었다. 세이지에 대한 것도 마음이 쓰였지만, 최근 관계가 서먹해졌다고는 해도 백작이 자신을 순순히 보내줄 것 같지도 않았던 것이다. 아스텔에게는 그 모든 것을 감내하고서라도 떠나야 할 만한 절박한 동기도 존재하지 않았다.

화제는 다시 돌고 돌아 각자 선호하는 음악가에 대한 주제로 넘어갔다. 아스텔로서는 지금이야말로 맥켄지에 대한 실마리를 얻을 수 있는 가장 적절한 기회일지도 몰랐다. 아스텔도 알고 있는 윈필드를 가장 좋아한다며 그 이유에 대해 장황한 설명을 늘어놓던 미들스워스 여남작은 자신의 다음 차례로 아스텔을 지목했다.

"그럼 델플린드 백작 영애께서도 한 말씀 해주시죠."

사람들의 시선이 자신에게 쏠리자 아스텔은 최대한 자연스러운 미소를 짓기 위해 노력하며 자리에서 일어났다. 홀의 중앙에 놓인 그랜드 피아노에 앉아 맥켄지의 곡 중 하나를 연주해 보인 아스텔은 사람들의 박수갈채가 멎자 다시 청중들을 향해 몸을 돌렸다.

"최근 저는 맥켄지의 음악에 심취해 있습니다. 엘리자 궁에서 열렸던 연주회에서 컬렌 백작 영윤을 통해 많은 감명을 받았거든요."

"그때라면 저도 똑똑히 기억하고 있습니다. 컬렌 백작 영윤도 몹시 뛰어난 재능을 지닌 젊은이지요."

"네. 덕분에 저는 뒤늦게 맥켄지의 음악에 입문하게 되었습니다. 아직 그에 대해 알고 있는 건 그리 많지 않습니다만……."

"맥켄지라는 작곡가는 누구인가요?"

"이십여 년 전에 활동하던 에르나델 출신의 작곡가랍니다. 일반인들에게 잘 알려진 사람은 아니지요."

누군가의 질문에 아스텔 대신 레밍턴 공작부인이 대답했다. 아스텔은 어쩌면 공작부인으로부터 맥켄지에 대한 힌트를 얻을 수 있을지도 모른다는 기대에 부풀었다.

"혹시 그를 만나보신 적이 있나요?"

"아니요. 하지만 만나본 사람이라면 알고 있죠."

이것은 예상외의 큰 수확이었다. 아스텔은 터질 것 같은 심장을 애써 억누르며 마른침을 삼켰다.

"실례지만 그분이 누구인지 제가 감히 여쭈어봐도 될까요?"

"영애도 잘 알고 있는 사람이랍니다."

공작부인은 부드러운 표정을 지은 채 말을 이어나갔다.

"영애의 스승인 윌리엄 조이스 허들스턴. 그가 바로 맥켄지를 직접 만나본 사람이에요."

온몸의 혈관이 싸늘하게 얼어붙는 것 같았다. 지금껏 당연히 제 편이라 생각했던 사람이 사실은 아무런 관계도 없는 타인이라 선고받은 것 같은 기분이었다.

"선…… 생님께서 말인가요?"

잠시 굳어 있던 아스텔은 믿을 수 없다는 듯이 공작부인에게 되물었다. 제 의지와는 관계없이 굳어진 손끝이 자꾸만 떨렸다.

"허들스턴이 미처 영애에겐 말해주지 않은 모양이로군요."

"전혀…… 아무런 말씀도……."

"하긴, 나도 우연히 들은 얘기니 영애에게도 미처 말해주지 못했을 수도 있겠군요."

공작부인은 허들스턴을 추호도 의심하지 않는 것처럼 잔잔히 미소 지었다. 그야말로 허들스턴에 대한 완벽한 신뢰가 존재하지 않고서는 지을 수 없을 미소였다.

아스텔은 힘겹게 입꼬리를 들어 올렸다. 비록 가슴속은 허들스턴에 대한 배신감으로 몰아칠지라도, 이곳에서 그런 속내를 내비쳐서는 안 되니까.

"다음 레슨 때 꼭 여쭤봐야겠네요."

"꼭 물어보도록 하세요. 허들스턴도 분명히 기꺼운 마음으로 말해줄 겁니다. 그는 맥켄지를 직접 만나봤다는 걸 몹시 큰 자랑으로 여긴다고 했거든요."

과연 그가 순순히 대답해 줄까. 다른 사람과 착각한 건 아니냐고 잡아떼지만 않아도 다행이지 않을까. 아스텔은 더 이상 스승마저도 믿을 수 없는 제 상황에 속으로 탄식을 내뱉었다.

애써 마음을 가라앉힌 아스텔은 화제를 전환하기 위해 세이지와 계획하고 있는 연주회에 대해 자문을 구하고 싶다는 이야기를 꺼냈다. 레밍턴 공작부인의 손님들은 어찌나 나서기를 좋아하는

지, 다들 앞다퉈 자신이 알고 있는 것들을 아스텔에게 전부 알려 주지 못해 안달을 냈다. 조금 놀라운 것은 세이지의 바이올린 솜씨가 그들 사이에서도 제법 높은 평가를 받고 있다는 사실이었다. 공작부인은 세이지와는 이렇다 할 만한 기회가 닿지 않아 미처 초대하지 못했었다며 어색한 미소를 지었다.

"다음번에는 영애의 둘째 오라버니와 함께 와주지 않겠어요? 여기 모인 손님들도 모두 기뻐할 거예요."

"한번 말씀드려 볼게요."

레밍턴 공작부인의 배웅을 받으며 마차에 오른 아스텔은 마차가 출발하자마자 애써 유지하고 있던 웃음의 가면을 벗어버리고 무릎에 고개를 묻었다. 허들스턴마저 제게 거짓말을 했다는 것이 밝혀진 이상, 믿어도 될 사람은 누구인지 도무지 알 수가 없었다.

❖

아스텔이 레밍턴 공작부인의 살롱에 다녀온 지 사흘이 지난 뒤의 일이었다. 매주 화요일의 일정대로 레슨을 위해 제이드 체임버에 방문한 허들스턴은 아스텔이 처음으로 자신에게 원망스러운 눈길을 보내는 것을 눈치챘다.

늘 그를 잘 따르던 아스텔이 갑작스레 원망할 만한 이유는 한 가지밖에 없었고, 그것은 그녀가 진실에 한 발짝 다가갔다는 의미이기도 했다.

그는 일부러 시치미를 떼고 아무 일도 없었다는 듯이 레슨을 시작했다. 아스텔은 레슨 시간 내내 집중을 하지 못한 채 계속해서 그의 눈치를 살폈다. 그럴 뿐만 아니라 때때로 배신감에 치를 떠는 것처럼 입술을 깨물기도 했다.

허들스턴은 속으로 만족스러운 미소를 지었다. 모든 상황이 그가 바라는 대로 흘러가고 있었다.

"아가씨."

"네, 선생님."

"제게 하실 말씀이 있지 않습니까?"

"……선생님."

"아가씨께서 하시려는 말씀은 짐작하고 있습니다."

허들스턴은 뻔뻔스러울 정도로 아스텔의 눈을 똑바로 들여다보며 말을 이었다.

"레밍턴 공작부인의 살롱에서 저와 맥켄지에 대해 들으셨겠죠."

"……공작부인의 말씀이 정말이었던 건가요?"

"그분이 아가씨께 거짓말을 하실 이유가 어디 있겠습니까."

씁쓸한 표정으로 한숨짓는 허들스턴의 얼굴을 보며 아스텔은 혼란스러운 기분을 느꼈다. 그는 너무나 순순히 자신의 거짓말을 시인했다. 마치 제 입으로 그 말을 털어놓게 되기만을 기다려 왔던 사람처럼.

"어째서 제게 거짓말을 하신 거죠?"

"……사실은."

허들스턴의 갈색 눈동자가 아스텔의 얼굴과 제 무릎을 번갈아가며 비췄다. 잠시 고뇌하는 것처럼 머리를 절레절레 흔들던 그는 이윽고 고개를 푹 숙이더니 꺼져 가는 목소리로 말을 이었다.

"입막음을 당했습니다. 아가씨께 맥켄지에 대해 알려드려서는 안 된다고요."

"대체 누가 그런……!"

충격적이기 그지없는 고백이었다. 대체 누가, 어떤 목적으로 그녀에게 맥켄지에 대한 정보를 차단하려 했단 말인가.

허들스턴은 다시 고개를 들더니 입을 다문 채 아스텔의 녹색 눈동자를 지긋이 응시했다. 그러자 불현듯 아스텔의 머릿속에 떠오르는 인물이 있었다. 비록 막연한 심증뿐이었지만 그 사람 외에는 떠오르는 사람이 없었다.

허들스턴에게 입막음을 시킬 수 있는 위치에 있으며 맥켄지가 아스텔의 친부가 맞을 경우, 그와 연관이 있는 사람. 그리고 최근 그녀를 대하는 태도가 이상해진 사람이라면ㅡ.

허들스턴은 천천히 입술을 움직였다.

"아가씨의 양부님이신 델플린드 백작 각하이십니다."

아스텔은 숨조차 쉬지 못한 채 허들스턴이 이어서 하는 말을 듣고 있었다. 백지장처럼 새하얗게 질린 아스텔의 얼굴을 바라보던 그는 천천히 눈을 내리깔았다.

"각하께서 어떤 이유로 입막음을 시키셨는지는 저로서도 잘 알 수 없습니다. 확실한 것은 아가씨께서 맥켄지에 대해 알게 되는 것을 원치 않아 하셨다는 겁니다."

"짐작…… 짐작가는 곳이라면……."

"……면목 없게도."

"선생님께서는 맥켄지를 만나보셨다고 하셨죠."

모든 정황은 맥켄지가 조지와 동일인물이라는 아스텔의 가정과 들어맞고 있었다. 친부인 조지에 대한 기억이 거의 남아 있지 않은 아스텔로서는 맥켄지를 직접 만나봤다는 허들스턴의 증언만큼 의지할 수 있는 실마리가 없었다.

동기는 혈육에 대한 단순한 이끌림이었지만, 파헤치면 파헤칠수록 백작과 아스텔의 친부모 사이에는 숨겨진 무언가가 있음이 분명했다.

"그에 대해 알려주세요. 어떤 사람이었고, 저와 무슨 관련이 있는지."

"그건 알려 드릴 수 없습니다."

"어째선가요!"

아스텔은 더 이상 참지 못하고 자리에서 일어났다. 그녀의 주변에 있는 이들은 모두 아스텔에게 진실을 은폐하고 그녀를 기만하려 들었다. 알트만 가문의 세 남자를 포함하여 이제는 그녀의 스승마저 진실을 숨기려고 하는 것이다.

"거짓말을 하시려면 끝까지 모른다고 하셨어야죠! 양부님께서 입막음을 시키셨다고 말씀하셔 놓고는, 어째서 그 내용에 대해서는 말씀해 주실 수 없다는 건가요!"

그녀는 언제나 참는 것에 익숙했다. 아무리 부당한 대우를 받아도 화를 낸다는 선택지는 아스텔의 인생에 철저하게 배제되어 있었다. 전부 참고 또 참고, 이해해야 한다고. 그렇게 해야만 살아남을 수 있는 삶을 살아왔으니까. 하지만 이제는 그녀의 인내심에도 점점 한계가 다가오고 있었다.

"……아가씨."

"정말 화가 난다구요! 다들 절 바보 멍청이로 취급하는 게 아니라면 이럴 수 없어요!"

얼마나 분했던지 아스텔은 눈물마저 글썽거리며 숫제 고함을 질렀다. 그녀의 목소리가 얼마나 컸는지, 음악실 문밖에서 하인 중 한 사람이 다급하게 문을 두드리는 소리가 들렸다.

"아가씨, 무슨 일입니까?"

"……."

"아가씨, 대답 좀 해보십시오!"

나쁜 일을 상상하기라도 한 듯이 하인의 목소리가 점차 커졌다. 이대로 내버려 두면 억지로라도 문을 열고 들어올 기세라 아스텔은 마지못해 문을 열어주었다.

"대체 무슨 일입니까?"

"소란 피워서 미안. 선생님과 잠시 말다툼을 했어."

하인은 미심쩍은 표정으로 아스텔과 허들스턴의 모습을 번갈아 가며 살폈다. 음악실 내에 감돌고 있는 찜찜한 분위기를 읽은 그는 조심스럽게 아스텔에게 말을 건넸다.

"수업이 끝날 때까지 여기에 있을까요?"

"으응, 너무 염려하지 않아도 돼. 무슨 일이 생기면 바로 부를 테니까."

여전히 의혹을 완전히 떨치지 못했는지 음악실 안에서 서성대는 하인을 아스텔이 억지로 내보내고 문을 닫았다. 그 모습을 가만히 지켜보고 있던 허들스턴은 문이 닫히자 나지막한 목소리로 그녀에게 사과했다.

"죄송합니다, 아가씨."

"……정말로 죄송하시다면 제게 진실을 말해주세요."

"아가씨가 이렇게까지 맥켄지에게 집착하시는 이유가 뭡니까?"

문에 기댄 채로 서 있던 아스텔은 그 말에 고개를 돌렸다.

"맥켄지와 만났을 당시를 기억하고 계신가요?"

"……."

"여쭤보고 싶어요. 그와 제가 얼마나 닮았는지."

백작은 아스텔이 그녀의 친부모를 반씩 닮았다고 했다. 하지만 백작이 은폐하려던 진실이 하나둘씩 드러나기 시작한 이상, 그의 말이 어디까지가 진실이고 어디까지가 거짓인지도 분간하기 어려웠다. 어쩌면 친우였다는 말조차 거짓말이었을지도 모른다.

그의 말을 증명해 줄 수 있는 사람은 아스텔의 친부모인 디안과 조지뿐이었지만, 두 사람은 이 세상을 떠난 지 오래된 사람들이므로 물어볼 수가 없었다. 아스텔은 줄곧 혼자서 품어왔던 의혹을 처음으로 그에게 털어놓았다.

"그분은 제 친아버지일지도 몰라요."

아스텔의 발언에 허들스턴은 적잖이 놀란 듯, 잠시 말을 잇지 못했다. 짧은 침묵 끝에 그가 다시 입을 열었을 땐, 전보다 약간 목소리가 떨리고 있었다.

"그렇게 생각하신 이유가 뭡니까?"

"기억났어요. 어렸을 적에 어머니의 무릎 위에서 맥켄지의 곡을 들었던 걸요. 그가 어머니를 위해 작곡했다는 곡도 있었어요."

"……신이시여."

허들스턴은 더 이상 말을 잇지 못했다. 손으로 얼굴을 감싼 그를 초조하게 지켜보던 아스텔은 조바심을 내듯 다시 입을 열었다.

"그래서 전 선생님의 협조를 요청하는 거예요. 저는 진실을 알고 싶어요. 과거에 세 분 사이에서 무슨 일이 있었는지."

"……진심이시군요."

"그러니 부탁드려요, 제발."

제게 애원하는 아스텔을 아무 말 없이 바라보던 허들스턴은 이윽고 성대한 한숨을 내쉬었다.

"지금 당장은 저도 뭐라 말씀드리기는 어렵습니다. 사안이 사안인 만큼 신중하게 접근해야 하거니와, 저는 아가씨의 양부님께 협박을 받고 있는 처지입니다."

"협박이라니……."

"저는 돌아가신 백작부인을 사모했습니다."

놀란 얼굴로 자신을 마주 보는 아스텔을 향해 그는 씁쓸한 미소를 지어 보였다.

"물론 제가 지금 사랑하는 사람은 제 아내 소피입니다. 한때 백작부인을 동경한 것은 사실이지만 하늘에 맹세코 떳떳하지 못한 행동을 한 적은 없습니다. 하지만 그는 소피에게 백작부인과의 사이에 있었던 일을 폭로하겠노라며 저를 협박했습니다. 백작은 제가 백작부인에게 썼던 편지를 그대로 보관하고 있다고 하더군요. 그걸 보게 된다면 소피는 분명히 제 마음을 의심할 겁니다."

아스텔은 그의 말에 작지 않은 충격을 받았다. 설마 그 다정하던 양부가 제 친부모에 대한 진실을 은폐하려 하던 것으로도 모자라 다른 사람의 약점을 잡고 협박할 정도로 비열한 인간이었다니.

그녀가 뭐라 입을 열기 전에 허들스턴이 급하게 말을 이었다.

"섣불리 움직여서는 안 됩니다. 저도 저 나름대로 좀 더 확실한 증거를 찾아볼 테니 조금만 기다려 주시기 바랍니다. 모든 것이 확실해지면 그때 제 입으로 직접 말씀드리도록 하겠습니다."

한참 침묵하던 아스텔은 결국 마지못해 고개를 끄덕였다.

"부탁드릴게요."

"감사합니다, 아가씨. 저도 최대한 빨리 알아보겠습니다."

급히 수업을 마치고 음악실을 빠져나온 허들스턴은 풋맨에게 장남인 로렐이 지금 어디로 갔는지 물어보았다. 약혼녀인 베아트리스와 함께 아마릴리스 호수 공원에 갔다는 이야기를 전해 들은 그는 저택 앞을 지나가던 마차를 불러 세웠다. 말쑥하게 차려입은 손님이 자리에 앉자 마부가 물었다.

"어디로 가십니까?"

"아마릴리스 호수 공원으로 가주십시오. 가능한 한 빨리."

9. 베아트리스의 웨딩드레스

다이아나는 심기가 몹시 불편했다. 모처럼 조지의 아틀리에를 방문하기로 한 즐거운 날에 눈치도 없는 데이빗이 자신을 따라오게 된 것이다. 이럴 줄 알았으면 조지를 만나러 간다고 데이빗에게 순순히 털어놓지 말았어야 했는데. 입에서 성대한 한숨이 저절로 푹푹 샜다.

조지의 아틀리에는 괴팍한 예술가들의 거리로 유명한 웹스터에 위치해 있었다. 웹스터로 향하는 마차 안에서 다이아나는 조지의 아틀리에에서 반드시 지켜야 하는 몇 가지 주의사항에 대해 거듭 설교를 늘어놓았다.

"알겠지? 조지는 자신이 놓아둔 물건의 위치를 멋대로 바꿔놓는 걸 가장 싫어해. 괜히 치워주겠다고 주제넘게 나서다가 빈축만 사지 말란 말야."

"상황이 너무 구체적이잖아. 디안, 네 경험담인 건 아냐?"

"헛소리 집어치워, 데이빗!"

다이아나는 정곡을 찔린 것처럼 화들짝 놀란 표정을 짓더니, 거친 욕설을 입에 담으며 자리에서 펄펄 날뛰었다. 데이빗은 의미심장한 눈빛을 던지면서도 쫓겨나고 싶지는 않는지, 건성으로 고개를 끄덕이면서 마차의 구석진 곳으로 눈을 굴렸다. 데이빗이 입을 다문 후에도 여전히 못마땅한 기색을 숨기지 못하던 다이아나는 뾰족한 말투로 그에게 다시 시비를 걸기 시작했다.

"싫으면 지금이라도 늦지 않았으니까 돌아가."

"싫지 않다면 어쩔 건데?"

"대체 왜 그렇게 부득불 따라오겠다고 하는 거냐고!"

"아까 공연장에서 말했잖아."

두 사람이 아웅다웅하는 사이에 마차는 웹스터 입구에 멈춰 섰다. 투덜거리면서 마차에서 내린 다이아나는 거미줄처럼 복잡하게 얽힌 골목길로 거침없이 발을 내디뎠다. 골목 양옆에 늘어선 낡은 건물들은 드문드문 창문으로 불빛이 흘러나오고 있었지만, 하나같이 외부인의 침입을 거부하는 것처럼 문이 꽉 닫혀 있었다.

늦은 시간에 인적도 드문 골목에서 젊은 여자 혼자 어쩌려고 저렇게 겁도 없이 다니나 궁금해하던 데이빗의 의문은 오래 지나지 않아 풀렸다. 골목길 끄트머리의 모퉁이 부근에서 낯익은 얼굴이 그녀를 기다리고 있었던 것이다. 마차 안에서는 내내 부루퉁한 상태였던 다이아나의 얼굴이 순식간에 꽃처럼 화사하게 피어올랐다.

"조지!"

"디안."

데이빗은 조지가 '디안'이라는 애칭으로 다이아나를 부르는 것을 똑똑히 들었다. 다이아나를 디안이라고 부를 수 있는 사람은 그녀의 가족들과 자신을 포함한 가까운 친구 두세 명뿐으로 극히 소수에 불과했다. 다른 사람들에게는 쉽게 마음을 열지 않는다더니, 꼭 그렇지도 않은 모양이었다.

"이 사람은……."

약간의 경계심과 두려움이 섞인 시선이 데이빗 쪽으로 향하자, 다이아나는 조금 달갑지 않은 표정을 지으며 그에게 한 발짝 다가갔다.

"내 친구 데이빗이야. 미래의 델플린드 백작님이 될 분이지. 전에 만난 적 있지? 내 공연을 보러 왔던 날. 데이빗의 아버지는 내 후원자 중에 한 분이시거든."

"응."

그는 여전히 경계심을 완전히 거두지는 않은 얼굴을 한 채 고개를 끄덕였다.

"데이빗도……. 조지와 친구가 되고 싶다고 해서 데려왔어."

"그렇구나."

"조지가 불편하다면 돌아가라고 할게."

진녹색의 눈동자가 두 사람의 사이를 불안하게 훑었다. 다이아나는 들릴 듯 말 듯 낮은 한숨을 내쉬었다. 꾹 다물려 있던 조지의 입술이 다시 천천히 열리기 시작했다.

"……괜찮아."

"정말 고마워, 조지. 데이빗, 네가 멋대로 쫓아왔으니까 먼저 인사하도록 해."

다이아나는 자리에서 한 걸음 물러나며 데이빗을 향해 어서 인사하지 않고 뭐하냐는 눈빛을 보냈다. 데이빗의 푸른 눈동자가 자신의 앞에 서 있는 남자의 얼굴을 천천히 훑었다.

"반갑습니다. 저희는 서로 구면이죠?"

데이빗은 악수를 청하듯이 조지에게 오른손을 내밀어 보였다. 그의 손을 잠시 물끄러미 내려다보던 조지는 말없이 손을 내밀어 데이빗과 손을 맞잡았다. 맞잡은 손에 약간 힘을 주며 데이빗이 천천히 손을 위아래로 흔들었다.

"데이빗 해롤드 알트만이라고 합니다. 편하게 불러도 좋습니다."

"조지 라이언."

어느 쪽이 귀족이고 예술가인지 알 수 없는 말투였다. 그의 한결같은 정나미 없는 태도에 불쾌해질 만도 하건만, 데이빗은 개의치 않는 것처럼 조지에게 붙임성 있는 미소를 지어 보였다.

"앞으로 잘 부탁드립니다."

❖

이틀 내내 내리던 봄비는 목요일 새벽에 간신히 그쳤다. 구름 한 점 없이 맑게 갠 하늘에서 햇볕이 내리쬐는 따사로운 오후였다.

테라스에서 차를 마시고 음악실로 돌아온 아스텔은 안락의자에 앉은 채 악보를 넘기고 있는 세이지를 곁눈질로 바라보았다. 세이지와 단둘이 음악실에 들어온 것은 처음이 아니었지만, 밀회 외의 다른 목적으로 들어온 것은 처음이었던 터라 공연히 더 어색해지는 기분이었다.

"아직이야?"

"조금만 더 고민해 볼게요."

자신을 바라보는 그녀의 시선을 눈치챈 세이지가 고개를 들어 아스텔을 마주 보았다. 아스텔은 나쁜 짓을 하다가 들킨 사람처럼 급히 시선을 거두고는 무릎 위에 놓인 악보들을 재빨리 넘기기 시작했다. 탐탁지 않은 표정으로 그녀를 바라보던 세이지는 이윽고 자신이 들고 있던 악보책으로 눈길을 돌렸다.

"넌 프랭크를 좋아한다면서. 정 어려우면 그 사람 곡 중에 적당히 골라보는 건 어때."

"그걸 어떻게……."

"엘리자 궁에 갔을 때 말했었잖아."

그의 말에 아스텔은 브라이언과 나눴던 대화를 간신히 떠올렸다. 분명 그 자리에 세이지도 함께 있긴 했지만 그가 그 말을 아직 기억하고 있었을 줄은 몰랐다.

"혹시 그새 하기 싫어진 건 아니겠지."

"그건……."

아스텔의 눈동자가 혼란스러운 빛으로 물드는 광경을 지켜보며 세이지는 놀란 표정을 지었다. 그는 자리에서 벌떡 일어나 아스텔이 앉아 있는 피아노 쪽으로 다가왔다.

"나 때문이야?"

"……그렇지 않아요."

아스텔은 고개를 저었지만 세이지는 그녀의 말을 믿지 못하는 기색이었다.

"이유가 있을 거 아냐. 하기 싫어진 이유가."

"싫어진 건 아니에요. 그냥……. 잠시 혼란스러워져서."

짐작이 가는 곳이 없는 것은 아니었다. 부친인 백작이 체렌시아에서 에르나델로 귀국하던 날, 아스텔과 아버지는 그가 알던 두 사람답지 않게 어색한 분위기를 띠고 있었다. 그날 이후로 벌써 일주일이 가까운 시간이 흘렀지만 두 사람의 관계는 여전히 개선되지 않은 상태였다.

백작이 제이드 체임버에 돌아오지 않은 지 닷새가 지났다. 로렐은 백작이 최근 큰 계약을 성사시킨 것이 있어 바빠진 탓이라고 말해주었지만, 세이지와 아스텔 둘 다 그 핑계를 믿진 않았다. 허들스턴은 백작이 그녀와 마주치는 것을 피하려는 것 같다며 조심스레 의견을 내놓았고, 아스텔 역시 그의 판단이 옳을 가능성이 좀 더 크다고 생각했다.

무언가 생각에 잠긴 듯한 세이지의 옆모습을 바라보던 아스텔은 갑자기 한 가지 기억을 떠올렸다. 여태까지 미처 생각하지 못했던 자신이 오히려 한심하게 느껴질 정도였다.

"혹시 이거, 기억하고 계신가요?"

아스텔은 품에서 펜던트를 꺼내 세이지의 눈앞에 내놓았다. 아직 수도원에 있었던 시절, 그가 자신에게 직접 건네준 아버지의 유품이었다. 그는 무심한 시선으로 아스텔의 손바닥에 놓인 펜던트를 내려다보았다.

"그게 어쨌는데?"

"양부님께서 어떤 경위로 이걸 손에 넣으셨는지 알고 싶어요."

세이지는 고개를 들어 아스텔의 얼굴을 들여다보았다. 의미를 알 수 없는 눈빛으로 그녀를 바라보던 세이지가 이윽고 천천히 입을 열었다.

"아버지께 직접 여쭤보지그래?"

"그건……."

백작은 분명히 아스텔에게 설명해 주지 않을 것이다. 아니, 어쩌면 아스텔이 그걸 추궁하는 상황으로부터 도망치기 위해 그녀를 피해 다니고 있는 것일지도 몰랐다. 아스텔은 그녀가 예전에 펜던트에 대해 물어보려고 했을 때, 백작이 노골적으로 화제를 돌렸던 것을 똑똑하게 기억하고 있었다. 그런 뻔한 수법에 걸려들었던 자신도 한심하긴 했지만.

이윽고 세이지가 말을 이었다.

"미안하지만 나도 그것만은 알지 못해. 한 번 여쭤보긴 했지만 대답해 주지 않으셨거든."

아스텔의 입술에서 작은 한숨이 새어 나왔다. 그런 그녀를 지켜 보던 세이지의 얼굴도 점점 무겁게 가라앉았다.

"그만둘래?"

예상치 못한 그의 말에 아스텔은 무심코 고개를 들었다. 세이 지는 눈도 깜빡이지 않은 채 그녀를 응시했다.

"처음부터 내가 멋대로 정한 약속이었잖아. 내키지 않으면 관두 는 게 나을지도 몰라. 아직 대관도 하지 않았으니 무르기는 쉽고."

아스텔은 손에 쥔 아버지의 펜던트를 만지작거렸다. 백작이 무 언가를 은폐하려고 하는 것은 분명했지만, 그렇다고 해서 자신에 게 보여주었던 애정까지 거짓으로 치부할 수는 없었다. 지금의 그 녀가 누리고 있는 모든 것들은 백작의 양녀가 되지 않았다면 불가 능했을 호사였으니까.

그저 진실을 원할 뿐이었다. 백작이 진심으로 그녀에게 말해줄 진실을.

보면대에 걸쳐진 악보를 응시하던 아스텔은 브라이언에게 받았 던 맥켄지의 악보 중 한 곡을 펼쳐놓았다. 작곡자인 맥켄지가 아 스텔의 어머니인 디안을 위해 작곡했다는 곡이었다.

"할래요."

아무리 백작이더라도 자녀들이 그를 위해 준비한 연주회까지 불참할 만한 명분을 찾기는 쉽지 않을 것이다. 거기서 맥켄지의 곡을 연주하며 양부의 반응을 떠보는 것도 나쁘지 않은 방법이었 다. 백작이 능숙하게 포커페이스를 유지할 수도 있지만, 적어도 단둘이 얘기를 나눌 만한 기회를 잡을 수 있을지도 모른다.

"여기, 이 곡들을 연주하고 싶어요."

"프랭크가 아니군."

"안 될까요?"

"안 될 것까지야."

아스텔이 내민 악보를 훑어보던 세이지가 눈썹을 치켜올렸다.

"……이 악보, 어디서 구한 거지?"

"컬렌 백작 영윤께……."

세이지는 입을 꾹 다문 채 악보를 아스텔에게 돌려주었다. 어딘지 모르게 심기가 불편해 보이는 그의 얼굴을 조마조마한 기분으로 바라보던 아스텔이 조심스레 입을 열었다.

"안 되나요?"

"방금 괜찮다고 했잖아."

말은 그렇게 했지만 세이지는 여전히 기분이 좋아 보이지 않았다. 그는 불안한 표정으로 자신의 눈치를 보고 있는 아스텔을 보고는 한숨을 푹 쉬었다.

"그럼 정해진 거다. 연습은 내일부터."

"네."

악보를 정리하던 아스텔은 불현듯 자신을 뚫어지게 응시하고 있는 세이지의 시선을 느꼈다. 그의 얼굴이 천천히 다가옴과 동시에 아스텔의 호흡도 조금씩 가빠져 왔다. 눈을 질끈 감은 아스텔은 자신의 입술에 더운 숨결이 닿자, 엉겁결에 아무 말이나 지껄이기 시작했다.

"레, 레밍턴 공작부인께서……!"

입술이 닿기 직전에 얼굴을 거둔 세이지는 가만히 그녀가 하는 양을 지켜보았다. 슬그머니 눈을 뜬 아스텔이 문 쪽으로 힐끔 시선을 돌리며 기어들어 가는 목소리로 말을 이었다.

"같이 와줬으면 한다고 하셨어요. 기회가 되면……."

"……너랑 내가 같이?"

"네……."

의도한 것은 아니었지만 세이지를 거부해 버린 아스텔은 그가 화를 내며 거절하지 않을까 걱정이 들었다. 하지만 의외로 그는 화난 기색 없이 입을 다문 채, 골똘히 생각에 잠긴 표정을 지었다.

"언제?"

"이틀 중에 편하신 날로⋯⋯. 다음 주 금요일이나 다음 달 첫째 주 토요일 중 하루요."

아스텔은 세이지가 화를 내지 않는 것만으로도 안심하며 속으로 가슴을 쓸어내렸다.

"너는 언제든 상관없고?"

"최대한 편하신 날짜에 맞춰볼게요."

"네가 원하는 날로 하자."

그는 아스텔이 기대했던 것 이상으로 협조적인 반응을 보였다. 기세에 눌린 아스텔은 어안이 벙벙한 채로 입을 벌렸다.

"그럼 다음 주 금요일은⋯⋯."

"좋아."

세이지는 일초의 고민도 없이 고개를 끄덕였다. 아스텔은 그가 어떤 심경의 변화로 저런 반응을 보이는지 알 수 없었기 때문에, 세이지의 마음이 바뀌기 전에 확답을 받는 게 낫겠다고 생각했다.

"공작부인께서 꼭 당신을 만나보고 싶다고 하셨어요."

"신기하군. 그분과 얘길 나눠본 적은 없는데."

"재작년에 포레스터 대학에서 열렸던 음악의 밤 행사에 참석하셨대요."

세이지의 모교인 포레스터 대학교에서는 재학생과 졸업생들의 주도하에 매년 가을마다 특정 테마를 주제로 한 축제가 열리곤 했다. 재작년에는 음악을 주제로 한 '음악의 밤'이라는 행사가 열렸는데, 그곳에서 세이지는 바이올린 독주를 했다고 했다.

"그 공연을 아직 기억하는 사람이 있었을 줄이야."

"인상 깊은 공연이었다고 다들 칭찬이 자자하던걸요."

아스텔은 세이지가 아닌 자신이 칭찬을 들은 것처럼 쑥스럽게 웃었다. 대화를 마친 아스텔이 자리에서 일어나자 세이지도 그녀를 따라 음악실을 나섰다.

두 사람은 엔트런스 홀에서 이제 막 외출하려는 것처럼 겉옷을 챙겨 입은 로렐을 발견했다. 로렐은 아스텔과 눈이 마주치자마자 싱긋 웃으며 기다렸다는 듯이 말을 걸었다.

"지금 한가하니?"

"네. 어디 가시는 건가요?"

"응. 비비의 웨딩드레스가 완성됐다고 하거든. 너도 같이 갈래?"

아스텔은 무심코 세이지의 동의를 구하려는 것처럼 뒤에 선 그에게 시선을 보냈다. 세이지는 순간 멈칫했지만 이내 아스텔을 향해 고개를 끄덕여 보였다. 아스텔이 활짝 웃으며 대답했다.

"폐가 되지 않는다면 가고 싶어요."

"폐라고 할 것까지야. 비비도 분명히 기뻐할 거야."

아스텔을 향해 마주 웃어 보인 로렐은 이번에는 세이지를 향해 눈짓했다.

"이즈, 너도 갈래?"

"난……."

세이지는 애매하게 말끝을 흐리며 아스텔을 흘끔 바라보았다.

"같이 가자."

로렐은 세이지의 대답을 기다리지 않은 채 무작정 손을 잡아끌었다. 그는 현관으로 발걸음을 척척 옮기면서 아스텔에게 세이지의 모자와 코트를 챙겨 와달라는 부탁도 잊지 않았다.

로렐의 부탁대로 옷가지들을 챙겨온 아스텔이 마차에 오르자,

세이지는 불편한 기색으로 자리를 비켜주었다. 아스텔은 세이지에게 코트와 모자를 건네주며 그의 옆자리에 앉았다. 로렐은 아스텔이 자리에 앉은 것을 확인하고 곧바로 마차의 천장을 가볍게 쳤다.

"그럼 출발하지."

이윽고 마차가 엘버린 시내로 향하는 도로로 빠져나왔다. 얼마 전까지 봉우리 상태였던 벚꽃은 아스텔도 모르는 사이에 활짝 만개하여 사방이 연분홍빛으로 물들어 있었다.

열어놓은 마차의 창문 밖으로 꽃잎을 실은 따스한 봄바람이 불어왔다. 달리는 마차 안에서 로렐은 베아트리스의 웨딩드레스 차림이 무척 기대된다며 팔불출처럼 떠들어댔다.

"비비가 너무 아름다워서 심장이 멎어버리면 어쩌지?"

"그럴 일은 절대 없으니까 염려하지 마."

"결혼식도 못 치렀는데 약혼녀를 두고 죽으면 큰일 나잖아."

"제발 작작 좀 해."

세이지는 넌덜머리가 난다는 것처럼 고개를 저으며 창문 쪽으로 시선을 돌려 버렸다. 떠들 상대를 잃은 로렐의 다음 타깃이 아스텔이 되는 건 숨 쉬듯이 자연스러운 일이었다.

마차는 30분 뒤에 목적지인 웨딩드레스 전문 부티크 '로웨나 패틴슨' 앞에 도착했다. 마차에서 내린 로렐은 너무 긴장되어 들어갈 엄두가 안 난다며 아스텔과 세이지를 먼저 들여보냈다.

"저희가 먼저 봐도 괜찮은 건가요?"

"괜찮아, 괜찮아. 난 좀 이따 들어갈 테니까."

로렐에게 떠밀린 두 사람은 엉겁결에 가게 안으로 들어섰다. 출입문의 종이 딸랑거리는 소리를 내며 울리자, 카운터에 서 있던 종업원이 친근해 보이는 미소를 흘리며 아스텔에게 다가갔다. 종업원은 이십대 중반으로 보이는 검은 머리의 여성으로, 빳빳하게 다려

주름 하나 잡히지 않은 감색의 단정한 유니폼을 착용하고 있었다.

"웨딩드레스를 맞추러 오셨나요?"

"아, 아뇨! 멜우드 백작 영애의 예비 시녀이입니다만……."

"어머."

종업원은 의미심장한 눈빛으로 아스텔과 세이지의 얼굴을 번갈아 바라보았다.

"곁에 계신 분은 예비 신랑이신가요?"

"아니요. 이분은……."

아스텔은 세이지 역시 자신과 같은 예비 시동생이라고 설명하려 했으나, 그는 가볍게 손사래를 치며 어서 안내하라는 듯이 종업원을 향해 고갯짓했다.

"어서 안내하도록."

"이쪽으로 오시죠."

종업원은 알겠다는 표정으로 두 사람을 이끌고 피팅룸이 있는 안쪽으로 발걸음을 옮겼다. 아스텔은 앞서 걷고 있는 종업원을 따라 걸으면서도 그녀가 세이지와 자신을 어떤 관계로 여길 것인지 신경 쓰여 견딜 수가 없었다.

대체 아까의 그는 왜 자신의 말을 가로막았던 걸까.

"여기서 잠시만 기다려 주십시오. 멜우드 백작 영애를 모셔오도록 하겠습니다."

두 사람은 종업원의 안내대로 베아트리스를 기다리기 위해 소파에 앉았다. 종업원은 자리를 비우기 전에 재빠르게 얇은 책자를 챙겨 아스텔에게 건네주었다. 의문스러운 눈길로 바라보는 아스텔을 마주 보며 종업원이 방긋 웃었다.

"부디 느긋하게 봐주시길."

종업원이 모습을 감춘 후, 건네받은 책자를 무심코 들추던 아스텔은 저도 모르게 입매가 뻣뻣하게 굳는 것을 느꼈다. 종업원이 그녀에게 건네준 책자는 다름 아닌 웨딩드레스의 카탈로그였기 때문이다. 웨딩드레스 전문 부티크에서 미혼의 젊은 여성 방문객에게 보여줄 만한 책자가 카탈로그 외에 달리 무엇이 있을까 싶지만.

아스텔은 들고 있던 카탈로그를 슬그머니 덮으면서 곁에 앉아 있는 세이지의 눈치를 살폈다. 그는 아스텔이 받은 책자의 내용을 미처 보지 못한 것처럼 의아한 기색으로 그녀를 마주 보았다.

"왜 그래?"

"……별것 아녜요."

입안에 모래가 들어간 것 같은 기분이다. 아스텔은 눈을 대록거리며 일초라도 빨리 베아트리스가 나타나기만을 기다렸다. 세이지와 단둘이 남겨진 후로 시간이 이상할 정도로 더디게 흐르는 것 같았다. 이럴 줄 알았다면 억지로라도 로렐과 셋이 들어왔을 텐데.

"아스텔! 와주었군요?"

"베아트리스!"

드디어 아스텔의 구세주가 모습을 드러냈다. 그것도 백합처럼 하얗고 우아한 웨딩드레스를 착용한 모습으로.

어깨를 드러낸 조금 과감한 디자인의 드레스는 라그랑시아에서 수입해 온 백합무늬의 레이스와 금실로 화려하게 장식되어 있었다. 소매는 부풀리지 않은 대신 아스텔의 데뷔탕트 드레스만큼이나 풍성한 치맛단을 자랑했는데, 어찌나 레이스를 많이 덧댔는지 움직일 때마다 사락거리는 소리가 났다.

전부터 미인이라고 여기긴 했지만, 새하얀 웨딩드레스를 착용한 채 긴 베일을 늘어뜨린 베아트리스는 평소와는 비교도 할 수 없을 정도로 아름다웠다. 이렇게나 아름다운 모습을 약혼자인 로렐보다 먼저 보는 것이 미안해질 정도로.

"세상에. 베아트리스, 정말 너무나 아름다워요."

"맙소사."

등 뒤에서 들린 익숙한 목소리에 아스텔의 고개가 저절로 돌아갔다. 긴장되어 볼 엄두가 나질 않는다며 엄살을 피워대던 로렐이 언제 들어왔는지 문가에 서서 입을 떡하니 벌리고 있었던 것이다.

"대체 이 아름다우신 영애는 누구신지……?"

"제발 정신 좀 차려요, 로렐!"

베아트리스는 방정을 떨어대는 약혼자에게 면박을 주면서도 즐거운 웃음소리를 냈다. 로렐은 여전히 입을 다물지 못한 채 베아트리스에게 다가가 손을 꼭 잡았다.

"영애, 부디 저와 결혼해 주시겠습니까?"

"죄송합니다. 저는 이미 약혼자가 있는 몸인지라."

"대체 그 행운의 사나이가 누굽니까?!"

"로렐 브랜든 알트만이라는 신사분이시랍니다."

두 사람은 아주 즐거운 듯 역할놀이에 몰두해 있었다. 그런 둘의 모습을 지켜보며 웃던 아스텔은 무릎 위에 올려뒀던 웨딩드레스의 카탈로그를 탁자에 살그머니 내려놓았다. 로렐과 시시한 농담을 주고받으며 웃던 베아트리스는 갑자기 아스텔을 향해 고개를 돌리더니, 약혼자의 눈치를 보며 그녀에게 종종걸음으로 다가왔다.

"아스텔, 혹시 지난번의 부탁은 기억하고 있나요?"

"기억하고말고요. 너무 염려하지 마세요."

베아트리스의 부탁이라면 결혼식 날에 알트만 가문의 가보인 '여신의 눈물'을 빌려달라는 것일 것이다. 아스텔이 고개를 끄덕이며 대답하자 베아트리스는 손을 꼭 모은 채 멋쩍은 미소를 지었다.

"염치없지만 한 가지만 더 부탁해도 괜찮을까요?"

"말씀하세요."

"식을 올릴 때 아스텔이 제 들러리가 되어주었으면 해요."

신부 들러리 역할은 일반적으로 신부의 가장 가까운 벗이나 자매가 맡게 되기 마련이다. 예비 시누이라고 해서 들러리를 서지 못할 이유는 없었지만, 베아트리스는 거창한 비밀 이야기라도 하듯이 목소리를 낮춰 아스텔에게 속닥거렸다.

"아스텔에게 부케를 던져 줄게요."

눈을 휘둥그렇게 뜬 아스텔이 놀란 기색으로 그녀를 마주 보자, 베아트리스는 자신의 말이 진심이라고 다짐해 주듯이 고개를 끄덕여 보였다.

"고모님께서 제게 특별히 부탁하셨거든요. 다른 친구들은 이미 결혼했고 저도 아스텔이 사랑하는 분과 빨리 맺어졌으면 해서······. 지나친 참견이라면 미안해요."

베아트리스는 그렇게 말하며 선해 보이는 미소를 지었다. 그녀의 웃는 얼굴을 마주한 아스텔은 도저히 싫다는 말을 꺼낼 엄두가 나질 않았다.

"신경 써주셔서 정말 감사합니다."

"우리도 이제 곧 한 가족이 되잖아요. 좀 더 편하게 말해도 괜찮아요."

"둘이 무슨 얘길 그렇게 해?"

로렐이 두 사람의 대화에 끼어들었다. 베아트리스는 보란 듯 새침해 보이는 표정을 지으며 멍하니 서 있는 아스텔의 손을 꼭 마주 잡았다.

"여자들만의 비밀이에요!"

"헤에."

로렐은 눈을 가늘게 뜨면서 세이지를 향해 고개를 돌렸다. 조금 따분한 얼굴로 세 사람을 지켜보고 있던 세이지는 로렐의 시선을 알아채고는 곧바로 그와 눈을 마주했다.

"이즈, 너도 내 들러리나 할래?"

"'들러리나 할래?'는 뭐야. 부탁이 성의 없잖아."

"부탁이 아니니까 그렇지. 싫으면 하지 말든가."

"……할게."

그는 뭐라도 씹은 표정이 되어서는 마지못한 기색으로 형의 제안을 수락했다. 로렐이 입꼬리를 끌어당기며 씩 미소 지었다.

"나보다 멋지게 하고 오면 안 된다."

"대체 날 뭐라고 생각하는 거야."

세이지가 한숨 섞인 목소리로 투덜거렸다.

"네가 잘 보이고 싶어 하는 여성도 참석할까 봐 그렇지."

"제발 이상한 소리 좀 하지 마. 그런 여자 없으니까."

자리에서 벌떡 일어난 세이지가 방정맞은 소리를 해대는 형의 입을 억지로 틀어막았다. 초조한 빛을 띤 파란 눈동자가 가라앉은 진녹색의 눈동자와 마주쳤다. 뭐라고 말하려는 것처럼 입을 빠끔거리던 세이지는 곧 아무 일도 없었던 것처럼 입을 꾹 다물었다.

"허리 부분은 조금만 더 줄여주셔도 괜찮을 것 같군요. 가슴은 딱 맞고요. 그리고 소매 부분이 너무 심심한데……."

"추가 비용이 발생합니다만, 괜찮으시겠습니까?"

드레스를 손볼 부분에 대해 베아트리스와 종업원이 이야기를 나누는 사이, 세 사람은 부티크의 입구에 서서 베아트리스를 기다렸다. 부티크 안에 있는 동안 시간이 얼마나 빨리 흘렀는지, 어느새 하늘은 온통 오렌지빛 석양으로 물들어 있었다.

의논을 마친 베아트리스가 입구로 나오자, 배웅하기 위해 함께 나온 종업원이 웃는 얼굴로 아스텔에게 명함을 건넸다. 얼떨결에 부티크의 명함을 받아든 아스텔이 크게 눈을 뜨자, 종업원이 사근사근한 목소리로 인사를 건넸다.

"그럼 이른 시일 내에 다시 뵐 수 있기를."

종업원은 아스텔이 뭐라 해명할 틈도 주지 않은 채, 그대로 가게 안으로 모습을 감춰 버렸다. 가게 안에서의 화기애애했던 분위기가 거짓말이었던 것처럼, 네 사람 사이에는 갑자기 어색한 침묵이 감돌았다. 베아트리스는 계속되는 침묵이 부담스러웠던 듯, 어색한 미소를 지으며 입을 벌렸다.

"다들 바쁘실 텐데 일부러 와주셔서 감사합니다. 그럼 다음번에 다시 뵙도록 해요."

"모처럼인데 같이 식사나 하고 들어가자, 비비. 내가 저택까지 바래다줄게."

"로렐."

약혼자의 배려 가득한 제안에 베아트리스는 간신히 어색한 미소를 거두고 활짝 웃어 보였다. 그녀는 멀뚱히 서 있는 세이지와 아스텔을 돌아보며 두 예비 시동생에게 다정한 목소리로 말했다.

"두 분도 함께 가시지 않겠어요?"

"아니요, 저는 식사를 하고 마차를 타면 멀미가 나서……."

두 사람만의 오붓한 시간을 방해하고 싶지 않던 아스텔은 적당한 핑계를 둘러대며 베아트리스의 제안을 정중하게 거절했다. 아쉬운 기색을 보이는 베아트리스에게 아스텔은 다음 기회에 함께 식사 시간을 갖자고 굳게 약속했다.

"저는 아스텔을 데려다주도록 하겠습니다."

세이지는 베아트리스가 뭐라고 말을 꺼내기 전에 자신이 아스텔을 데려다주겠다며 선수를 쳤다. 얼결에 세이지와 단둘이 돌아가게 된 아스텔은 어색한 티를 내지 않기 위해 일부러 웃는 얼굴로 손을 흔들어 보였다.

"그럼 다음 기회에 뵙도록 하죠."

로렐과 베아트리스가 식당가 쪽으로 향하는 마차를 타고 사라진 뒤, 세이지는 자신도 아스텔과 함께 제이드 체임버로 돌아가기 위해 마차를 불러 세웠다. 두 사람은 서로 마주 본 상태로 자리에 앉아, 약속이라도 한 것처럼 입을 꾹 다물고 있었다.

아스텔의 뇌리에 두 약혼자의 다정한 모습이 계속 어른거렸다. 둘의 낯간지럽기까지 한 연애 행각을 지켜보는 것은 어제오늘만의 일은 아니었으나, 아스텔은 오늘따라 알 수 없는 마음의 술렁임으로 가슴이 답답해지는 것을 느꼈다.

베아트리스의 달콤한 속삭임이 환청처럼 귓가에 맴돌았다.

"저도 아스텔이 사랑하는 분과 빨리 맺어졌으면 하니까……."

아아, 이것이었구나. 이 답답함의 정체가.

아스텔은 허탈하면서도 씁쓸한 미소를 지었다. 고개를 들어보니 세이지 역시 무슨 생각을 하고 있는지 알 수 없는 눈빛으로 그녀를 마주보고 있었다.

연인으로 시작하여 가족으로 맺어질 그들과, 가족도 연인도 아닌 기묘한 관계로 엮인 자신들.

그 깨달음이 지금 이 순간 유독 버겁게 느껴져서, 아스텔은 세이지의 눈빛으로부터 도망치려는 것처럼 창밖으로 고개를 돌려 버리고 말았다.

10. 통제 불능

　최근의 엘버린 시민들에게 가장 흥미로운 가십거리가 무엇이냐
묻는다면, 열에 아홉은 분명 페어차일드 가의 막내딸과 그로스배
너 공작가의 차남의 약혼을 으뜸으로 꼽을 것이다. 외국의 대부호
가문과 개국공신이기도 한 명문가의 결합은 시작 단계부터 숱한
화제를 몰고 다녔는데, 심지어는 그 결합이 정략이 아닌, 당사자
들 간의 자연스러운 만남으로부터 비롯되었다는 점에서 더욱 큰
관심을 모았다.

　이러한 한 쌍이니만큼, 두 사람의 약혼식에 모이는 이목도 그만
큼 집중될 수밖에 없는 것이 인지상정이었다. 두 가문 중 한 가문
에라도 줄을 대고 있는 이라면 누구든 이 약혼식에 참석하기 위해
애를 썼고, 세심한 성품의 그로스배너 공작은 신중을 기하기 위
해 약혼식에 초대할 귀빈들의 명단을 직접 작성하기도 했다. 과장
조금 더 보태서 국혼에 필적할 정도의 관심이라고 해도 지나친 말
은 아니었다.

그로스배너 공작과 연줄이 있던 델플린드 백작 역시 이 약혼식에 초대된 하객 중 한 명이었다. 다른 하객들과는 달리, 자신의 의지와 관계없이 약혼식에 참석한 그는 마지못해 얼굴 도장을 찍기는 하였으나 식이 진행되는 내내 좌불안석이었다. 바로 연회장 가운데에서 신들린 듯한 연주를 펼치고 있는 허들스턴의 존재 때문이었다.

날개를 활짝 펼치고 있는 백조 얼음조각상 뒤에 숨은 채, 그저 시간이 빨리 지나가기만을 기다리던 백작은 자신을 향해 다가오는 허들스턴을 마치 귀신이라도 보는 것 같은 표정으로 마주 보았다. 꽃 피는 4월에 때아닌 엄동설한과 같은 한기가 그의 전신을 엄습했다.

들고 있던 샴페인 잔을 흔들며 허들스턴이 먼저 입을 열었다.

"대체 언제까지 도망만 다니실 생각이십니까?"

"……!"

"이러다 아가씨께서 각하의 얼굴을 영영 잊어버리시는 건 아닌지 모르겠습니다. 남은 시간을 어떻게 활용하실지는 각하의 자유의지에 달린 일입니다만, 모쪼록 현명한 선택을 하시길 바랍니다."

그는 그렇게 말하고는 들고 있던 샴페인을 쭉 들이켰다.

"명심하도록 하십시오. 각하께서 직접 고백하지 않으시더라도 이 주 뒤에는 아가씨가 당신의 과거를 알게 되리란 것을."

허들스턴이 구태여 상기시켜주지 않아도 백작을 한 달 가까이 괴롭히고 있던 사실이었다. 얼마나 스트레스가 심했는지 한 달 전에 비해 반쪽이 된 백작의 얼굴을 보면서 허들스턴이 만족스러운 미소를 지었다.

"그러니 손에 넣을 수 없는 것을 욕심내서는 안 되는 법입니다."

허들스턴의 말에 백작의 눈썹이 꿈틀했다. 그의 목소리에 희미

한 분노와 두려움이 깃들기 시작했다.

"……자넨 대체 어디까지 알고 있나?"

"각하께서 남에게 알리고 싶어 하시지 않는 부분까지 알고 있는 것은 확실합니다."

"대체 그자를 어떻게 만난 거지?"

"당신도 만나본 사람을 저라고 해서 만나지 못할 이유가 어디 있습니까?"

역시나 그에게 도움이 될 만한 대답은 하나도 얻지 못했다. 백작은 빈주먹을 힘껏 움켜쥐었다.

"자네가 터무니없는 억측을 하고 있다는 가정은 해본 적이 없나?"

"제 협박이 억측과 망상에 근거한 것이라면 각하께서 지금처럼 아가씨를 피해 다니실 이유는 없지 않겠습니까."

"자네와 내가 서로 다른 것을 생각하고 있을지도 모르지."

"죄송하지만 그럴 가능성은 희박합니다. 기억하고 계시지 않습니까. 당신에 대해서는 다 아는 수가 있다고."

백작의 눈가가 가늘어졌다. 지금까지 미처 생각하지 못했던 가능성이 떠오르기 시작했다.

"……네놈과 내통하는 놈이 있군."

"지금이라도 기억해 주시다니 이것 참 다행스러운 일이로군요. 제 동료도 무척 기뻐할 겁니다."

허들스턴이 들고 있던 빈 샴페인 잔을 테이블에 내려놓자 급사가 다가와 그에게 뭐라고 귓속말을 했다. 그는 만면에 미소를 지으며 백작에게 과장된 몸짓으로 작별 인사를 해 보였다.

"긴히 절 찾고 계신 분이 있어 이만 가보도록 하겠습니다. 이왕 알게 되셨으니 모쪼록 제 동료에게도 관심을 기울여 주시기 바랍니다. 워낙 당신의 관심에 굶주려 있는 분이라서 말입니다."

허들스턴이 떠난 뒤에 홀로 남아 그의 말을 곱씹고 있던 백작은 무언가 갑자기 떠오른 듯이 부리나케 연회장을 떠나 급히 자신의 비서를 호출했다. 믿고 싶지 않았지만 그의 머릿속에 배신자는 오직 한 사람밖에 떠오르지 않았다. 무슨 용건으로 불렀는지 정중히 묻는 비서에게 백작이 다급한 목소리로 말했다.

"플라티나 메도우에 있는 알버트 스탠튼에게 전보를 보내도록 해라. 델플린드 백작이 찾고 있으니 하루속히 엘버린으로 와달라고."

❖

세이지와 아스텔이 레밍턴 공작부인의 살롱에 함께 참석하기로 한 금요일이 되었다. 세이지와 처음으로 단둘이 외출하게 된 아스텔은 그 사실에 적잖게 긴장하고 있었다. 늘 일어나던 시간보다 두 시간이나 일찍 일어난 아스텔은 이른 아침부터 메이드와 에밀리를 불러 화장을 하고 가장 좋아하는 드레스를 꺼내 착용했다.

프릴이 달린 옅은 분홍색 겉감에 안감으로 크림색 모슬린을 댄 드레스는 그녀의 장밋빛 피부와 놀라울 정도로 잘 어울렸다. 아스텔은 액세서리로 커다란 문스톤이 달린 목걸이를 걸고, 늘 그랬던 것처럼 부모님의 유품인 펜던트를 챙겨 품 안에 감무리했다. 거울에 비친 제 모습을 한참 진지하게 살피던 그녀는 마침내 만족한 것처럼 고개를 끄덕이고는 세이지가 기다리고 있는 일층으로 내려갔다. 평소보다 힘을 주어 치장한 아스텔을 알아본 그는 의외라는 것처럼 눈을 크게 떴다.

"갑자기 무슨 바람이 분 거지?"

"그냥 조금 신경 써봤어요."

마차에 오른 아스텔은 평소와 같이 세이지의 맞은편에 앉으려고 했으나, 그는 웬일인지 아스텔의 팔을 잡아끌어 자신의 옆자리에 그녀를 앉도록 했다. 의문에 찬 시선으로 그를 바라보는 아스텔을 똑바로 응시하며 세이지가 차분한 목소리로 말했다.

"역방향으로 앉으면 멀미 나니까."

아스텔의 머리카락을 묶은 레이스 리본을 만지작거리던 그는 리본에 가만히 입술을 가져다 댔다. 아무리 보는 눈이 없다고 해도 너무 대담한 행동이었다. 아스텔은 심장이 쿵쿵거리는 소리를 내면서 요동치는 것을 느끼고는 눈을 질끈 감았다.

복숭아처럼 달콤한 향기가 나는 머리카락에 잠시 얼굴을 묻고 있던 그가 아스텔의 귀에 대고 낮은 목소리로 중얼거렸다.

"오늘 밤은 나이트가운보다 이 드레스가 좋겠어."

세이지의 말을 단번에 이해한 아스텔은 붉게 물든 얼굴을 그에게 보여주지 않기 위해 고개를 푹 숙였다. 얼굴이나 귓가뿐 아니라 목덜미까지 빨갛게 익어버린 탓에, 목적지에 도착할 때까지 식지 않으면 어떡해야 하나 걱정이 될 정도였다.

델플린드 백작의 두 자녀는 살롱에 도착하자마자 모든 사람의 시선을 단숨에 사로잡았다. 두 사람은 비록 피는 섞이지 않았지만 아름다운 외모와 뛰어난 음악적 재능을 갖췄다는 점에서 인상 깊은 공통점을 지닌 남매였다. 살롱의 주최자인 레밍턴 공작부인은 흡족한 얼굴로 그들에게 다가와 세이지와 정식으로 통성명을 나누었다.

"반갑습니다. 저는 레밍턴 공작가의 안주인인 바네사 트레이시아 가브리엘슨이라고 합니다. 영식과는 이제야 연이 닿게 되었군요."

"이렇게 귀한 자리에 초대받게 되어 영광입니다, 공작부인."

레밍턴 공작부인인 바네사와 세이지는 오래전부터 서로를 알고 지냈던 것처럼 편안한 분위기 속에서 이야기를 나누었다. 아스텔은 몇 발짝 떨어진 자리에서 그런 두 사람의 모습을 안도하며 지켜보고 있었다. 살롱의 주최자인 공작부인과 세이지가 성격 차이로 마찰을 겪는 건 아닌지 조금 우려하기도 했었지만, 처음 대하는 사이답지 않게 친근하게 대화를 나누는 이들을 보니 금방 마음이 놓였다.

"오랜만입니다. 델플린드 백작 영애."

자신을 부르는 익숙한 목소리에 아스텔은 무심코 뒤를 돌아보았다. 그녀도 아주 잘 알고 있는 사람이 그 자리에 서 있었다. 아스텔은 자신도 모르게 반가운 미소를 지으며 그를 향해 돌아섰다. 세이지의 생일 이후로 한 달 만에 보는 얼굴이었다.

"컬렌 백작 영윤이시군요."

고개를 돌린 세이지는 아스텔이 대화를 나누고 있는 상대방의 얼굴을 알아보고는 곧바로 미간에 주름을 잡았다. 컬렌 백작가의 애송이가 여기엔 무슨 볼일로 왔단 말인가. 순식간에 기분이 나빠진 그는 공작부인과 대화 중이었던 것조차 잊은 채 두 사람의 모습을 눈으로 집요하게 좇기 시작했다.

세이지가 차가운 눈길로 브라이언을 바라보는 사이, 그가 다른 곳을 보고 있다는 걸 알아챈 바네사는 세이지를 따라 건너편에서 이야기를 나누고 있는 두 사람 쪽으로 시선을 옮겼다. 세이지가 바라보고 있는 이들을 곧장 알아본 그녀의 입가에 이내 잔잔한 미소가 번졌다.

"컬렌 백작 영식이로군요. 그도 뛰어난 재능을 지닌 젊은이지요. 제 살롱에 자주 방문하는 손님 중 한 명이랍니다."

마주쳐도 하필 이런 날에 마주치게 되다니……. 세이지는 속으로 이를 갈며 자리를 옮기기 위해 공작부인에게 양해를 구했다.

"잠시 실례하겠습니다, 부인. 제 누이동생과 잠시 나눌 이야기가 있어서 말이죠."

'제 누이동생'을 힘주어 발음한 그는 바네사가 고개를 끄덕이는 것을 확인하자마자 두 사람이 서 있는 방향으로 몸을 틀었다. 아스텔이 있는 쪽으로 발걸음을 옮긴 세이지가 그녀에게 말을 걸려던 찰나, 밝고 또렷한 음성이 생생하게 그의 귀를 파고 들어왔다.

"영윤께서 빌려주신 악보 덕분에 많은 도움을 받았습니다. 정말 감사드려요."

"영애께 도움이 되었다니 저야말로 기쁩니다."

"맥켄지의 음악은 정말 아름다워요. 영윤이 아니었다면 그의 심오한 음악 세계에 입문하는 일도 없었겠죠."

"천만에요."

세이지는 끓어오르는 분노를 삭이기 위해 애를 썼다. 그는 자신의 분노가 비이성적이라는 걸 머리로는 이해하고 있었지만, 도저히 마음을 가라앉힐 수가 없었다.

"제 양부님의 생신날에 둘째 오라버니와 맥켄지의 곡으로 합주회를 열 예정이거든요. 영윤께서도 그날 일정이 없으시다면 참석해 주실 수 있을지……."

"영애께서 초대해 주신다면 만사를 제쳐 두고서라도 참석하도록 하겠습니다."

"영광이로군요."

웃으면서 말을 이어나가던 아스텔은 무심코 고개를 돌렸다가 흉흉한 눈빛으로 자신을 지켜보고 있는 세이지와 눈이 마주쳤다. 순식간에 오금이 저리며 손발이 마르는 듯한 감각에 사로잡힌 그녀는 자리에 못 박힌 듯 서서 숨도 쉬지 못한 채 그를 마주 보았다.

영겁과도 같은 찰나의 순간이 지난 후, 무표정의 가면을 뒤집어쓴 세이지는 갑자기 몸을 돌리더니 그대로 응접실을 빠져나갔다. 그제야 마법에서 풀리기라도 한 것처럼 숨을 쉴 수 있게 된 아스텔은 앞뒤 생각도 하지 못한 채 그를 따라 응접실의 입구 쪽으로 걸음을 옮겼다. 등 뒤에서 당황한 브라이언이 아스텔을 불렀지만 안타깝게도 그녀의 귀에는 들리지 않았다.

"잠시만요!"

헐떡거리며 복도의 좌우편을 살피던 아스텔은 오른쪽 끝 모퉁이 부근에서 눈에 익은 옷자락을 발견했다. 그녀는 이를 꽉 악문 채 거치적거리는 드레스 자락을 움켜쥐고는 세이지가 사라진 방향을 향해 있는 힘을 다해 뛰기 시작했다. 발을 한 번 내디딜 때마다 코르셋이 폐 부근을 옥죄어오는 탓에 숨 쉬는 것조차 힘들었다. 세이지가 모습을 감춘 복도의 오른쪽 끝은 정원과 이어진 테라스로 연결되어 있었다.

테라스로 나온 아스텔은 세이지를 찾기 위해 정원을 둘러보며 잠시 숨을 골랐다. 익숙지 않은 달음박질을 한 탓에 온몸에서 땀이 났다. 정원 곳곳을 훑어보면서 세이지의 모습을 찾고 있던 아스텔의 시야에 문득 정원 구석에 위치한 온실이 들어왔다.

"겁도 없이 잘도 돌아다니는군."

불현듯 플라티나 메도우의 온실에서 그가 했던 말이 갑작스레 떠올랐다. 말로 설명하기 어려운 충동에 사로잡힌 아스텔은 무언가에 홀린 듯이 온실 안으로 들어섰다. 진한 꽃향기와 뒤섞인 풀내음이 훅하고 그녀의 후각을 강하게 자극했다.

"여기 계신 건가요?"

조심스럽게 온실 안으로 발을 내디딘 아스텔은 건너편에서 들려오는 부스럭거리는 소리에 좀 더 안쪽으로 걸음을 옮겼다. 곧 이름 모를 열대식물의 잎사귀 아래로 익숙한 검은 머리카락이 눈에 띄었다.

"역시 당신이었군요."

세이지는 인형처럼 무표정한 얼굴로 아스텔을 마주 보고 있었다. 그의 표정 덕분에 아스텔은 세이지가 몹시 화가 난 상태라는 것을 곧바로 알아챌 수 있었다.

세이지가 서 있는 방향으로 한 발짝 다가서며 아스텔이 조심스레 입을 열었다.

"어서 돌아가요. 공작부인께서 걱정하시겠어요."

아스텔은 그 말을 하고 나서야 자신이 브라이언에게 어떤 양해나 변명의 말도 없이 곧바로 응접실을 빠져나왔다는 사실을 기억해냈다. 돌아가면 무슨 말로 둘러대야 한담. 머리가 절로 지끈거리며 아파지기 시작했다.

"싫다면?"

세이지의 가시 돋친 대답에 아스텔은 나직하게 한숨을 내쉬었다. 평소의 그답지 않은 아이 같은 행동이었다.

"계속 여기 계실 생각이신가요?"

"때 되면 알아서 돌아갈 거야."

"공작부인께 폐가 될 거예요."

그는 무슨 생각을 하는지 입을 꾹 다물었다. 아스텔은 그런 세이지를 지켜보며 그가 무슨 말을 할지 참을성 있게 기다리고 있었다. 한참 뜸을 들이던 세이지가 마침내 입을 열었다.

"넌 늘 다른 사람의 입장만 생각하지."

영문을 알 수 없는 말이었다. 무언가 말을 더 잇고 싶어 하는 것처럼 입술을 달싹이던 그는 이윽고 인상을 찌푸리며 자신의 머리카락을 마구 흩뜨렸다.

"짜증난다고."

그의 말은 아스텔을 다시금 상처 입게 만들었다. 자신의 어떤 행동이 그를 짜증나게 했는지 이해라도 할 수 있다면 나으련만, 이해할 수도 없다는 것이 아스텔을 더욱 답답하게 했다.

아스텔은 비틀거리는 걸음으로 세이지에게 다가갔다. 그는 흠칫하면서도 피하거나 도망치려 하지는 않았다.

"같이……?!"

같이 돌아가자고 하기 위해 손을 내밀던 아스텔은 그에게 붙잡힌 자신의 손을 멍하니 올려다보았다. 그녀의 손을 꽉 붙든 채 아스텔을 잠시 말없이 내려다보던 세이지는 나머지 팔로 그녀의 등을 힘껏 끌어안았다. 아스텔의 어깨 너머로 억눌린 듯한 그의 목소리가 들려왔다.

"원해."

이번만큼은 아스텔도 그의 말을 이해할 수 있었다. 하지만 그가 원하는 대로 하겠노라고 곧장 대답할 수 있는 상황도 아니었다. 살롱에서 자신들을 기다리고 있을 이들도 있거니와, 여기는 제이드 체임버도 아닌 다른 사람의 집이었다. 제이드 체임버 내 여기저기에서도 관계를 가졌던 두 사람이었지만, 그것은 제이드 체임버가 알트만 가문 소유의 저택이기 때문에 저지를 수 있는 제한적인 일탈이었다. 만약 이런 곳에서 몸을 섞다가 다른 사람의 눈에 띄기라도 한다면 어떤 식으로 뒷수습을 해야 할지 짐작조차 가지 않았다.

"들키면 어쩌려고요."

"안 들키면 돼."

"그런 무책임한 소리를……!"

"끝나면 얌전히 돌아가겠어."

그는 그렇게 말하며 아스텔의 귓등을 약하게 깨물었다. 약한 곳을 집요하게 괴롭히자 세이지의 팔 안에 갇혀 있는 그녀의 몸이 바르르 떨리기 시작했다. 그런 아스텔을 재촉하듯이 세이지가 귓바퀴를 입술로 물면서 다시 한 번 그녀에게 질문했다.

"어떡할래?"

"……"

"어서 대답해."

"……빨리, 끝낸다면……."

요염한 물기를 머금은 진녹색 눈동자가 천천히 깜빡였다. 그 눈동자에는 민망함과 부끄러움이 깃들어 있었지만 또 그것만이 전부가 아니기도 했다. 원하는 대답을 들은 세이지는 만족스러운 미소를 띠며 비로소 아스텔을 붙잡고 있던 팔을 풀었다.

세이지는 행위가 끝난 뒤, 그가 했던 약속대로 얌전히 응접실로 돌아갔다. 아스텔은 브라이언에게 아무 말 없이 급히 자리를 비웠던 것을 사과했지만, 그는 공작부인에게 대신 전해 들은 이야기가 있어 괜찮다고 말해주었다.

세이지가 다시 돌발행위를 저지를 것을 염려한 아스텔은 그를 계속해서 예의 주시했다. 아스텔에게 있어서는 무척 다행스럽게도, 그는 더 이상 사고를 치는 대신 다른 손님들과 어울리며 점잖게 이야기를 나누었다. 도대체 어느 쪽이 손윗사람이고, 어느 쪽이 동생인지 알 수 없는 모양새였다.

살롱이 파하고 손님들이 하나둘씩 자리를 뜨기 시작하자, 아스텔 역시 돌아가기 위해 공작부인과 인사를 나눈 후 세이지와 함께 자리에서 일어났다. 마차가 출발하기 직전, 아스텔은 늘 품에 지니고 다니던 두 개의 펜던트 중 디안의 것이 없어졌다는 사실을 뒤늦게 알아차렸다.

"잃어버린 물건이 있는 것 같아요. 잠시 찾아보고 올게요."

"나도 같이 가서 찾아볼까?"

"괜찮아요. 어디에 있는지 알 것 같거든요."

아스텔은 세이지를 안심시키기 위해 활짝 웃어 보이며 서둘러 마차에서 내렸다. 만약 아스텔이 어딘가에 펜던트를 흘린 것이라면 펜던트는 분명히 온실 안에 있을 터였다. 아마도 세이지와 온실에서 일을 벌일 때 무심코 흘리고 나서 눈치채지 못했던 모양이었다.

온실에 도착한 아스텔은 그곳에 먼저 와 있던 다른 사람을 발견했다. 살롱의 주최자인 레밍턴 공작부인 바네사였다. 가슴이 덜컥 내려앉은 아스텔은 최대한 자연스러운 미소를 짓기 위해 노력하며 입을 열었다.

"실례합니다, 부인. 저, 여기서 아까 잃어버린 물건이 있는 것 같아서요……."

"혹시 영애께서 찾고 있는 물건이—."

바네사의 손이 높게 들렸다. 무심코 두 눈을 질끈 감은 아스텔은 뒤늦게 얼굴을 붉히며 다시 눈을 떴다. 다른 사람도 아닌 지체 높은 귀부인인 그녀가 제게 손찌검을 할 리가 없었다.

"이건가요?"

아스텔은 공작부인의 손에 들려있는 펜던트를 뒤늦게 발견했다. 틀림없이 그녀가 잃어버렸던 어머니의 유품이었다.

"네. 혹시 저 대신 찾아주신 건가요? 정말 감사합니다, 부인."

아스텔이 반색하며 바네사에게 다가가자 그녀는 아스텔을 희롱하듯이 들고 있던 펜던트를 자신의 등 뒤에 감추었다. 그러고는 얼렁뚱땅 넘어가는 건 용납하지 않겠다는 것처럼, 빠른 어조로 아스텔에게 새로운 질문을 던졌다.

"영애는 이 펜던트의 주인과는 대체 어떤 관계인 거죠?"

공작부인의 입에서 예상하지 못한 질문이 튀어나오자 아스텔은 잠시 혼란에 빠졌다. 아스텔은 자신이 목걸이를 부정한 방법으로 손에 넣은 것은 아닌지 공작부인이 의심하고 있다는 사실을 깨달았다.

"제 어머니의 유품이에요."

"영애의 모친이라 함은……."

"절 낳아주신 친어머니요. 제 예전 이름은 아스텔 메이어입니다."

약간의 의구심이 담긴 시선을 보내오던 바네사는 아스텔의 대답에 뒤늦게 무언가를 깨달은 듯 충격을 받은 표정을 지었다.

"그녀가……, 다이아나 메이어가 설마 죽었단 말인가요? 델플린드 백작 영애가 그녀의 딸이었다니……."

"저희 어머니를 아시나요?"

"알다마다요. 제가 후원하던 피아니스트 중 한 명이었는걸요. 천상의 음율. 피아노의 요정. 수많은 별칭을 얻고 다니며 피아니스트계를 주름잡던 그녀를 모른단 말인가요?"

바네사의 말에 아스텔은 큰 충격을 받았다. 자신의 친모인 디안이 알고 보니 유명인사라는 것도 놀라운 일이었지만, 이로써 백작이 제게 했던 거짓말이 한 가지 더 탄로 났다는 사실에 더욱 큰 충격을 받은 것이다.

사실 백작이 그녀에게 거짓말을 한 것은 아니었다. 정확히 말하자면, 그는 아스텔이 친모에 대해 오해하고 있다는 걸 알면서도 일부러 정정해 주지 않은 것이다. 하지만 그것이 거짓말과 다를 것이 무에 있단 말인가. 오갈 데 없는 분노에 사로잡힌 그녀는 자신을 기만한 양부에 대한 배신감으로 치를 떨었다.

"영애, 혹시 몸이 좋지 않은 건가요?"

바네사의 목소리 덕분에 간신히 제정신으로 돌아온 아스텔은 쿵쿵거리며 뛰는 가슴 위로 손을 얹었다. 아무리 화가 치밀더라도 그걸 이 자리에서 곧바로 내색해서는 안 되었다.

"잠시 현기증이 나서요. 염려해 주셔서 감사합니다, 부인."

걱정스러운 표정을 한 채 아스텔에게 다가온 바네사는 자신이 지니고 있던 펜던트를 그녀에게 곧장 돌려주었다. 손에 들린 펜던트를 가만히 내려다보던 아스텔이 뒤늦게 생각난 것처럼 불쑥 질문했다.

"부인께서는 이게 제 어머니의 물건이라는 걸 어떻게 아셨나요?"

아스텔의 질문에 바네사는 추억에 잠긴 시선으로 펜던트를 바라보았다.

"다이아나가 늘 몸에 지니고 다니면서 자랑하던 것이랍니다. 사랑하는 사람에게 직접 받은 물건이라고 했었죠."

"그렇군요……."

어쩐지 입안이 썼다. 전혀 예상치 못한 곳에서 어머니의 옛 지인을 만난 셈이 기뻐야 했지만, 아스텔은 자신이 생각했던 것만큼 기쁘지 않다는 사실에 마음이 괴로웠다.

하지만 이것은 부모님의 과거를 밝혀내는 데 중요한 단서가 될 만남이었다. 애써 마음을 가라앉힌 아스텔은 급하게 다시 입을 열었다.

"부인, 저 여쭙고 싶은 것이……."

"아직 못 찾은 건가?"

온실 입구로부터 들려오는 목소리에 아스텔과 바네사의 시선이 일제히 세이지가 있는 쪽으로 향했다. 그는 아스텔이 공작부인과 함께 있다는 사실에 조금 놀란 듯했으나, 곧 아무 일도 없었던 것처럼 차분한 표정을 지은 채 아스텔의 곁으로 다가왔다.

"물건은?"

"부인께서 찾아주셨어요."

아스텔은 손에 쥐고 있던 펜던트를 보란 듯이 그에게 내밀어 보였다. 아스텔의 펜던트와 공작부인의 얼굴을 번갈아가며 살피던 그는 어쩐지 탐탁지 않은 얼굴로 고개를 끄덕였다.

"실례가 많았습니다."

"천만에요. 그나저나 영애, 제게 묻고 싶은 말이 있다고 하지 않았나요?"

잠시 세이지의 눈치를 살피던 아스텔은 바네사를 향해 천천히 고개를 가로저어 보였다. 이야기가 길어질 가능성도 작지 않았거니와, 백작의 친자인 세이지가 있는 곳에서 나누기에 적절한 내용의 대화는 아니었다.

"폐가 되지 않는다면 다음 기회에 여쭤보도록 하겠습니다."

"영애의 뜻이 정 그렇다면 다음 기회로 미루도록 하죠. 나 역시 그대의 어머니에 대해 나누고 싶은 이야기가 참 많답니다."

"어머니라니……?"

세이지는 공작부인의 말이 잘 이해가 되지 않는 듯 의아한 시선으로 아스텔을 바라보았다. 세이지에게 다가간 아스텔은 억지웃음을 지어 보이며 그의 손을 잡아 이끌었다.

"이만 가요. 저 때문에 오래 기다리신 건가요?"

"별로……."

그답지 않게 우물쭈물하는 세이지를 온실 밖으로 내보내며 아스텔은 바네사에게 뒤늦은 작별 인사를 건넸다.

"그럼 저는 이만 가보도록 하겠습니다. 잃어버린 물건을 찾아주셔서 정말 감사드려요."

제이드 체임버로 돌아온 아스텔은 곧바로 레밍턴 공작부인에게 재차 방문 허락을 구하는 편지를 쓰기 시작했다. 비록 백작이 자신을 속였다는 사실에 상처를 입긴 했지만, 백작 외에 어머니의 다른 지인─그것도 백작이 수를 쓸 수 없을 만큼 신원과 지위가 확실한─을 만났다는 것은 그녀에게 있어 매우 큰 수확이었다. 잘하면 백작에게 협박당하고 있다는 허들스턴을 닦달하지 않아도 그에게 듣는 것보다 더 확실한 정보를 얻을 수 있을지도 몰랐다.

바네사는 아스텔의 편지에 기다렸다는 듯이 빠른 회신을 보내왔다. 다음 주 월요일에 레밍턴 공작저인 셀레스티얼 홀(Celestial Hall)에서 만나자는 답변을 확인한 아스텔은 성취감으로 마음이 절로 벅차오르는 것을 느꼈다. 드디어 모든 진실이 그녀의 손에 잡힐 것처럼 가까이 다가온 듯했다.

❖

데이빗은 그 후로도 매번 조지의 아틀리에를 방문하는 다이아나의 동행을 자처하며 나섰다. 다이아나는 여러 차례에 걸쳐 매우 완곡하게 더 이상 따라오지 말아달라는 의견을 전했으나, 그는 정말 눈치가 없는 건지 아니면 의도적으로 무시하는 건지 매번 다이아나를 따라오곤 했다.

다이아나의 그런 속 터지는 상황과는 관계없이 남자들에겐 그들 사이에만 통하는 무언가가 있는지, 조지는 매우 빠른 속도로 데이빗과 가까워졌다. 본의 아니게 둘 사이에 다리를 놓아준 격이 된 다이아나가 다 서운해할 정도였다. 모처럼 데이빗 없이 단둘이 만나게 된 날, 다이아나는 그동안 쌓인 서러움을 조지에게 전부 털어놓았다.

"둘이서 아주 즐거운가 봐. 이제 나 같은 건 관심도 없는 거지?"

"갑자기 왜 그러는 거야, 디안?"

"몰라서 물어? 내가 눈먼 장님인 줄 알아? 데이빗과 둘이서만 알덴의 은공방에 갔었다며? 나만 놔두고."

"그걸 어떻게……."

조지는 감정표현이 적은 그답지 않게 몹시 당황한 기색이었다. 그의 그런 반응에 확신을 얻은 다이아나는 저도 모르게 눈물이 왈칵 치솟는 것을 느꼈다.

"내가 둘 사이에 감 놔라, 배 놔라 할 처지는 아니지만 말야. ……조지는 나하고는 한 번도 같이 외출한 적이 없었잖아."

"디안."

"미안해. 꼴사납게 굴어서."

조지가 허둥지둥하며 손수건을 꺼내 그녀에게 건네주자, 다이아나는 코를 훌쩍이며 눈물을 닦기 시작했다. 그녀는 그 와중에도 보기 흉하다고 생각했는지 조지 앞에서 코는 풀지 않았다.

"코 풀어도 괜찮아."

"싫어."

"계속 콧물이 나오잖아."

그는 다이아나의 손에서 억지로 손수건을 빼앗아 그녀의 코에 댔다. 어린아이를 어르는 듯한 목소리로 그가 말했다.

"흥, 해."

"흑흑……."

다이아나는 결국 팽하고 코를 풀었다. 온통 빨갛게 달아오른 얼굴에 눈물 콧물 범벅이 된 그녀는 우스운 꼴을 하고 있었지만, 조지는 더없이 진지한 눈길로 다이아나를 바라보았다.

"사실은 좀 더 나중에 전해줄 생각이었는데……."

그는 우물쭈물하며 자리에서 일어나더니 구석에 놓인 서랍장으로 다가갔다. 다시 다이아나의 곁으로 돌아온 조지는 손에 작은 상자를 들고 있었다. 조지의 손에 들린 상자를 발견한 다이아나의 심장이 세차게 뛰기 시작했다.

"조지."

"디안."

조지의 손에 들려있던 상자가 열리자 섬세한 장미무늬가 새겨진 은제 펜던트가 모습을 드러냈다. 상자에서 펜던트를 꺼낸 그는 그것을 다이아나의 목에 직접 걸어주었다. 펜던트를 걸고 있는 그녀의 모습을 바라보던 조지가 희미한 미소를 지어 보였다.

"역시 잘 어울린다."

"으, 응……. 정말 고마워."

다이아나의 눈동자에 잠시 실망의 빛이 스쳤지만 그녀는 곧 아무 일도 없었던 것처럼 환하게 미소 지었다.

조지는 계속 아무런 말도 하지 않은 채 다이아나의 얼굴을 뚫어지도록 지켜보고 있었다. 그의 오른손이 자신의 왼뺨을 감싸자 다이아나는 엉겁결에 두 눈을 질끈 감고 말았다. 귓가에 누구의 것인지 알 수 없는 심장 소리가 요란하게 들려왔다.

그것이 두 사람의 첫 입맞춤이었다.

11. 허무한 결말

4월 중순으로 접어들자 더 이상 밤공기도 쌀쌀하지만은 않았다. 특히 정사를 벌이고 있는 방 안은 더더욱 그러했다. 간신히 세이지에게 해방된 아스텔은 침대 시트 위에 축 늘어진 채, 헐떡거리며 숨을 골랐다.

"뭔가 좋은 일이 있나 봐?"

땀으로 젖은 아스텔의 이마를 손으로 쓸어주며 세이지가 물었다. 잠시 멍한 상태로 그의 얼굴을 올려다보던 아스텔이 뒤늦게 그의 말을 이해하고는 눈을 동그랗게 떴다.

"그게 무슨 말이죠?"

"표정만 봐도 알겠던걸."

아스텔은 반사적으로 손으로 제 얼굴을 어루만졌다. 아무리 내일 공작부인과 만날 것을 생각하며 들떠 있었다고는 해도, 그것이 얼굴에 그대로 드러날 정도일 줄은 몰랐다.

"무슨 일인데?"

"……어머니의 옛 지인분과 만나기로 했어요."

고민하던 아스텔은 곧 사실대로 대답하는 편을 택했다. 죄를 지은 것도 아닌데 그에게 당당하게 대답하지 못할 이유가 어디 있단 말인가. 기억을 더듬고 있는 모양인지 눈가를 가늘게 좁힌 그가 곧 한숨 같은 소리를 내며 중얼거렸다.

"레밍턴 공작부인 말인가."

"맞아요. 기억하고 계시는군요."

온실에서 나눴던 대화를 떠올리며 아스텔이 고개를 끄덕였다. 잠시 침묵을 지키고 있던 그는 불현듯 아스텔에게 다른 질문을 던졌다.

"그밖에 다른 사람은?"

"다른 사람이라뇨?"

"공작부인 외에 그 자리에 함께할 사람."

"아무도 없어요. 저와 공작부인 외에는."

세이지의 질문에 의아한 표정을 지으며 아스텔이 대답했다. 아스텔로서는 그가 갑자기 이런 생뚱맞은 질문을 하는 이유를 도무지 이해할 수가 없었다.

"그렇다면 단둘이 만날 거라는 얘기로군."

"네. 뭔가 문제라도……."

설마 따라오겠다는 말을 하려는 걸까. 공작부인과의 만남에 다른 사람이 끼어드는 건 원치 않았던 아스텔은 조금 긴장하며 세이지의 대답을 기다렸다. 하지만 의외로 세이지는 그 말에 금방 납득한 것처럼 고개를 끄덕일 뿐, 더 이상 별다른 사족을 덧붙이지는 않았다.

"잘 다녀와."

"……?"

"잘 다녀오기 싫은가 보지?"

"아, 아니요."

황급히 고개를 저은 아스텔은 침대에서 벌떡 일어나 방으로 돌아갈 채비를 했다. 빨리 돌아가서 충분한 수면을 취해두지 않으면 내일 온전한 컨디션을 유지하지 못할 것이 분명했다.

나이트가운의 단추를 여미는 것을 도와준 세이지는 배웅하려는 것처럼 아스텔을 따라 문가까지 걸어 나오더니, 그녀를 한참이나 진득한 눈빛으로 바라보았다. 그의 시선에 정체를 알 수 없는 강한 감정의 소용돌이가 담겨오는 느낌이었다.

아스텔은 화끈거리는 뺨을 억누르며 황급히 반대쪽으로 고개를 돌렸다. 자신의 의지와는 관계없이 목소리가 자꾸만 떨린다.

"그럼 안녕히 주무시길."

✢

레밍턴 공작저인 셀레스티얼 홀에 방문한 아스텔은 집사의 안내를 따라 발걸음을 옮기며 저택 내부를 천천히 둘러보았다. 셀레스티얼 홀은 아스텔도 이미 두 차례 방문한 바가 있는 저택이었지만, 사람들로 북적일 때와 그렇지 않을 때 느껴지는 인상은 사뭇 달랐다. 아스텔은 홀의 벽에 걸려 있던 초상화가 공작부인의 젊은 시절의 모습을 그린 것이라는 걸 오늘에야 알아볼 수 있었다.

우윳빛 대리석으로 이루어진 건물 내부가 채광으로 은은하게 빛나는 광경은 이름 그대로 천상의 그것이라고 해도 손색이 없었다. 아스텔이 집사와 함께 모습을 드러내자, 응접실에서 미리 그녀를 기다리고 있던 바네사는 만면에 미소를 띠며 소파에서 일어났다.

"기다리고 있었답니다, 델플린드 백작 영애."

"공작부인."

"어서 이리 와서 앉도록 해요."

아스텔을 자신의 옆자리에 앉힌 바네사는 그녀에게 손수 차를 따라주며, 가브리엘슨 가문 비전의 레시피로 만들었다는 마멀레이드와 쿠키들을 내놓았다. 이어질 대화로 잔뜩 긴장한 탓인지 좀처럼 손이 가지는 않았지만.

"영애의 그 빼어난 재능이 누구에게 물려받은 것인지 늘 궁금했는데 이제야 그 수수께끼가 풀렸군요."

"제 어머니가 그렇게 대단한 분이셨나요?"

"나는 메이어 양의 후원자였지만 동시에 팬이기도 했답니다."

바네사는 마치 다이아나를 보는 듯한 그리운 눈빛으로 아스텔을 바라보았다. 그 눈빛에 저도 모르게 백작과의 첫 만남을 떠올린 아스텔은 마음이 어지러워지는 것을 느꼈다.

"그녀는 정말이지……, 사람들의 마음을 사로잡는 데 천부적인 재능을 지니고 있었죠. 밝은 성격만큼이나 재능도 탁월했고요. 혹시 그녀가 영애의 앞에서 피아노를 연주한 적이 없었나요?"

"아뇨. 매일같이 절 무릎 위에 앉혀놓고 들려주셨어요. 주로 맥켄지의 곡을……."

거기까지 말하던 아스텔은 자신이 바네사와의 만남을 요청했던 가장 큰 이유를 떠올렸다. 두 손을 꽉 맞잡은 아스텔이 이윽고 떨리는 목소리로 공작부인에게 질문을 던졌다.

"부인, 외람된 질문일지도 모르지만 한 가지 여쭙고 싶습니다."

"내가 알고 있는 질문이라면 뭐든지 대답해 드리죠."

"혹시 제 친아버지가……, 작곡가 맥켄지인가요?"

아스텔의 심장이 요란하게 요동쳤다. 바네사의 물빛 눈동자가 놀란 듯이 아스텔의 얼굴을 직시할 때는 이러다가 심장이 터져 버리는 게 아닐까 싶을 정도였다. 당혹스러운 되물음이 그녀의 입으로부터 흘러나왔다.

"영애는 본인의 친부가 누구인지 모른단 말인가요?"

"⋯⋯네."

"애석하지만⋯⋯."

공작부인은 한숨을 쉬며 들고 있던 찻잔을 내려놓았다.

"나 역시 영애에게 그걸 물어보고 싶었답니다. 메이어 양이 작곡가 맥켄지의 열렬한 팬이라는 건 당시 그녀의 지인이라면 누구나 알고 있던 사실이에요. 하지만 두 사람이 그 이상의 관계로 발전했는지는 몰라요. 맥켄지를 만나봤다고 한 사람은 허들스턴 외에 아무도 없었거든요."

"하지만, 부인께선 어머니의 후원자이셨다고⋯⋯."

"그녀는 어느 날 갑자기 종적을 감췄어요. 누구에게도 언질조차 주지 않은 채."

온몸의 피가 식는 기분이었다. 아스텔은 억지 미소도 짓지 못한 채 바네사가 이어서 하는 말을 듣고 있었다.

"사람들은 모두 그녀가 납치되어 감금되거나 살해되었을 거라고 생각하고 경찰을 불렀어요. 뒤늦게 메이어 양의 거처에서 찾지 말아달라는 내용의 친필 편지가 발견되어 일단락되긴 했지만, 그녀가 협박을 받거나 자살했다고 생각하는 사람들도 간혹 있었지요."

바네사의 말에 의하면 당시의 다이아나는 더 이상 후원을 받을 필요가 없을 정도로 수입이 넉넉했고, 사행성 높은 취미에 빠져 있지도 않았으므로 빚쟁이에게 쫓기고 있을 가능성은 낮았다. 사람들 사이에서는 그녀가 슬럼프나 실연의 상처로 인해 잠적했다는 의견이 설득력을 얻기 시작했다. 바네사 역시 그녀가 개인적인 문제로 잠시 머리를 식히기 위해 떠났다고는 생각했으나, 그대로 영영 돌아오지 않을 줄은 상상도 하지 못했다고 했다.

"영애의 고향은 어디인가요?"

"해서웨이의 외곽 지역으로 기억하고 있어요."

해서웨이는 에르나델의 남서부에 위치한 한적한 지방으로, 엘버린에서 기차로 열두 시간이나 걸리는 먼 곳이었다. 부모님이 돌아가시기 전의 기억은 거의 남아 있지 않았기 때문에, 아스텔의 안에서 고향에 대한 인상 역시 대체로 흐릿한 편이었다. 다이아나가 머나먼 해서웨이 지방에서 아스텔을 낳아 키웠다는 말에 바네사는 여간내기가 아니라며 혀를 내둘렀다.

"그녀가 그렇게 연고도 없는 먼 곳에서 정착했을 줄이야……. 영애에게 다른 친형제는 없는 건가요?"

그녀의 말대로 서로 의지할 만한 피붙이라도 있었다면 얼마나 좋았을까. 아스텔은 천천히 고개를 가로저었다.

"애석하지만 저 하나뿐이랍니다."

"그렇다면 영애가 그녀의 유일한 혈육이겠군요."

"혹시 어머니의 다른 가족은……."

"다이아나가 성인이 되기 전에 이미 세상을 떠났답니다."

혹시 했지만 예상했던 대답이 돌아왔다. 그러지 않았다면 굳이 먼 친척인 메이슨 아주머니가 그녀를 거둘 일도 없었을 테니까.

바네사는 눈을 내리깔며 씁쓸한 목소리로 중얼거렸다.

"그녀는 언제 세상을 떠났나요?"

"십일 년 전에……, 기차 사고로 돌아가셨어요."

"그렇군요."

공작부인은 한숨처럼 죽은 자를 위한 기도문을 읊조렸다.

"어디서 지내든 부디 행복하게 살길 바랐는데."

"행복하셨을 거예요. 어머니는 제게 늘 웃는 얼굴만 보여주셨거든요."

어머니와의 추억은 아스텔의 기억 속에서 유일하게 웃음으로 채워져 있던 시기였다. 아스텔은 자신이 행복했던 만큼 다이아나도 행복했을 거라고 믿고 있었다. 그런 아스텔을 가만히 지켜보던 바네사는 비로소 마음을 놓은 듯이 눈가를 접으며 온화한 미소를 지어 보였다.

"메이어 양은 영애를 정말 많이 사랑했나 보군요."

두 사람은 생전의 다이아나에 대해 많은 얘기를 나누었다. 공작부인과 아스텔은 각자 여태 모르고 있었던 다이아나의 색다른 면모에 몹시 놀라워했다. 피아니스트로서의 다이아나는 고집불통이면서 변덕스러운 부분도 지니고 있었지만, 어머니로서의 그녀는 강인하고 심지 굳은 데가 있었다.

해가 질 무렵까지 바네사와 이야기를 나누던 아스텔은 예정보다 시간이 훨씬 지체되었다는 걸 깨닫고는 허둥거리며 자리에서 일어났다.

"오늘 정말 실례가 많았습니다. 즐거운 시간이었어요."

"나야말로 영애를 너무 오래 붙잡아두어서 미안해요. 부디 영애와 다시 이야기를 나눌 기회가 왔으면 좋겠군요."

"저야말로 다시 불러주신다면 영광일 겁니다, 부인."

공작부인은 마차가 있는 곳까지 아스텔을 직접 배웅해 주었다. 조심히 돌아가라고 당부의 말을 전하던 바네사는 뒤늦게 생각났다는 듯이 말을 덧붙였다.

"앞으로는 부모님의 유품을 함부로 잃어버리는 일이 없도록 하세요. 소중한 물건이니까요."

아스텔은 해가 진 덕분에 마차 안이 어두워져 있다는 사실에 큰 안도감─제 불타는 얼굴이 공작부인의 눈에 띌 염려가 없으니까─을 느꼈다. 공작부인에게 차마 말 못 할 죄책감을 느끼며 아스텔은 애써 태연을 가장한 채 침착한 목소리로 대답했다.

"각별히 주의하겠습니다."

바네사는 아스텔의 대답에 흡족한 미소를 지으며 고개를 끄덕였다. 더 이상 아무것도 캐묻지 않은 채 자신을 배웅하는 그녀를 뒤로하며 아스텔은 두근거리는 가슴을 쓸어내렸다.

제이드 체임버에 도착한 아스텔은 저택의 입구 앞에 세워진 낯익은 마차를 발견하고 무심코 그 자리에 멈춰 섰다. 의심할 여지 없는 양부의 마차였다.

아스텔은 다급한 발걸음으로 저택 안으로 뛰어들었다. 중요한 것은 체면이니 예의니 하는 고리타분한 것들이 아니었다. 귀국 후 줄곧 자신을 피해왔던 백작과 대면할 수 있는 절호의 기회였다. 그녀의 등 뒤에서 당혹스러워하는 고용인들의 목소리가 들렸다.

"아가씨!"

쏜살같이 이 층으로 뛰어오른 아스텔은 노크도 하지 않은 채 백작의 집무실의 문을 벌컥 열었다. 변호사와 함께 머리를 맞대고 무언가를 상의 중이던 백작이 놀란 얼굴로 아스텔을 바라보았다.

"양부님."

"이게 대체 무슨 일이냐, 아스텔."

백작은 아스텔을 더 이상 '아가'라고 부르지 않았다. 그 단순한 차이가 아스텔의 마음을 난도질하는 듯했다. 그녀는 떨리는 발걸음으로 백작에게 다가갔다.

그리고는 독을 토하는 심정으로 말했다.

"제발 진실을 알려주세요. 제 부모님과 무슨 일이 있었는지요."

"……!"

"저희 부모님과 친우였다고 하셨잖아요. 전 아무것도 몰랐어요. 어머니가 피아니스트였다는 것도, 결혼도 하지 않은 상태에서 갑자기 종적을 감추셨다는 것도. 아버지의 펜던트는 어째서 양부님이 갖고 계셨던 거죠?"

"아스텔!"

백작은 아스텔에게 호통치듯이 목소리를 높였다. 두 사람이 수도원에서 만난 이래로 처음 있는 일이었다. 아스텔은 목소리를 떨면서도 계속해서 말을 이어나갔다. 흥분한 아스텔의 언성이 점점 높아지기 시작했다.

"저는, 전, 양부님을 믿고 싶어서 여쭤보는 거예요! 제가 납득할 수 있는 해명을 들려주세요, 제발!"

"커티스, 아스텔을 데려가도록 하게."

언제 와 있었는지 아스텔의 등 뒤에 서 있던 헨리가 그녀의 어깨를 붙들었다. 그는 반항하는 아스텔을 정중하면서도 단호한 태도로 집무실 바깥으로 끌어냈다.

"제발, 난 양부님과 이야기를 나누고 싶을 뿐이야!"

"죄송합니다, 아가씨."

헨리는 집무실의 문을 굳게 닫은 후, 에밀리를 불러 아스텔을 돌봐주도록 지시했다. 심각한 분위기에 감히 나설 엄두가 나지 않았던 모양인지 계속 눈치만 보던 에밀리는 헨리가 자리를 떠나자 조심스레 아스텔에게 다가갔다.

"아가씨, 이만 방으로 돌아가서 쉬시는 게 어떨까요?"

"……혼자 있게 해줘."

"아가씨……."

분을 삭이고 있는 아스텔을 애써 설득하려 하던 에밀리는 결국 그녀의 고집에 두 손을 들고 말았다. 에밀리는 자리를 뜨면서도 그녀가 걱정되었는지 몇 번씩이나 아스텔을 돌아보았다.

"푹 쉬셔요."

집무실 앞에 홀로 남겨진 아스텔은 분한 마음에 피가 나도록 자신의 입술을 깨물었다. 그녀는 백작이 앞으로도 자신에게 진실을 알려주지 않으리라는 것을 직감했다.

"이것도 거짓말, 저것도 거짓말. 전부 거짓뿐이었다면……, 절 진심으로 대하신 적이 있긴 한 건가요?"

아스텔은 배신감에 사로잡힌 채 비틀거리며 자신의 방으로 돌아갔다. 그녀는 마지막까지 로렐이 모든 광경을 지켜보고 있었다는 사실을 눈치채지 못했다.

아스텔이 밖으로 끌려나간 뒤, 집무실에는 숨 막힐 듯한 정적이 감돌았다. 쥐 죽은 듯이 고요한 집무실 안에는 종이 넘기는 소리와 펜촉이 종이를 긁는 소리 말고는 작은 기침이나 한숨도 들리지 않았다. 헨리와 변호사는 제자리에 꼿꼿이 선 채, 책상에서 서류를 뒤적거리고 있는 백작에게 시선을 보내고 있었다.

긴 침묵을 깨고 백작이 마침내 입을 열었다.

"아스텔은?"

"에밀리에게 맡겨두었습니다. 지금쯤 방에 계시겠지요."

만년필을 쥔 백작의 손이 부들거리며 경련했다. 언제고 이런 순간이 찾아올지도 모른다는 불안감에 아스텔을 피해 다니곤 했지만, 이럴 줄 알았다면 차라리 저택에 머물면서 아스텔이 외출하지 못하도록 막는 편이 나았을 터다. 아스텔이 공작부인을 만나러 갔다고 들었을 때부터 꺼림칙하던 예감이 결국 적중하고 만 것이다.

어지러운 마음으로 변호사가 내민 서류를 검토하던 백작은 이윽고 속이 울렁거리는 듯, 탄식과 같은 한숨을 내뱉으며 쥐고 있던 만년필을 내려놓았다.

"언제쯤 끝나나?"

"관공서에 제출한 뒤에는 승인이 완료되기까지 이레 정도 검수 기간이 소요될 겁니다. 승인된 당일부터 법적 효력이 발생합니다."

"서둘러야겠군."

변호사인 제이슨은 고용주의 의미를 알 수 없는 중얼거림을 놓치지 않고 들었지만 백작에게 아무것도 캐묻지 않았다. 그가 하는 일은 백작의 법적 자문을 담당하는 것이지, 사적인 영역을 침범하는 호기심을 발휘하는 것이 아니었기 때문이다. 백작은 제이슨의 그런 면모를 전부터 높이 평가하곤 했다.

자정이 가까운 시간이 되어서야 모든 서류에 서명을 마친 백작은 피곤한 얼굴로 서류철을 제이슨에게 건넸다. 그는 빠른 속도로 백작이 건넨 서류를 재검토하여 봉투에 넣은 뒤, 이만 자택으로 귀가하겠다며 자리에서 일어났다. 백작은 여전히 마음이 놓이지 않는 듯, 서둘러야 한다며 그에게 거듭 신신당부했다.

"내일 오전 중에 바로 제출하도록 하게. 한시가 급하니."

"요청하신 대로 처리하겠습니다."

제이슨은 서류봉투를 든 채 빠른 걸음으로 집무실을 빠져나갔다. 얼마 지나지 않아 저택 밖으로 마차가 떠나는 소리가 들렸다.

집무실에 헨리와 단둘이 남게 된 백작은 서랍에서 시가를 꺼내 물고는 창문 밖으로 시선을 돌렸다. 시가의 매캐한 연기가 오래 지나지 않아 집무실 안 구석구석으로 퍼져 나갔다. 다른 것보다 유달리 독해 평소에는 좀처럼 피우지 않던 것이었다.

"커티스."

"예, 각하."

"스탠튼은 왜 아직 도착하지 않는 건가?"

"여러 가지로 일이 많은 모양입니다."

"일이라."

헨리의 대답에 백작은 입술 끝을 비뚜름하게 비틀었다. 그는 이미 허들스턴에게 모든 비밀을 폭로한 이가 알버트일 것이라고 확신하고 있었다.

배신자 놈. 배신감에 치를 떨던 백작은 물고 있는 시가를 이로 끊어버릴 기세로 강하게 씹었다.

"델플린드에 다시 전보를 보내도록 하게. 상경이 지연되고 있는 합당한 사유를 전달하지 않는다면 배신 행위로 간주하겠다고."

"……예."

아마 알버트는 이번에도 회신을 주지 않을 것이다. 백작은 그 사실을 알았기 때문에 그를 배신자로 낙인찍을 수 있는 명분을 마련해 두고 싶었다. 창문에 시가를 비벼 끈 백작은 곧이어 자신의 침실을 향해 내키지 않는 발걸음을 옮겼다.

❖

'뭐라고?'

데이빗의 충격적인 발언에 조지의 낯빛이 납처럼 창백하게 변했다. 그는 예전에 다이아나와 했던 약속을 지키기 위해, 캔버스에 한창 그녀의 모습을 그리고 있던 참이었다. 잠시 황망하게 자리를 맴돌며 마른세수를 하던 조지는 이윽고 마음을 다잡았는지 데이빗을 향해 억지 미소를 지어 보였다.

'제대로 못 들었는데 다시 한 번 말해주겠어?'

'미안하다.'

'……지금 그게 나한테 할 말이라고 생각해?'

데이빗이 고개를 떨구자 조지의 음성이 분노로 떨리기 시작했다. 형형한 눈빛이 데이빗을 찌를 듯이 압박했다.

'지금이라도 늦지 않았어. 아무 것도 아니라고 얼버무리라고. 그럼 나도 아무 일도 없었던 것처럼 못 들은 걸로 해줄 테니까.'

'나도 그랬으면 좋겠어.'

'데이빗!'

쿵, 하는 소리와 함께 뒤늦게 뺨에 얼얼한 통증이 느껴졌다. 데이빗의 머리 위로 찬장에 놓여 있던 잡동사니가 와르르 쏟아졌다. 입안이 터졌는지 비릿한 피 맛이 올라왔다.

'미안하다는 말은 하지 않겠어.'

격앙된 감정을 추스르고 있는 듯 조지가 몸을 부르르 떨었다. 데이빗은 손등으로 입가의 피를 닦으며 천천히 몸을 일으켰다. 뿌드득하고 이를 가는 소리가 요란하게 들렸다.

'난 네가 처음부터 마음에 안 들었어.'

'……'

'첫인상부터가 꺼림칙하고 기분 나빴다고. 디안이 아니었으면 너 같이 기분 나쁜 놈과는 말도 섞지 않고 지냈을 거다.'

마치 벌레라도 보는 것 같은 시선으로 데이빗을 바라보던 조지는 그와 더 말도 섞기 싫다는 듯이 몸을 돌렸다. 그는 아틀리에의 문을 열고 어서 꺼지라는 듯이 데이빗을 향해 고갯짓을 했다.

'두 번 다시 나와 디안 앞에 나타나지 마. 죽여 버리고 싶어질 테니까.'

'조지.'

'더 이상 너와 얽히고 싶지 않다.'

데이빗은 시선으로 난도질당한다는 표현을 처음으로 온전히 이해했다. 날것 그대로의 혐오가 그의 전신을 갉아먹었다. 명문 백작가의 후계자로 나고 자란 그가 처음으로 느낀 타인의 경멸이었다.

마치 그의 귀에 대고 속삭이는 것처럼, 생생하고 또렷한 목소리가 뇌리를 파고들었다.

'널 혐오해, 데이빗.'

"헉!"

다음 순간, 눈을 뜬 그는 백작의 후계자인 데이빗이 아닌 델플린드 백작으로 돌아와 있었다. 백작은 식은땀으로 흥건하게 젖은 이마를 훔치며 몸을 일으켰다. 허들스턴이 통보한 기한이 다가오면 올수록, 그때의 일을 꿈으로 꾸는 빈도가 잦아지고 있었다.

침대에서 일어난 백작은 버릇처럼 콘솔 서랍 안에 넣어둔 물건을 확인했다. 손바닥에 닿는 차가운 감촉을 확인할 때마다, 그는 놀라울 정도로 빠른 속도로 마음이 진정되는 걸 느낄 수 있었다.

이제 그에게 남은 시간은 그리 길지 않았다. 마지막 순간까지 허들스턴의 손아귀 안에서 놀아날 마음은 추호도 없었다.

아스텔은 더 이상 백작을 통해 진실을 캐내는 것을 포기했다. 집무실에서 언쟁을 벌인 이후로 백작은 더욱 철저히 아스텔의 접근을 원천 봉쇄했다.

너무 조급하게 군 것이 패착이었을까. 하지만 그렇게라도 하지 않으면 무슨 수로 백작에게 진실을 토해내도록 할 수 있단 말인가.

세이지와 합주회 준비를 하면서도 아스텔은 때때로 밀려오는 회의감에 모든 것을 내팽개치고 잠적하고 싶은 충동에 시달려야 했다. 맥켄지에 대해 좀 더 조사해 보겠다던 허들스턴은 여전히 지지부진하게 굴기만 했고, 아스텔의 마음은 분노와 조급함을 넘어 이미 체념의 단계로 접어들고 있었다.

백작의 생일을 하루 앞둔 저녁의 일이었다. 헨리로부터 그가 찾고 있다는 말을 전해들은 아스텔은 의아해하면서도 그의 집무실로 향했다. 이 주 전, 아스텔이 난입하여 말싸움을 벌였던 이후로 처음으로 나누는 대화였다. 집무실 앞에 도착한 아스텔은 마치 자신을 거부하는 것처럼 굳게 닫혀 있는 문을 조심스레 노크했다.

"양부님, 저예요."

"들어오거라."

창가에 선 채 새카만 밤하늘을 바라보고 있던 백작은 천천히 몸을 돌려 아스텔 쪽으로 시선을 주었다. 너무나 많은 것이 담긴 탓에 도리어 무엇이 담겨 있는 건지 알아볼 수 없는 눈빛이었다.

아스텔은 마른침을 꿀꺽 삼키며 백작에게 천천히 다가갔다.

"무슨 일로 절 부르셨나요?"

"예전에 했던 약속."

"······?"

"내 생일에도 케이크를 만들어주겠다고 했던 약속 말이다."

아스텔은 무심코 치맛자락을 움켜쥐었다. 그에게 이 와중에도 케이크 타령을 할 생각이 드느냐고, 마음 같아서는 그렇게 따져 묻고 싶었다. 하지만 아스텔은 참는 것에 익숙했다. 늘 그랬듯이.

"기억하고 있어요. 양부님과 약속했던 거니까."

"······그래."

백작은 아스텔에게 좀 더 가까이 다가오라는 듯이 손짓했다. 잠시 망설이던 그녀는 이윽고 그가 서 있는 창가 쪽으로 몇 걸음 더 다가갔다.

백작에게 한 발짝씩 더 가까워질수록, 아스텔의 눈에는 자신을 바라보고 있는 그의 눈빛이 더욱 선명하게 보였다. 아스텔은 비로소 그의 눈에 섞여 있는 수많은 감정 중에 그리움이라는 조각 하나를 알아볼 수 있었다. 시간차를 두고 백작이 다시 입을 열었다.

"지난번에 네가 물었던 것, 기억하고 있느냐."

아스텔의 눈이 크게 떠졌다. 백작이 먼저 나서서 그 얘기를 입에 담을 줄은 예상하지 못했기 때문이다. 그렇다고, 기억하고 있다고 말을 해야 할 것 같은데, 도저히 입이 떨어지지 않았다. 백작은 그런 아스텔의 모습을 계속해서 지켜보고 있었다.

"내일 전부 알려주마. 네가 내 부탁을 한 가지만 들어준다면."

"……어떤 부탁인가요?"

"아버지라고 불러다오."

아스텔은 백작을 항상 '양부님'이라고 불렀다. 자신의 친부가 아니라는 사실 때문에, 은연중에 그에게 심리적인 거리감을 두고 있었던 것이다.

백작은 그 사실을 알고 있었으므로 진실을 대가로 아스텔에게 그런 요구를 했다. 그와 마찬가지로 아스텔 역시 백작이 어떤 마음으로 아버지라 불러 달라 한 것인지 이해할 수 있었다.

마법에 걸린 것처럼, 자연스럽게 아스텔의 입술이 움직였다.

"……아버지."

백작은 그 말에 진정으로 만족한 것처럼 눈가를 휘며 미소 지었다. 보는 사람의 마음까지 절로 벅차오르게 하는, 그런 미소였다.

"그럼 내일 보자꾸나."

마치 꿈을 꾼 것 같은 기분으로 아스텔은 자신의 방으로 돌아갔다. 하루만 더 기다리면 자신이 원했던 진실을 전부 알 수 있게 되는 것이다. 다른 누구도 아닌, 백작 본인의 입을 통해서.

그날 밤, 아스텔은 몹시 기분 좋은 꿈을 꾸었다. 꿈의 내용은 잘 기억나지 않지만, 구름 위를 둥실거리며 떠다니는 것 같은 행복감으로 가득 차 있는 꿈이었다.

오랜만에 숙면을 취한 아스텔은 날아갈 것처럼 가뿐한 기분으로 눈을 떴다. 백작의 생일이기 때문인지 아직 해도 뜨지 않은 시간인데도 저택 안이 온통 웅성거리며 시끄러웠다.

다급한 노크 소리가 들려오자 아스텔은 몸을 일으키며 문밖에 있을 에밀리에게 들어오라고 대답했다. 이윽고 문이 벌컥 열리면서 울상이 된 에밀리가 들어왔다.

"아가씨!"

에밀리는 겁에 잔뜩 질린 채, 온몸을 벌벌 떨고 있었다. 뭔가 심상치 않은 일이 벌어졌다는 것을 직감한 아스텔이 눈썹을 모았다.

"무슨 일이야, 에밀리?"

"나리께서, 나리께서……!"

아스텔은 가운을 걸치고 급히 자신의 방을 나섰다. 그녀뿐 아니라 백작의 두 아들도 이미 일어난 상태였다. 문이 활짝 열린 백작의 침실 주위로 고용인들이 **빽빽하게** 몰려 있었다. 로렐은 그들에게 양해를 구하고는 먼저 백작의 침실 안으로 발을 내디뎠다. 세이지는 얼굴이 파랗게 질린 아스텔의 손목을 강하게 잡아 이끌며 로렐의 뒤를 따랐다.

침대에 누워 있는 백작을 진찰한 주치의가 무거운 얼굴로 입을 열었다.

"운명하셨습니다."

〈2권으로 계속〉